Laura Roth

BUSSI BUSSI

KEIN KIND VON TRAURIGKEIT

Roman

liberius

Liebe Leserin, lieber Leser,

Mein Roman spielt an echten Schauplätzen, doch die Handlung, die Personen und die Abläufe sind frei erfunden.
Das gilt besonders für Carmens Mitwirken am Wiener Opernball. Im Interesse der Geschichte habe ich mir diese glamouröse Veranstaltung *ausgeborgt*, um Carmen eine Aufgabe zu geben.
Der reale Wiener Opernball wird von einem eigenen Komitee geleitet, und alle PR- und Eventmanagement-Maßnahmen werden intern abgewickelt. Ich möchte deshalb betonen: Alle in diesem Buch beschriebenen Abläufe, Aufträge und Details entstammen komplett meiner Fantasie und haben nichts mit dem tatsächlichen Event zu tun.
Jetzt wünsche ich euch viel Vergnügen mit *Bussi Bussi – Kein Kind von Traurigkeit*!

Eure Laura Roth

Besuche mich im Internet:
www.lauraroth.at
Instagram: @laura.roth.autorin

Impressum:
1. Auflage

Am Rinnergrund 14/5
8101 Gratkorn

Cover & Buchsatz: Manuela Körbler
Lektorat: A. K. Brachner
Korrektorat: Textshine
Bestellung und Vertrieb:
Nova MD GmbH
Druck/ Herstellung: Booksfactory
Printed in Poland
ISBN: 9783690284530

Für Andi, Linda, Diana und Viola

Kapitel 1

Alles verändert sich

Wien, April

Carmen saß zusammen mit ihren Freundinnen Eva und Marina im Leopold, einem Café im Innenhof des Wiener Museumsquartiers. Das Interieur des Lokals war minimalistisch, klare Linien und subtile Eleganz beherrschten das Setting. Allerdings war es etwas zu voll für Carmens Geschmack. Sie tat sich schwer, die Gespräche ihrer unmittelbaren Tischnachbarn auszublenden. Die anderen Gäste waren eine bunte Mischung aus Museumsbesuchern, Kreativen und Touristen. Passend, immerhin war das Museumsquartier selbst ein Mikrokosmos der Wiener Kunst- und Kulturszene.

Carmens Augen wanderten zu der verglasten Front. Der Blick nach draußen, auf den sonnendurchfluteten Vorplatz, enttäuschte nicht, dennoch war Carmen unzufrieden.

Ein Schmatzen riss sie aus ihrer Versunkenheit und sie betrachtete Christianos Köpfchen. Sein Mund war leicht geöffnet, die winzigen Hände zu Fäusten geballt. Es kostete ihn offensichtlich Kraft, die Milch aus der Brust seiner Mutter zu saugen. Carmen bemühte sich, das blau geäderte Ungetüm dahinter auszublenden, allerdings war das ein Ding der Unmöglichkeit. Auch schon vor Christianos Geburt war Marinas Oberweite riesig gewesen, nun war sie bombastisch. Es faszinierte Carmen, mit welcher Selbstverständlichkeit Marina ihren Busen aus dem Shirt fischte und ihrem Baby den Nippel zwischen die Lippen drückte. *Ja klar, die natürlichste Sache der Welt*, dennoch fand Carmen den Anblick befremdlich, hütete sich aber, ihre Gedanken auszusprechen. Für solche Bemerkungen erntete man nur Kopfschütteln und ratlose Blicke. Als notorische Junggesellin wusste sie eben nicht um die Mammutaufgabe, ein Kind im eigenen Leib zu erschaffen, es durch eine viel zu kleine Öffnung ins Leben hinauszupressen und es dann mit dem eigenen Körper zu ernähren. Also schwieg sie und wunderte sich. Endlich kam der ersehnte Moment, Christiano war satt und Marinas Oberkörper wieder verhüllt. Sofort streckten sie und Eva ihre Arme nach dem kleinen Wonneproppen aus. *Ha!* Carmen war ein wenig schneller gewesen. Sie grinste Eva schadenfroh an.

Marina legte ihr eine Stoffwindel auf die Schulter, dann bettete sie das winzige Bündel darauf und erklärte Carmen zum wiederholten Male, wie sie Christiano halten sollte. Vollkommen unnötig, weil Carmen den Kleinen ohnehin mit Samthandschuhen anfasste. Es galt, die wenigen Minuten, die es Marina gelang, sich von ihrem Baby zu trennen, in vollen Zügen auszukosten. Carmen neigte ihren Kopf ein winziges bisschen, damit sie Christianos Haarflaum an der Wange spürte. Gleichzeitig streichelte sie ihm den kleinen Rücken und roch seinen Babyduft. Er war perfekt, das musste sie ihrer Freundin lassen. Ein kleiner Engel, mit dunklen Haaren und tiefblauen Augen, und sogar sie, die nie Kinder gewollt hatte, schmolz ein wenig in seiner Gegenwart. Dann war der Moment vorüber. Christiano rülpste, bekam einen knallroten Kopf und presste die Pobacken zusammen. Carmen riss entsetzt die Augen auf, weil Christiano sein großes Geschäft an ihrer Schulter erledigte.

Marina erhob sich. Sie schnappte sich Christiano und ihre schicke Wickeltasche. Gemeinsam entschwanden sie in

Richtung der Waschräume. Des Babydufts beraubt, kehrte Carmens Unzufriedenheit zurück. Eigentlich hatte sie auf Aufmunterung und Zuspruch gehofft. Auch das war gehörig in die Hose gegangen.

Sie linste auf den Cappuccino vor sich, den eine hübsche Schaumkrone zierte. Ein Glas Sekt wäre ihr lieber gewesen, doch Marina hatte strenge Regeln, mit alkoholgeschwängertem Atem durfte man sich ihrem acht Wochen alten Baby nicht nähern. Carmen sah sich um. Niemand trank, das lag daran, dass es erst 17 Uhr war. Das war der einzige Termin gewesen, auf den sie sich einigen konnten. Trotzdem gab es Zeitfenster. Freundinnentreffen, die sich über Stunden zogen und spät nachts endeten, waren in letzter Zeit eindeutig Mangelware geworden.

»Erzähl mir noch mal von deinem Opernball-Erfolg«, bat Eva, die ihre Unzufriedenheit bemerkte.

Carmen lächelte spröde. »Es ist erst ein Erfolg, wenn wir den Zuschlag kriegen. Aber erfahrungsgemäß machen das Jahr für Jahr dieselben drei Agenturen unter sich aus.« Sie schnaubte. Wien war eine Millionenstadt, trotzdem gab es längst nicht genug hochkarätige Events, um ihnen allen Arbeit zu beschaffen. Die Branche war ein Haifischbecken. Es gab drei fette Fische, die dem Rest die leckersten Brocken wegschnappten. Allesamt waren sie alteingesessen, vermögend und hatten klingende Namen. Dinge, die *the Verve* – so hieß Carmens Agentur – nicht vorweisen konnte. Zwar hatten sie es in die Endrunde geschafft, aber das hatte Baumann & Baumann auch – der fetteste Fisch von allen.

Seit ein paar Jahren bot *the Verve* neben Marketing Lösungen auch PR und Eventmanagement an. Dass sie im Rennen um den Opernball waren, war eine kleine Sensation und ein weiterer Meilenstein in ihrer Karriere. Aber all das war nichts wert, wenn dann doch ein anderer den Zuschlag erhielt.

»Unsinn«, widersprach Eva, die ihre Gedanken erriet. »Ihr bekommt den Auftrag, da bin ich mir sicher. Jetzt erntest du endlich die Früchte deiner harten Arbeit.«

»Das wäre der Wahnsinn«, sagte Carmen und erlaubte sich, einen Moment zu träumen. *Außerdem würde es verdammt viele Probleme lösen*, fügte sie im Geiste hinzu, aber davon wussten Eva und Marina nichts. Keine der beiden ahnte, dass ihre Agentur in finanzielle Schieflage geraten war, und Carmen hatte nicht vor, das zu ändern. Es war schon hart genug, sich diese Tatsache selbst einzugestehen.

»Ich bin stolz auf dich. Ich kenne niemanden, der das mehr verdient hätte«, sagte Eva und griff nach Carmens Hand. Sie lächelte und zeigte ihre weißen Zähne. Der ziegelrote Lippenstift passte gut zu ihrem orangen Top und den brünetten Haaren. »Ich würde wirklich gern diesen Etappensieg mit dir feiern, aber meine Steuerrecht-Prüfung nächste Woche ist echt wichtig! Das holen wir aber nach, wenn ihr den Deal klargemacht habt, versprochen.«

»Weiß ich doch«, antwortete Carmen und zwang ihre Mundwinkel nach oben. Sie wusste, dass sie auf ihre Freundinnen zählen konnte, warum also verschwand dieses nagende Gefühl in ihrer Brust nicht?

Eva war Anfang vierzig und alleinerziehende Mutter von zwei Teenager-Töchtern. Sie arbeitete in einer Kanzlei und studierte nebenbei noch *Wirtschaft und Recht*. Valentín, ihr fester Freund, verschlang den Rest ihrer Freizeit. Eva war eine vielbeschäftigte Frau, trotzdem fühlte sich Carmen vor den Kopf gestoßen. Es war noch nicht so lange her, da hatte Eva sich durch eine schmerzvolle Scheidung gequält, weil ihr Ex beschlossen hatte, sie durch eine halb so alte Frau zu ersetzen.

Carmen hatte Eva bei ihrem Neustart unterstützt und sie regelrecht genötigt, ihre Komfortzone zu verlassen. Dadurch hatte Eva ihre große Liebe gefunden und war seither glücklich liiert. Und was hatte Carmen jetzt davon? Eine Freundin, die rund um die Uhr mit ihrem neuen Leben beschäftigt war. Sie schmeckte die Bitterkeit auf ihrer Zunge und schluckte sie hinunter.

In diesem Moment kam Marina zurück, in ihrem Arm ein frisch gewickeltes Baby, das sich nun Eva unter den Nagel riss.

Mit einem Seufzer ließ Marina sich in ihren Ledersessel sinken. Ihre schwarzen Haare hatte sie hochgesteckt. Das Gesicht war ungeschminkt, nur ein Hauch Lipgloss schimmerte auf ihren Lippen. Als halbe Italienerin wirkte sie immer einen Zacken rassiger, etwas, um das Carmen sie insgeheim beneidete.

Christiano streckte sich und Marinas Augen weiteten sich vor Entzückung. Sie war sichtlich gezeichnet von den schlaflosen Nächten, dennoch strahlte sie vor Mutterglück. Christiano war nicht nur ein absolutes Wunschkind, er war ein einziges Wunder, denn Marina hatte geglaubt, dass sie mit ihren 42 Jahren zu alt für Nachwuchs war. Sie hatte Christiano überall dabei und ließ ihn nicht aus den Augen. Das rührte Carmen einerseits, nervte sie aber auch. Die Veränderungen in ihrer Freundschaft waren unübersehbar.

Das letzte Jahr war für Marina schwierig gewesen, dafür war sie mit einem Baby und einem anbetungswürdigen Verlobten belohnt worden. Marinas älterer Sohn Gabriel vergötterte sein Geschwisterchen. Auch Marinas Ehemann war nicht leer ausgegangen. Er und sein neuer Partner schipperten momentan in warmen Gewässern und genossen fruchtige Cocktails an Deck ihres

Aida-Kreuzfahrtschiffs. Ende gut, alles gut!

Marina drehte versonnen den Verlobungsring an ihrem Finger. Heiraten konnte sie Luca zwar erst, wenn sie von ihrem Mann geschieden war, doch das Ganze war eine rein bürokratische Angelegenheit. Das hielt Marina jedenfalls nicht davon ab, bereits fleißig ihre zweite Hochzeit zu planen.

»Ich drücke dir ganz fest die Daumen, damit deine Agentur den Job bekommt! Aber ich habe keinen Zweifel daran«, sagte Marina und schlug in dieselbe Kerbe wie Eva. Sie lächelte schwach, die Augen unentwegt auf Christianos Hinterkopf gerichtet. »Wir müssen das so richtig feiern, wenn mein bambino piccolo abgestillt ist.«

Carmen unterdrückte ein Seufzen, doch Marina bemerkte ihre verhaltene Reaktion trotzdem. »Amica! Du weißt doch, wie viel du mir bedeutest. Aber momentan ist es schwierig, alles unter einen Hut zu bringen.«

Carmen blickte auf den Lippenstiftrand ihrer Kaffeetasse. »Das verstehe ich. Aber es ist nicht nur das. Mercedes ist wieder in der Stadt und ich …« Im selben Moment schallte ein lautes »Mamma!« durch das Café Leopold und Gabriel schoss auf sie zu. Luca hatte mit dem Sechsjährigen eine Shoppingtour unternommen, damit sie ungestört reden konnten. Nun berichtete Gabriel von den Pokémon-Karten, die Luca ihm gekauft hatte, dem riesigen Teddy in der Spielzeugabteilung und den Rolltreppen im Einkaufszentrum.

»Ciao, come stai?«, sagte Luca, als Gabriel nach Atem rang.

Himmel, wie attraktiv konnte man eigentlich sein, dachte Carmen und musterte Luca unverhohlen. »Italian Stallion« – italienischer Hengst – diesen Spitznamen hatten sie und Eva ihm verpasst, als er sich vor einem Jahr in Marinas Beziehung, ihr Bett und ihr Herz geschlichen hatte. Aus der leidenschaftlichen Affäre war Liebe geworden und aus dem ungezähmten Hengst ein braver Familienvater, dennoch war ihm dieses gewisse Etwas erhalten geblieben.

Luca hatte seine Jacke locker über die Schulter geschwungen. Das Shirt schmiegte sich an seinen Oberkörper und die Muskeln zeichneten sich darunter ab. Er begrüßte Eva und Carmen, dann zog er Marina an sich und küsste sie auf die Lippen. *Dieser Mann*, dachte Carmen nicht ganz ohne Neid, brachte wirklich die Luft zum Brennen.

Luca setzte sich zu ihnen. Marina reichte ihm seinen Sohn, den er versonnen betrachtete. Gabriel kletterte auf Marinas Schoß, legte ihr die Arme um den Hals und schmiegte sich an sie. Luca und Marina tauschten einen verliebten Blick. Die beiden hatten sich ihre eigene kleine Welt geschaffen, in der Carmen sich unerwünscht vorkam.

»Kriege ich eine heiße Schokolade, Mamma?«

»Nein, Tesoro! Wir machen uns jetzt auf ins Burgenland«, verkündete Marina und erhob sich. »Ich bin fix und fertig. Ihr glaubt gar nicht, wie wenig Schlaf ich im Augenblick bekomme.«

Das stimmte zweifelsohne, dennoch spürte Carmen, dass Marina es kaum erwarten konnte, in ihre Baby-Bubble zurückzukehren. Sie gönnte ihr dieses Glück, dennoch hätte sie sich gewünscht, dass ihr Treffen ein wenig länger gedauert hätte. Das, und dass alle Anwesenden über 18 gewesen wären!

Während Luca Christiano in seine Trage verfrachtete, trat Marina zu Carmen. »Wir sehen uns bald wieder, Amica, versprochen.«

Carmen nickte und beobachtete das Abrauschen der jungen Familie. Wobei, eine gute Sache hatte das Ganze: Nun, wo Marina fort war, konnten sie und Eva ein Glas Sekt trinken.

»Wie wär's?«, fragte Carmen. Sie schnappte sich die Karte und tippte auf den Dom Pérignon. »Ich lade dich ein.«

Eva rutschte auf ihrem Sessel hin und her. »Ich würd echt gern, aber ich muss nachher noch zu Sophies Elternsprechtag, da brauche ich einen klaren Kopf.« Ihre Stimme klang entschuldigend. »Das ist schon der dritte Test in Folge, den sie vergeigt hat. Ich muss dringend mit ihrer Lehrerin reden.«

Carmen nickte und Eva winkte dem Kellner, um ihren Teil der Rechnung zu bezahlen. Kurze Zeit später saß Carmen alleine da. In ihrer Hand ein Glas Dom Pérignon. Es kostete ein kleines Vermögen, dennoch schmeckte es schal in ihrem Mund. Das lag nicht am Sprudel, sondern an der Gesamtsituation. Carmen freute sich für ihre Freundinnen, auch wenn sie ein wenig der Zeit hinterhertrauerte, als Eva Single und Marina kinderlos gewesen war. Dann hätten sie nämlich erkannt, dass etwas an Carmen nagte. Etwas, worüber sie von sich aus nicht sprechen konnte, weil ihr die Worte fehlten.

Eine Familienangelegenheit, die Carmen längst nicht mehr auf dem Schirm gehabt hatte, hatte sie eiskalt erwischt. Das Auftauchen ihrer Schwester Mercedes hatte diesen Stein ins Rollen gebracht. Warum hatte sie auch nach Wien zurückkehren müssen? Seit drei Wochen war Mercedes wieder da, aber Carmen hatte es bisher vermieden, sie in ihrem neuen Zuhause zu besuchen. Es war nur ein kurzer Anstandsbesuch, trotzdem schob Carmen diesen Pflichttermin vor sich her. Sie und Mercedes standen sich nicht sonderlich nahe, aber das tat eigentlich niemand im Hause Fürstenberg.

Carmen zückte ihr Handy und beschloss, Nägel mit

Köpfen zu machen. Sie tippte eine Nachricht an Mercedes.

Kann ich dich morgen Nachmittag besuchen kommen?

Die Antwort kam sofort: *Wird auch Zeit!*

Carmens Zähne pressten sich aufeinander. Ihre Schwester hatte sich kein Stück verändert. »Das wird ein *sehr* vergnüglicher Nachmittag«, murmelte Carmen sarkastisch und spürte, wie sich ihr Magen verkrampfte.

Kapitel 2

Von Kunstsinnigen und Banausen

Es war 19 Uhr. Carmen hatte das Café Leopold verlassen und befand sich auf dem Weg zurück in die Agentur.

Die U-Bahn-Türen öffneten sich zischend und Carmen trat auf den Bahnsteig. *Neubaugasse* hieß die Station, die an der Mariahilfer Straße lag. Von der Tunneldecke strahlte blaustichiges Neonlicht, das die Oberflächen weiß und die Gesichter bleich erscheinen ließ. Carmens Blick fiel auf vier Punks, die auf einer Metallbank saßen. Sie hatten bunte Haare, trugen zerschlissene Lederjacken und hielten Dosenbier in den Händen. Insgeheim erwartete Carmen, dass man sie um Zigaretten oder Kleingeld anschnorrte, doch die Gruppe schwieg und stierte ihr aus trüben Augen entgegen. Offensichtlich steckte nicht nur Carmen ein langer Tag in den Knochen. Normalerweise drängten sich hier Hunderte Personen, weil aber jetzt Ladenschluss war, hatte die Fußgängerzone ihre Anziehungskraft eingebüßt.

Carmen ging zur Rolltreppe, stellte sich auf die rechte Seite und wartete. Der Bäcker in der Zwischenetage schloss gerade. Mit einem metallischen Klicken rauschte der Rollladen herab. Niemand war zu sehen, und Carmens Absätze hallten einsam im Zwischengeschoss wider. Eine weitere Rolltreppe beförderte sie hoch zur Mariahilfer Straße. Nur eine Handvoll Bummler war noch unterwegs. Hinter den Glasfronten sah man Kassiererinnen beim Kassenabschluss. Carmen hielt an und betrachtete sich in der Auslage eines Schaufensters. Die weiße Hose betonte ihre schlanken Beine, dazu trug sie einen gelben Blazer und eine cognacfarbene Tasche. Ihre platinblonden Haare waren kinnlang und leicht gewellt. Die Beach Waves drehte sie sich jeden Morgen mit dem Glätteisen in die Haare und hoffte, dass sie bis zum Abend durchhielten. Heute erfüllten sie ihr diesen Wunsch. Sie hatte sich besonders viel Mühe gegeben und gehofft, dass der Nachmittag mit Eva und Marina in einem feuchtfröhlichen Abend enden würde – so wie früher.

»Glückskeks gefällig?«

Carmen fuhr herum und sah eine Glücksfee im rosa Kostüm, mit hängenden Schultern vor sich stehen. Sie streckte Carmen ein rundes Glas entgegen. *Deine Chance auf Glück* stand darauf.

Promotion-Jobs waren undankbar, das wusste Carmen, weil *the Verve* selbst immer wieder welche vergab. Die junge Frau sah aus, als würde sie jeden Moment aus ihren glitzernden Schuhen kippen, deshalb steckte Carmen ihre Hand in das Glas und zog die letzten beiden Glückskekse heraus. Sie waren in Plastik eingeschweißt und mit dem Logo eines Mobilfunkanbieters bedruckt.

»Viel Glück«, murmelte die Promotorin und stiefelte in ihren wohlverdienten Feierabend.

Carmen steckte die Werbegeschenke in ihre Handtasche und setzte ebenfalls ihren Weg fort. Ihr Ziel war ein schmuckes Jugendstilhaus. Die Schilder an der Fassade verrieten, welche Unternehmen hier angesiedelt waren. Eins davon zeigte ihre eigene Firma, *the Verve – Marketing, Public Relations & Eventmanagement*. Carmen schloss die massive Eingangstür auf, die mit Schnitzereien verziert war.

Das Entree dünstete immer noch die Nostalgie der Jahrhundertwende aus. Sie ging zu dem kleinen Aufzug, der nachträglich eingebaut worden war, und drückte den Knopf für das Obergeschoss. Der Aufzug setzte sich surrend in Bewegung. Oben angekommen, verließ Carmen den Lift, schloss auf und betrat ihre Agentur.

the Verve war ihr Herzensprojekt. Carmen hatte sie vor fünfzehn Jahren gegründet. Die ersten Jahre hatte sie ständig mit den roten Zahlen gekämpft. Dabei hatte sie sich praktisch kein Gehalt ausbezahlt. Dass *the Verve* überlebt hatte, lag nicht zuletzt daran, dass Carmen in eine wohlhabende Unternehmerfamilie geboren worden war. Scheitern oder Aufgeben waren keine Option. Gelegentliche Finanzspritzen ihres Vaters hatten das Unternehmen am Leben gehalten, aber seit gut einem Jahrzehnt lief die Firma und Carmen war stolz darauf. Sie hatte es alleine geschafft, obwohl kaum jemand an sie geglaubt hatte.

Unglücklicherweise wehte Carmen in letzter Zeit wieder ein steiferer Wind entgegen. Es war richtig gewesen, den Weg in Richtung Full-Service-Agentur einzuschlagen – davon war sie überzeugt – doch im Moment fehlte es ihnen an hochkarätigen Aufträgen. Wenn sie nicht bald welche an Land zogen, sah es düster aus. Carmen schüttelte den Kopf, aber dieses Schreckgespenst ließ sich nicht vertreiben.

Die Agentur befand sich in einem loftartigen Dachgeschoss. Dank mehrerer Dachschrägenfenster waren die Räume hell und lichtdurchflutet. Und heiß! Deshalb war das Summen der Klimaanlage längst zum vertrauten Hintergrundgeräusch geworden.

the Verve war ein Ort des Schaffens und der Kreativität. Ein frauengeführtes Unternehmen, das zehn Mitarbeiterinnen beschäftigte. Überall fanden sich Pinnwände und Whiteboards, bedeckt mit Post-its, Skizzen und Notizen. Ein Abbild der kreativen Prozesse, die hier köchelten. Auf den Schreibtischen fanden sich zugeklappte Laptops und heruntergefahrene Rechner.

Carmen ging durch das Loft. Der alte Holzboden knarzte unter ihren Füßen. Sie hoffte, noch eine ihrer Mitarbeiterinnen hier anzutreffen. Carmen sehnte sich nach Gesellschaft.

Tatsächlich fand sie Marie, die Grafikerin, die in die Betrachtung ihres Bildschirms vertieft war. Riesige Kopfhörer saßen auf ihren Ohren und beschallten sie mit wummernden Beats. Carmen beobachtete sie einen Augenblick. Sie sah schwarzes, raspelkurzes Haar, Arme voller Tattoos und Doc Martens.

Carmen tippte ihr auf die Schulter. Marie zuckte erschrocken zusammen und fuhr herum. »Fuck, Carmen, hast du mich erschreckt! Ich hab nicht damit gerechnet, dass noch jemand hier ist.«

Carmen schmunzelte. Ihr salopper Ton störte sie kein bisschen. Carmen war das, was man wohl als tiefenentspannte Chefin bezeichnete. Zwar erwartete sie von ihren Mitarbeiterinnen Höchstleistungen, doch im Gegenzug durften sie sich dafür auch Freiheiten herausnehmen. Hauptsache, die Zahlen stimmten. Carmen ächzte und ermahnte sich, an etwas anderes zu denken. Für heute hatte sie genug Probleme gewälzt.

Marie nestelte an ihrem Smartphone und die wummernden Beats verstummten abrupt. Sie speicherte ihre Arbeit und ließ den Mac herunterfahren. »Fertig«, sagte sie zufrieden und streckte sich genüsslich. Carmen sah die fette Laufmasche, die sich dabei durch ihre 20-Den-Strumpfhose fraß.

»Magst ein Glas Sekt?«, fragte Carmen. Sie wusste, dass

im Kühlschrank der Betriebsküche eine Flasche auf Eis lag.

»Klingt verlockend, aber ich muss nach Hause. Die Ex-Frau meines Freunds holt nachher ihre gemeinsame Tochter ab. Da möchte ich dabei sein. Du weißt ja, crazy Ex-Vibes.« Sie drehte demonstrativ einen Finger neben ihrer Schläfe.

Carmen prustete humorlos. Marcel, Maries On-Off-Freund, war Donauschifffahrtskapitän und ein ziemlich mieser Typ, der es geschafft hatte, dank etlicher Fehltritte Frau und Kind zu verlieren. Eva war eine dieser außerehelichen Frauengeschichten gewesen, weshalb Carmen auf Marcel alles andere als gut zu sprechen war. Weil sie aber die Partnerwahl ihrer Mitarbeiterinnen nichts anging, schwieg Carmen zu diesem Thema.

»Ich verstehe«, sagte sie stattdessen und sah zu, wie Marie allerhand Krimskrams in ihre Umhängetasche stopfte.

Marie verabschiedete sich und Carmen blieb alleine zurück. Mittlerweile war es totenstill in der Agentur, und sogar die Klimaanlage hatte Feierabend gemacht. Die Sonne war untergegangen und das Glühen am Himmel verebbte.

Zwanzig Minuten später saß Carmen in ihrem verglasten Büro. Vor ihr auf dem Schreibtisch stand eine Box mit zwölf Maki. Gedankenverloren schob Carmen sie mit ihren Stäbchen hin und her, bestrich sie mit Wasabi und tunkte sie zum wiederholten Male in Sojasoße, nur um sich dann davor zu ekeln.

Aus Trotz hatte Carmen die Flasche Sekt geköpft. Der Inhalt perlte in ihrem Glas. Sie hatte auf Gesellschaft gehofft, ihre Freundinnen, ihre Kollegen – irgendjemand. Aber nun saß sie alleine hier, umgeben von Dunkelheit und dem schneidenden Gefühl der Unzufriedenheit. Ihr Blick wanderte über den Schreibtisch und blieb an einer Einladung hängen: Eine Vernissage von S.B.Grün, einem Künstler, der das diesjährige Opernball-Gemälde malen würde. Das war allerdings noch streng geheim! Carmen wusste es nur, weil *the Verve* an der diesjährigen Ausschreibung teilnahm und ein Konzept erarbeitet hatte. Sie hatte einen Vertrag unterschrieben und sich zur Verschwiegenheit verpflichtet.

S.B.Grün war in Kennerkreisen eine kleine Sensation. Niemand kannte den Mann hinter den Bildern. Er war wie Banksy, nur dass seine Werke keine Hausmauern, sondern Galerien schmückten.

Normalerweise interessierte sich Carmen nicht für Kunst, aber während sie die mattschwarze Einladung mit Goldprägung zwischen den Fingern drehte, fasste sie einen Entschluss. Sie würde den Teufel tun und hier alleine Trübsal blasen, nur weil ihr Umfeld mit sich selbst beschäftigt war.

Carmen zog eine Schreibtischlade auf und fischte Puder und Lippenstift hervor. Sie ging zu einem gerahmten Spiegel, der an der Wand hing. *Superwoman* stand in pinken Lettern auf dem Glas. Ein Geschenk von Eva und Marina. Wenn sie sich darin betrachtete, sah sie auch unweigerlich die Botschaft. Unbesiegbar fühlte sie sich trotzdem nicht. Mit ein paar routinierten Griffen frischte Carmen ihr Make-up auf und zog den Blazer über die Schultern.

Sie sperrte die Agentur ab und warf den Schlüssel in ihre Tasche. Carmen nahm einen tiefen Atemzug und spürte ihre aufsteigende Entschlossenheit. Sie brauchte niemanden, um sich gut zu fühlen. Carmen kam hervorragend alleine zurecht. Mit diesem Gedanken trat sie auf die Straße hinaus und hielt auf einen Taxistand zu. Sie stieg in den erstbesten Wagen ein und nannte dem Fahrer die Zieladresse.

Das Taxi hielt vor einer Galerie am Opernring, vis-à-vis vom Burggarten. Hinter der Glasfront sah Carmen etliche Menschen, die mit interessierten Mienen die ausgestellten Bilder betrachteten. Sie ächzte. Solche Veranstaltungen waren ihr ein Gräuel. Warum war sie überhaupt hier? Ach ja, der Schwips und der Trotz hatten sie hergetrieben.

Kurz überlegte Carmen, wieder umzukehren, aber klein beigeben war so gar nicht ihre Art. Im Gegenteil! Sie kniff nie.

Carmen betrat das Atelier und blickte sich um. Sie sah schlichtes Interieur und schmucklose Wände. Dafür waren die Kunstwerke laut und bunt – ein quirliges Gemenge aus Linien und Klecksen.

Die Luft war erfüllt mit Parfümduft und Wispern. Ein Mann vom Catering reichte Carmen ein Glas Sekt. Sie griff dankbar danach und wanderte die Bilder entlang. Das Opernball-Gemälde war nicht unter den Ausstellungsobjekten, aber das war zu erwarten gewesen.

Hübsche Farbkleckse, mehr nicht, dachte Carmen und zuckte innerlich mit den Schultern. Allerdings war sie mit ihrem Desinteresse alleine. *Ahs* und *Ohs* hallten durch den Raum, man bewunderte und gab sich kunstsinnig. Carmen hasste solche Anlässe, fand sie elitär und versnobt. *Nein, verstaubt*, korrigierte sie sich. Wenn sie es genau bedachte, wunderte es sie, dass Mercedes nicht hier war.

Ein Stück entfernt sah sie einen kleinen, untersetzten Mann mit Halbglatze. Er trug einen schwarzen Rollkragen und eine dicke Brille, die ihm eine unfreiwillige Ähnlichkeit mit einem Maulwurf verpasste. Eine Menschentraube umringte ihn und hing an seinen Lippen. *Eindeutig der Künstler, die sehen alle irgendwie gleich aus*, dachte Carmen. Zwar wusste offiziell niemand, wer S.B.Grün war, trotzdem wussten es alle.

Weil Carmen keine Lobhuldigungen heucheln wollte, drehte sie sich um und ging in die andere Richtung davon. Dabei fing sie einen Gesprächsfetzen auf. »Der Farbauftrag ist so progressiv«, erklärte eine Frau ihrem Begleiter, der zustimmend nickte.

Ein Affe mit einem Pinsel hätte ein ähnliches Werk konzipieren können, dachte Carmen. Vor einem besonders großen und nichtssagenden Gemälde entdeckte sie einen Mann. Er stach ihr ins Auge, weil er genauso wenig hierher passte wie sie selbst. *Ein Wikinger, im Maßanzug.* Er war groß und muskulös, Ende vierzig, schätzte Carmen. Sie mochte zwar kein sonderlich ausgeprägtes Kunstverständnis haben, dafür verstand sie es, Männer zu studieren und die Feinheiten ihrer Erscheinung auszumachen. Hier hatte sie ein besonders interessantes Exemplar vor Augen. Er trug seine langen, dunkelblonden Haare zu einem Knoten hochgebunden, die Seiten waren abrasiert. Ein kurzer Bart zierte Kinn und Wangen, was ihm einen verwegenen Ausdruck verlieh. Erste silberne Strähnen hatten sich hineingestohlen. Er bemerkte Carmens Musterung.

Verstohlen zupfte sie am Saum ihres Oberteils, damit der Ausschnitt noch einen Ticken tiefer rutschte. Einen Moment lang starrte er Carmen an, dann lief ein Ruck durch seinen Körper und er kam auf sie zu.

Er stand neben ihr. Schulter an Schulter blickten sie auf ein rostrotes Durcheinander mit pinkfarbenen Sprenkeln.

»Bitte sagen Sie mir, dass Sie auch keine Ahnung haben, was der Künstler damit ausdrücken will«, sagte er leise. Seine Stimme hatte einen warmen, tiefen Klang. Er warf ihr einen prüfenden Blick zu. »Außer, Sie sind Kunstkritikerin. Dann erklären Sie mir bitte, was es mit diesem Gemälde auf sich hat.«

Carmen entschlüpfte ein Kichern. »Recht wenig. Diese Farbkleckse sind ganz hübsch, mehr aber auch nicht. Ich würde mir das Bild nicht ins Wohnzimmer hängen.« *Die Liebenden* stand auf einem weißen Kärtchen darunter. Carmen legte den Kopf schief. Mit viel Fantasie konnte man zwei Farbstränge erkennen, die in der Mitte des Gemäldes ineinander flossen.

»Die Komplexität dieses Werks ist unglaublich«, sagte ein Mann hinter ihnen. Ohne dass Carmen es bemerkt hatte, hatte sich eine kleine Menschentraube um sie gescharrt. »Es scheint bei jedem Hinsehen etwas Neues zu enthüllen, nicht wahr?«

Zustimmendes Raunen erklang.

»Dieser Einschätzung kann ich mich nur anschließen«, flüsterte der unbekannte Mann neben Carmen. In seinen Augen funkelte es spöttisch.

Carmen lächelte. Ihr Blick wanderte über die Besucher der Vernissage. Größtenteils Babyboomer. Sie sah Pashminas, die über die Schulter drapiert und mit Broschen festgesteckt worden waren, und daneben graue Tweed-Sakkos mit ledernen Armflicken. Außerdem schwarze Rollkragenpullover, Hornbrillen und alle Schattierungen von silbergrauem Haar. Gediegene Fahrstuhlmusik erfüllte den Raum, so subtil, dass man sie gar nicht bewusst wahrnahm. In den Glasscheiben spiegelten sich die Lichter der Stadt wider. Straßenbahnen rauschten vorbei. In regelmäßigen Abständen geriet der Verkehr ins Stocken, weil eine Ampel auf Rot sprang. Passanten gingen vorüber und gafften ins Innere. Carmen kam sich vor wie in einem Aquarium, bestaunt von Schaulustigen, die sich über sie wunderten. Als sie dem Wikinger ihre Beobachtung mitteilen wollte, war er verschwunden.

Enttäuscht kramte Carmen in ihrer Tasche, als ihr die beiden Glückskekse in die Hände fielen. In Ermangelung eines Gesprächspartners riss Carmen die Plastikhülle auf. Sie brach einen Keks in zwei Hälften und zog den weißen Papierstreifen hervor.

Carmen runzelte die Augenbrauen.

»In deinem Inneren ist Dürre, bis …«

Offensichtlich hatte der Drucker ein Problem gehabt und den sinnspendenden Teil des Spruches verschluckt. Deshalb musste Carmen mit der Ödnis Vorlieb nehmen.

»Und?«, fragte die tiefe Stimme von vorhin und ließ Carmen zusammenzucken. »Erwartet Sie das große Glück?«

Der Wikinger stand mit zwei vollen Gläsern Sekt vor ihr und blickte sie neugierig an.

»Nicht unbedingt.« Carmen präsentierte ihm den Zettel.

»Die Dinger waren auch schon fröhlicher«, sagte er skeptisch.

»Wer weiß, vielleicht haben Sie ja mehr Glück?« Carmen reichte ihm den zweiten Glückskeks und sah zu, wie er die Sektflöten abstellte. Er griff nach ihrer Hand, dabei berührten sich ihre Finger. Es fühlte sich an wie ein kurzer Stromstoß. Carmen hielt den Atem an.

Seine Augen wanderten über die Botschaft.

»Wer jetzt verzichtet, wird später gewinnen.« Er ließ den Zettel in seiner Jackentasche verschwinden und griff stattdessen nach den Gläsern. »Scheinbar sind wir beide nicht vom Glück verfolgt«, sagte er leichthin und reichte Carmen eine Sektflöte.

»Ich bin übrigens Berti.«

»Carmen«, antwortete sie, dann prosteten sie einander zu.

Carmen genoss seine Gesellschaft. Sie lauschten den Unterhaltungen und warfen sich dabei spöttische Blicke zu. In seiner Gegenwart schlug Carmens Herz ein wenig schneller. Ihre Begegnung hatte den Abend in eine unerwartet aufregende Richtung gelenkt.

»Wollen wir etwas essen gehen? Ich habe Hunger«, fragte Berti nach einer Weile.

Carmen nickte erfreut. Sie war ebenfalls hungrig, weil ihre Maki ungegessen wieder im Kühlschrank der Agentur verschwunden waren. Außerdem stieg ihr der Sekt langsam zu Kopf.

Kapitel 3

In der Nacht sind alle Katzen schwarz

»Nach dir«, sagte Berti und ließ Carmen den Vortritt. Sie spürte seine Hand an ihrem Rücken, als sie durch die schwere Drehtür des Hotels Bristol trat. Die Berührung löste ein Prickeln aus, das ihr die Wirbelsäule hinabkroch und zu einem Ziehen in der Leistengegend wurde.

Vor ihnen tat sich ein schwarz-weiß getäfelter Boden im Art-déco-Stil auf. Die alte Hotellobby erinnerte Carmen an ein Filmset aus Titanic. Flügeltüren, Mahagoniholz und Wandvertäfelungen, wohin man auch blickte. Im hoteleigenen Restaurant hingen Kristallluster von den Stuckdecken und sorgten für ein schummrig goldenes Licht. Ein Pianist saß an einem Flügel und spielte für die Gäste. Viele waren es nicht. Der Kellner brachte sie zu ihrem Platz, unweit des Kamins. Das Hotel Bristol wirkte wie der Landsitz eines britischen Adeligen. Carmen beschlich das Gefühl, als könnte jeden Augenblick King Charles höchstpersönlich hereinschneien, um ihnen Gesellschaft zu leisten. Oder aber ihr Onkel Archie, in seinem weinroten Hausanzug, eine Zigarre im Mundwinkel. Gekleidet in karierten Altherrenpatschen, auf der Suche nach einem hochprozentigen *Betthupferl.* Aber sie befand sich nicht in der Gesellschaft des britischen Landadels, sondern etwas viel Exotischeres. Einem Wikinger; so hatte es jedenfalls den Anschein. Sie sah wettergegerbte Haut und stechend grüne Augen, die in tiefen Höhlen saßen und sie aufmerksam betrachteten. Er hatte etwas von einem

Wolf, eine animalische Aura, gewürzt mit einem Hauch von Unberechenbarkeit. Eine gefährliche Mischung, die Carmen gefiel. Alles an ihm war kantig, die Wangenknochen, die Nase und die Stirn. Stellenweise färbte sich sein dunkelblondes Haar bereits ins Graue. Berti bemerkte ihre Musterung, antwortete darauf mit einem entwaffnenden Lächeln. Er zog sein Jackett aus. Darunter kam ein weißes Hemd zum Vorschein. Er öffnete einen Knopf und rollte die Ärmel hoch. Aus seinem Hemdkragen lugten ein paar Kettchen hervor. Außerdem gebräunte Haut und ein Stück behaarte Brust.

Der Kellner kehrte zurück und reichte ihnen die Speisekarte. Am liebsten hätte Carmen sie dazu benutzt, um sich Luft zuzufächeln. Stattdessen schlug sie sie auf und studierte die Gerichte. Traditionelles, modern interpretiert. Carmen bestellte ein Gulasch mit Semmelknödel. *Low Carb* suchte man in der Altwiener Küche vergeblich.

Berti kannte offensichtlich weniger Skrupel und orderte ein Schnitzel, allerdings hatte er auch die nötigen Muskeln, um die Kalorien wieder zu verbrennen. Carmen ertappte sich dabei, dass sie ein weiteres Mal seinen Bizeps sondierte, der die Hemdärmel in Bedrängnis brachte.

»Da ham's Glück gehabt«, sagte der Kellner.

»Ja, wirklich«, pflichtete Carmen ihm bei.

»Ich mein, weil die Küche in fünf Minuten keine Bestellungen mehr entgegennimmt«, erklärte er und entfernte sich mit einem knappen Nicken.

Berti und Carmen saßen einander gegenüber.

»Was macht jemand wie du in einer Galerie?«, fragte Berti.

»Ich wollte mir ein Bild vom Künstler machen. Oder wenigstens von seinen Werken. Ein Gefühl für ihn bekommen. Aber ich könnte dich das Gleiche fragen. Du passt da genauso wenig hin.«

»Touché.« Berti lächelte. »Manche Leute studieren Bilder. Ich studiere Menschen. Personen, die Bilder betrachten, sind besonders interessant.«

Carmen zog die Augenbrauen hoch. »Das klingt schräg. Ist das ein neuer Kink, von dem ich nichts weiß?«

Berti wackelte mit den Augenbrauen. »Keine Ahnung. Findest du das scharf? Ich sag' es gleich, wenn Paschminas und Hornbrillen involviert sind, bin ich raus.«

Der Kellner kam und brachte ihre Getränke. Berti hatte ein Bier bestellt, Carmen ein Glas Weißwein. Sie prosteten einander zu, dann trank jeder einen Schluck.

Berti griff ihren Gesprächsfaden wieder auf. »Wenn jemand – ohne mit der Wimper zu zucken – mehrere Tausend Euro ausgibt, um sie als *Kunst* an die Wand zu hängen, dann ist er ein Glückspilz. Ich finde das beneidenswert.«

»Jetzt verstehe ich! Dein Hobby ist es, Glückspilze ohne Geldsorgen zu beobachten. Es tut mir leid, aber bei mir gibt es recht wenig für dich zu sehen.« Carmen hatte gehofft, dass ihre Stimme scherzhaft klang. Dummerweise tat sie das nicht.

Berti blickte ihr fest in die Augen. »Hast du Probleme, Carmen?«

Himmel, nein. Alles gut. Wie kommst du denn darauf? Das waren ihre Standardphrasen, die sie normalerweise abspulte. Heute nicht.

»Ja«, murmelte sie und kniff die Lippen aufeinander.

Woher kam plötzlich der Knoten in ihrem Hals, und wieso brannten ihre Augen so verräterisch? Carmen blinzelte mehrmals. »*the Verve* steht auf der Kippe.«

»Die Band? Die gibt es schon ewig nicht mehr.«

Nun musste Carmen doch grinsen. »Das ist der Name

meiner Agentur. Es bedeutet so viel wie Elan oder Schwung. Tja, nur, dass der Name gerade nicht Programm ist. Wenn wir nicht bald Aufträge an Land ziehen, muss ich ein paar meiner Mitarbeiterinnen entlassen.«

Berti runzelte die Stirn. »Ich versteh' nicht, was das mit dem Künstler zu tun hat?«

»Gar nichts! Vergiss es!« Carmen schnappte erschrocken nach Luft. Beinahe hätte sie sich verplappert, dabei war das Letzte, das sie brauchen konnte, auch noch wegen des Verrats von Geschäftsgeheimnissen verklagt zu werden. Weil sie Berti aber eine Erklärung schuldete, sagte sie: »Meine Agentur ist im Gespräch für PR und das Eventmanagement vom Wiener Opernball. Das würde uns retten! Nur, dass es nicht passieren wird, weil ohnehin jeder weiß, dass die andere Agentur den Zuschlag kriegt. Die sind länger im Geschäft als wir, außerdem haben sie den Namen und die nötigen Kontakte.«

»Tut mir leid«, antwortete Berti und griff nach ihrer Hand. Ihre Finger verschlangen sich ineinander. In diesem Moment stimmte der Pianist Beethovens *Mondscheinsonate* an. Die Melodie erfüllte den Raum. Die Gespräche verstummten und jeder lauschte den Klängen. Die Töne wirkten zart und zugleich schwer. Carmen spürte, wie die Melodie etwas in ihrem Inneren berührte. Sie fühlte eine Mischung aus Wehmut und Sehnsucht. Ihre Augen wanderten zu Berti. Für einen Moment verschwamm die Welt um sie herum. Das Gefühl der Fremdheit verblasste und es war, als würden sich Ton für Ton ihre Seelen miteinander verweben. Carmen seufzte. Die Musik erzählte von Hoffnung und verloren geglaubten Chancen. Dann war das Stück zu Ende. Ihre Hände lösten sich voneinander.

»Du hast mir noch gar nicht gesagt, was du beruflich

machst«, sagte Carmen. Diese plötzliche Intensität hatte sie eiskalt erwischt.

Berti war nicht einzuordnen. Sein Anzug sah maßgefertigt aus, passte aber nicht zum wilden Erscheinungsbild. Vielleicht ein Kreativer? Dagegen sprachen seine kräftigen Hände, die aussahen, als würde er mit ihnen anzupacken wissen. Die Grafiker, die sie kannte, hatten allesamt schmale, feinknochige Finger.

»Landwirt«, antwortete Berti und überraschte Carmen nun doch. Sie war noch nie einem Bauern begegnet, die spülte die Landluft eher selten in die Wiener Innenstadt. Allerdings musste sie gestehen, dass seine breiten Schultern und die sehnigen Arme seinem Berufsstand ein gutes Zeugnis ausstellten.

Warum nicht?, dachte Carmen und unterdrückte ein Achselzucken. Es war nie zu spät, etwas Neues auszuprobieren.

Als würde der Pianist ihren Gedanken gutheißen, stimmte er Schuberts *Forelle* an und erfreute sie mit quirligen Klängen.

Der Kellner servierte ihr Essen. Der herzhafte Duft stieg Carmen in die Nase. Für jemanden, der sich abends Kohlenhydrate verbot, roch dieses Gericht nach purer Sünde. Carmen leckte sich die Lippen. Das war genau, wonach ihr der Sinn stand. Ein Häubchen aus Schlagobers krönte ihre Soße. Carmen schnitt ein Stück vom Knödel ab, tunkte ihn in das hochkalorische Gemisch und schob es sich in den Mund. Die Geschmacksexplosion ließ Carmen aufstöhnen. Unvergleichlich!

Berti beobachtete sie. Er genoss es sichtlich, sie genießen zu sehen. Was war das nur für ein seltsamer Abend?

Gerade als Carmen sich über Serviettenknödel Nummer zwei hermachte, erklang ein Vibrieren. Berti zog sein Smartphone aus seiner Hosentasche. Für den Bruchteil einer

Sekunde erhaschte Carmen das Foto einer Frau am Bildschirm. Berti musterte den Screen mit zusammengekniffenen Augen, seufzte und drückte auf den roten Knopf. Er wischte sich durch die Einstellungen, vermutlich um das Telefon auf *Stumm* zu schalten. Danach legte er es mit dem Bildschirm nach unten auf die Tischplatte.

Dieses Verhalten ließ in Carmens Augen nur einen Schluss zu. Berti war vergeben. *Natürlich! Kerle wie er waren das immer*, dachte sie desillusioniert.

Die eigenwillige Stimmung, die Beethovens *Mondscheinsonate* heraufbeschworen hatte, war verschwunden. Carmen hatte sich getäuscht, es gab keine besondere Verbindung zwischen ihnen, sondern nur einen moralisch fragwürdigen Kerl, der im Begriff war, seine Partnerin zu betrügen.

Carmens Standpunkt war in Bezug auf vergebene Männer recht eindeutig. Sie würde nichts forcieren, doch sollte Berti den ersten Schritt unternehmen, würde sie ihn auch nicht abweisen. Man musste schließlich nicht päpstlicher als der Papst sein.

Sie tupfte sich die Lippen mit ihrer Serviette ab und schob den Teller von sich, als Berti fragte: »Wie wäre es mit einem Cocktail zum Abschluss?«

»Warum nicht?«, erwiderte Carmen und bedachte ihn mit einem verführerischen Augenaufschlag. Die Würfel waren gefallen. Ihre Oberschenkel berührten sich unter dem Tisch, und eine Feuerwalze jagte durch Carmens Körper. Würde sie dafür in der Hölle brennen? Womöglich, doch kleine Sünden wirkten auf Carmen immer schon wie ein Aphrodisiakum.

Berti bezahlte. Gemeinsam gingen sie an die Hotelbar. Der Concierge grinste ihnen breit entgegen.

Im Geiste rieb Carmen sich längst an Berti, küsste seine

Lippen und vergrub ihre Hände in seinem dichten Haar. Ähnlich intensiv mochten Bertis Gedanken sein, denn er dünstete sie förmlich aus. Sie wussten beide, was passieren würde, nur das *wo* und das *wie* waren noch nicht entschieden. Nun saßen sie in der American Bar des Hotels und hatten diese Entscheidung vertagt. Eine weitere erregende Ungewissheit.

Vor ihnen standen zwei dirty Margaritas. Carmen führte ihr Glas an die Lippen, fühlte die Zuckerkruste, die den Rand zierte, den bitteren Geschmack der Limette und die Schärfe des Tequilas. Sie blickte sich um. Der Raum war nur spärlich erleuchtet. Dunkles Holz, ein Teppichboden mit auffälligem Leopardenprint und himbeerfarbene Chesterfield-Stühle aus Samt. An den Wänden hingen schwarz-weiße Fotografien berühmter Hotelgäste und erzählten Geschichten aus vergangenen Zeiten. Jazzmusik erklang aus den Boxen.

Berti beugte sich vor und wisperte ihr ins Ohr. »Ein unglaublicher Abend. In unglaublicher Gesellschaft.« Sein Atem streifte ihren Hals. Carmen reagierte mit Gänsehaut. Die Luft knisterte vor Spannung. Carmen rutschte näher, legte ihre Hand auf seine Brust. Seine Hand wanderte ihren Oberschenkel hinauf. Ihre Augen trafen die seinen.

»Ich will dich«, wisperte Carmen. Es war eine Einladung und der Kuss, der ihre Lippen traf, Bertis Antwort.

»Warte kurz«, sagte er und erhob sich. Ein heiseres Kratzen hatte sich in seine Stimme gestohlen. Carmen sah ihm nach, wie er die Bar verließ. Sobald er verschwunden war, langte sie nach ihrer Tasche, zog einen kleinen Handspiegel hervor und überprüfte ihr Aussehen. Sie tupfte sich einen Hauch Rot auf die Lippen und trug einen Spritzer Parfum auf.

Dann war Berti zurück und legte eine Zimmerkarte zwischen ihnen auf den Tisch.

Carmen sog scharf die Luft ein. Er hatte auch die letzte Frage für sie beantwortet. Sie trank ihre Margherita aus und ergriff Bertis dargebotene Hand.

Gemeinsam gingen sie durch die Lobby. Der Concierge, der zuvor wissend gegrinst hatte, wünschte ihnen nun eine geruhsame Nacht. Sie hielten auf das gewundene Treppenhaus zu. Ein gemusterter Läufer schluckte ihre Schritte. Es war bereits spät und keine anderen Gäste kreuzten ihren Weg.

Berti öffnete die Tür und sie taumelten ins Innere. Ihre Lippen hatten sich längst gefunden. Carmens Hände nestelten an der Knopfleiste seines Hemds. Berti zog ihr das Shirt über den Kopf. Kurze Zeit später stand sie in Unterwäsche vor ihm. »Du bist wunderschön«, raunte er, während sich seine Augen über ihren Körper tasten. Auch Carmen gefiel, was sie sah. Ihr Blick streichelte seine stählerne Physis.

Landwirt also, dachte sie. Ironie des Schicksals, dass sie ihr ganzes Leben in der Stadt verbracht hatte.

Heute Nacht würde sie seine Geliebte sein, ehe er morgen zu seiner Frau zurückkehren würde. Es ärgerte Carmen, dass ihr dieser Gedanke ein Stachel im Fleisch war.

Berti öffnete den Verschluss ihres BHs und entblößte ihre Brüste. »Ich gehöre ganz dir«, murmelte er. Seine Fingerkuppen umkreisten ihre harten Nippel. Carmen kannte den Blick. In diesem Moment hätte er ihr seine Seele geschenkt, wenn sie danach verlangt hätte. Carmen kostete dieses Machtgefühl aus, stieß ihn von sich und ließ sich auf die Knie fallen. Die Hand an seinem Gürtel. Ein Klick, dann sauste das Leder wie eine Peitsche durch die Luft. Carmen zog seine Hose nach unten und betrachtete seinen Schwanz.

Seine Frau konnte sich glücklich schätzen, dachte sie. Für ihn hörbar fügte sie hinzu: »... aber heute Nacht gehörst du mir!« Dann öffnete sie die Lippen und Berti stöhnte auf.

Carmen hatte keine Eile. Sie würde die nächsten Stunden bis ins Äußerste auskosten. Weil sie ganz auf diesen Gedanken konzentriert war, bemerkte sie nicht den Ruck, der Berti durchfuhr. Plötzlich griff er sie an den Oberarmen, zog sie in den Stand hoch und warf sie über seine Schulter. Carmen entschlüpfte ein winziger Schrei. Das war neu, noch keiner ihrer bisherigen Liebhaber hatte sie so gepackt. Er schien ihr Gewicht gar nicht zu spüren. Einen Moment später landete sie auf dem Kingsize-Bett. Berti war über ihr, drückte sie auf die Matratze. Wann immer sie sich aufrichtete, erhöhte er den Druck. Er hatte ihr Spiel durchschaut und den Spieß umgedreht. Nun war er es, der sie dominierte, ihren Körper erkundete und sie spüren ließ, dass sie ihm ausgeliefert war. Berti bedeckte ihre Haut mit Küssen. Sanft, dann wieder wild und fordernd.

Er griff nach der Führung, doch Carmen war nicht bereit, sich mit ihrer unterwürfigen Rolle abzufinden. Sein Finger strich über ihre Lippen, die sie leicht geöffnet hatte, und drängte dazwischen. Carmen gab nach und biss zu. Nicht fest, aber durchaus als Warnung zu verstehen. Sie hob den Kopf und funkelte Berti herausfordernd an. Ihre Botschaft war eindeutig, sie war nicht die Sorte Frau, die man besitzen konnte, auch nicht, wenn man Odin höchstpersönlich war. Denn im Zwielicht kam er ihr mehr denn je wie ein Wikinger vor.

Berti lächelte ein gefährliches Lächeln. Eine Sekunde später riss er an ihr und zerrte sie vor sich auf den Boden, in den Vierfüßlerstand. Carmen kniete vor ihm, spürte seinen harten Schwanz an ihrem Po und seine Hände an ihren Hüften. Gott, wie sehr sie das hier wollte. Sie rieb sich an ihm, drängte ihn, sie endlich zu ficken. Berti erfüllte ihr diesen Wunsch und drang in sie ein. Er peitschte sie vorwärts und entzog sich ihr wieder. *Mistkerl!* Carmen brannte vor Lust.

»Wage es nicht aufzuhören!«, stieß sie hervor.

»Erteilst du mir immer noch Befehle?« Berti griff in ihr Haar und zog ihren Kopf in den Nacken, damit sie ihn ansehen musste. »Ich habe dir gesagt, dass ich dir gehöre. Jetzt will ich es von dir hören.« Carmen funkelte ihn wütend an. Es waren nur Worthülsen ohne Bedeutung, sagte sie sich, dennoch kam Carmen kein Mucks über die Lippen. Sie gehörte niemandem!

Sie schwieg und spürte, wie er sich ihr entzog. Augenblicklich überrollte sie eine Welle der Frustration. Sie hatten sich zu weit hochgeschaukelt, als dass Carmen zur Ausgangssituation zurückkehren konnte.

»Also schön. Ich gehöre dir«, zischte sie. *Wenigstens für heute Nacht.* Den letzten Teil hatte sie stumm für sich hinzugefügt.

Berti lächelte und die Stimmung änderte sich. Er zog sie an sich, strich ihr die Haare aus dem Gesicht und küsste sie. Was zuvor hart und lustgetrieben gewesen war, wurde weicher. Irgendwie schafften sie es zurück ins Bett. Berti lag über ihr. Ihre Finger waren ineinander verschlungen. Carmen spürte das Gewicht seines Körpers auf ihr. Zuvor hatte er sie gefickt, nun schlief er mit ihr. Ihre Augen waren ineinander verkeilt. Carmen hätte nicht sagen können, wo sie anfing und er endete. Wie zuvor im Restaurant fühlte sie sich mit ihm verwoben und ähnlich allumfassend überrollte sie die Welle ultimativer Erlösung.

Eine Stunde später lag Carmen immer noch wach und stierte

in die Dunkelheit. Berti war eingeschlafen, das verriet ihr sein regelmäßiger Atem. Carmen drehte sich um und betrachtete ihn. Sie sah sein Gesicht im Profil. Es wurde vom goldenen Schein der Staatsoper ausgeleuchtet, der hinter ihm ins Zimmer fiel.

Sie waren immer noch nackt. Bertis Gesichtszüge waren entspannt. Carmen bettete ihren Kopf an seine Schulter. Sofort spürte sie seinen Arm, der sie fester an sich zog. Sie passten perfekt ineinander. *Wie Yin und Yang*, dachte Carmen und grub sich tiefer in die wohlige Wärme, die ihn umgab. Er roch schwach nach Parfum, vermischt mit dem Geruch von Sex.

Ihre Finger strichen über seine Schulter, hinab zu seiner Brust bis zu seinem muskulösen Bauch. Sie genoss die Haptik seiner Haut unter ihren Fingerspitzen. Ein warmes Gefühl von Zufriedenheit durchflutete sie. Carmen dachte an die intensiven Berührungen, die heißen Küsse und das unersättliche Verlangen, das sie miteinander geteilt hatten. Sie glaubte, die Pheromone förmlich sehen zu können, die sie beide ausdünsten. Hormone waren eine gefährliche Sache. Jetzt, in diesem Augenblick, lief sie Gefahr, sich in Berti zu verlieben, denn Carmen hatte eine Schwachstelle in ihrem Schutzschild, das sie vor Verletzungen schützen sollte. Wenn sie sich beim Sex einem anderen hingab, dann war sie nackt und die Verliebtheit hatte leichtes Spiel, in ihr Innerstes vorzudringen. Ähnlich wie Bazillen, die nur auf ein geschwächtes Immunsystem warteten.

Ein leises Lächeln umspielte ihre Lippen und sie spürte die Müdigkeit, die nun auch sie überkam. Sie wollte gerade die Augen schließen, als sie es entdeckte. Bertis Hose lag gut einen Meter neben ihr am Boden. Das Handy war aus der Hosentasche gerutscht, deshalb sah Carmen den Bildschirm aufleuchten. *Annika* stand dort. Keine Vibration, kein Ton, nur dieser Name und das Foto einer attraktiven, dunkelhaarigen Frau.

Gebannt starrte Carmen auf den Bildschirm. Sie wusste, was das bedeutete. Am anderen Ende der Leitung befand sich eine Partnerin, die wissen wollte, wo ihr Kerl war und mit wem er es trieb. Es war immer dasselbe. Carmen war schon oft die Geliebte gewesen. Nichts, worauf sie stolz war, aber auch nichts, das sie sonderlich störte. Bewies es doch nur, was sie ohnehin wusste: Männern durfte man nicht trauen! Wenn man sie ließ, brachen sie einem das Herz. Doch nicht mit ihr – sie hatte längst verstanden, wie dieses Spiel gespielt wurde.

Endlich gab die Anruferin auf. Der Bildschirm zeigte vier verpasste Anrufe an, ehe er erlosch.

Die Realität holte Carmen ein und sie begriff, dass sie dankbar sein musste. Zwar spürte Carmen ihre Enttäuschung, doch sie würde verschwinden.

Vorsichtig schälte sie sich aus seiner Umarmung und robbte ans äußerste Bettende. Zwar war es dort längst nicht so gemütlich, aber auch weit weniger gefährlich, irgendwelchen postkoitalen Hirngespinsten zu erliegen.

»Ich habe gelogen«, wisperte sie in die Dunkelheit, die nur von Bertis Atem durchbrochen wurde. »Ich gehöre dir nicht. Nicht einmal heute Nacht.«

Kapitel 4

Der Morgen danach

Mittwoch

Der Morgen danach. Carmen war zu aufgewühlt gewesen und hatte die halbe Nacht nicht geschlafen, sondern in einer Art Dämmerzustand verbracht. Erst als die Sonnenstrahlen ins Zimmer blinzelten, hatte sie die Müdigkeit überrollt. Als Carmen das nächste Mal die Augen öffnete, war es 9 Uhr. Das verriet ihr ein Blick auf ihr Handy. Gerädert quälte sich Carmen aus dem Bett.

Eine heiße Dusche später stand sie vor dem Badezimmerspiegel des Hotel Bristols und war froh über all das Zeug, das sie immer in ihrer Handtasche spazieren trug. In Situationen wie diesen waren ein frischer Slip und eine Reisezahnbürste nicht einmal mit Gold aufzuwiegen. Ebenso wenig wie all die Pflegeprodukte in Probiergröße, die sie in ihrem Kulturtäschchen bunkerte.

Nur mit einem Handtuch bekleidet, trat Carmen aus dem Badezimmer und holte sich ein Wasser aus der Minibar. Sie goss sich ein Glas voll und warf ein Aspirin hinterher. Zufrieden beobachtete sie die Tablette, die sich sprudelnd darin auflöste. Berti saß mittlerweile aufrecht im Bett und rieb sich die Augen.

»Guten Morgen«, sagte er, und ein Hauch von Schalk klang aus seiner Stimme. »Gut geschlafen?«

»Natürlich!«, log Carmen und hoffte, dass die koffeinhaltige

Augencreme und ihr Concealer sie nicht im Stich ließen. Noch mehr hoffte sie allerdings, dass die Schmerztablette den Kopfschmerz vertrieb, den sie eindeutig dem Dirty Margarita verdankte.

Carmen schwang sich in einen braunen Chesterfield-Ohrenstuhl und beobachtete den immer noch nackten Berti beim Aufstehen. Seine breiten Schultern und der knackige Hintern konnten sich sehen lassen. Nachdem Berti im Badezimmer verschwunden war, griff Carmen nach ihrem Smartphone und sondierte die Termine des heutigen Tages. Ihr blieb noch genügend Zeit, nach Hause zu fahren und sich umzuziehen. Das war gut, dann musste sie nicht im Outfit von gestern bei *the Verve* antanzen. Es würde nur unnötig die Gerüchteküche befeuern. Carmen zog es vor, ihr berufliches Image möglichst fleckenfrei zu erhalten. Abgesehen freilich von der alljährlichen Weihnachtsfeier, da entglitten ihr in regelmäßigen Abständen die Zügel, aber auch das galt mittlerweile als Tradition.

Das Rauschen der Dusche verstummte. Ein paar Minuten später trat Berti aus dem Bad. Er hatte nur ein Handtuch um seine Hüften gebunden. Er blickte sich in dem Kleiderhaufen nach seiner Hose um. Dabei entdeckte er das Handy, das ihm aus der Tasche gerutscht war. Berti griff danach. Sofort verfinsterte sich sein Blick.

Kein Wunder, dachte Carmen. Beim Anblick all der verpassten Anrufe würde ihr selbst auch die gute Laune vergehen. Noch dazu, wenn sie von einer berechtigterweise eifersüchtigen Ehefrau stammten. Aber das war nicht ihr Problem! Carmen störte vielmehr, dass Berti im Begriff war, sich anzuziehen. Sie hatte auf einen Nachschlag gehofft, ehe sich ihre Wege trennten.

Berti tippte eine Nachricht. Sein Kiefer malmte, und Carmen sah, dass sich seine freie Hand zur Faust ballte. Sie musste ihn schleunigst auf andere Gedanken bringen. Schwungvoll erhob sie sich aus ihrem Stuhl und ließ dabei ihr Handtuch fallen.

»Huch!« Carmen grinste neckisch und warf sich in Pose. Berti ließ das Handy sinken und biss sich auf die Unterlippe. »Ich hätte bereits vor zehn Minuten bei einem verdammt wichtigen Termin sein müssen«, sagte er. Wie zum Beweis vibrierte sein Telefon. Der Bildschirm leuchtete auf. Carmen gelang es nicht, den Namen zu entziffern, aber sie sah das Foto einer blonden Frau aufblitzen. Das verwirrte sie. Carmen hätte schwören können, dass die nächtliche Anruferin dunkelhaarig gewesen war.

Berti hob ab. Am anderen Ende der Leitung erklang eine aufgebrachte Frauenstimme. Carmen verstand ihre Worte nicht, wohl aber ihre Wut. »Nein, ich habe unsere Verabredung nicht vergessen«, sagte Berti leise. Ein scharfer Unterton hatte sich in seine Stimme geschlichen. »Ich bin gleich da.«

Ehe seine Gesprächspartnerin etwas erwidern konnte, legte er auf und schob das Smartphone in seine Hosentasche zurück. Er bewegte seinen Kopf nach links und rechts und ließ die Wirbel in seinem Nacken knacksen. Offensichtlich gab es eine Menge Anspannung in seinem Inneren. Dann fiel sein Blick auf Carmens Brüste. Ihr Anblick schien Berti ein wenig zu besänftigen. Obwohl man ihm ansah, dass in seinem Inneren Vernunft und Lust um die Oberhand rangen.

»Wie war das? Wer jetzt verzichtet, wird später gewinnen?«, sagte er. Der Spruch war gestern auf Bertis Glückskeks gestanden. Er grinste schief.

»Vielleicht ist da doch etwas dran?«

»Es gibt aber kein Später«, antwortete Carmen und zog ihm das Handtuch von den Hüften. Sie beschloss, mit offenen Karten zu spielen. »Hör zu, ich will hier nichts verkomplizieren. Ich dachte, wir vögeln ein letztes Mal und gehen dann getrennte Wege.«

Ihre Worte waren grob, aber wenn man nicht Gefahr laufen wollte, sich zu verlieben, dann durfte man auch nichts beschönigen. Für die geheimnisvolle Anruferin mochte es zu spät sein, doch Carmens Herz brauchte allen Schutz, den es kriegen konnte.

Berti runzelte die Stirn. »Was redest du da?«

»Schon gut. Mich stört es nicht, die Affäre zu sein, ich bin ohnehin nicht an etwas Festem interessiert.«

Carmens Worte hatten nicht den Effekt, den sie sich erhofft hatte. Mondän und cool hatte sie im Sinn gehabt, aber das Gegenteil war der Fall. Berti betrachtete sie entgeistert. »Du glaubst, dass ich vergeben bin und folgst mir trotzdem in ein Hotelzimmer?«

Carmen zuckte mit den Schultern. Sollte er es abstreiten, so viel er wollte, aber Carmen war nicht dumm. Man sah sogar noch die helle Stelle an seinem Ringfinger, dort, wo der Ehering gewesen war.

»Das ist deine Sache. Stört mich nicht.«

»Ja? Weißt du, was mich stört? Du benimmst dich wie ein herzloses Miststück, weil du Angst vor deinen Gefühlen hast«, konterte Berti.

Nun war es Carmen, die überrascht die Augen aufriss. Seine Unterstellung war frech, vor allem aber war sie haltlos. Dennoch spürte Carmen, wie Wut in ihr hochkochte.

»Ach, und du glaubst, nur weil du eine Nacht mit mir verbracht hast, kannst du dir so ein Urteil erlauben? Kleiner

Realitätscheck: Du kennst mich nicht!«

Berti prustete humorlos. »Ich glaube eher, dein Problem ist, dass du dich selbst nicht kennst.« Tiefe Falten hatten sich auf seiner Stirn gebildet. »Es ist vielleicht bequem, niemanden an dich heranzulassen, aber das wird dich nicht glücklich machen. Im Gegenteil: Es macht dich einsam.«

Berti machte einen Schritt auf sie zu. Das irritierte Carmen, und sie widerstand dem Drang, zurückzuweichen. Ein Fehler, denn nun legte er ihr seine Hände auf die Schultern. Carmen hasste diese Art von Intimität. Fast so sehr wie den durchdringenden Blick, mit dem er sie nun musterte.

»Du solltest wirklich aufhören, dich selbst zu sabotieren.«

Carmen entwand sich seinem Griff. Sie fuhr herum und fischte nach ihrem Handtuch, das am Boden lag. Es war eine Sache, nackt vor ihm zu stehen, doch was ihre Seele betraf, würde sie niemals blankziehen. Und von diesem selbst ernannten Doktor Freud würde sie sich schon gar keine Ratschläge erteilen lassen. Berti überschritt eindeutig eine Grenze, und Carmen reagierte mit Abwehr. »Hör auf mit diesem Scheiß!«, giftete sie. »Ich wollte nur ein wenig Spaß haben, mehr nicht.«

Vielleicht war es, weil Carmen ihn als belanglosen One-Night-Stand abtat, doch nun wirkte Berti ebenfalls zornig. »Kapierst du es nicht? Das Letzte, was ich will, ist, mit dir Spaß zu haben.« Er spie die Worte förmlich hervor. »Du bist eine mehr als reizvolle Frau, aber das ist den Ärger nicht wert. Komm wieder, wenn du weißt, was du vom Leben willst.« Er griff nach seinen Sachen und begann, sich anzukleiden.

»Eher friert die Hölle zu, als dass ich dich bitte, ein weiteres Mal mit mir zu schlafen«, sagte sie. Ihr Ton war schneidend, der Blick eiskalt.

Berti stieg in seine Schuhe, ohne sie zuzuschnüren. Sein Hemd war offen, das Jackett klemmte achtlos unter seinem Arm. Er war bereits auf halbem Weg zur Tür hinaus, da drehte er sich ein letztes Mal zu ihr um. »Ich sehe plötzlich ganz klar. Das mit der Dürre stimmt! Und jeder, der in deiner Nähe ist, verdorrt ebenfalls. Ich wünsche dir, dass du am eigenen Leib erfährst, wie es ist, mit jemandem wie dir zusammen zu sein.«

Dann ging alles blitzschnell. Carmen griff nach dem Nächstbesten, das sie fand – es war ihr leeres Wasserglas, in dem sie zuvor das Aspirin aufgelöst hatte. Sie schleuderte es Berti hinterher. Das Glas zerschellte knapp neben seinem Schädel an der Wand. Ein Knall, dann säumte ein Meer aus Splittern den Boden.

Berti stieg darüber hinweg und ging. Nicht ohne ihr vorher noch einen angewiderten Blick zuzuwerfen.

Carmen spürte die Tränen, die ihr in die Augen schossen. Was zur Hölle war hier nur passiert? Sie blickte in den Spiegel über der Minibar. Wer war diese Frau, die sich wie eine Irre aufführte? Carmen erkannte sich selbst nicht wieder.

Bertis Drohung echote durch ihren Kopf wie eine Prophezeiung. Nein, eher wie ein gottverdammter Fluch. *Ich wünsche dir, dass du am eigenen Leib erfährst, wie es ist, mit jemandem wie dir zusammen zu sein.*

»Unfug«, sagte Carmen streng und schüttelte den Kopf. Was für ein absurder Gedanke! Menschen konnten sich nicht gegenseitig verfluchen. Allerdings fragte sie sich, ob Odin diese Macht hatte? Das hatte man davon, wenn man sich einen verdammten Wikinger ins Bett holte.

Fünfzehn Minuten später hatte sich Carmen wieder unter

Kontrolle. Die Flecken auf ihren Wangen waren verschwunden, und sie hatte dem Putztrupp ein ordentliches Trinkgeld zurückgelassen.

Verborgen hinter ihrer riesigen Sonnenbrille betrat Carmen die Hotellobby. Erleichtert stellte sie fest, dass nirgendwo ein bekanntes Gesicht lauerte. Dieser Concierge hatte keine Ahnung, dass sie erst ein paar Stunden zuvor mit einem fremden Arschloch hier abgestiegen war. Das war gut! So erschien ihre Geschichte, dass ihr dummerweise ein Glas zerbrochen war, glaubwürdiger.

»Machen Sie sich bitte keine Sorgen«, beruhigte sie der junge Mann und schenkte Carmen ein warmherziges Lächeln. »Es kommt öfter vor, dass etwas in die Brüche geht. Das gehört zum Leben dazu.«

Carmen musterte ihn über den Rand ihrer Sonnenbrille hinweg. Sprachen sie immer noch von einem Wasserglas, oder hatte mittlerweile jeder Fremde die Fähigkeit, tief in ihre Psyche zu blicken?

Sie zog ihr Portemonnaie hervor, doch der Concierge winkte ab.

»Das Zimmer ist bereits bezahlt.«

Carmen leckte über ihre Schneidezähne, nickte und ging. Jetzt stand sie auch noch in der Schuld dieses Idioten.

Carmen stand an der Kreuzung zwischen Opernring und Kärntner Straße. Es war kurz vor 10 Uhr, in wenigen Minuten öffneten die Geschäfte der Einkaufsstraße. Carmen hatte heimgehen und sich umziehen wollen. Jetzt verspürte sie keine Lust mehr dazu.

Aufgewühlt und frustriert wie sie war, wünschte sich Carmen einen Dopamin-Kick. Shopping war die Lösung.

Einen Augenblick später hatte Carmen ihre Entscheidung

getroffen. Sie ging die Kärntner Straße hinab. Abgesehen von ein paar Touristen waren noch kaum Menschen unterwegs. Sie ging am Manner Shop vorbei, dessen Auslage gewohnt altrosa dekoriert war. Es folgten das Hotel Sacher, das Casino Austria und der Swarovski Store, bis sie *das Steffl* erreichte. Nicht der Dom, sondern das gleichnamige Kaufhaus, in dessen Inneren sich Designerwaren auf mehreren Stockwerken verteilten.

Davor kauerte eine Bettlerin am Boden. Sie trug bunt gemusterte Wallekleidung. Carmen tippte auf eine Inderin, weil sie auf ihrem Handrücken noch verblasste Henna-Motive erkennen konnte. Eigentlich war es verboten, hier zu betteln, trotzdem taten es viele. Die Frau hatte eine geflochtene Schale vor sich stehen. Carmen betrachtete sie nachdenklich. Viel zu oft vergaß sie, wie gut es ihr ging. Wenn es ihr dann wieder einfiel, schämte sie sich und sie schwor sich, in Zukunft achtsamer zu sein.

Carmen kramte in ihrer Tasche, auf der Suche nach ihrem Portemonnaie. Sie zog es hervor. Der Papierstreifen aus dem Glückskeks hatte sich zwischen Leder und Lasche des Kleingeldfachs eingeklemmt. Carmen zerknüllte ihn. Sie musste ihn nicht ansehen, sie wusste noch ganz genau, was darauf stand.

Sie suchte ein paar Münzen hervor und ließ sie in das Körbchen der Bettlerin kullern. Bei dem Geräusch hob die Frau den Kopf. Carmen sah ihr zerfurchtes Gesicht. Ihr Mund verzog sich zu einem zahnlosen Lächeln, dann trafen sich ihre Augen. Plötzlich änderte sich die Miene der Frau. Ihr Lächeln verkümmerte und sie zuckte zusammen. Sie sah aus, als würde Carmen ihr Angst machen.

Überrumpelt von dieser absurden Wendung, suchte Carmen das Weite. Sie hielt auf das Kaufhaus zu und war froh, als sich die Glasschiebetüren hinter ihr schlossen. Carmen ging zur Rolltreppe und ließ sich nach oben befördern. Überall standen Schaufensterpuppen, gekleidet in den Trendfarben der Sommerkollektionen. Alles glitzerte, funkelte und lockte. Und Carmen ließ sich nur zu gerne verführen. Sie brauchte dringend Ablenkung.

Oben angekommen, hielt eine Verkäuferin auf sie zu. »Grüß Gott. Kann ich Ihnen helfen?«, fragte sie und zeigte zwei Reihen perlweißer Zähne.

»Ja, unbedingt. Ich suche …« Carmen zögerte. Wonach sie wirklich suchte, war Zerstreuung, aber daran konnte man kein Preisschild befestigen. »Ein Kleid«, fügte sie hinzu und ließ sich von der Verkäuferin durch die Gänge lotsen. Kurze Zeit später stand sie in der Umkleidekabine und probierte sich durch Kleider, die feminin, aber businesstauglich waren und Carmens Figur schmeichelten. Immer wieder steckte die Verkäuferin den Kopf herein, schloss Reißverschlüsse und kommentierte den Sitz.

Eine halbe Stunde später hielt Carmen auf die Kasse zu. Sie hatte sich entschieden.

»Wirklich erstaunlich«, sagte die Kassiererin, die das abgeschnittene Etikett einscannte, weil Carmen das Kleid gleich anbehielt.

»Was denn?«, fragte Carmen und hoffte, dass sie nicht den stolzen Preis des Tom-Ford-Kleides meinte. Für ein schlechtes Gewissen war es jetzt ohnehin zu spät.

»Wissen Sie, normalerweise können Blondinen kein Gelb tragen. Unmöglich! Es lässt sie sofort fahl und verwaschen aussehen. Aber bei Ihnen zaubert es einen frischen und geradezu strahlenden Teint.«

Sie griff nach Carmens Kreditkarte und zog sie durch das

Lesegerät. Drei Sekunden später spuckte der Drucker den Kassenbon aus. Die Verkäuferin schob Carmen Beleg und Kugelschreiber hin und fügte verschwörerisch hinzu: »… und jetzt stellen's sich das vor: Gestern war auch schon eine Blondine hier und hat das gleiche gelbe Kleid gekauft. Und es auch gleich angelassen.«

»Aha?«, machte Carmen höflichkeitshalber. Was für eine lahme Geschichte. Die Kassiererin plapperte weiter. »Ich bin jetzt schon zwanzig Jahre im Geschäft, aber so was hab ich noch nicht erlebt. Blondinen in Gelb! Und jetzt gleich zwei Glückstreffer hintereinander.«

»Wirklich unglaublich«, antwortete Carmen, griff nach ihrer Papiertüte und lächelte. Vorrangig über die Absurdität dieser Geschichte und den Eifer der Kassiererin, aber das wusste die Dame ja nicht.

Sie verließ das *Steffl* und fühlte sich gut. Die seltsame Reaktion der Bettlerin hatte Carmen längst vergessen. Sie warf einen Blick in die verglaste Auslage, einerseits, weil sie ein paar Pumps entdeckt hatte und andererseits, weil sie ihr Spiegelbild bewundern wollte. Das Kleid saß wie eine zweite Haut. Dann fiel Carmens Blick auf die Bettlerin, die in ihre Richtung starrte. Als sich ihre Blicke trafen, hob die Frau ihre Hand vor die Augen. Mit der anderen machte sie ein Handzeichen. Nur der kleine Finger und der Zeigefinger waren ausgestreckt. Daumen, Mittelfinger und Ringfinger angewinkelt.

Carmen machte kehrt und ging in die andere Richtung davon. Erst als sie ein gutes Stück von der seltsamen Frau entfernt war, hielt sie an und zog ihr Handy hervor. Carmen öffnete Google und suchte nach der Bedeutung dieses Grußes. Lange musste sie nicht suchen. Falls die Bettlerin kein Heavy-Metal-Fan war, dann hatte sie sich vor Carmens vermeintlich bösem Blick geschützt. Das Zeichen nannte sich *Mano cornuta*, die gehörnte Hand. Sie war auch als Teufelsgruß bekannt. Laut Wikipedia ein beliebtes Symbol abergläubischer Menschen, um den Teufel zu bannen oder um sich vor Verwünschungen und Flüchen zu schützen. Gänsehaut kroch Carmen langsam über die Unterarme, denn Bertis Worte hingen immer noch wie eine dunkle Wolke über ihrem Gemüt.

Ein paar Stunden später stand Carmen im Besprechungszimmer von *the Verve*. Zuerst hatte sie Komplimente für ihr neues Kleid eingesackt, nun ließ sie sich über Projektfortschritte, Ausschreibungen und Agentur-Internes in Kenntnis setzen. Es gab keine Anfragen und keine neuen Aufträge. Das war übel! Carmen spürte die Angst vor den roten Zahlen wie einen Stachel im Fleisch. Ihre Mitarbeiterinnen wussten nichts von der Schieflage der Agentur, weil Geldsorgen die Kreativität lähmten. Dafür sah Carmen das Damoklesschwert, das über ihren Köpfen schwebte, mehr als deutlich. Sie brauchten den Opernball!

»Hm?« Carmen blickte schuldbewusst zu Marie, die eine Frage gestellt hatte.

»Hast du etwas über S.B.Grün erfahren? Du warst doch auf seiner Vernissage, oder?«

»Überbewertet. Seine Bilder meine ich. Bunte Farbkleckse, nicht mehr. Dafür bin ich mir sicher, dass S.B.Grün in Wirklichkeit wie ein dicklicher Maulwurf aussieht.«

»Siehste, deshalb will er anonym bleiben«, warf Alina ein und erntete Gelächter. Sie hatte Medienmanagement in Berlin studiert und war seit einem Jahr bei *the Verve*. Alina betreute die Social-Media-Kanäle ihrer Kunden. »Ick hab bei

Wikipedia gelesen, dass seine Bilder immer einer Muse zugeschrieben sind. Meiner Meinung nach sollten wir die sexuelle Komponente mehr betonen – den Künstler und damit auch den Opernball ’n bisschen sexier wirken lassen, wa?«

»Großartig!«, lobte Carmen Alina. Ihr Konzept stand, nun galt es, die perfekte Präsentation zu erstellen und das Opernball-Komitee von ihren Ideen zu überzeugen.

In Momenten wie diesen realisierte Carmen, wie sehr sie ihren Job liebte. Sie hatte ein Team aus Frauen, die ihr allesamt ans Herz gewachsen waren. Wenn sie in die Runde blickte, sah sie nur lächelnde Gesichter. Ihre Zufriedenheit erfüllte Carmen mit Stolz. Sie war, so hoffte sie, eine gute Chefin; wertschätzend und bemüht, Kritik so konstruktiv wie möglich zu platzieren. »Alina, du arbeitest die eben besprochenen Punkte in die Präsentation ein. Marie, du bereitest die Unterlagen grafisch auf. Morgen Vormittag machen wir gemeinsam den Feinschliff.«

Ein Auftrag in dieser Größenordnung war Chefsache. Damit war das Meeting beendet und jeder kehrte an seinen Arbeitsplatz zurück.

Carmen saß am Schreibtisch in ihrem Büro, als Lisa, ihre Assistentin und rechte Hand, den Kopf zur Tür hereinsteckte. »Die Verträge sind vorbereitet, ich habe sie dir zur Durchsicht per Mail geschickt. Es gab ein paar Anrufe, ich habe dir die Namen, Nummern und den Betreff auf Post-its notiert. Der Hausmeister war da, morgen um 10:00 gibt es im ganzen Haus für zwanzig Minuten keinen Strom. Außerdem ist der Geschenkkorb geliefert worden, den du bestellt hast«, sagte sie. »Falls es für mich nichts mehr zu tun gibt, würde ich jetzt meinen Sohn vom Kindergarten abholen.«

Carmen blickte überrascht auf die Uhr. Es war bereits 14 Uhr. Das bedeutete, dass sie in einer Stunde bei Mercedes eingeladen war. Gut! Dann hatte sie es endlich hinter sich.

»Nein, das ist alles! Danke und bis morgen.«

Lisa nickte und wandte sich zum Gehen, dann fiel ihr noch etwas ein. »Ich hab dir eine Karte besorgt. Sie liegt neben dem Geschenkkorb. Du müsstest sie nur noch unterschreiben.«

Kapitel 5

Mercedes kehrt heim

Mittwochnachmittag
Carmen stand vor dem neu erbauten Wohnhaus und hielt einen Geschenkkorb in ihren Händen. Darin befanden sich überteuerte Leckereien, die ihre Schwester und deren Familie im neuen Heim willkommen heißen sollten. Es ärgerte Carmen, dass Mercedes ausgerechnet in den vierten Bezirk gezogen war. Es gab 23 Wiener Gemeindebezirke, doch ausgerechnet in ihrer unmittelbaren Nachbarschaft hatte sich Mercedes niederlassen müssen. Wobei ihre neue Bleibe freilich die von Carmen übertrumpfte. Bessere Lage, neueres Haus, das war typisch für ihre große Schwester.

Carmen hob ihren Kopf und blickte an der Fassade empor. Die Nachmittagssonne spiegelte sich in der Glasfront wider. Moderne Architektur, die sich erstaunlich harmonisch in die Nachbarschaft einfügte. Jugendstil zur Linken, schnörkelloser Nachkriegsbau zur Rechten. Carmen seufzte ein letztes Mal, dann drückte sie auf den Knopf der Gegensprechanlage.

Vor drei Wochen war Mercedes, mitsamt Ehemann und Tochter, von Zürich zurück nach Wien gezogen. Seitdem schob Carmen diesen Anstandsbesuch vor sich her. In Anbetracht ihres schwierigen Verhältnisses hielt Carmen das für eine adäquate Zeitspanne.

Es klingelte eine Weile, dann meldete sich eine bekannte Stimme.

»Ja, bitte?«

»Hallo Mercedes!«

»Wer ist da?«

»Carmen«, antwortete sie genervt.

Mercedes wusste ganz genau, wer sich zum Nachmittagskaffee angekündigt hatte.

Ein Summerton erklang und die Tür sprang auf. Carmen trat ein. Im Eingangsbereich stand eine moderne Kunstinstallation. Carmen steuerte auf den Lift zu. Sicher, lautlos und TÜV-geprüft fuhr sie die Stockwerke empor. Ganz anders als der Aufzug in ihrem eigenen Wohnhaus. Der war ein ruckelndes Ungetüm aus dem vorigen Jahrhundert und glich einer tickenden Zeitbombe. Trotzdem wollte Carmens Anspannung nicht verschwinden.

Sie hatte ihre Schwester schon lange nicht mehr gesehen. Mercedes war elitär, versnobt und klassistisch. Gleichsam verachtete sie Carmen dafür, weil sie es nicht war.

Der Aufzug hielt im Dachgeschoss. Carmen straffte die Schultern und trat hinaus.

Vis-à-vis öffnete sich die Tür.

»Carmen, wie schön!« Mercedes lächelte, doch das Lächeln erreichte nicht ihre Augen.

»Mercedes«, erwiderte Carmen ebenso reserviert. Sie musterten einander für einen Moment. Sie sahen sich unbestreitbar ähnlich. Außerdem trugen sie beide Gelb. Carmen ihr neues Kleid, Mercedes eine Bluse im selben Farbton. Dazu einen gemusterten Hermès-Schal in Gelb, Weiß und Braun. Dass ihnen das nach all den Jahren immer noch passierte, nervte Carmen gewaltig.

Die Vorstellung, auch nur im Entferntesten wie ihre Schwester zu sein, war Carmen ein Gräuel. *Bestimmt ist sie die geheimnisvolle Blondine, die im Steffl das gelbe Kleid gekauft hat,* dachte Carmen bitter. Es wäre so typisch!

»Hier bitte. Ein kleines Willkommensgeschenk für dich!«

»Das wär doch nicht nötig gewesen«, antwortete Mercedes und nahm ihr den Geschenkkorb ab. »Wie einfallsreich! Hatte ich dir nicht zu deinem Geburtstag auch so einen vom Billa Corso schicken lassen?« Respekt! Mercedes hatte im ersten Satz einen Vorwurf platziert. Damit hatte sie ihren eigenen Rekord gebrochen. »Kaum zu glauben, dass du eine Werbeagentur leitest.«

Carmen zeigte ihr die Zähne, getarnt als Lächeln. »Eventmanagement, Marketing und PR«, korrigierte sie ihre Schwester. »Aber ich kann dich beruhigen, es läuft ausnehmend gut. Deshalb hab ich es auch nicht geschafft, für dich shoppen zu gehen.«

»Himmel, nein! Bloß keine Staubfänger«, rief Mercedes und zog Carmen ins Innere. »Paolo, unser Architekt, würde mich vierteilen, weil so etwas das ganze Konzept zerstören würde. Ich zeige dir gleich die Wohnung, aber vorher – Schuhe ausziehen! Diese Absätze machen nur unnötig Löcher im Parkett.«

Zähneknirschend schlüpfte Carmen aus ihren Schuhen. Sogleich befand sie sich eine Handbreit unter Mercedes und hatte das Gefühl, zu ihrer großen Schwester aufblicken zu müssen.

Die Penthouse-Wohnung war makellos, mit großen Fensterfronten, die einen Blick auf das Schloss Belvedere boten. Vermutlich war das Schloss kaum weniger dekadent eingerichtet. Cremefarbene Möbelstücke und antike Kostbarkeiten schmückten das Wohnzimmer. Dazwischen Stuckwände, goldene Spiegel und Beistelltische, beladen mit riesigen Vasen und getrockneten Blumenarrangements. Auf einem entdeckte Carmen eine alte Fotografie. Sie zeigte Carmen und Mercedes als Kinder. Zwischen ihnen stand eine blonde Frau. Pauline Klemm hatte ihre Mutter geheißen, ehe sie Edgar Fürstenberg geheiratet hatte.

Unauffällig griff sich Carmen den Rahmen und legte ihn, mit dem Bild nach unten, auf die Tischplatte. Eine Schwester zu haben, war wie ein Ausflug in die Vergangenheit. Nur, dass Carmen nie wieder dorthin zurückwollte.

»Hast du etwas von unserem Vater gehört?«, fragte Mercedes.

Carmen schüttelte den Kopf und wechselte das Thema.

»Schön hast du es hier«, sagte sie. *Wenn man auf Versailles' Ästhetik abfährt*, fügte sie im Geiste hinzu und blickte sich um. Adrett, wie alles an Mercedes.

»Ja, nicht wahr? Paolo hat auch schon unser Zürcher Stadthaus eingerichtet«, schwärmte Mercedes. »Aber ich bin froh, dass wir kein Haus mehr haben. Die Gartenpflege war Sklavenarbeit. Nun genieße ich den Luxus einer Dachterrasse. Wir blicken hinüber zum Schlossgarten, der ist grün genug für meinen Geschmack.«

Carmen lächelte steif, während sie ihre Tour fortführten. Hätte sie dem Penthouse ein Label verpassen müssen, hätte sie es *altes Geld, neu verpackt* genannt. Ihre Schwester mochte denken, was sie wollte, Carmen war mehr als kreativ, wenn es darauf ankam.

Plötzlich öffnete sich eine Tür und ein junges Mädchen stürmte nach draußen. Es war Romy, Mercedes' siebzehnjährige Tochter.

»Tante Carmen!«, rief sie begeistert und warf sich in ihre Arme. Carmen konnte kaum fassen, wie groß ihre Nichte geworden war. Die langen blonden Haare glichen denen von Mercedes, doch damit endete die Ähnlichkeit. Romy hatte das rundliche Gesicht ihres Vaters, große braune Augen und einen sommersprossigen Nasenrücken. Sie trug ein zerlöchertes Band-T-Shirt, knappe Jeans-Shorts und dutzende Taylor-Swift-Freundschaftsarmbänder.

»Romy? Mein Gott, bist du groß geworden!«

Carmen schob das Mädchen ein Stück von sich und betrachtete sie von oben bis unten. Die Zahnspange war weg, ebenso wie die Pickel auf der Stirn, und überhaupt hatte sich ihre Nichte im letzten Jahr in eine junge Frau verwandelt. So lange war es nämlich her, dass Carmen die Familie ihrer Schwester bei einer Familienfeier getroffen hatte.

»Ich freue mich so, dich zu sehen, Tante Carmen!«

Carmen spürte, wie ihr ein wenig leichter ums Herz wurde.

Mercedes stand daneben und beobachtete die Szene. »Romy, bitte! Genug«, sagte sie schroff. Gefühlsausbrüche hatte sie schon immer gehasst.

Romy verdrehte die Augen und ließ Carmen los. Sie schloss sich der Führung an, die sie als Nächstes in die Küche brachte. Auf dem Küchenblock standen geeister Tee, eine Schale Beeren und bunte Macarons, auf einem Tablett arrangiert.

»Romy, bring bitte alles nach oben auf die Dachterrasse. Ich zeige Carmen noch den Rest, dann kommen wir nach«, sagte Mercedes.

Romy nickte, griff sich das Tablett und hielt auf den Aufzug zu. *Herrgott, die haben tatsächlich einen eigenen Lift, der sie zu ihrer Dachterrasse hinaufbringt,* dachte Carmen und wusste nicht, ob sie das unglaublich praktisch oder einfach nur dekadent finden sollte.

Nachdem Carmen die restlichen Räume bewundert hatte, folgten sie Romy nach oben. Carmen war erleichtert. Der

Beweihräucherung war Genüge getan. Ihre Kehle war bereits ausgetrocknet von all der Lobhudelei.

Oben angekommen, ließ sich Carmen dann doch noch einmal zu Begeisterungsausrufen hinreißen, denn die Dachterrasse war tatsächlich atemberaubend. Das gläserne Geländer gab den Blick frei auf die Dächer Wiens. Es war Mitte April und die ersten Sonnenstrahlen luden förmlich dazu ein, den Tag im Freien zu genießen. Romy hatte bereits den Tisch gedeckt und ihnen rosafarbenen Eistee in die Gläser gegossen.

»Hast du endlich einen Mann gefunden?«

Carmen verschluckte sich beinahe an ihrem Tee und warf ihrer Schwester einen scharfen Blick zu. Mercedes wurde nie müde, ihren Lebenswandel zu kritisieren.

»Nein! Wie du weißt, binde ich mich nicht gerne fest«, antwortete Carmen. »Das würde nur bedeuten, zu viel von Gottes Schöpfung zu verpassen. Du hast ja keine Ahnung, wie viele Fische es im Meer gibt, einer reizvoller als der andere.«

Mercedes taxierte sie frostig und provozierte Carmen, besonders anzüglich zu grinsen. »Außerdem können wir nicht alle so viel Glück haben wie du und Lorenz.«

Lorenz war Mercedes' Ehemann und ähnlich steif wie ihre Schwester, nur nicht in der Region, wo es von Vorteil gewesen wäre. Das wusste Carmen, weil sie einmal versehentlich eine Packung Viagra im Badezimmerschrank der Fürstenberg-Graffenrieds gefunden hatte.

Mercedes wedelte die Anspielung auf ihre eigene Ehe fort.

»Eigentlich müssen wir dir dankbar sein. Du bietest uns immer wieder neuen Gesprächsstoff.«

Das *wir* bezog sich auf die Verwandtschaft. Carmen

wusste genau, dass sich Tante Bernadette und Mercedes hinter ihrem Rücken das Maul zerrissen. Bei einer Gartenparty ihres Vaters – wo Bernadette ein paar Gläser Sherry zu viel gehabt hatte – hatte sie Carmen sogar als *Dirne* beschimpft, weil sie dort mit einem jüngeren Spanier aufgetaucht war.

Ein Skandal! Dabei war ihr Vater dabeigestanden, die Hand am Hintern seiner kaum älteren Freundin, so als würde ihn das alles nichts angehen. Der Unterschied war, dass Cruz Tanzlehrer gewesen war, aber Sybille einen Master in Kunstgeschichte vorzuweisen hatte. Die Botschaft war eindeutig: Sich zu vergnügen war in Ordnung, doch bitte nicht mit der Arbeiterklasse.

»Ich meine es nur gut mit dir, Carmen«, sagte Mercedes und spielte wieder einmal ihre Große-Schwester-Karte aus. »Du solltest wirklich seriöser werden. Lass die Männergeschichten. Alle reden schon über dich. Du hast dir einen fragwürdigen Ruf zugelegt. Hör auf meinen Rat, schon alleine wegen deines Unternehmens. Vater kann nicht ewig Geld in deine Agentur pumpen.«

Carmen biss die Zähne so fest aufeinander, dass es knirschte. Das war ein äußerst heikles Thema, nicht nur, weil es im Moment schlecht lief. Zu Beginn ihrer Selbstständigkeit hatte *the Verve* die Rendite der familieneigenen Stiftung als Zuwendung erhalten, weil sie sonst nicht hätte überleben können. Carmen wollte niemals wieder zu dieser Abhängigkeit zurückkehren. Unter dem Tisch ballte sie ihre Hände zu Fäusten. »*the Verve* geht es besser denn je«, antwortete Carmen ruhig, obwohl sie innerlich vor Wut brodelte. »Wahrscheinlich machen wir sogar die PR für den nächsten Opernball.« Das war ziemlich dick aufgetragen – wenn nicht sogar gelogen – aber Mercedes hatte etwas an sich, das Carmen jedes Mal in Rage brachte. Sie konnte nicht anders, weil sie wusste, dass eine ehrwürdige Veranstaltung wie der Opernball Mercedes beeindruckte. »Außerdem: Solange sie über mich reden, muss ich wohl etwas richtig gemacht haben.«

»Rizz«, raunte Romy mit glitzernden Augen und hing an Carmens Lippen. Sie machte keinen Hehl daraus, dass Carmen ihr Vorbild war. Vermutlich würde Mercedes nun zu einem Monolog über Verantwortung und altersgemäßes Auftreten ansetzen, doch in diesem Moment betrat Lorenz das Dachgeschoss.

Ein Mann Anfang fünfzig, im maßgeschneiderten Anzug, mit grau melierten Schläfen und schütterem Haar. Er war das, was man sich gemeinhin als Geschäftsmann vorstellte. Eine höchst durchschnittliche Erscheinung, doch der Erfolg hatte ihm ein großes Ego verpasst, das ihn selbstbewusster und attraktiver erscheinen ließ, als er eigentlich war. Er hielt auf ihre Tischrunde zu, küsste Mercedes auf die Wange und Romy auf die Stirn. Dann wandte er sich Carmen zu.

»Grüezi!«, sagte er und zog seinen imaginären Hut.

»Setz dich doch zu uns, Lorenz. Wir plaudern gerade so nett.« Mercedes erhob sich, um ihm ein Glas Eistee einzuschenken.

»Tut mir leid, Schätzli.« Lorenz lächelte entwaffnend und drückte sie in ihren Stuhl zurück. »Ich habe gleich ein Tennismatch. Josef und ich haben es schon lange geplant, da kann ich leider nicht absagen.« Seine Hand lag auf der knochigen Schulter seiner Frau. Er drückte sie zweimal leicht, dann ließ er sie los. Etwas an dieser Geste missfiel Carmen, auch wenn sie es nicht benennen konnte. Sie mochte ihre Schwester nicht sonderlich, und wie es aussah, Lorenz auch nicht.

»Ach so«, sagte Mercedes und ihre Lippen wurden noch

ein wenig schmaler. Sie wandte sich Carmen zu. »Seit wir in Wien wohnen, macht Lorenz praktisch jeden Tag Sport.«

Wie um ihre Worte Lügen zu strafen, zeichnete sich Lorenz' Bauchansatz deutlich unter seinem weißen Hemd ab.

»Carmen ist selbst Chefin einer Firma. Sie versteht bestimmt, dass es klug ist, mit den anderen Männern vom Vorstand einen freundschaftlichen Umgang zu pflegen, nicht wahr?«, sagte Lorenz und wandte sich an Carmen. Die zuckte die Achseln. »Wir sind ein ausschließlich frauengeführtes Unternehmen. Ich weiß also wenig über den *freundschaftlichen* Umgang von Männern untereinander.«

Carmens Augen streiften die von Mercedes. Kurz konnte sie den halb geborenen Zweifel darin sehen.

»Ich muss jetzt wirklich los. Macheds guet!« Lorenz nickte in die Runde und verließ die Terrasse.

Carmen betrachtete Mercedes, die die Macarons auf dem Teller neu arrangierte, um die Lücken zu füllen. Nach ein paar Sekunden blickte sie wieder auf, das Gesicht ausdruckslos und starr. »Opernball, sagtest du?«, murmelte sie und griff ihren Gesprächsfaden wieder auf. »Das trifft sich gut. Ich möchte, dass Romy als Debütantin dabei ist. Vielleicht kannst du ein gutes Wort für sie einlegen.«

Es war keine Bitte. Romy wollte zum Protest ansetzen, genauso wie Carmen, die nicht daran dachte, ihre potenzielle Geschäftsbeziehung mit Gefälligkeiten zu strapazieren, doch Mercedes' grimmiger Gesichtsausdruck brachte sie beide zum Schweigen.

»Ich werde sehen, was ich tun kann«, antwortete Carmen.

Am liebsten wäre sie aufgebrochen, stattdessen ließ sie sich von Mercedes noch einmal Eistee nachschenken. Denn das Letzte, was sie wollte, war, eine Etage tiefer neuerlich Lorenz zu begegnen.

Dabei wusste Carmen nicht, ob es sie tröstete, dass sie Risse in Mercedes' perfektem Leben entdeckt hatte, oder ob es sie beunruhigte.

Kapitel 6

Geheimnisse sollte man teilen

Freitag

Endlich hob Marina ab. Carmen hatte schon nicht mehr daran geglaubt. »Ciao, Carmen! Come stai?«, sagte sie. Ihre Stimme klang gehetzt. Vermutlich, weil im Hintergrund Christiano Mordio brüllte.

»Ich muss dir etwas erzählen …« begann Carmen. »Nachdem wir uns am Dienstag im Leopold getroffen haben, hab ich am Abend noch einen Mann kennengelernt. Wir sind uns auf einer Vernissage begegnet. Im Anschluss waren wir im Hotel Bristol und …«

»Kirschkernkissen!«

»Was?«, fragte Carmen irritiert.

»Scusa. Christiano hat Koliken und nichts hilft. Ich hab ihm schon Tropfen gegeben und den Bauch massiert, aber die fiesen Blähungen plagen ihn seit Stunden. Ich hätte gestern kein Curry essen sollen.«

»Oje! Das tut mir leid«, sagte Carmen und hoffte, dass sie jetzt mit ihrer Schilderung fortfahren konnte. Sie spürte nämlich auch einen Druck in ihrem Inneren, der dringend entweichen musste.

Das Weinen des Babys wurde lauter, genauso wie Lucas Stimme. Er versuchte, sich über den Lärm hinweg bemerkbar zu machen. Marina antwortete ihm. Dann sprachen nur noch die beiden, und Carmen hielt das Smartphone ein wenig von ihrem Ohr weg, denn drei aufgebrachte Italiener waren zu viel für ihr Trommelfell.

»Tut mir leid, Liebes. Wir reden später, in Ordnung?«

Marina hatte aufgelegt, ehe Carmen überhaupt antworten konnte. Nicht mal ihr obligatorisches *kein Problem* hatte Platz gefunden.

Enttäuschung breitete sich in Carmen aus. Sie hatte gehofft, Marina von Bertis Unverschämtheit erzählen zu können. Jetzt war sie einmal mehr die Angeschmierte.

Geschieht dir recht, dachte Carmen. Sogar sie, als kinderlose Frau, wusste, dass scharfes Essen in die Muttermilch gelangen konnte.

Carmen schüttelte ihren Groll ab und betrat die kleine Nudelbar auf der Mariahilfer Straße. Es war ihre Mittagspause. Ihre Mitarbeiterinnen hatten Pizza bestellt, doch Carmen hatte keine Lust auf Italienisch. Behauptete sie. In Wahrheit war es jenseits der Vierzig nicht mehr möglich, sich von Pasta und Wein zu ernähren, ohne zuzunehmen. Weil ihr Gewicht eines der wenigen Dinge in ihrem Leben war, das sie kontrollieren konnte, verzichtete sie lieber auf Pizza und aß Asiatisch. Das hatte weniger Kalorien.

Carmen saß auf einem Barhocker an einem schmalen Stehtisch in der Auslage. Vor ihrem Fenster schoben sich die Passanten vorüber. Der Duft von frisch zubereiteten Ramen hing in der Luft und vermischte sich mit dem Aroma von Sesamöl, Ingwer und Sojasoße. Für Carmen war es die beste Nudelbar der Stadt. Sie liebte die Teriyaki-Bowls, die hier serviert wurden.

Mit ihren Stäbchen pickte sie gerade ein Stück glasiertes Hühnerfleisch aus ihrer Schüssel, als jemand von außen gegen die Scheibe klopfte. Carmen schaute auf und sah einen dunkelhaarigen Mann. Er hatte leicht gewellte schwarze

Haare und eine athletische Statur. Sein Name war Cruz. Er und Carmen hatten vor einiger Zeit eine lockere Beziehung gehabt.

Carmen lächelte erfreut und winkte ihn zu sich. Sie hatte ihn ewig nicht gesehen.

Cruz betrat die Nudelbar und setzte sich neben sie.

»Carmen! Lange nicht gesehen.«

»Hi Cruz. Wie geht es dir?«, fragte Carmen. Sie schob sich das letzte Fleischstück in den Mund und legte ihre Stäbchen über die Bowl. Verstohlen tupfte sie sich die Lippen mit der Serviette ab und hoffte, dass kein Korianderblatt zwischen ihren Schneidezähnen steckte.

Sie plauderten eine Weile über Belanglosigkeiten, wobei Cruz sie unverhohlen musterte. Carmen gefiel ihm immer noch, das verriet ihr das Funkeln in seinen Augen. Sie überschlug ihre Beine und drapierte sich möglichst vorteilhaft auf ihrem Hocker. Dabei klaffte der Schlitz ihres Bleistiftrocks auf und erlaubte ihm einen Blick auf ihren Oberschenkel.

»Du schaust wunderschön aus«, sagte er.

Flirtete er etwa mit ihr?

»Wie geht es deiner Tochter?«, fragte Carmen, ohne auf sein Kompliment einzugehen.

Cruz' Gesicht erhellte sich. »Sehr gut, danke. Emma ist jetzt ein Jahr alt«, schwärmte er und zückte sein Smartphone, um ihr Fotos von seinem kleinen Mädchen zu zeigen.

»Und wie geht es deiner Freundin?«

Kurz nachdem Cruz sich von Carmen getrennt hatte, war er mit seiner Tanzpartnerin zusammengekommen. Beim Merengue war nicht nur der Funke übergesprungen, und kurz darauf war seine Partnerin schwanger gewesen.

Das Grinsen erstarb in Cruz' Gesicht.

»Ex-Freundin«, brummte er.

Sofort war Carmens Interesse geweckt. Sie erinnerte sich noch lebhaft an die leidenschaftlichen Nächte, die sie mit Cruz verbracht hatte. Es war nie mehr als eine flüchtige Affäre gewesen, aber sie hatten sich gut verstanden – vor allem im Bett. Vielleicht dachte Cruz das Gleiche, denn er blickte Carmen tief in die Augen. »Ich bin vor Kurzem umgezogen. Ich wohne gleich hier in der Nähe. Wollen wir später etwas zusammen trinken? Unsere Freundschaft auffrischen?«

»Das klingt nach einer guten Idee«, antwortete Carmen.

Sie fixierten die Details, dann verließen sie gemeinsam das Lokal. Carmen hauchte ihm zwei Bussis auf die Wangen, dann ging jeder seines Weges. Es war nur eine kurze Verabschiedung, sie würden sich in wenigen Stunden wiedersehen.

Carmen überzeugte sich, dass Cruz nirgendwo zu sehen war, dann zückte sie ihr Handy und rief Eva an. Es klingelte kurz, dann erklang Evas Stimme. »Hey, Carmen! Was gibt's?«

»Ich hab gerade Cruz getroffen. Du weißt schon – der schnurrende Kater. Er ist wieder Single und wir treffen uns später. Das ist gut, denn meine Pussy braucht dringend etwas Ablenkung. Die Sache mit Berti spukt mir immer noch im Kopf herum.«

Carmen machte eine bewusste Pause. Sie erwartete einen empörten Ausruf. Etwas in der Art von: *Stopp! Wer ist Berti und was habe ich verpasst.*

»Das musst du mir unbedingt erzählen. Aber später! Ich bin gerade auf dem Weg zu einer Vorlesung. Ich ruf dich nachher an, ok?«

»Ja, natürlich. Kein Problem.«

»Danke! Bis später, Süße«, sagte Eva und legte auf.

Carmen starrte auf das dunkle Display. Die Spiegelung

zeigte das Gesicht einer Frau, die mit den Tränen rang, dabei war ihr Leben doch geil. Warum fühlte es sich im Moment einfach nur beschissen an?

Carmen machte am Absatz kehrt und ging zurück in ihre Agentur, um sich dem Tagesgeschäft zu widmen.

Eine gute Sache hatte es, dass ihre Freundinnen neuerdings viel beschäftigt waren. Carmen war produktiver denn je. Früher hatte sie viele Abende in der Gesellschaft von Eva und Marina verbracht, jetzt machte sie Überstunden in der Agentur, weil sie nicht alleine zu Hause sitzen wollte.

Carmen klickte sich gerade zum hundertsten Mal durch die Präsentation, als Lisa im Türrahmen erschien. Sie wirkte aufgeregt. »Carmen! Hier ist Besuch für dich«, zischte sie.

Carmens Augen wanderten zu ihrem Terminplaner. Sie hatte nichts eingetragen. Mit fragender Miene wandte sie sich wieder Lisa zu.

»Es ist Natascha Ivanova«, sagte Lisa bedeutungsschwer. Wäre der Begriff *Ballmutter* noch zeitgemäß, dann wäre das ihr Titel. Sie war die Chefin des Opernball-Komitees.

»Fuck! Was will sie hier? Wir waren nicht verabredet …?«

Lisa zuckte die Achseln. Die Botschaft war klar: *Was soll ich ihr sagen?*

»Bring sie bitte herein.«

Carmen räumte in Rekordgeschwindigkeit ihren Schreibtisch auf und warf mehrere Post-its in den Mülleimer.

Lisa machte kehrt. Kurze Zeit später kam sie mit Carmens Besucherin zurück.

»Bitte, hier entlang.« Lisa trat zur Seite, damit Natascha Ivanova eintreten konnte. Carmen erhob sich von ihrem Schreibtisch und sah eine aufgetakelte Blondine. Sie trug einen Pagenschnitt, der fleißig mit der Rundbürste geföhnt worden war, außerdem einen überlangen Pony. Natascha Ivanova war stark geschminkt, hatte ein winziges Stupsnäschen und perlweiße Zähne.

Ivanka Trump, dachte Carmen belustigt und betrachtete das straffe, gut gepolsterte Gesicht und die vollen – eindeutig nicht natürlichen – Lippen. Eine dreireihige Perlenkette hing um ihren mageren Hals. Sie trug ein Tweedjäckchen von Chanel, dazu ein schlichtes weißes T-Shirt und Blue Jeans in XS. Ihr Name versprach russische Oligarchentochter, ihr Erscheinungsbild eher texanische Öl-Milliardärin.

»Carmen!«, rief ihr Gast und ging völlig natürlich zum *du* über. »Wir hatten bisher ja nur per E-Mail und Telefon das Vergnügen. Schön, dich mal richtig kennenzulernen.« Ihr Blick erfasste Carmens Erscheinung und wanderte an ihr hinab. »Ich seh' schon, wir zwei passen wunderbar zusammen.«

»Bestimmt!«, erwiderte Carmen und imitierte ihr strahlendes Lächeln. In ihrem Kopf ratterte es. *Was zur Hölle will sie hier?*

»Bitte, nimm Platz. Darf ich dir etwas zu trinken anbieten?«

»Ein Decaf-Coffee wäre wunderbar«, sagte sie, an Lisa gewandt, und setzte sich in einen der Besucherstühle. »Vielleicht mit geschäumter Mandelmilch?«

»Kommt sofort«, antwortete Lisa, ohne mit der Wimper zu zucken. Glücklicherweise surfte Alina, ihr Berliner Neuzugang, auf einer ähnlichen Welle, weshalb sich im Kühlschrank der Gemeinschaftsküche neuerdings nur noch pflanzliche Milch-Alternativen befanden. Fünf Minuten später standen zwei Kaffeetassen vor ihnen.

»Ich komme gleich zur Sache, wenn das für dich in Ordnung ist?«, sagte Natascha, sobald sie unter sich waren. Sie zog einen braunen Umschlag aus ihrer Hermès-Tasche und legte ihn auf den Tisch. Sie stellte ihre Birkin derart achtlos neben sich auf den Boden, als wäre es eine Einkaufstüte von Aldi.

»Ich bin ehrlich zu dir. Im Opernball-Komitee waren nicht alle dafür, *the Verve* in die Endrunde aufsteigen zu lassen. Du weißt schon …«, sie wedelte mit ihrer Hand, als müsste sie eine lästige Fliege vertreiben. »Zu wenig Erfahrung, zu wenig Reputation, zu wenig Vitamin B. Du kannst dir die Liste ihrer Bedenken bestimmt vorstellen, nicht wahr? Aber ich habe für euch gekämpft wie eine Löwin. Ich finde nämlich, dass der Opernball ein frischeres Image braucht. Wir müssen uns verjüngen.«

All das waren ihre eigenen Verkaufsargumente gewesen, die Natascha nun aufzählte. »Ich bin mir dieser Chance bewusst. Wir arbeiten mit Hochdruck an der Präsentation, um auch die letzten Zweifler zu überzeugen«, sagte Carmen.

»Wunderbar. Kannst du mir vielleicht schon ein wenig zeigen? Ich will den kritischen Stimmen von Anfang an den Wind aus den Segeln nehmen können«, erwiderte Natascha.

Shit! Der Termin für die Präsentation war nächste Woche. Zwar kannte Carmen jedes Wort auswendig, aber Natascha hatte sie überrumpelt.

»Natürlich«, antwortete Carmen und setzte ein gewinnendes Lächeln auf. Sie drehte ihren Laptop in Nataschas Richtung. Nun galt es zu improvisieren, als ihr eine Idee kam. Carmen öffnete ihr Moodboard auf Pinterest.

Natascha rutschte näher. »Du riechst ungewöhnlich«, sagte sie und schnupperte an Carmen. »Chanel Nr. 5, richtig? Mittlerweile ein seltener Duft.«

Viele fanden das Parfum altmodisch, aber Carmen trug es aus einem anderen Grund. »Ja. Das Lieblingsparfum meiner Mutter.«

Carmen deutete auf die Image-Bilder, die die gewünschte Stimmung transportierten. Sie nutzte sie, um ihr Konzept zu illustrieren. »Wir finden, dass die Werke des Künstlers eine subtile Erotik transportieren. Dort wollen wir andocken.«

Hellhörig blickte Natascha auf. »S.B.Grün will unter allen Umständen unerkannt bleiben. Das war Teil unseres Deals! Sonst hätte er uns das Gemälde nicht zur Verfügung gestellt.«

Carmen nickte. »Das verstehe ich. Es wäre zwar einfacher, den Menschen dahinter zu vermarkten, aber es geht auch so. Wir werden ...« Sie hatte ihren Satz noch nicht beendet, da schob Natascha ihr den braunen Umschlag zu, der vor ihr auf dem Tisch lag. Carmen blickte auf das Kuvert. War das ihr Ernst? Sie fühlte sich an die alten Schwarz-Weiß-Filme erinnert, wo eine aufgetakelte Frau ins Büro des Detektivs stürmte und ihm einen Hinweis zukommen ließ.

Irritiert griff Carmen danach. Der Umschlag fühlte sich leicht an. Sie leerte den Inhalt auf ihren Schreibtisch. Carmen sah eine Fotokopie des Gemäldes und einen Steckbrief des Künstlers. Außerdem ein Bild von Berti.

Fuck! Carmen wurde heiß. Ihr Herz klopfte wie verrückt. Ein Teil von ihr hatte es geahnt und ihm den Landwirt nicht abgekauft. Die tummelten sich eher selten in den Galerien der Wiener Innenstadt.

Natascha ließ sie nicht aus den Augen.

»Woher weißt *du*, wer er ist? Und warum zeigst du mir das? Ich dachte, seine Anonymität wäre Teil des Deals?«, fragte Carmen.

Natascha seufzte inbrünstig. »Ich sag' es dir ehrlich – ich wollte S.B.Grün nicht, aber der Direktor der Staatsoper besteht auf ihn. Ich sag' nur so viel: Berti ist ein Arschloch! Er hat jemandem, der mir sehr nahe steht, das Herz gebrochen.

Er ist ein Frauenheld und Lügner. Immer auf der Suche nach der nächsten Eroberung.«

Plötzlich dachte Carmen an Annika. Vermutlich sprach Natascha von ihr. Carmen wusste selbst, wie schrecklich es war, wenn man die eigene Freundin leiden sah und nichts dagegen tun konnte. Evas Ex-Mann Ben hatte vor ein paar Jahren eine Affäre gehabt. Eva hatte wochenlang nur geheult. Damals hätte Carmen wohl zu ähnlich drastischen Methoden gegriffen wie Natascha jetzt – so wütend war sie gewesen.

»Und was lernen wir daraus? Trau nie einem Mann. Tut mir leid für deine Freundin«, sagte Carmen trocken.

Natascha wirkte kurz überrascht, dann nickte sie dankbar. Sie warf einen prüfenden Blick über ihre Schulter, dann beugte sie sich vor und flüsterte: »Carmen, ich will ehrlich zu dir sein. Der Staatsoperndirektor will Baumann & Baumann. Ihr seid nur im Rennen, damit es nicht heißt, dass Newcomer keine Chance hätten. Aber wenn du mir versprichst, dass ihr Grün auffliegen lasst, dann sorge ich dafür, dass ihr den Auftrag bekommt.«

Nun war es Carmen, die überrascht die Augen aufriss. Das hier war mehr als nur ein Tauschhandel, es war ein unmoralisches Angebot: Wenn sie Bertis Identität verriet, bekam sie dafür den Auftrag, der ihr Überleben sicherte. Aber um welchen Preis?

»Angenommen, wir würden es tun, würde Grün uns dann nicht verklagen? *the Verve* kann sich einen Rechtsstreit nicht leisten.«

»Nicht unbedingt. Grün hat eine Verzichtserklärung unterschrieben und die Rechte am Bild abgetreten. Das Kleingedruckte hat er wohl nur flüchtig überflogen, denn eine Klausel hat er übersehen: Er stimmt ausdrücklich zu, dass sein Pseudonym offengelegt werden darf, falls es im Rahmen offizieller Veranstaltungen wie dem Opernball erforderlich ist. Schadensersatzansprüche sind ausgeschlossen – er hat den Passus selbst unterzeichnet.«

Carmen blickte hinüber zu ihren Mitarbeiterinnen im Gemeinschaftsbüro. Ihr Frauenkollektiv. Ihr Lebenstraum. Sie war nicht bereit, ihn aufzugeben, auch wenn sich in ihrem Inneren alles gegen Verrat sträubte. Selbst bei einem Lügner und Betrüger wie Berti, der dringend einen Denkzettel verdient hätte.

Plötzlich dachte Carmen an ihren Vater, der bis zu seiner Pensionierung einen Konzern geleitet hatte. Einer seiner Leitsätze lautete: »In der Wirtschaft gibt es keine guten und schlechten Entscheidungen. Nur bessere und dümmere.« Ein anderer Spruch, den Edgar Fürstenberg oft genug zum Besten gab, war: »Man streichelt sich nicht nach oben. Wenn sich eine Chance bietet, packt man sie an den Eiern.«

Carmen nickte und streckte ihre Hand aus.

»Ich mache es.«

Das hier war keine gute Entscheidung. Ihr Bauchgefühl protestierte, aber Carmen war nicht bereit *the Verve* aufzugeben, also war das die bessere Entscheidung.

In Nataschas Augen blitzte es. »Wunderbar!«

Sie erhob sich.

»Sehr gut! Ich sehe schon, hier sind fähige Köpfe am Werk.«

Natascha griff nach ihrer Birkin und machte einen Schritt auf die Tür zu, als ihr noch etwas einfiel. Sie drehte sich zu Carmen um und lächelte. Vielleicht lag es am Botox, doch Carmen hatte das Gefühl, dass es nicht ihre Augen erreichte.

»Schön, dass wir uns so gut verstehen. Ich finde alleine hinaus.«

Carmen hörte, wie Lisa Natascha Ivanova verabschiedete. Sobald sie fort war, erklangen Schritte im Gang. Schnell steckte Carmen die geheimen Informationen zurück in das braune Kuvert. Mit betont unschuldigem Blick wandte sie sich zur Tür, wo nun Lisas Kopf auftauchte. Sie hatte ein Tablett dabei, um das Kaffeegeschirr abzuräumen.

»Wahnsinn, oder? Ich bin fast aus den Latschen gekippt, als sie zur Tür hereinkam.« Sie sah Carmen erwartungsvoll an, während sie nach Nataschas unberührter Tasse griff.

Carmen überlegte, was Lisa so in Aufregung versetzte. Die sündhaft teure Designerhandtasche? Oder das starre Gesicht, das einer Photoshop-Panne glich?

»Ihr zwei schaut wie Zwillinge aus«, rief Lisa und überraschte Carmen nun doch. »Als wärt ihr aus dem gleichen Ei geschlüpft. Einfach unglaublich!«

Carmen warf einen Blick in den Spiegel an der Wand. Gut, sie hatten beide hellblondes Haar und das eine oder andere machen lassen, aber das war es auch schon wieder mit der Ähnlichkeit. Natascha war ein Silikon-Valley-Püppchen, sie selbst um ein Vielfaches natürlicher.

»Unsinn«, widersprach Carmen, als Marie um die Ecke lugte. »Ich schließe mich Lisa an. Ihr seid Twins. Eindeutig.«

Carmen leckte über ihre Schneidezähne. »Schon klar. Zurück an die Arbeit. Wir haben noch viel zu tun.«

Lisa und Marie tauschten einen vieldeutigen Blick.

Carmen wusste, dass ihr Verhalten kleinlich war – aber verdammt noch mal! Sie sah kein bisschen aus wie eine Person, die so künstlich war, dass sie für ihre eigene Karikatur gehalten werden konnte.

Als niemand mehr in der Nähe war, zog Carmen noch einmal den Steckbrief aus dem Kuvert. Sie überflog die Angaben.

Berti war 46. Beziehungsstatus unbekannt. Sein Wohnort war Wien. *So viel zum Landwirt*, dachte Carmen grimmig.

Die Liste war kurz, wie nicht anders zu erwarten bei einem Künstler, dem seine Anonymität heilig war.

Aus der Teeküche klang verhaltenes Gelächter. Bestimmt amüsierten sich ihre Mitarbeiterinnen über ihre kleinliche Reaktion.

Carmen lehnte sich in ihrem Bürosessel zurück und massierte ihre Schläfen. *Ich kann es nicht.* Der Gedanke kam aus dem Nichts und Carmen wischte ihn fort.

Es ist das kleinere Übel, sagte sie sich und hoffte, dass es ihr gelang, sich selbst davon zu überzeugen. Immerhin ging es um die Existenz ihrer Firma. Ihres Lebens.

Kapitel 7

Ein Kreuz mit Cruz

Dank des unerwarteten Besuchs hätte Carmen beinahe ihr Treffen mit Cruz verschwitzt. Kurz vor 18 Uhr klappte sie ihren Laptop zu. Sonst war sie die Letzte, die ging, heute war sie die Erste.

Carmen prüfte ein letztes Mal, ob das braune Kuvert wirklich in ihrer Schublade lag. Es kam nämlich vor, dass Mitarbeiterinnen in ihrer Abwesenheit ihr Büro betraten, um ihr Unterlagen zur Durchsicht auf den Schreibtisch zu legen.

Während Carmen zusammenpackte, erwachte in ihr die Vorfreude auf Sex, denn darauf würde es unweigerlich hinauslaufen. Cruz war nicht unbedingt das hellste Licht auf der Torte, aber ein begnadeter Liebhaber. Das war genau das, wonach Carmen der Sinn stand. Ablenkung! Keine tiefschürfenden Gespräche, dafür prickelnde Leidenschaft. Allein beim Gedanken daran spürte sie ein verräterisches Ziehen zwischen ihren Beinen.

Um 18 Uhr eilte Carmen die Schadekgasse hinunter. Sie waren im Café Pierre verabredet. Jetzt, als die Tage wärmer wurden, erwachten die Straßencafés zu neuem Leben. Cruz saß bereits im Gastgarten des französischen Restaurants und grinste ihr entgegen. Er erhob sich, um Carmen mit zwei Bussis zu begrüßen. Seine Hände lagen wie selbstverständlich an ihrer Taille. »Carmen«, sagte er und rollte das R wie Antonio Banderas als gestiefelter Kater.

Für Mitte April war es bereits angenehm warm. Über den Kronen von Ahornbäumen erhob sich das Haus des Meeres. Ein Flakturm, der nach Kriegsende in ein majestätisches Aquarium verwandelt worden war. Die Fassade schimmerte golden im Sonnenuntergang. Sie aßen Crêpes Florentine und Quiche Lorraine. Dazu tranken sie einen schweren Bordeaux und plauderten über die alten Zeiten. Da ihre Beziehung rein körperlicher Natur gewesen war, führte auch dieses Gespräch in diese Richtung. Subtile Botschaften spickten ihr Beisammensein, gewürzt mit flüchtigen Berührungen und tiefen Blicken.

»Dort drüben ist meine neue Wohnung«, sagte Cruz und deutete auf die gegenüberliegende Straßenseite.

»Die würde ich mir gerne einmal ansehen«, sagte Carmen und griff nach dem Strohhalm, den er ihr bot. Augenblicklich hob Cruz die Hand und winkte dem Kellner wegen der Rechnung.

Zehn Minuten später gingen Carmen und Cruz auf den Eingang zu. Cruz schloss auf und sie betraten das dunkle Treppenhaus. Es roch nach Staub und Feuchtigkeit. Schweigend stiegen sie die ausgeschlagenen Stufen empor. In jedem Stockwerk hingen verwaiste Waschbecken. In Carmen wuchs die Ungeduld. Sie konnte es kaum erwarten, seine Wohnung zu erreichen, um sich die nagenden Gewissensbisse aus dem Kopf zu vögeln.

Cruz schloss auf. Ein Schritt über die Schwelle, und sie fielen übereinander her. Das war genau nach Carmens Geschmack! Sie küssten sich atemlos und rissen sich die Kleider vom Leib.

Cruz war Tanzlehrer, sein Körper definiert und geschmeidig. Seine Haut schmeckte salzig. Er roch nach billigem Deo und einem Hauch von Moschus. Seine Poren dünsteten ein leichtes Zwiebelaroma aus. Das hatte Carmen so nicht in Erinnerung gehabt. Sie taumelten durch die Wohnung und krachten gegen Türstöcke. Cruz drängte seinen Oberschenkel zwischen ihre Beine und ließ Carmen spüren, wie sehr er sie begehrte. Wenn sie die Augen schloss, blitzte ein anderer vor ihr auf. Grüne Augen, gebräunte Haut. Ein souveränes Lächeln. Was zur Hölle hatte Berti in ihren Gedanken verloren?

Du spürst dich nicht, hatte er gesagt. *So ein Unfug,* dachte Carmen. Sie fühlte mehr als genug; im Augenblick einen pochenden Schwanz an ihrer Scham und glühende Lava, die sich durch Arterien schob.

Dann stahl sich jemand anderes in ihre Gedanken. Plötzlich sah sie ihren Vater vor sich. *Richtig so, wenn sich eine Chance bietet, packt man sie an den Eiern*, raunte er ihr zu. Augenblicklich ließ Carmen die von Cruz los.

Ihr Vater, Edgar Fürstenberg, war in etwa der Letzte, den sie sehen wollte. Weder im echten Leben und schon gar nicht in ihrem Kopfkino.

Sie standen immer noch im Flur seiner Wohnung, aber Carmen konnte nicht mehr warten, bis sie das Schlafzimmer erreichten. Das Feuer in ihr flackerte bereits bedenklich.

»Mach es mir mit dem Mund«, sagte sie und dirigierte Cruz tiefer. Cruz grinste und sank in die Knie. Seine Lippen wanderten ihre Scham entlang, seine Zunge umkreiste ihre Mitte. Carmen stieß ein Seufzen aus. Sie war wieder im Spiel, warf den Kopf in den Nacken, es war … nett. Irgendwo hörte Carmen eine Uhr ticken.

Meine beste Fantasie, ermahnte sie sich und durchforstete ihren Geist nach Inspiration. Berti, wie er sie zu Boden drückte, in sie eindrang … es ihr mit tiefen Stößen besorgte.

Ja, das war gut! Damit konnte sie arbeiten. Carmen war bereit, sich fallen zu lassen, als Cruz wieder neben ihr auftauchte und zu sprechen begann. Es klang wirklich wie ein schnurrender Kater. Ihre Lust verflog wie Kerzenrauch.

Carmen seufzte resigniert; das würde nichts mehr werden.

Sie schob Cruz von sich, sah sein verwirrtes Gesicht. Die Stimmung war beim Teufel. »Ich kann nicht«, murmelte Carmen und blickte sich nach ihrem Slip um.

»Halt. Baby, warte.« Cruz griff nach ihrer Hand und legte sie auf seinen harten Schwanz. »Könntest du …?«

Ein Blick in Carmens Gesicht genügte. Sie konnte nicht und Cruz wusste es. »Schon gut«, murmelte er und kniff die Lippen zusammen. Er lehnte genervt an der Wand und sah zu, wie Carmen sich wieder anzog.

»Ich ruf' dich an«, sagte er, als sie Augenblicke später aus seiner Wohnung rauschte. Sie wussten beide, dass er das nicht tun würde.

Carmen rannte die Treppen hinab. Dieses Desaster war völlig unerwartet aufgetaucht.

Unten auf der Straße rief Carmen Eva an, doch nur die Mailbox sprang an. Sie drückte den roten Knopf, scrollte sich durch ihr Anrufprotokoll und drückte auf Marinas Nummer. Es klingelte eine halbe Ewigkeit, aber niemand ging ran.

Aufgelöst stieg Carmen in einen Bus der Wiener Linien, der gerade in die Haltestelle einfuhr. Der würde sie zum Getreidemarkt bringen. Von dort aus würde sie zu Fuß nach Hause gehen. Momentan war sie froh über jeden Meter, der sie weiter vom Schauplatz ihres Versagens fortbrachte. Wie hatte das passieren können?

Carmen fühlte sich geschlagen, dabei war bedeutungsloser

Sex ihre gottverdammte Königsdisziplin. Daran war nur Berti schuld! Er hatte ihr Flausen in den Kopf gesetzt, die dort nun ihr Unwesen trieben und sich rege vermehrten. Und wo zum Teufel waren Eva und Marina, wenn Carmen sie brauchte?

Carmen ballte die Hände zu Fäusten. Berti war der Lügner. Er betrog seine Frau. Sein Geheimnis zu bewahren, wäre eindeutig die dümmere Entscheidung. Sie hatte das Richtige … Nein! Sie hatte das Bestmögliche in dieser Situation getan.

Völlig durch den Wind erreichte Carmen ihre Wohnung. Der alte Fahrstuhl rumpelte hoch ins Dachgeschoss. Als sie aus der Kabine trat, sah sie einen Schatten vor ihrer Haustür. Romy – in Chucks und einem ausgewaschenen Latzkleid, das sie über einem schlichten Tanktop trug. Ihre blonden Haare hatte sie zu zwei Zöpfen geflochten. Ihre Augen wirkten verheult. Offensichtlich hatte ihre Nichte einen ebenso miesen Tag gehabt.

»Romy? Was ist los?«, fragte Carmen besorgt.

»Ich … ich weiß nicht, wohin ich sonst gehen soll«, stammelte Romy. Sofort begannen die Tränen erneut zu fließen. »Mein Freund hat gestern Schluss gemacht. Heute postet er Fotos mit meiner besten Freundin. Die beiden sind jetzt zusammen.«

Sie zog ihr Smartphone aus der Tasche, entsicherte es und streckte Carmen ein Bild entgegen, das ein Teenager-Pärchen knutschend in einem Pool zeigte. Shit! Das war übel. Carmen erinnerte sich noch ganz genau an ihre erste große Liebe, der Typ war auch mit ihrer besten Freundin durchgebrannt. »Wichser«, sagte sie deshalb aus tiefster Inbrunst. Romy riss die Augen auf. Carmen und Mercedes mochten sich zwar rein äußerlich ähneln, doch was ihre Sprache betraf, waren sie grundverschieden.

»Komm erst mal rein.«

Carmen schloss die Tür auf und zog Romy in ihr weißes Königreich. Anders als im imperialen Setting, das Paolo geschaffen hatte, herrschte in Carmens Wohnung minimalistische Zurückhaltung. »Hast du Hunger?«

Romy schüttelte den Kopf. Das war gut. Carmen öffnete ihren Kühlschrank, in dem sich ausnahmslos Flüssiges befand. Sie hätte Romy ohnehin nichts anbieten können. Stattdessen zog sie eine Flasche Frizzante hervor. »Darfst du schon trinken?«

»Ich bin siebzehn«, antwortete Romy.

Carmen betrachtete sie ratlos. Sie hatte schlicht keine Ahnung von den gesetzlichen Bestimmungen zum Jugendschutz. Fakt war, dass sie in diesem Alter schon so manchen Vollrausch gehabt hatte, aber Mercedes würde sie umbringen, wenn sie Romy zum ersten Mal Alkohol anbot.

»Also was jetzt? Ja oder nein?«

»Geh bitte, Tante Carmen, ich hab schon öfter was getrunken«, antwortete Romy großspurig. Carmen zuckte mit den Schultern. Letztlich war es ihr ohnehin egal. In ein paar Monaten war Romy volljährig. Ein kleiner Arsch hatte ihr das Herz gebrochen – ein Vorgeschmack auf das Leben einer Erwachsenen, da konnte sie auch wie eine Frau darauf reagieren.

Der Korken knallte und Carmen füllte zwei Gläser. Winzige Perlen flirrten im Inneren. Sie nahm die Sektflöten und ging mit Romy ins Wohnzimmer. Als sie nebeneinander auf der Couch saßen, prosteten sie sich zu. Einen Moment lang herrschte Stille und beide kosteten den Frizzante.

Carmen brach als Erste das Schweigen. »Ich könnte dir

sagen, dass dein Ex ein dummer Junge ist und klüger wird, wenn er erst einmal ein Mann ist. Aber das wär gelogen! Männer sind Wichser. Vielleicht nicht alle, aber definitiv die meisten. Sie lügen und betrügen. Sie machen dir ein schlechtes Gewissen, und dann ficken sie dich. Aber nicht auf die gute Weise …« Carmen tippte auf ihre Stirn. »Sondern da oben.«

Romy musterte sie überrascht. Sie hatte wohl keine derart desillusionierenden Worte erwartet.

»Was machst du, wenn dich ein Kerl scheiße behandelt?«

»Soweit lasse ich es gar nicht erst kommen. Das hab ich mir schon lange abgewöhnt. Typen sind zum Vergnügen da. Ich gehe immer, bevor es ernst wird, dann kann man auch nicht verletzt werden«, antwortete Carmen trotzig.

Einmal mehr dachte sie an Berti. Seine Worte hatten sie verletzt, aber das musste Romy nicht wissen. Die Kränkung legte sich um ihr Herz und verstärkte den Schutzwall, den sie selbst errichtet hatte.

»Magst du denn keine Männer, Tante Carmen?«, fragte Romy.

»Doch, natürlich! Ich liebe die Männer. Deshalb will ich mich auch nicht nur an einen Einzigen binden. Bei einem Buffet würdest du doch auch nicht nur Pommes nehmen, sondern dich durch das ganze Spektrum kosten, oder?«

Ein Lächeln stahl sich auf Romys Gesicht. »Du bist echt weise, Tante Carmen«, sagte sie bewundernd und trank einen weiteren Schluck. »Meine Mutter hat mir noch nie so gute Ratschläge gegeben.«

Carmen stand auf, holte die Flasche aus der Küche und schenkte ihnen ein weiteres Mal nach. Was sprach dagegen, morgen war Samstag.

»Deine Mutter will nur das Beste für dich«, antwortete

Carmen, doch innerlich freute sie sich diebisch darüber, dass Romy sie cooler fand als ihre Schwester. Dieser Punkt ging an sie. »Du weißt, dass du deiner Mutter Bescheid sagen musst, dass du hier bist«, sagte Carmen und deutete auf Romys Handy, das auf dem Wohnzimmertisch lag.

Die verzog das Gesicht.

»Kannst du nicht?«

Carmen schüttelte den Kopf. Das Letzte, was sie an diesem Tag wollte, war, ein Gespräch mit Mercedes zu führen.

»Nein! Ganz sicher nicht«, antwortete Carmen. Sie beobachtete Romy, wie sie ihre Mutter anrief.

»Hallo, Mama. Ich wollte nur Bescheid sagen, dass ich bei Tante Carmen bin«, sagte Romy.Augenblicke später.

Sie erhob sich und wanderte durch das Wohnzimmer, aber Carmen hörte Mercedes' schneidende Stimme trotzdem.

»Aber du kommst heute noch nach Hause, verstanden? Ich will nicht, dass du bei deiner Tante übernachtest.«

»Ja, Mama«, sagte Romy und schnaubte genervt. Sie hatte aufgelegt, ehe Carmen nachfragen konnte, was genau Mercedes' Problem war.

Zwar sah sie Romy nicht oft, aber sie hatte sich immer gut um ihre Nichte gekümmert.

Romy setzte sich wieder und erzählte von der neuen Schule und den Mädchen in ihrer Klasse. Die zwar nett, aber auch reserviert waren.

Carmen hörte aufmerksam zu, nickte an den richtigen Stellen und ließ Romy reden. So simpel war das. Warum kriegten Marina und Eva das nicht auf die Reihe? Carmen griff nach ihrem Frizzante und trank ihn leer.

Sie genoss es, die coole Tante zu sein.

Carmen teilte den Rest der Flasche zwischen ihnen auf.

Vielleicht war es das Gefühl, gebraucht zu werden, das Carmen plötzlich nach ihrer Handtasche kramen ließ. Sie nestelte an ihrem Schlüsselbund und löste den Zweitschlüssel vom Ring. Einen eingerissenen Nagel später reichte sie ihn Romy. »Hier, für dich. Du kannst jederzeit hierherkommen, wenn der Hut brennt und du nicht weißt, wo du sonst hin sollst.«

Romy schlang ihre Arme um Carmen und drückte sie fest. »Du bist die Beste! Danke, Tante Carmen. Das bedeutet mir echt viel.«

Carmen spürte eine tiefe Verbundenheit zu ihrer Nichte. Romy war wie eine jüngere Version von ihr selbst. Sie brauchte jemanden, der sie verstand und unterstützte. Beides zählte nicht unbedingt zu Mercedes' Stärken.

Nachdem alles gesagt war, schauten sie *Vampire Diaries*. Eine Serie über Vampire, die trotz ihres biblischen Alters erstaunlich profane Teenager-Probleme wälzten. Carmen ließ sich geduldig den Plot erklären und nickte interessiert, obwohl die Handlung ihrer Meinung nach Lücken aufwies. Zwei Folgen später schlief Romy ein. Ihr Kopf lag auf Carmens Schulter. Ihr Atem roch nach Kaugummi.

Carmen betrachtete ihr friedliches Gesicht. Romy könnte ihr Kind sein. Der Gedanke kam so schnell, dass Carmen nicht rechtzeitig in Deckung gehen konnte. Er traf sie mit voller Wucht. Carmen hatte nie Kinder gewollt, warum fühlte sie plötzlich diese Leere?

Weil sie das Gefühl nicht vertreiben konnte, rüttelte sie stattdessen Romy leicht an der Schulter. »Du musst heim, Schätzchen. Deine Mutter wartet. Du hast ja gehört, was sie gesagt hat. Ich rufe dir ein Uber.«

Romy grunzte etwas Unverständliches. Es hatte mit Hunger und einem flauen Magen zu tun. Carmen kramte ein weiteres Mal in ihrer Handtasche und zog einen Müsliriegel hervor. Sie kam sich wahnsinnig mütterlich vor. Ihre Mutter hatte auch immer ein Stollwerk mit sich herumgetragen. Bis heute erinnerte sich Carmen noch an die karamellartige Süße und die klebrige Konsistenz, die an den Plomben der Backenzähne zog. Und das, obwohl ihre Mutter schon lange tot war.

»Den Schlüssel hast du?«

Romy nickte.

Carmen begleitete sie nach unten und überzeugte sich davon, dass der Uber-Fahrer einen vernünftigen Eindruck erweckte, ehe sie Romy einsteigen ließ und ihm die Adresse nannte. Lächelnd blickte sie dem weißen Ford Cougar hinterher. Carmen fand, dass sie sich außerordentlich gut geschlagen hatte. Selbst Stunden später hielt diese Zufriedenheit noch an. Bis um Mitternacht, als ihr Handy klingelte.

Schlaftrunken musterte Carmen das Display. Es war Romy.

»Hallo Romy, hast du etwas bei mir vergessen?«

»Bist du komplett gestört? Was zur Hölle denkst du dir dabei, einer Minderjährigen Alkohol zu geben?«, brüllte Mercedes ins Telefon.

Daher wehte also der Wind. Augenblicklich war Carmen wach und setzte sich in ihrem Bett auf. Sie ahnte, dass dieses Gespräch länger dauern würde. »Sie sagte, sie darf«, antwortete Carmen. Diese Rechtfertigung klang sogar in ihren Ohren lächerlich. »Was hätte ich denn tun sollen? Es ihr verbieten? Sie ist immerhin schon siebzehn.«

Eine Kaskade aus Flüchen ergoss sich über sie. Das letzte Mal war Mercedes so wütend gewesen, als Carmen ein unvorteilhaftes Bikinifoto an ihren Schwarm geschickt hatte. Das war beinahe dreißig Jahre her. Nachdem sich die Vorwürfe das dritte Mal wiederholt hatten, wagte Carmen einen

Einspruch. »Okay. Ich habe es verstanden. Tut mir leid! Wirklich! Ich verspreche, ich werde es nie wieder tun. Zum Glück ist nichts passiert.«

»Nichts passiert?«, schrie Mercedes am anderen Ende. »Dass ich nicht lache. Romy kotzt sich seit einer Stunde die Seele aus dem Leib. Und das alles nur deinetwegen.«

Carmen schluckte. Das neue WC war versaut. Das würde Paolo wohl gar nicht gefallen.

»Ich … es tut mir leid. Kannst du sie mir kurz geben?«, bat Carmen.

»Spinnst du? Du hörst in nächster Zeit gar nichts von meiner Tochter. Halt dich bloß von ihr fern!«

Das Gespräch war beendet. Mercedes legte auf und Carmen konnte es ihr nicht verübeln. Was hatte sie sich nur dabei gedacht, ihrer minderjährigen Nichte Alkohol zu geben? Gar nichts, resümierte sie – das war das Problem! Carmen war viel zu sehr mit ihrem eigenen Leben beschäftigt gewesen. Sie rollte sich zu einem Knäuel zusammen, die Arme um die Knie geschlungen. Mercedes hatte allen Grund, sauer zu sein. Carmen fühlte sich schrecklich. Um das wieder geradezubiegen, würde sie sich mehr einfallen lassen müssen als einen Geschenkkorb.

Kapitel 8

Wo gehobelt wird, da fallen Späne

Sonntag

Das Desaster mit Romy lag zwei Tage zurück.

Carmen räkelte sich auf ihrem Boxspringbett und versuchte, sich gedanklich in Stimmung zu bringen. Sie trug nichts außer einem Seidenkimono. Carmen dachte an schöne Männer und große Schwänze, so einfach war das normalerweise. Heute hörte sie das saugende Geräusch der Lüftung und das Surren einer Mücke. Durch das gekippte Fenster klang das Heulen einer Sirene und das monotone Rauschen des Verkehrs. Seit wann knarzte eigentlich ihre Matratze?

Der Wunsch, das hier sein zu lassen und sich vor den Fernseher zu werfen, war groß. Aber das kam nicht in Frage! Carmen befand sich auf einer Mission: Sie war entschlossen, ihre Libido wiederzufinden. Berti war an ihrem Verschwinden schuld. Er hatte sie mit seiner kryptischen Prophezeiung vertrieben, davon war Carmen mittlerweile überzeugt.

»Du wirst nie glücklich werden«, hatte er gesagt. Was Carmen eigentlich hörte, war: »Deine Genitalien werden verdorren. Die Lebenssäfte vertrocknen. Du wirst keine Leidenschaft mehr empfinden, sondern stattdessen Spaß am Essen finden und ein hervorragender Futterverwerter werden.«

Herrgott, soweit durfte es nicht kommen!

Energisch zog Carmen die Lade ihres Nachtkästchens auf. Darin lagen sie, ihre treuen Begleiter, in Reih und Glied aufgefädelt. Carmen langte nach dem *Satisfyer*, einem Hand-Massagegerät, das damit warb, seine Benutzerin in Rekordzeit zum Höhepunkt zu bringen. Heute entpuppte sich der Ferrari unter den Sextoys bestenfalls als Kleinwagen mit 50 PS. Beschleunigung gleich null, und der Weg hoch zum Gipfel zog sich. Carmen versuchte es mit einem pinkfarbenen Silikon-Vibrator, ein Joystick der anderen Art. Sehr effektiv – normalerweise! Heute stotterte er lustlos vor sich hin, wie eine sterbende Biene, der zusehends der Saft ausging. Carmen hatte vergessen, das Ding aufzuladen. Frustriert griff sie nach einem gläsernen Dildo mit bunten Noppen. Er war milchig weiß, mit grünem Muster. Außerdem erinnerte er unschön an Gmundner Porzellan. Der Dildo hatte bisher ein trauriges Dasein in ihrer Schublade geführt. Nun wusste Carmen auch wieder, wieso. Das Glas war eiskalt und fühlte sich unnatürlich an. Sie verzog angewidert das Gesicht. So würde das nichts werden.

Carmen horchte in sich hinein und machte eine Bestandsaufnahme. Dürrezeit. Trockenperiode, da flutschte gar nichts. Entnervt warf sie das Spielzeug weg. Stattdessen zog sie eine Tube Gleitgel aus der Schublade und ölte das Getriebe. Auch das war klebrig und unangenehm. Am liebsten hätte Carmen alles hingeschmissen, doch ihre Sturheit zwang sie, weiterzumachen.

Mit der sauberen Hand nestelte sie an ihrem Smartphone herum. Sie brauchte jede Hilfe, die sie kriegen konnte.

Überrascht stellte sie fest, dass es die Pornoseite ihrer Jugend immer noch gab. Sogar die Darsteller waren die gleichen geblieben, außer, der Trend ging wieder in Richtung Körperbehaarung. Halbherzig beobachtete Carmen ein Paar in Action. Ein Mann und eine Frau, die bei jedem Kamerawechsel eine andere Stellung ausprobierten. Lust wollte sich bei ihr trotzdem nicht einstellen. Im Gegenteil, die Geräuschkulisse war ekelerregend. Dann folgte eine Werbeeinblendung. »Willst du Hausfrauen aus deiner Nachbarschaft ficken?«, fragte die Stimme, die verdächtig nach künstlicher Intelligenz klang.

»Nein, das will ich nicht!«, rief Carmen und warf endgültig das Handtuch. Sie hatte genug. Das hier brachte nichts.

Einmal ist keinmal, sagte sie sich, doch dass sich zweimal in Folge die Lust nicht blicken ließ, war ein Problem. Der Beginn einer sexuellen Flaute. Der Anfang der Frigidität!

Missmutig schwang sich Carmen aus dem Bett. Sie war hier fertig.

Carmen ging die offene Treppe hinab ins Wohnzimmer. Ihre Wohnung war ein Traum, durch die großen Glasfassaden konnte sie die Wiener Innenstadt vor sich sehen. Wie lange würde sie sich diesen Lebensstil noch leisten können? Weil sie die *bessere* Entscheidung getroffen hatte, hoffentlich noch länger.

Carmen verbannte diesen Gedanken und schleppte sich unter die Dusche. Das warme Wasser des Regenkopfs prasselte auf ihre Haut. Sie drehte an einem Rad und wechselte zur Handbrause. Carmen griff danach und schob sie zwischen ihre Beine. Nichts. Wie lange sie schon unter der Dusche stand, wusste sie nicht, nur, dass die Haut an ihren Fingern bereits schrumpelig war. Vermutlich sah es untenrum nicht besser aus. Orgasmus hatte sich trotzdem keiner eingestellt. Ihre einstige Superkraft war bloß noch eine Erinnerung. Fortgespült, wie das Wasser, das im Abfluss verschwand.

Kurze Zeit später lümmelte Carmen auf der Couch und tippte mit aufgeweichten Fingern eine SMS an Eva. *Ich brauche deine Hilfe. Und zwar dringend!* Der reißerische Anfang war bewusst gewählt, denn das hier war ein Notfall! Sie brauchte Beistand.

Carmen hatte beschlossen, der Flaute den Kampf anzusagen. Es half nichts – wer vom Pferd gefallen war, musste wieder aufsteigen. Und wer reiten wollte, aber kein Pferd hatte, musste sich wohl oder übel bei einer Dating-App registrieren.

Am Dienstagabend, zwei Tage später, stieg Carmen bei der U-Bahnstation Schönbrunn aus und ging zügig am gleichnamigen Schloss vorüber. Anders als die zahlreichen Touristen hatte sie keinen Sinn für die imperiale Schönheit. Sie war auf dem Weg zu Eva.

Es war zwei Jahre her, da hatte ihre Freundin in einer ähnlich verzweifelten Lage gesteckt. Damals hatten Carmen und Marina sie dazu überredet, sich bei Lovematch zu registrieren. Außerdem hatten sie Eva zu einer pikanten Wette genötigt. Auf der Plattform hatten sich zwar allerhand schwarze Schafe getummelt, doch letztlich hatte Eva dort ihren Mister Perfect gefunden. Den Programmierer der App. Ein dunkler Argentinier, gesegnet mit großartigem Aussehen und dem Talent, seinem Gegenüber weiche Knie zu verpassen. Einen ähnlichen Glücksgriff erhoffte sich nun auch Carmen. Trotzdem erinnerte sie der Weg zum Stadtpalais, in dem Eva mit ihren beiden Töchtern wohnte, ein wenig an den Gang nach Canossa, denn Eva würde wohl nicht mit Schadenfreude geizen.

Carmen hatte die Gloriettegasse erreicht und klingelte. Der Summerton erklang, die Tür schwang auf und ließ sie ein in ein weiß getünchtes Entree. Carmen hielt auf die geschwungene Treppe zu, als sie schrilles Geschrei aufschnappte, das mit jedem Schritt lauter wurde. Spätestens, als sie vor Evas Wohnungstür stand, war klar, dass der Lärm von dort kam.

»Ich hasse dich! Du zerstörst mein Leben«, schrie eine Mädchenstimme, dann folgte ein dumpfer Knall – eine Tür, die ins Schloss fiel.

Carmen klopfte an den Türrahmen und eine sichtlich genervte Eva öffnete. Zwei kreisrunde rote Flecken waren auf ihren Wangen erschienen. Ihre Haare standen wirr von ihrem Kopf ab, so als hätte sie sie gerade vor Wut gerauft.

»Manchmal hasse ich Kinder«, zischte sie und griff nach der mitgebrachten Flasche Wein.

»Wenn es ungünstig ist, kann ich wieder gehen«, bot Carmen an, doch Eva winkte ab. »Es ist immer ungünstig, seit Lisbeth und Sophie in der Pubertät sind. Lisbeth ist sauer, weil ich sie nicht mit irgendwelchen Typen auf ein Festival fahren lasse, um dort mit *Freunden* – die ich noch nie gesehen habe – zu campen.«

Carmen prustete. Mutter von zwei jugendlichen Töchtern zu sein, klang in der Tat zermürbend.

»Hi Carmen«, rief die zwölfjährige Sophie, die gerade um die Ecke bog. Carmen unterdrückte ein Ächzen beim Anblick von Sophies neonpink gefärbten Haaren.

»Auswaschbar«, beteuerte das ehemals erdbeerblonde Mädchen, das mit einer Tüte Chips blitzschnell in seinem Zimmer verschwand.

»Du verdirbst dir den Magen«, rügte Eva, doch Sophie war längst verschwunden.

»Danke, dass ich so kurzfristig vorbeikommen durfte«, sagte Carmen.

Eva machte eine wegwerfende Handbewegung. »Längst überfällig. Aber ich hab im Moment einfach so viel um die Ohren.«

Die letzten beiden Wochen hatte Eva für ihre Prüfung gelernt und ihrem Soziallleben eine Pause verordnet.

Carmen verzog ihre Lippen zu etwas, das man als Lächeln missdeuten konnte. »Kein Problem. Das verstehe ich.«

Aus Lisbeths Zimmer drang laute Musik. *Komet* von Udo Lindenberg und Apache 207. Laut genug, um Eva auf ihre Wut hinzuweisen. Leise genug, um einen weiteren Streit zu vermeiden.

»Ist Valentín nicht da?«, fragte Carmen.

Eva schüttelte den Kopf. »Nein, er hat ja immer noch seine Wohnung gegenüber. Dort arbeitet er. Hier ist alles viel zu chaotisch.«

Wie immer, wenn sie von Valentín sprach, erhellte sich ihre Miene. Sie und Valentín waren verfeindete Türnachbarn gewesen, nun waren sie ein verliebtes Paar, dessen Schnappschüsse die Wände zierten. Ein Happy End, das sich Eva nach ihrer Scheidung mehr als verdient hatte.

Carmen schälte sich aus ihrem Trenchcoat und den Raulederstiefeln und folgte Eva ins Wohnzimmer. Dort ließ sie sich auf die IKEA-Couch sinken, die nicht so recht zu den hohen Stuckwänden und Kronleuchtern passen wollte. Eva verschwand in der Küche und kehrte kurze Zeit später mit einem voll beladenen Tablett wieder. Darauf waren zwei gefüllte Rotweingläser, eine Karaffe Leitungswasser, Weintrauben, Käse und Cracker.

»Also, her mit meinem Update: Was habe ich in letzter Zeit verpasst?«

Carmen erzählte Eva von der Begegnung mit Berti, ihrer

gemeinsamen Nacht und dem seltsamen Ende. Außerdem von ihrem Treffen mit Cruz und ihrer verlorengegangenen Libido. Nur den Deal mit Natascha ließ sie aus. Dafür schämte sie sich zu sehr.

»... Ach ja, und Mercedes wohnt jetzt auch wieder in Wien. Sogar unser erstes Drama haben wir bereits hinter uns.«

»Was ist passiert?«

Carmen schnitt eine Grimasse. »Sagen wir es mal so: Mercedes fand den Inhalt ihres Geschenkkorbs scheiße.« Näher wollte sie diese Angelegenheit nicht ausführen, denn Eva hatte wohl kaum Verständnis dafür, dass sie Romy ihren ersten Vollrausch spendiert hatte.

»Hey, ich kenne zwar deine Schwester nicht, aber ich kenne Menschen mit einem Stock im Arsch. Denk nur an meine Ex-Schwiegermutter. Die sind alle irgendwie gleich, also nimm dir das nicht zu Herzen.«

»Ich weiß, danke. Aber Mercedes ist nicht das Problem. Es geht um Berti. Um das, was er gesagt hat. Der Arsch hat mein Mojo gekillt. Seither funktioniert gar nichts mehr.«

Eva führte sich gerade einen Cracker zum Mund. Sie hielt überrascht inne und zog die Augenbrauen hoch.

Carmen kannte ihren Ruf, deshalb war das ja auch so ein verdammt großes Problem! Sex war ihre *Love Language*; wenn das nicht mehr funktionierte, war sie sprichwörtlich stumm geworden.

Eva griff nach der Weinflasche und schenkte ihnen nach. »Ehrlich, Carmen, du hast keinen Grund, dir Sorgen zu machen. Weißt du, wie oft es bei mir nicht klappt? Das ist völlig normal. Manchmal hat man eben andere Dinge im Kopf und ...«

»Nicht bei mir!« Es ärgerte Carmen, dass Eva die

Dramatik ihrer Geschichte nicht erkennen wollte. »Erinnerst du dich noch an Jan?«

Augenblicklich errötete Eva bis zum Haaransatz. Der Grund war simpel: Jan war ein Callboy, den Carmen Eva in einer dunklen Stunde spendiert hatte.

»Ich bin so verzweifelt, dass ich ihn angerufen habe. Quasi, um einen Experten zu konsultieren«, sagte Carmen.

»Und? Wo ist das Problem?«, fragte Eva betont unschuldig, dabei wussten sie beide, wie sehr Eva die Gesellschaft des Gigolos genossen hatte.

»Jan ist nicht mehr im Geschäft. Er hat jetzt einen Buchvertrag in der Tasche und schreibt seine Memoiren.«

Eva war entsetzt. »Was, wenn er über unsere Nacht im Burgtheater schreibt?«

Carmen zuckte die Achseln. »Er verwendet sicher keine echten Namen. Ansonsten kannst du es ja selbst nachlesen. Es erscheint im Herbst und heißt, *Die pikanten Geschichten eines Callboys.*«

Eva klammerte sich an ihrem Käse fest wie eine Ertrinkende an ihrem Rettungsring. »Oh Gott, das ist schrecklich.«

»Viel schrecklicher finde ich, dass er es nie wieder tun wird.«

»Ist das etwa der *Notfall,* über den du sprechen wolltest?«, fragte Eva, nachdem sie sich vom größten Schock erholt hatte.

»Nein, nicht direkt.« Carmen beugte sich vor, knipste sich eine Weintraube vom Strunk und steckte sie sich in den Mund. Ihre Süße minderte ein wenig die Bitterkeit der Worte, die ihr auf der Zunge lagen. »Ich brauche einen Sexpartner. Deshalb werde ich mich bei einer Dating-App registrieren.«

Ein diabolisches Grinsen zeigte sich auf Evas Gesicht.

»Das ist eine gute Idee«, säuselte sie und tätschelte Carmen die Hand. »Denn auf normalem Weg findest du in dieser Stadt keinen Kerl mehr.«

Genau das hatte Carmen zu Eva gesagt, als sie Single und unglücklich gewesen war. Diese Retourkutsche hatte sie verdient.

»Ich habe allerdings ein paar Bedenken. Nach deiner Erfahrung mit dem irren Stalker bin ich mir nicht mehr so sicher, ob ich mich wirklich online mit Männern verabreden möchte«, gestand Carmen.

Eva schüttelte sich bei der Erinnerung an Rasierklingen-Rudi. Es war eine Zeit der Angst gewesen, als der Typ sie mit beleidigenden Nachrichten bombardiert und ihr letztlich sogar zu Hause aufgelauert hatte. Glücklicherweise hatte Valentín die Nase wie auch die Avancen von Rasierklingen-Rudi zerschlagen und dem Terror ein Ende bereitet. Danach war sie ihm nie wieder begegnet.

»Keine Sorge, Valentín hat die Verifizierung verschärft und allerhand Sicherheitsstufen eingebaut, ehe er die App verkauft hat.«

»Warum hat er Lovematch eigentlich verkauft? Das war doch eine Goldgrube.«

Eva antwortete nicht sofort. Sie blickte in ihr Weinglas, schwenkte es und beobachtete die Schlieren, die sich an den Innenwänden bildeten. »Ehrlich gesagt, bin ich nicht unglücklich darüber. Es ist auch so schon schwer genug, neben dem Schatten einer toten Ehefrau zu leben«, gestand sie nach einer Weile. »Da muss er nicht auch noch tagtäglich ihren Lebenstraum weiterentwickeln.«

Ein Hauch von Bitterkeit lag in ihrer Stimme. Valentíns Ehefrau war bei einem Autounfall tödlich verunglückt. Die Trauer hatte ihn übermannt, und letztlich war es Eva gewesen, die ihn ins Leben zurückgeholt hatte.

»Er liebt dich«, sagte Carmen und musterte ihre Freundin durchdringend. »Das weißt du doch?«

»Ich weiß«, erwiderte Eva, und das Strahlen kehrte in ihre Augen zurück. »Ich war auch noch nie glücklicher.«

»Also, dann ist es beschlossen. Ich werde mich bei Lovematch anmelden«, sagte Carmen und nahm einen tiefen Atemzug.

Eva klatschte begeistert in die Hände. »Also gut, legen wir los«, verkündete sie. Gemeinsam installierten sie die App, ehe Carmen es sich anders überlegen konnte. Eva griff nach Carmens Handy und übernahm die Führung. Sie klickte auf den Knopf, auf dem *Registrierung* stand. »Ich tippe für dich.«

Carmen ächzte, als Eva ihr den Fragebogen vorlas.

»Alter?«

»Das weißt du ganz genau.«

»Nicht deines. Wie alt sollen die Bewerber sein?«

»Hmm. Volljährig. Der Rest ist mir wurscht.«

»Beschreibe mir deinen Traummann? Irgendwelche Vorlieben?«

»Nicht auf den Mund gefallen und gut im Bett. Ein großer Penis wäre auch nicht schlecht.«

»Okay«, murmelte Eva und dachte einen Augenblick nach, dann schrieb sie: »Schlagfertig, kompetent in allen Lebenslagen und großzügig.«

So arbeiteten sie sich durch eine Litanei aus Fragen.

»Jetzt brauchst du nur noch ein passendes Profilbild. Wie wär's damit?« Eva hatte sich durch Carmens Galerie gescrollt. Nun streckte sie Carmen ein Bild von ihr entgegen. Darauf sah man sie im Abendkleid, die Haare gestylt, das Make-up subtil und der Hintergrund unscharf. Das Bild war auf der jährlichen Weinpräsentation des Weinguts Haas entstanden. Ein professioneller Fotograf hatte es geschossen.

»Von mir aus«, sagte sie und gab sich unbeeindruckt, dabei war das Foto der Hammer. Carmen sah darauf locker fünf Jahre jünger aus. Und *dateable*! Wer auf diesen Schnappschuss nicht reagierte, dem war eindeutig nicht mehr zu helfen.

»Fertig!« Eva streckte Carmen das Smartphone hin. *Willkommen bei Lovematch* stand dort. Ein rotes Herz blinkte.

»Jetzt brauchst du nur abzuwarten, bis die Liebe an deine Tür klopft.«

Eva hatte kaum ihren Satz beendet, da poppten bereits mehrere Nachrichten im Posteingang auf. Allerdings stammten sie nicht von der *Liebe*, sondern ihrer kleinen Schwester *Notgeilheit*.

Eva klickte auf die erste Nachricht. »Rüssel47 schreibt, dass du eine *sexy Mama* bist.«

Carmen rollte mit den Augen. *Typisch*, dachte sie, nun, da es Eva nicht mehr selbst betraf, machte sie sich mit Feuereifer ans Verkuppeln.

»Schau mal, Dandy35 hat dir ebenfalls eine Nachricht geschickt.« Eva runzelte die Stirn. »Und ein Auberginen-Emoji?«

»Nicht anklicken«, rief Carmen, doch es war zu spät. Eine Sekunde später lachte ihnen ein Penis entgegen. Eingegraben in wucherndem Schamhaar, das an ein Vogelnest erinnerte.

»Hmm«, machten Eva und Carmen gleichzeitig und betrachteten das fleischfarbene Würstchen. »Nicht der beste Winkel, wenn du mich fragst.«

Carmen schmunzelte. »Nein, wirklich nicht.«

Eine Stunde und eine Flasche Wein später war von Carmens Zuversicht nichts mehr übrig, dafür war sie um einige Erkenntnisse reicher. Erstens: Seit Valentíns Verkauf der Dating-App waren die Sicherheitsauflagen nicht erhöht, sondern deutlich reduziert worden. So war etwa die Chiffrierung gefallen. Jeder konnte sofort sehen, mit wem er es zu tun hatte. Zweitens: Wenigstens 23 Typen hielten *Hi!* für ein herausragendes Alleinstellungsmerkmal. Drittens: Männer fotografierten gerne ihre Geschlechtsteile, hatten aber keine Ahnung von Bildbelichtung, goldenem Schnitt oder Ästhetik. Viertens: Hier würde Carmen nie einen Mann finden, der schlagfertig, kompetent in allen Lebenslagen und großzügig war. Was sie bisher gesehen hatte, war das Gegenteil davon: kleingeistig und kleinwüchsig.

Als hätte Eva ihren Gedanken erraten, sagte sie: »Zum Glück wolltest du ja ohnehin nur einen Mann für das Eine.«

»Schau dir mal den an.« Carmen wischte sich durch eine Reihe aus Bildern. Sie sah einen hübschen Burschen. Groß, muskulös, braun gebrannt und blutjung. Allesamt Badezimmer-Selfies, die Trizeps, Bizeps und Brachialis ins beste Licht rückten. Er hatte hellbraune Locken und glatte Wangen, vermutlich, weil der Bartwuchs noch nicht eingesetzt hatte.

»Er sieht nicht älter aus als fünfzehn«, sagte Carmen und reichte Eva das Handy.

»Da steht, dass er 23 ist. Er heißt Sascha. Außerdem ist er Fitnesstrainer und auf der Suche nach einer polyamoren Beziehung.«

Carmen stieß ein Pfeifen aus. Sie hatte sich immer für mondän und aufgeschlossen gehalten, doch die heutige Jugend gab ihr das Gefühl, bieder und altbacken zu sein.

»Das war's, ich bin raus.« Carmen schnappte sich das

Smartphone und drückte auf *Ausloggen*. Sie scheiterte bereits an monogamen Beziehungen, die Verwirrungen einer Dreiecksbeziehung konnten ihr gestohlen bleiben. Beziehungen zu Babys sowieso.

Carmen war um eine weitere Erkenntnis reicher geworden. Sie ergänzte einen fünften Punkt auf ihrer imaginären Liste. Er lautete: Online-Dating ist schrecklich.

Was hab ich Eva damals nur angetan?, dachte Carmen und fühlte das jähe Bedürfnis, sich bei ihr zu entschuldigen. Sie öffnete den Mund, als es im Türschloss knackte und Valentín hereinkam. Eva sprang auf und lief ihm entgegen. Die beiden fielen sich derart leidenschaftlich in die Arme, als hätten sie Ozeane und Jahrzehnte getrennt. In Wirklichkeit waren es bestenfalls Stunden und ein beherzter Schritt quer über den Gang gewesen. Die Weise, wie Valentín Eva anblickte, verpasste Carmen einen Stich im Herzen. Sie wollte ebenso begehrt werden. Doch stattdessen avancierte sie zum Kink junger Burschen.

Carmen vergaß ihre Entschuldigung wieder.

»Na gut, ihr Turteltauben. Dann werde ich euch beide mal alleine lassen«, sagte sie und erhob sich.

Kapitel 9

Eine Hand wäscht die andere

Ende April, Donnerstag

»Lisa, ich komme heute erst nach der Präsentation ins Büro«, sagte Carmen. Sie hielt das Handy in der einen Hand, den Regenschirm in der anderen. Es regnete schon den ganzen Morgen. »Ich hab einen kurzfristigen Kundentermin.«

Neukundenakquise nannte man das. Was Carmen allerdings verschwieg, war, dass sie die potenzielle neue Kundschaft war.

Sascha, der blutjunge Fitnesstrainer, hatte ihr gestern, auf ihrem Nachhauseweg von Eva, eine Nachricht geschickt. Vielleicht hatte es an der halben Flasche Wein gelegen, vielleicht an der Eifersucht auf Evas Liebesglück, jedenfalls hatte Sascha einen wunden Punkt getroffen. Ehe Carmen wusste, wie ihr geschah, hatte sie einem Date – Schrägstrich – Probetraining zugestimmt.

»Warte kurz, Lisa«, sagte Carmen, weil in diesem Moment ein Müllwagen neben ihr hielt. Ein Mann sprang vom Trittbrett des Lasters. Er starrte Carmen durchdringend an. Zuerst fühlte sie sich geschmeichelt, dann begriff sie, dass sie ihm den Weg zum Müllcontainer versperrte. Schnaubend trat Carmen zur Seite. »Was wolltest du sagen?«

Mit einem Surren fuhr die Mülltonne hoch, wurde gekippt und ausgeleert. Eine Kakofonie aus Rumpeln, Poltern und Klopfen. Und Gestank!

»Was?« Carmen hielt sich die Hand vor das andere Ohr,

dennoch verstand sie nur abgehackt, was Lisa ihr mitteilte. »Sag Alina, der USB-Stick liegt auf meinem Schreibtisch … nein, *auf* meinem Schreibtisch … okay? Alles, was sie da drauf findet, ist von mir abgesegnet und darf für Social Media verwendet werden. Gut, ich muss Schluss machen.« Carmen legte auf und sprang zur Seite, weil der Mann von der Müllabfuhr den leeren Container zurückbrachte.

Sie steckte das Handy weg und blickte an das imposante Gebäude empor. Von außen glich es all den anderen Prunkgebäuden, die sich entlang des Schottenrings auffädelten. Im Inneren hatte das John Reed Fitnessstudio einen Flagship-Tempel errichtet. Termine für ein Probetraining waren heiß begehrt. Außer – und das war der eigentliche Grund, warum Carmen heute hier war – man kam auf persönliche Einladung. Was für ein glücklicher Zufall, dass Sascha ausgerechnet hier Fitnesstrainer war. Krafttraining stand nämlich schon lange auf Carmens To-do-Liste.

Sie ging zum Eingang. Sofort beschlich sie das Gefühl, einen angesagten Club zu betreten. Großflächige Kunst hing an den Wänden, Neonlichter setzten sie in Szene. Carmen sah nackte Betonflächen, Holzelemente und samtene Polstermöbel.

Sie steuerte auf den Empfangstisch aus schwarzem Marmor zu, um sich anzumelden. Dort saß eine junge Frau. Sie lachte gerade hellaut und klimperte mit den Wimpern. Vermutlich hatte der Typ, der mit dem Rücken zu Carmen stand, einen Witz gemacht. Carmen kannte den Blick auf ihrem Gesicht – er hätte ihr die Traueranzeigen vorlesen können und sie hätte ihn auf die gleiche Weise angehimmelt.

»Willkommen im John Reed«, sagte die Frau, als sie Carmen kommen sah. Nun drehte sich auch ihr Gesprächspartner um. Es war Sascha. Er sah aus wie eine misslungene Fotomontage. Jemand hatte dem Körper von Mister Universe ein Babyface verpasst.

Mit einem schelmischen Grinsen auf den Lippen kam er auf Carmen zu. Er hielt einen Proteinshake in der Hand. Ein Stirnband bändigte die halblangen Locken, die seitlich zum Mohawk abrasiert waren. Der klägliche Versuch eines Schnauzers zierte seine Oberlippe. Weiter unten schmückten neonfarbene Schweißbänder seine Handgelenke. Er trug eine enge Radlerhose und darüber eine weite Shorts. Die Tennissocken hatte er bis zur Mitte seiner trainierten Waden hochgezogen. Die modischen Verirrungen der Achtziger hatten einen Weg zurückgefunden. Gen Z trug diesen Look mit stolz geschwellter Brust, als wären sie selbst die Erfinder dieser Geschmacklosigkeit.

Zwei Bussis später musterte sie Sascha mit Kennerblick. »Gut schaust du aus«, lautete sein wohlwollendes Urteil. Dennoch spürte Carmen den unausgesprochenen Zusatz, der seine Worte begleitete: … für dein Alter.

Das kann ja heiter werden, dachte sie und zog augenblicklich den Bauch ein. Carmen hatte von Natur aus einen schlanken Körper. Nur, dass die Natur sie zunehmend im Stich ließ. Jenseits der vierzig schlichen sich Veränderungen ein, die sie nicht gutheißen konnte. Dazu zählte Gewichtszunahme an der Leibesmitte. Verdammte Peri-Menopause!

Nachdem Carmen sich umgezogen hatte, warf sie einen letzten prüfenden Blick in den Spiegel. Sie trug einen schwarzen Sport-BH und dunkelgraue Batik-Shorts. Ihr hellblondes Haar hatte sie zu einem Pferdeschwanz gebunden. Carmen zog ihren Haargummi straff, spuckte den Kaugummi aus und schnappte sich ihr Handtuch.

Sascha wartete bereits. »Bereit für den Hustle?«

»Nein. Aber legen wir trotzdem los.«

»Wir beginnen mit einem leichten Warm-up«, erklärte Sascha. Ehe Carmen sich versah, strampelte sie auf einem Ellipsentrainer, während Sascha sie mit Smalltalk bei Laune hielt. »Ey, dein Rizz ist echt beeindruckend für dein Alter. Dein Body ist exquisit. Slay«, lobte er.

Carmen schnaubte. Jetzt hatte er es doch gesagt und dem Elefanten im Raum ein Label verpasst. Es war als Kompliment gemeint – wenn man den Querverweis auf ihr Alter ignorierte – das hatte Carmen verstanden. Den Rest nicht wirklich. Wann hatte die Jugend angefangen, sich eine völlig neue Sprache auszudenken, und wann war es passiert, dass sie diese nicht mehr sprach?

Nach dem Aufwärmen wechselten sie zu dem ersten Foltergerät. Anders konnte man die Beinpresse nicht nennen. Nach zwei Sätzen brannten ihre Muskeln, dennoch bestand Sascha auf einen dritten Satz. »Einatmen. Spannung halten. Loslassen und ausatmen«, befahl er. »Ab 35 baut man Muskelmasse ab. Das ist ein Fakt! Deshalb ist es wichtig, mit schwerem Krafttraining gegenzusteuern.«

Carmen taxierte ihn mit einem giftigen Blick. Aus Trotz stemmten ihre Beine das Gewicht zwei weitere Male nach oben, dabei hätte sie geschworen, dass das ein Ding der Unmöglichkeit war.

Sascha grinste verschmitzt. Offenbar waren Frauen mittleren Alters sein Fachgebiet. Er war ein hervorragender Trainer, nicht umsonst arbeitete er bei John Reed. Außerdem war er extrem körperbetont. Sascha fand immer wieder eine Möglichkeit, um Carmen zu berühren. Manchmal zeigte er ihr Muskelpartien, dann korrigierte er ihre Haltung. Alles unter dem Deckmantel der Professionalität, und Carmen fragte sich, wie vielen Frauen er an einem durchschnittlichen Tag an den Po fasste.

Nach einer Stunde stakste sie mit zitternden Knien unter die Dusche. In ihrem Schädel rotierten die Fachbegriffe, die Sascha für seine Foltermethoden benutzt hatte. *Dip Station, Butterfly, Leg Curler* und *Chest Press.* Worte, die Carmen erschaudern ließen, aber vielleicht waren es auch nur ihre beleidigten Muskeln.

Zwanzig Minuten später saßen sie an der Smoothiebar. Sie tranken einen Protein-Drink, der ästhetisch aussah und fragwürdig schmeckte. Dazu aßen sie klebrige Dattel-Bites, denn Sascha wurde nicht müde, die Wichtigkeit von Protein hervorzukehren. Offensichtlich war Eiweiß der heilige Gral der Fitnessbranche. Sascha taxierte sie mit seinem Golden-Retriever-Blick. Er hatte lange, seidige Wimpern und einen sinnlichen Mund. Jetzt biss er leicht auf seine Unterlippe und lächelte provokant.

Ja, er war ein Baby, aber eines, das sich seiner Wirkung bewusst war. *Das hier ist lächerlich*, dachte Carmen. Allerdings hätte sie alles und jeden in Betracht gezogen, wenn er nur die Lunte wieder in Brand steckte. Sascha rutschte näher und strich Carmen langsam über den Unterarm. »Also Carmen, *nices* Training, oder? Wie wär's mit einem Abo?«

Carmen verschluckte sich an ihrem Getränk und hustete.

»Also willst du gar kein Date mit mir?« Sie beschloss, mit offenen Karten zu spielen. Zwar kränkte es ihr Ego, aber Carmen empfand höchsten Respekt vor seiner Kundenakquise. Er hatte bestimmt eine Trefferquote von 100 Prozent.

»Ich will beides«, antwortete Sascha ohne Verlegenheit und krallte sich den letzten Dattelsnack.

»Ich bin 43.«

Sascha zuckte die Achseln. »Ich weiß. Steht auf deinem

Profil. *Age is just a number, baby.* Vollkommen überbewertet.«

Tja, nicht für uns Millennials, dachte Carmen, zog es aber vor zu schweigen.

»Dafür glaub' ich nicht an Monogamie. Ich suche nach einer polyamoren Beziehung. Ich finde, es ist die beste Art, Liebe und Freiheit zu verbinden.«

Carmen prustete. Danke, aber nein, danke! Ihr Leben war auch so schon kompliziert genug.

»Was denkst du darüber?«

»Dass ich gerne ein Abo abschließen möchte«, antwortete Carmen. Das war in zweierlei Hinsicht eine Premiere: Zum ersten Mal war Carmen nicht freigeistig genug, dafür aber bereit für eine langfristige Bindung.

Nachdem sie sich von ihrem neuen Personal Trainer verabschiedet hatte, rauschte sie nach Hause und machte sich für ihr nächstes Meeting zurecht. Der wichtigste Termin seit Langem – dem Businesslunch im Hotel Sacher.

Es war nicht ungewöhnlich, dass sich mehrere Agenturen für einen Auftrag bewarben. Normalerweise liefen die Präsentationen wie ein Wettbewerb ab. Man traf sich in einem Konferenzsaal, pitchte seine Idee und hoffte, dass man besser war als die Konkurrenz. Wie das Ganze zwischen Sachertorte und Touristen ablaufen sollte, war Carmen ein Rätsel. Wobei, fair ging es ohnehin nicht zu. Wenn Baumann & Baumann den Zuschlag erhielten, dann, weil es von Anfang an klar gewesen war. Wenn *the Verve* den Auftrag bekam, dann nur, weil Natascha sich durchgesetzt hatte. Beide Varianten hatten einen faulen Beigeschmack.

Ich will das nicht tun, flüsterte die Stimme wieder. Carmen wischte den Gedanken fort, sie konnte sich keine Schwäche leisten.

Sie hatte Natascha ihr Wort gegeben, sie hatten einen Deal. Natascha würde auf den Direktor der Staatsoper einwirken, dafür musste sie Bertis Identität enthüllen. Wie, darüber hatte sich Carmen noch keine Gedanken gemacht. Der Opernball war ihre Chance, ihr Sprungbrett, um im Becken der Großen mitzuschwimmen. Mehr noch, um selbst ein großer Fisch zu werden. Dummerweise fühlte es sich falsch an.

Carmen verdrängte ihre nagenden Gewissensbisse, so wie auch schon die letzten Tage, und wandte sich ihrer Garderobe zu. Sie entschied sich für einen Hosenanzug in Violett und eine hellblaue Seidenbluse. Damit stach sie eindeutig aus der Masse heraus. Sie besaß sogar passende High Heels, doch fürs Erste verschwanden die Pumps im Inneren ihrer geräumigen Handtasche. Stattdessen schlüpfte Carmen in Turnschuhe, denn sie hatte einen Fußweg vor sich. Brennende Fußballen hatte sie in ihren Dreißigern aushalten können. In ihren Vierzigern war sie dem Charme von *Memory Foam* längst erlegen. Sie wusste das gepolsterte Fußbett ihrer Sneakers zu schätzen, auch wenn sie jedes Mal hoffte, unterwegs keinem bekannten Gesicht zu begegnen.

Vorhin war ein Regenguss niedergegangen, im Moment nieselte es leicht, aber Carmen wollte trotzdem zu Fuß gehen. Bewegung half ihr dabei, ihre Anspannung zu regulieren. Bis jetzt hatte sie sich ablenken können, aber nun schlug die Nervosität voll zu.

Carmen warf einen letzten Blick in den Spiegel, zupfte ein paar Haarsträhnen zurecht und prüfte, ob sie Lippenstift auf den Zähnen hatte. Dann machte sie sich auf den Weg.

Zwanzig Minuten später erreichte sie die Karlskirche. Sie

betrat die unterirdische Fußgängerpassage, die unter dem Kärntnerring hindurchführte. Früher hatten hier Obdachlose gehaust und es hatte nach Urin und Hochprozentigem gestunken. Die Passage hatte ein Glow-up erfahren, schick waren die Souvenir-Geschäfte trotzdem nicht.

Auf der anderen Seite fuhr Carmen mit der Rolltreppe zur Staatsoper empor. Mittlerweile in violettfarbenen Pumps mit Mörderabsätzen. Hinter ihr verhallten die letzten Klänge der Operntoilette, einem öffentlichen WC, das die Besucher beim Urinieren mit bekannten Arien beschallte. Niemand Geringerer als Hundertwasser galt als ihr Schöpfer. Obwohl stadtbekannt, hatte Carmen die Kabinen noch nie von innen gesehen. Dafür tauschte sie davor in regelmäßigen Abständen ihr Schuhwerk.

Sowie sich die Wiener Innenstadt vor ihr auftat, spürte Carmen den Nieselregen auf ihrer Haut und spannte ihren Regenschirm wieder auf. Normalerweise wuselte es hier vor Touristen, doch heute war es erstaunlich ruhig. Lediglich ein paar Ticketverkäufer in Mozart-Verkleidung hielten wacker die Stellung. Tauben pickten an den Resten eines zerbröselten Eisstanitzels, dann platschte ein Kind mit quietschgelben Gummistiefeln in eine Pfütze und sie stoben aufgeschreckt davon. Der Regen hatte die Luft gereinigt, nun roch es erdig und ein feuchter Dampf hing über der Stadt. Carmen linste hinüber zum Hotel Bristol. Es war mittlerweile neun Tage her, dass sie und Berti dort abgestiegen waren. Ebenso lange lag ihr hässlicher Streit zurück.

Landwirt! Es ärgerte Carmen immer noch, dass er ihr so unverschämt ins Gesicht gelogen hatte. Einerseits darüber, was seinen Beruf betraf, andererseits über seine Ehefrau. Sie hatte die helle Stelle an seinem Ringfinger gesehen.

Bestimmt war diese Annika auch der Grund, warum Natascha mit Berti eine Rechnung offen hatte.

Carmen holte tief Luft. Sie musste sich beruhigen. Immer, wenn sie an Berti dachte, wurde sie wütend, aber jetzt galt es, einen kühlen Kopf zu behalten. Sie musste sich auf ihre Präsentation konzentrieren. Egal, ob das Ergebnis manipuliert war oder nicht.

Erschrocken hielt Carmen an. Was zur Hölle waren das für Gedanken? Sie wollte diesen Auftrag bekommen, weil *the Verve* das beste Konzept hatte. Nicht, weil sie eine Absprache getroffen hatten! Als sie Natascha die Hand gereicht hatte, hatte sie an ihren Vater gedacht. Jetzt dachte sie an ihre Mutter. *Wenn es dich deinen Seelenfrieden kostet, ist es zu teuer,* hatte sie immer gesagt. Zu Lebzeiten war sie ein wandelnder Kalenderspruch gewesen und hatte immer solche Weisheiten rausgehauen. Das Problem war nur, dass Carmen aus dieser Nummer nicht mehr rauskam.

»Bitte, eine Spende!« Eine Frauenstimme riss Carmen aus ihren Überlegungen. Sie erblickte ein geflochtenes Körbchen, das ihr entgegengestreckt wurde. Ein paar Münzen lagen darin. Carmens Blick wanderte den Arm entlang, hoch zu zwei stechenden schwarzen Augen. Den Bruchteil einer Sekunde später erklang ein Schrei und die Münzen kullerten über den Boden. Die Frau hatte das Almosenkörbchen fallen lassen. Es war die indische Bettlerin, der Carmen vor dem Kaufhaus Steffl begegnet war.

Carmen wollte sich nach einem Zwei-Euro-Stück bücken, das ihr vor die Füße gerollt war, aber die Frau war schneller. Sie warf sich nach vorn und griff danach. Im nächsten Moment hatte sich die Bettlerin wieder aufgerichtet und streckte

Carmen das *Mano cornuta* entgegen. Die gehörnte Hand. Dabei brummte sie etwas, das verdächtig nach *Diabolo* klang, und spuckte vor sich auf den Boden.

Fassungslos starrte Carmen die Frau an. Hatte sie recht? Carmen war zwar nicht der Teufel, aber eindeutig vom rechten Pfad abgekommen.

Weil die Frau aussah, als wollte sie sich jeden Moment auf Carmen stürzen, brachte sie rettende Meter zwischen sich. Gleichzeitig wuchs in ihr die Erkenntnis, dass sie diese Absprache nicht mit ihrem Gewissen vereinen konnte. Um nichts in der Welt wollte Carmen ihren Traum aufgeben oder Mitarbeiterinnen entlassen, aber noch weniger wollte sie den Erfolg ihres Unternehmens auf einer Lüge erbauen. Aber wie sollte sie diese Erkenntnis Natascha Ivanova verklickern?

Carmen hatte das Hotel Sacher erreicht. Über dem Eingang hingen mehrere Fahnen. Normalerweise flatterten sie im Wind, heute hingen sie bleischwer und regennass herab. Darunter stand ein Mann in roter Livree. Als er Carmen sah, schnellte er vor und öffnete ihr galant die Tür.

Carmen trat ein. Ihr Blick fiel auf Natascha, die an einem der Besuchertische saß und in einer Zeitschrift blätterte. Wie immer perfekt gestylt bis in die Haarspitzen. Sie blickte auf und erhob sich.

»Hallo Carmen!« Natascha griff nach ihren Händen und hauchte ihr zwei Küsschen auf die Wangen. »Gut siehst du …« Natascha musterte Carmen misstrauisch. »Alles in Ordnung?«

»Naja, ich bin nur gerade einer Bettlerin begegnet, die mich für den Teufel hält.« Es hätte lustig klingen sollen. Dummerweise tat es das nicht.

»Eine Bettlerin?«, wiederholte Natascha gedehnt. Carmen sah die Skepsis in ihren Augen.

»Egal, ich muss mit dir über unseren Deal sprechen. Ich kann nicht …«

»Psst! Nicht jetzt! Und um Himmels willen nicht hier!«, zischte Natascha. Shit! Carmen hatte gehofft, noch vor dem Meeting die Fronten zu klären.

Die rote Bar befand sich gleich rechts vom Foyer. Dort stand eine junge Dame und blickte ihnen erwartungsvoll entgegen.

»Wollen wir?« Natascha wartete Carmens Reaktion gar nicht ab, sondern ging auf die Platzanweiserin zu. Sie nannte ihren Namen. Die junge Frau nickte und führte sie zu ihrem Tisch.

Natascha hatte einen federnden Gehstil. Carmen wusste auch, wieso, sie hatte ihre Biografie auf Wikipedia gelesen. Natascha war eine ehemalige russische Balletttänzerin, die ihre Schläppchen an den Nagel gehängt hatte. Mittlerweile tänzelte sie nur noch durch die Wiener Gesellschaft. Schmalgliedrig und elegant wie eine Prima Ballerina war sie bis heute.

Carmen sah sich in der roten Bar um. Seidentapeten mit floralen Motiven zierten die Wände. Darauf hingen Ölgemälde in üppigen goldenen Bilderrahmen. Alles hier drinnen war rot, die Samtmöbel und sogar der Teppichboden. Kristallene Kronleuchter und Wandleuchten sorgten für ein indirektes Licht. Kellner in schwarzen Anzügen gingen durch den Raum und bildeten einen Kontrast zu den blütenweißen Tischdecken.

Sie setzten sich und Natascha verwickelte Carmen in Smalltalk, vermutlich aus Angst, Carmen könnte ein weiteres Mal auf den Deal zu sprechen kommen. Eine berechtigte

Angst, denn Carmen konnte nicht länger schweigen.

»Natascha, es ist wegen unserer Absprache. Ich kann nicht …« Im nächsten Moment spürte Carmen einen scharfen Schmerz unter dem Tisch. Natascha hatte sie getreten. Carmen riss entsetzt die Augen auf und japste nach Luft. Etwa zeitgleich bog der Direktor der Staatsoper um die Ecke, gefolgt von der Platzanweiserin, die hinter ihm herlief.

Kapitel 10

S.B.Grün

Um Punkt 13 Uhr bog Franjo Peterson, ein quirliger Mittfünfziger, um die Ecke und hielt auf sie zu. Er trug einen hellgrauen Anzug, darunter ein weißes Hemd, ohne Krawatte. Seit zwei Jahren war er Opernballdirektor. Er war zwanzig Jahre jünger als sein Vorgänger und bekannt für seine direkte Art und seine zackigen Entscheidungen.

»Frau Fürstenberg«, sagte Franjo nun und streckte Carmen seine Hand entgegen. Nachdem sie sich begrüßt hatten und jeder auf seinem Platz saß, fügte er hinzu: »Ich kenne Ihren Vater. Fähiger Mann. …«

Carmen biss die Zähne aufeinander. Das fing schon gut an.

»… Natascha schwört auf Ihre Kompetenz! Sie verstehen sicher trotzdem, dass mir alles andere als wohl dabei ist, unsere Eventplanung und die PR in die Hände einer unbekannten Agentur zu legen. Zu viel kann schiefgehen. Ihre Reputation ist …«

Ein Kellner kam und reichte ihnen die Speisekarten.

Carmen runzelte die Stirn. Das hier klang verdammt nach Absage. Natascha saß stocksteif da und trommelte mit ihren Fingern auf der Tischplatte. Carmen wusste nicht, ob sie glücklich oder traurig sein sollte. So wie es aussah, hatte sich der Deal in Luft aufgelöst, und ihre Eventagentur gleich mit ihm.

Sowie sich der Kellner entfernt hatte, fuhr Franjo mit seiner Rede fort. »Verstehen Sie mich bitte nicht falsch: Ihre

Arbeiten sprechen für sich. Das Konzept ist gelungen. Sie haben sich einen Namen in der Szene gemacht, deshalb hat es *the Verve* auch in die Endrunde geschafft. Einige Ihrer Projekte gefallen mir sehr gut. Aber ich halte sie für zu progressiv für den Opernball …«

Carmens Augen wanderten von Franjo zu Natascha. Die presste ihre Lippen so fest aufeinander, dass ihnen jede Farbe entwich.

Carmen schluckte. Der Todesstoß! Eine picksüße, in Zucker gehüllte Absage.

»Ich würde Ihnen dennoch gerne unsere Präsentation zeigen, ehe wir uns über den vermeintlich zu progressiven Stil von *the Verve* unterhalten«, antwortete Carmen, in einem Anflug von Verzweiflung. Sie war nicht gekommen, um kampflos aufzugeben.

In Franjos Augen funkelte es.

Der Kellner kam und brachte ihre Getränke. Allesamt alkoholfrei. »Möchten Sie vielleicht schon bestellen? Wir hätten einen steirischen Saibling mit Rosmarintarte auf der Tageskarte.«

Carmen fluchte innerlich. Genau deshalb fanden Meetings normalerweise nicht in einem Restaurant statt. Sie orderte das erstbeste Gericht auf der Karte und wartete angespannt, bis Natascha all ihre Sonderwünsche deponiert hatte. Glutenfrei musste es sein, im eigenen Saft gebraten, mit einem Hauch von Öl verfeinert und bloß keiner Butter!

Endlich war der Kellner fort. Carmen straffte die Schultern. »Wenn Sie nichts dagegen haben, fange ich an?«

»Ich bitte darum«, antwortete Franjo. Glücklicherweise befand sich außer ihnen niemand im Raum.

Carmen langte nach ihrer Handtasche und zog zwei gebundene *Handouts* hervor, die sie den beiden reichte.

Außerdem ihr Tablet, auf dem sie die Präsentation vorbereitet hatte.

Sie spürte Wut im Bauch, versetzt mit Trotz. Im Prinzip hatte Franjo ihr längst eine Abfuhr erteilt. Das bedeutete, dass Baumann & Baumann den nächsten großen Auftrag eingesackt hatten. Sie hatte nichts mehr zu verlieren.

»Meine Familie besucht seit Jahren, vermutlich seit Jahrzehnten, immer wieder den Opernball. Meine Tante Bernadette liebt den gediegenen Flair und die noble Aura. Sie ist siebzig. Wie viele Bälle bleiben ihr noch? Fünf? Zehn? Meine Nichte Romy ist 17. Ihre Mutter will, dass sie Debütantin wird, aber Romy weigert sich. Sie findet den Ball verstaubt und altmodisch. Ich teile ihre Meinung, ich wollte die letzten Jahre auch nicht mehr hin.«

Natascha und Franjo starrten sie entgeistert an. Das war eindeutig nicht die Präsentation, die sie erwartet hatten.

»Die Welt verändert sich. Macht, Geld und Einfluss präsentieren sich diverser und vielschichtiger denn je. Dieses Jahr haben wir die Chance, dass Wien nicht dem Zeitgeist hinterherhinkt, sondern eine Vorreiterrolle übernimmt. Die Wahl des Opernballbildes ist bereits ein Schritt in die richtige Richtung. Ein geheimnisvoller Künstler, dessen Werk so progressiv, so facettenreich ist, dass es nicht nur Kunstliebhaber abholt.«

Carmen wischte über den Bildschirm. Sie vergrößerte Ausschnitte, zeigte Tabellen, Kalkulationen und Grafiken. Das waren die Fakten. Danach zeigte sie eine Collage aus Imagebildern. Sie präsentierte ein Blumenbouquet in den Farben Burgunder, Pflaume und Schwarz. Dunkel und düster, durchbrochen von einzelnen pinken und roten Highlights.

»Die Welt tanzt am Abgrund, doch es gibt Hoffnung.

Sie erblüht wie kleine pinkfarbene Knospen, inmitten der Dunkelheit.«

Carmen zoomte weiter zu Bertis Gemälde, das sich im gleichen Farbspektrum bewegte. »1956 hatte der Ball eine Botschaft, die weit über *Bussi, Bussi* und *Sehen und gesehen werden* hinausging. Österreich war frei, eine junge Republik. Es ging darum, ein Zeichen zu setzen, mutig nach vorn zu blicken in eine andere und bessere Zukunft. Ich denke, an einem ähnlichen Punkt sind wir auch heute angelangt.«

Carmen lief zur Höchstform auf. Sie kleidete ihre Visionen in Worte, schuf Bilder und Gefühle. Als sie fertig war, blickte sie zwischen Franjo und Natascha hin und her. Franjos Stirn lag in Falten, seine Miene war nicht zu deuten. Carmen setzte sich wieder. Sie hatte alles gegeben. Verstohlen nippte sie an ihrem Wasserglas und befeuchtete ihre ausgetrocknete Kehle.

»Das war gut«, sagte Franjo nach einer Weile. »Mehr als das. Bravo! Ich habe eine Gänsehaut bekommen.«

Carmens Herz tat einen Satz.

Franjo wandte sich an Natascha. »Siehst du? Carmen versteht, warum ich auf S.B.Grün bestanden habe.«

Er drehte sich wieder zu Carmen um. »Natascha war vehement dagegen, müssen Sie wissen. Sie wollte unbedingt einen anderen Künstler, aber jetzt sehe ich mich in meiner Vision bestätigt. Mehr als das: Ich glaube, dass Sie und S.B.Grün sich wunderbar ergänzen werden. Dieses Jahr schaffen wir ein Gesamtkunstwerk!«

»Bedeutet das, dass wir den Zuschlag bekommen?«, fragte Carmen

Franjo grinste. »Dachten Sie etwa, dass Sie immer noch in der Auswahlrunde sind? Wir würden doch niemals eine solche Entscheidung im Sacher treffen, nicht wahr, Natascha?

Nein, Baumann & Baumann sind längst informiert. Natascha hat darauf bestanden, dass wir dieses Jahr einen anderen Weg gehen. Ich wollte vorhin nur meinen Zweifel zum Ausdruck bringen. Aber muss gestehen, Sie haben mich mit Ihrer flammenden Rede überzeugt. Gratulation!«

»Vielen Dank!« Carmen spürte, wie ihre Wangen heiß wurden. Das war sensationell und gleichzeitig eine mittlere Katastrophe.

Niemand bemerkte Carmens Verwirrung, weil der Kellner mit ihren Speisen angerauscht kam. Carmen widmete sich ihrer gebeizten Lachsforelle mit Rüben-Sorbet. Dabei spielte es keine Rolle, dass sie Rüben hasste. Ihre Gedanken waren ganz woanders.

Sogar während des Essens plauderten sie weiter über ihre Visionen.

»Sie haben recht, Carmen. Wir müssen den Opernball modernisieren …«, sagte Franjo, nachdem er sich mit der Serviette über die Lippen getupft hatte. »Aber es muss subtil passieren. Wir wollen nicht alle vor den Kopf stoßen, die am Altbekannten hängen. Vielmehr ein stilles Um-Erziehen.«

Carmen schluckte ihren winzigen Bissen hinunter und griff nun ihrerseits zur Serviette. Glücklicherweise war sie nicht hungrig. Saschas Proteinshake hielt immer noch an. Geschäftsessen waren eine Qual, weil man ständig darauf bedacht war, bloß nicht mit vollem Mund eine Frage gestellt zu bekommen. Deshalb blieben auch immer Reste auf den ohnehin spärlich gefüllten Tellern. »Dazu habe ich mir bereits ein paar Gedanken gemacht«, begann Carmen. »Wir bereiten die Leute in Etappen darauf vor. Was halten Sie von einem Vorab-Event im Spätsommer? Ich sehe die Enthüllung des diesjährigen Opernballbildes als großes Spektakel vor mir. Eine Charity-Gala mit anschließender Versteigerung des Kunstwerks. So schaffen wir es, dass das Bild – das den Flyer und die Einladungen zieren wird – bereits bekannt ist. Sollte es Kritik hageln, können wir immer noch darauf reagieren und an einem Re-Framing arbeiten. Gleichzeitig geben wir ganz subtil die Richtung vor, sodass sich die Neuerungen am Opernball bereits bekannt anfühlen.«

»Großartig! Das ist eine hervorragende Idee«, lobte Franjo.

Nach dem Essen endete ihr Meeting. Franjo verlangte eine Firmenrechnung und verabschiedete sich. »Ich muss leider gleich weiter zu meinem nächsten Termin. Aber wir hören zeitnah voneinander. Bis dahin erarbeiten Sie bitte, in Abstimmung mit Natascha, einen Zeitplan.« Carmen nickte. Sie verabschiedeten sich voneinander.

Natascha begleitete Franjo nach draußen, und Carmen verschwand auf der Damentoilette. Sie kühlte ihre Handgelenke mit kaltem Wasser und überdachte ihre nächsten Schritte. In ihrem Kopf rotierte es. Unterschiedlichste Gefühle kämpften um die Vorherrschaft. Da waren Freude und Stolz, aber auch Angst. Carmen hatte keine Ahnung, welcher Regung sie den Vorzug geben sollte. Gleichzeitig fragte sie sich, wie viel Natascha gehört hatte, ehe Franjo Peterson sie unterbrochen hatte?

Einen Moment später wurde die Tür aufgerissen. Natascha rauschte mit funkelnden Augen herein. »Lässt du etwa unseren Deal platzen?«

»Ich kann es nicht mit meinem Gewissen vereinbaren. Es tut mir leid. Ich wollte es dir vor dem Meeting sagen.«

»Spiel nicht die Unschuld vom Lande. Als würde ich jetzt noch zurückkönnen, nachdem du Franjo eingesackt hast.« Nataschas Puppengesicht war zur Fratze verzerrt.

»Du raffiniertes Miststück! Ich hab dich unterschätzt, aber so läuft das nicht. *the Verve* hat den Job und du wirst dich an deinen Teil der Vereinbarung halten.« Natascha machte einen Schritt auf sie zu. Sie war Carmen so nahe, dass sie die gelblichen Sprenkel in ihren Iriden sehen konnte. »Gnade dir Gott, wenn du mich hängen lässt, dann lernst du mich kennen.«

Natascha machte am Absatz kehrt und stakste aus dem Damen-WC.

Carmen stützte sich am Waschbeckenrand ab und starrte in den Spiegel. *the Verve* war vorerst gerettet, ihr finanzieller Ruin vertagt. Aber um welchen Preis?

Weil Carmen wusste, dass ihr Team auf Nadeln saß, griff sie nach ihrem Handy und tippte eine kurze WhatsApp-Nachricht in den Gruppenchat. Dann teilte sie die Notiz in ihrer Freundinnengruppe.

Wir haben den Opernball.

Ein Grund zur Freude, aber der Triumph hatte plötzlich einen fahlen Beigeschmack erhalten.

Carmen verließ das Hotel Sacher. Der Regen hatte aufgehört. Vor dem Eingang hatte sich eine lange Touristenschlange gebildet. Wie ferngesteuert hielt Carmen auf die U-Bahn-Station Karlsplatz zu. Sie fuhr die Rolltreppe hinunter und ging zur Linie U3, um ins Büro zu fahren. Bestimmt wollte ihr Team mit Sekt anstoßen.

Ich kann nicht. Ich will nicht. Es geht nicht! Die Stimme in ihrem Inneren war eindeutig, aber das war Natascha auch. Carmen wusste nicht, wie sie ihren Kopf wieder aus der Schlinge kriegen sollte. Sie konnte niemanden verraten, nur um sich selbst einen Vorteil zu verschaffen. Nicht einmal ein Arschloch wie Berti.

Die U-Bahn fuhr ein und Carmen ergatterte einen freien Platz am Fenster. Sie zog ihr Handy hervor und scrollte durch ihre Nachrichten. Der Gruppenchat von *the Verve* quoll über. Begeisterte Kommentare und jubelnde Animationen. Auch Marina und Eva hatten mit Glückwünschen überhäuft. Carmen überflog sie kurz, dann öffnete sie Instagram und navigierte zur offiziellen Seite von *the Verve.* Ein blauer Haken schmückte das Profil. Seit Alina den Social-Media-Kanal betreute, hatte sich die Zahl ihrer Abonnenten verdoppelt. Mehrere Tausend Follower zählten sie bereits. Genauso verhielt es sich bei ihren Kunden. Alina verstand es, Reichweite und Klicks zu generieren. Vor zehn Minuten hatte sie ein Bild gepostet, das das ganze Team zeigte. Ein Gruppenbild. Die Bildunterschrift bestand aus drei Emojis: einem Augenpaar, einer Sektflasche und einer Konfettikanone. Daneben stand der kryptische Hinweis: *Es wird groß …*

Carmen markierte das Bild mit einem Herzchen und klickte auf den Papierflieger, um es in ihrer eigenen Story zu teilen. Plötzlich poppte ein neuer Beitrag auf. Alina hatte ihn vor wenigen Sekunden veröffentlicht.

»Fuck!«

Mehrere Köpfe drehten sich zu Carmen um.

Carmen ignorierte sie, starrte weiter gebannt auf Bertis Bild. Es war Teil einer Collage. Im Hintergrund sah sie ein paar seiner Werke, davor sein Foto. Alina hatte es so bearbeitet, dass es aussah, wie aus einer Zeitung herausgerissen. Darüber stand in roten Lettern das Wort *Exposed.* Enttarnt. Es sah aus wie ein Stempel, den man ihm aufgedrückt hatte. Rotzfrech und edgy. Genau deshalb hatte sie Alina eingestellt.

Der Post war noch nicht lange online. Noch konnte sie es verhindern, aber Carmen hatte die Zugangsdaten vom

Firmenaccount nicht zur Hand. Sie konnte sich nicht einloggen. Stattdessen suchte sie Alinas Nummer und rief sie an. Nichts passierte. Ausgerechnet jetzt fand ihr Handy kein Netz. Carmen legte auf, probierte es noch einmal. Das Signal war schlecht.

Die U-Bahn fuhr in die Station ein. Carmen sprang auf, packte ihre Sachen und hechtete ins Freie.

Endlich klingelte es. Alina meldete sich. »Hey Boss. Was geht?«

»Lösch das verdammte Foto von S.B.Grün!«

»Aber ich …«

»Sofort!«

Carmen legte auf und öffnete Instagram erneut. Sie starrte auf ihren Bildschirm. 7 Herzchen. Ein Kommentar. Sekündlich wurden es mehr. Jemand hatte das Bild gespeichert. Dann war es fort. *Der Nutzer hat den Beitrag gelöscht*, stand da. Carmens Herz raste in ihrer Brust.

Elf Herzchen. Elf Menschen, die die Wahrheit kannten. Das war nicht viel. Meistens versandete so etwas ungesehen im Netz. Viele klickten einfach nur aus Gewohnheit auf die Buttons, lasen nicht einmal den Text darunter. Fernab der Künstlerszene kannte kaum jemand den Namen S.B.Grün.

Wie absurd, dachte Carmen. Das war es, was Natascha von ihr gewollt hatte, trotzdem tat sie alles in ihrer Macht Stehende, um es zu verhindern.

Als Carmen in die Agentur kam, fand sie ihre Mitarbeiterinnen um den Konferenztisch versammelt. Alina saß wie ein Häufchen Elend da und traute sich kaum, den Kopf zu heben.

»Wie konnte das passieren?«, fragte Carmen streng, weil sie selbst noch immer geschockt war.

»Ick weiß es nicht … Lisa hat gesagt, alles, was in der Lade liegt, ist freigegeben«, verteidigte sich Alina. Lisa nickte ängstlich.

»Nein! Ich sagte, alles *auf* dem USB-Stick, der am Schreibtisch liegt, ist freigegeben.« Carmen raufte sich die Haare. Sie erinnerte sich noch genau an das Durcheinander während ihres morgendlichen Telefonats. »Fuck! Wie viele Leute haben den Post gesehen?«

Alina zog ihr Handy hervor und wischte auf dem Display herum.

»11. Einmal wurde es geteilt und einmal gespeichert.«

»Wie groß ist die Chance, dass es keiner bemerkt hat?«

Alina zuckte die Achseln. Man sah ihr an, dass sie am liebsten nicht geantwortet hätte. »Wenn es binnen zwei Stunden nicht viral geht, dann passiert es auch nicht mehr.«

»Verstehe.« Carmen war die Lust auf Sekt gehörig vergangen. Weil aber ihre Mitarbeiterinnen mit langen Gesichtern dasaßen und zwei von ihnen mit den Tränen rangen, sagte sie: »Fehler passieren. Ich denke, wir haben ihn rechtzeitig behoben. Lisa, hol bitte Sekt und belegte Brötchen. Wir haben den Opernball! Darauf wollen wir anstoßen.«

Während ihre Assistentin alles für die Feier vorbereitete, zog Carmen sich in ihr Büro zurück. Vor ihr auf dem Tisch lag ihr Handy. Sie starrte darauf, als wäre es eine tickende Bombe.

Eine Stunde später standen sie alle mit einer Sektflöte in der Hand da. In Carmen regte sich hoffnungsvolle Zuversicht. Auf Social Media hatte es bisher keine einzige Reaktion gegeben.

Um den Teamspirit hochzuhalten, hielt Carmen eine

kurze Ansprache. Sie lobte jede Einzelne und erzählte in schillernden Farben von ihrem Triumph. Letztlich galt es, ihre Mitarbeiterinnen zu motivieren, denn die eigentliche Mammutaufgabe lag noch vor ihnen. Langsam kehrte die Stimmung zurück und gelegentliches Gelächter mischte sich unter die verhaltenen Gespräche.

Nach einer Stunde und fünfundvierzig Minuten waren die Brote verdrückt und der Sekt leer getrunken. Gerade als Carmen dachte, dass sie der Kugel erfolgreich ausgewichen waren, ging die Bombe hoch. Zuerst völlig unspektakulär, wie eine Masche, die von der Stricknadel rutschte. Jemand postete einen Beitrag und markierte *the Verve* unter dem Post. Dann nahm der Schneeball an Fahrt auf. Carmen konnte zusehen, wie er den Hang hinunterrollte und sich in eine Lawine verwandelte.

Zuerst kämpfte Carmen wacker, löschte Markierungen und bat Personen, die Beiträge zu löschen. Bis beim ersten Online-Medium eine Mitteilung aufpoppte. *Identität von S.B.Grün enthüllt.*

In dem Moment begriff Carmen, dass sie verloren hatte. Sie saß vor ihrem Laptop und sah zu, wie die geheime Identität von Berti, Schicht für Schicht entblättert wurde.

Carmens Handy klingelte. *Natascha Ivanova*, stand auf dem Display. Carmen drückte auf den grünen Knopf.

»Ich wusste, dass ich auf dich zählen kann. Wir Frauen müssen zusammenhalten«, sagte Natascha, ohne jede Einleitung. Ihre Worte klangen versöhnlich. Ihr Ton gefährlich.

»Es war ein interner Fehler. Meine Mitarbeiterin hat das Bild versehentlich gepostet. Es wurde gleich wieder gelöscht.«

Natascha lachte auf. »Es ist mir scheißegal, wie du diesen *Leak* nach außen hin verkaufst, solange du dich an unsere Abmachung hältst.«

Sie legte auf, offensichtlich zufrieden mit sich und der Welt. Die Frage war nur, was Berti davon halten würde, dass sie seine Welt in Stücke geschlagen hatten.

Kapitel 11

Die Wahrheit kommt ans Licht

Der Tag war beschissen – und er wurde mit jeder Stunde schlimmer. Gegen 21 Uhr saß Carmen immer noch in ihrem Büro und versuchte, den Schaden in Grenzen zu halten. Das war in etwa so erfolgreich wie Don Quichottes Kampf gegen Windmühlen.

Alina war die letzte ihrer Mitarbeiterinnen, die sich auf den Heimweg machte. Sie steckte den Kopf zur Tür rein. »Ey, tut mir echt leid, Carmen. Ick hab's verkackt.« Ihre Stimme brach ein wenig. »Kann verstehen, wenn du mich rausschmeißt.« Tränen glänzten in ihren Augen.

Eine Stunde zuvor hatte Carmen dieses Gespräch mit Lisa geführt. Ihr das Gleiche gesagt wie Alina jetzt: »Vergiss es. Fehler passieren. Morgen ist ein neuer Tag.«

»Danke!« Alina zog die Nase hoch und ging.

Tatsache war, sie alle hatten gar kein Problem. Zumindest nicht wirklich. Dank der Klausel in Bertis Vertrag war ein Rechtsstreit unwahrscheinlich. Carmen war lange genug im Geschäft, um zu wissen, dass es keine schlechte Publicity gab. Der Einzige, der so richtig im Arsch war, war Berti. Aber der war selbst eine Arschgeige.

Carmen klappte ihren Laptop zu. Heute konnte sie ohnehin nichts mehr tun.

Sie drehte ihre obligatorische Runde durch die Agentur, dann schloss sie hinter sich ab. Sie wollte nur noch heim, duschen und diesen Tag hinter sich lassen.

Fünfzehn Minuten später stand Carmen im Treppenhaus und wartete auf den Fahrstuhl. Um diese Zeit brannte nur noch das Notlicht. Das war ärgerlich, weil Carmen die Hausverwaltung oft genug gebeten hatte, das zu ändern. Dummerweise war der Hausbesorger ein Sparfuchs und ihre Bitten stießen auf taube Ohren.

Sie stieg in den Lift und drückte auf den Knopf mit dem Buchstaben P. Von unten nach oben gelesen, stand auf der messingfarbenen Platte: S, P, H, M, 2, 3, 4, 5, 6. Was sich wie ein geheimer Code las, bezeichnete Souterrain, Parterre, Hochparterre und Mezzanin. In Wien tanzte man im Dreivierteltakt, und in den alten Wohnhäusern gab es Zwischenstöcke und absurde Bezeichnungen.

Der Aufzug ruckelte vom Dachgeschoss in die Tiefe. Mit jedem Meter wuchs Carmens Anspannung. Etwas stimmte nicht, auch wenn sie es nicht benennen konnte. Im Erdgeschoss angekommen, drückte sie das Gitter auf. Es quietschte schrill. Carmens Sinne waren geschärft. Die Härchen auf ihren Unterarmen richteten sich auf. Plötzlich schoss eine Hand auf sie zu. Carmen blieb keine Zeit zum Nachdenken. Sie zog ihr Knie an und rammte es dem Angreifer zwischen die Beine. Der stieß ein Röcheln aus und sank in sich zusammen.

»Fuck!« Es klang wie ein Blasebalg, dem die Luft ausging.

»Berti?« Carmen starrte auf den Wikinger, der sich vor ihr am Boden krümmte. Aus ihrer Erschrockenheit wurde Wut. »Was soll die Scheiße? Spinnst du, mir hier einfach so aufzulauern? Sei froh, dass ich meinen Pfefferspray nicht dabeihab'.«

Mit schmerzverzerrtem Gesicht kämpfte sich Berti wieder auf die Beine. »Scheiße, machst du das öfter? Menschen niederschlagen, meine ich?« Er klang ebenfalls wütend.

»Ja, verdammt, wenn sie mir in dunklen Gängen auflauern, kann das passieren«, konterte Carmen. »Was willst du hier? Und woher weißt du überhaupt, wo meine Agentur ist?«

»Du hast mir ihren Namen verraten, schon vergessen? Der Rest ist leicht rauszufinden.« Der Schmerz in seinen Weichteilen schien nachzulassen. Er richtete sich zu voller Größe auf und blickte auf Carmen herab. »Und was das andere betrifft: Fragst du mich ernsthaft, was *ich* hier mache? Nachdem du im Handstreich mein Leben zerstört hast?« Er streckte ihr sein Handy hin. »Mach es rückgängig!«

»Das kann ich nicht! Es ... es hat sich längst verselbstständigt. Man kann es nicht mehr stoppen.«

Berti stieß einen Schrei aus und donnerte mit der Faust gegen das Gitter des Fahrstuhls. Im Zwielicht sah er tatsächlich zum Fürchten aus. Vielleicht hätte Carmen es mit der Angst zu tun bekommen, wenn sie selbst nicht so wütend gewesen wäre. Sie verfluchte diesen beschissenen Auftrag, der ihr bisher nur Ärger eingebracht hatte. Berti sah es offensichtlich genauso. Sein Unterkiefer malmte bedrohlich, dann sagte er: »Du wirst das wieder geradebiegen.«

»Kapierst du es immer noch nicht? Egal, was wir tun, die Scheiße wird groß. Die Medien sind geil auf sowas.«

Berti ballte seine Hände zu Fäusten und presste sie vor seine Stirn. Carmen sah die Adern, die hervortraten, und die Knöchel, die sich weiß unter der Haut abzeichneten.

»Hör zu, es war ein saudummes Missverständnis. Meine Mitarbeiterin hat dein Bild in meiner Schublade entdeckt und ...«

Berti fuhr herum. »Wie zum Teufel kommst du an ein Foto von mir?« Er taxierte Carmen aus glühenden Augen. Weil sie nicht gleich antwortete, packte er sie an den Oberarmen. Zwang sie, ihn anzusehen. »Wie, Carmen?«

»Die Vorsitzende des Opernball-Komitees hat es mir gegeben. Damit ich weiß, wer S.B.Grün ist.«

Berti ließ sie los. Ein kaltes Lächeln huschte über sein Gesicht. »Verstehe!« Er schickte sich an, zu gehen.

»Warte, wo willst du hin?«, fragte Carmen. Sie griff nach seinem Unterarm und hielt ihn zurück.

Berti schüttelte sie ab. »Was kümmert es dich?«

»Glaub mir, verstecken funktioniert nicht. Wenn du die Reporter nicht mit Happen fütterst, graben sie, bis sie etwas finden. Du brauchst eine PR-Agentur und eine Strategie.«

»Nein, ich brauche etwas zu trinken«, antwortete Berti. Er drehte sich um und ging. Carmen starrte ihm hinterher, unsicher, was sie tun sollte. Eine Sekunde später folgte sie ihm, zur Haustür hinaus und die Mariahilfer Straße hinunter. Die Einkaufsstraße war menschenleer. Die Geschäfte waren verdunkelt, nur die Straßenlaternen brannten.

Berti hatte allen Grund, sauer zu sein, aber er hatte auch keine Ahnung, was in den nächsten Tagen auf ihn zukam.

»Lass mich dir helfen«, rief Carmen und beeilte sich, mit ihm Schritt zu halten. Glücklicherweise trug sie ihre Turnschuhe.

Berti schnellte herum. »Und warum sollte ich ausgerechnet dir vertrauen? Dir verdanke ich doch diesen Scherbenhaufen.«

»Ach, fick dich, Berti! Es tut mir leid! Ich hab mir den Arsch aufgerissen, um es wieder rückgängig zu machen.«

Bertis Augenbrauen zogen sich noch einen Ticken mehr zusammen. Gleichzeitig glaubte Carmen, dass sie seine Mundwinkel zucken sah. »Das war die schrecklichste Entschuldigung, die ich jemals gehört hab.«

Berti ging weiter, bis er in der Karl-Schweighofer-Gasse anhielt. Hier befand sich eine ehemalige Synagoge, die nun eine Bar war. Das Donau-Techno. Weder Logo noch Namensschild verrieten, was sich dahinter verbarg – trotzdem wusste es jeder. Vor zwanzig Jahren hatte das Donau seine Hochphase gehabt. Hinter vorgehaltener Hand hatte man darüber getuschelt, als würde man sich ein gut gehütetes Geheimnis erzählen. Weil sich in Wien aber nichts schneller verbreitete als Geheimnisse, war das Donau mittlerweile stadtbekannt.

Berti klopfte. Ein Schlitz öffnete sich. Ein Türsteher musterte ihn prüfend, dann schwang die Tür auf. Carmen nutzte den Moment und schlüpfte zusammen mit Berti ins Innere. Sofort quoll ihr Technomusik entgegen. Außerdem der Gestank von Frittierfett. Das lag an Wiens einzigem Indoor-Würstlstand.

Ungustiös, nannten das die einen. *Hochgradig originell*, die anderen. Carmen zählte sich zu ersterer Gruppe.

Berti steuerte auf die Bar zu. Weil heute Donnerstag war, befanden sich kaum Leute im Donau. Trotzdem legte ein DJ auf und beschallte sie mit derben Beats.

Der Mief von schalem Bier hing in der Luft. Klebrige Rinnsale überzogen den Fußboden. Über ihnen tanzten grüne Laserlichter durch den gewölbeartigen Raum. Sie zeichneten psychedelische Muster an den Wänden. Carmen fühlte sich an den Film *Matrix* erinnert. Das düstere Setting passte perfekt.

Berti orderte zwei Whiskeys. Die Kellnerin legte ihr Handy weg und stellte die Schnapsgläser vor ihm auf der Bar ab. Dann griff sie nach einer Flasche Jack Daniel's und goss die golden schimmernde Flüssigkeit ins Glas.

»Ich trinke keinen Whiskey«, sagte Carmen.

»Ist nicht für dich«, antwortete Berti und kippte sich beide hinter die Binde. Die Musik war laut, aber mit erhobener Stimme konnte man sich immer noch unterhalten. Nicht, dass Berti aussah, als würde ihm der Sinn danach stehen.

Carmen setzte sich neben ihn. Sie bestellte einen weißen Spritzer – Weißwein mit Soda. Beide tranken sie schweigend.

Berti orderte die nächste Runde. Dieses Mal Whiskey-Cola. Er war definitiv mit der Mission gekommen, nämlich sich aus dem Leben zu schießen. Berti hockte vornübergebeugt da und drehte das Glas zwischen seinen Fingern. »Du hast alles zerstört. Meine Kunst für einen *fucking* PR-Gag geopfert!« Sein Blick fühlte sich auf Carmens Haut wie Säure an.

»Ich kann verstehen, wie du dich fühlst.«

»Kannst du das?«, ätzte er und wandte ihr den Kopf zu. »Ich glaube nicht! Dir macht doch nichts so sehr Angst wie deine eigenen Gefühle. Du rennst weg, wenn etwas zu intensiv wird.«

»Und trotzdem bin ich hier.« Carmen blickte ihm fest in die Augen. Ihre Gesichter waren nur noch Zentimeter voneinander entfernt. Seine Nähe hinterließ ein Prickeln auf ihrer Haut. Eine rohe, animalische Energie ging von ihm aus und die Luft zwischen ihnen vibrierte förmlich.

»Ich wünschte, du wärst es nicht. Seit du in meinem Leben bist, geht alles den Bach hinunter.«

Carmen schnappte nach Luft. Sie hatte diesen Angriff nicht kommen sehen. Nun steckte ein eisiger Splitter in ihrer Brust und fraß sich tiefer.

»Ich verstehe«, zischte sie. Carmen knallte ihr Glas auf die Theke. Sie zog einen Geldschein aus ihrer Tasche und legte ihn daneben. »Ich bin hier fertig. Fahr zur Hölle.«

Carmen glitt von ihrem Barhocker, als sie Bertis Hand an ihrem Handgelenk spürte. Er hielt sie fest und zog sie zurück auf ihren Stuhl. »Nein, du machst dich nicht aus dem

Staub. Du wirst die Scheiße mit mir aussitzen.«

Gleichzeitig bedeutete er der Kellnerin, dass sie ihm noch eine Runde für sie beide bringen sollte. Carmen bemerkte ihre Erleichterung und hasste sich dafür. Er war ein übler Kerl, ein Lügner und Betrüger. Aber das war sie auch. Carmen spürte die Anziehungskraft, die er auf sie ausübte. Sie wollte ihn anfassen, ihn schütteln, ihn zum Schweigen bringen – oder küssen, nur um diesen Wahnsinn zu beenden. Er war ihr ganz persönliches Kryptonit.

»Du bist ein Arschloch.«

»Und du, ein kaltherziges Miststück.«

Trotz der harten Worte glaubte Carmen, den Anflug eines Lächelns auf seinen Lippen zu erkennen.

»Hey, das sind doch Sie, oder?« Die Kellnerin streckte Berti ihr Smartphone entgegen. Darauf zu sehen war ein Instagram-Post.

»Nein«, antwortete er, ohne überhaupt hinzusehen, und seine Miene gefror zu Eis. Er griff nach seinem Glas und trank es in einem Zug leer.

Um 1 Uhr nachts war die Sperrstunde. Carmen und Berti waren die letzten Gäste gewesen. Gemeinsam verließen sie das Donau. Auf der Straße waren kaum Menschen unterwegs. Carmen war beschwipst, Berti sternhagelvoll. Er torkelte neben ihr her. Gelegentlich krachten sie mit den Schultern aneinander.

Sie gingen in die gleiche Richtung. Das war gut, denn Carmen hatte beschlossen, Berti bei sich zu Hause abzusetzen – wo auch immer das war. Nach seiner Adresse fragte sie Berti nicht, denn mittlerweile konnte man kein vernünftiges Wort mehr mit ihm wechseln.

Sie durchquerten den sechsten Bezirk, bis sie die Linke

Wienzeile erreichten. Vor ihnen war der Naschmarkt, dahinter Wieden, der vierte Bezirk, wo Carmen wohnte.

Nach einem weiteren Zusammenstoß drehte Berti sich zu ihr um. Seine Augen waren zu Schlitzen verengt. »Ich-ich frag mich …« Seine Stimme klang verwaschen. »… was p-passiert wär, wenn du … wenn wir …«

Carmen unterdrückte ein Augenrollen. »Berti, lass das! Es ist, wie es ist. Sieh es doch lieber als Chance. Das hier bringt deinen Bildern viel mehr Reichweite.«

»Meine Bilder …« Er schnaubte verächtlich. »Die sind mir scheißegal.« Er wankte weiter und ließ Carmen verwirrt zurück.

Wenn es ihm nicht um die Bilder ging – *Herrgott noch mal!* – worum ging es dann? Einen Moment später hatte Carmen ihn aus den Augen verloren. Berti war in eine Hausecke gebogen. Sie fand ihn vor einem unscheinbaren Eingang. Er nestelte an einem Schlüsselbund und versuchte erfolglos, das Schlüsselloch zu treffen. Das Haus befand sich in der Margaretenstraße. Es war schönbrunngelb, wenngleich die Fassade dringend einen neuen Anstrich vertragen hätte. Neben der Haustür befand sich ein breites Holztor. *Autowerkstatt Wagner* stand darüber zu lesen. Die Reklamebuchstaben waren alt und verwittert. Einige fehlten. Stattdessen verrieten dunkle Umrisse, wo sie gewesen waren.

»Lass mich«, sagte Carmen und schob Berti beiseite. »Du wohnst doch auch wirklich hier, oder?« Als stumme Bestätigung klickte das Türschloss und sprang auf. Im Inneren ging das Licht an. Sie standen in einem typischen Wiener Eingangsbereich, mit gekacheltem Fliesenboden in Braun und Beige und messingfarbenen Postkästen an der Wand. Carmen blickte sich um. Links gelangte man ins Treppenhaus, rechts zu der Toreinfahrt. Auch hier hing ein altes Schild. Darauf stand: *Auto und Karosserie – Werkstatt im Innenhof.* Daneben war ein Pfeil.

Berti ging in diese Richtung. Carmen folgte ihm.

Im Durchgang sprang der Bewegungsmelder an und Carmen sah einen verwachsenen Innenhof. Hier wuchs ein Ahornbaum, umgeben von Efeu und zerschlagenen Terrakotta-Blumentöpfen. Der Mond überzog die Konturen mit silbrigem Schimmer. Diese verlassenen und wild wuchernden Hinterhöfe fand man überall in Wien. Meistens in Häusern, die noch nicht saniert worden waren.

Berti torkelte auf die Werkstatt zu. Nach einem weiteren Kampf mit dem Türschloss trat er ein. Licht flammte auf und Carmen staunte nicht schlecht. Dort, wo vorher Hebebühnen gewesen waren, standen nun dutzende Staffeleien verteilt. Die Bilder darauf befanden sich in verschiedenen Fertigungsphasen. An den Wänden standen Holzregale, vollgestopft mit Materialien. Ordnung herrschte trotzdem keine. Am Boden verteilten sich Farbkübel, Bleistiftskizzen, halb leere Tuben und Pinsel. Möbel gab es nur wenige. Carmen sah eine gut bestückte Bar und ein Kingsize-Bett. Es stand am hintersten Ende des Raums und blitzte hinter einer halb geöffneten Schiebetür hervor. *Eine Fusion aus Junggesellenhöhle und Atelier*, dachte Carmen belustigt.

Berti ging zur Bar und griff nach einem Dekanter. Darin befand sich eindeutig Hochprozentiges. Er taxierte die Flasche abwägend, dann stellte er sie mit einem angewiderten Blick zurück auf den Tresen. Berti drehte sich zu Carmen um. Er deutete um sich. »Hier ist sie, meine scheiß Kunst … Bilder, die du dir nicht in die Wand hängen würdest. Das … das hast du doch gesagt, oder?«

Er fuchtelte mit seiner Hand und erwischte die Glasflasche hinter sich. Einen Augenblick später zerschellte der

Dekanter mit einem ohrenbetäubenden Knall. Scharfer Alkoholgeruch hing in der Luft. Berti beachtete die Scherben nicht weiter, sondern stieg darüber hinweg.

»Tut mir leid. Ich wollte dich nicht beleidigen, ich hab einfach keine Ahnung von K…« Carmen stoppte abrupt und stieß stattdessen einen spitzen Schrei aus. Der Grund war Berti. Er griff nach einem Bild und schmetterte es zu Boden. Der Keilrahmen brach mit einem lustlosen Knacken.

»Hör auf!« Plötzlich überkam Carmen eine panische Angst, dass Berti noch mehr zerstören könnte. Etwa zeitgleich wanderten ihre Augen zu einem dunklen Bild. Es war in Bordeaux und dunklen Pflaumentönen gehalten, dazwischen gab es pinke und blutrote Farbspritzer. Das Opernballgemälde.

Berti folgte ihrem Blick, dann verfinsterte sich seine Miene. Wie von Sinnen ging er darauf zu.

Er würde doch nicht etwa?

Carmens Herz klopfte wie wild, Adrenalin überschwemmte ihren Körper. Sie musste etwas unternehmen und das schnell. Ohne darüber nachzudenken, warf sie sich auf ihn und riss ihn zu Boden. Es entstand etwas, das an eine Rangelei unter Kindern erinnerte. Berti wälzte sich herum und versuchte, sie abzuschütteln. Der Alkohol machte ihn schwerfällig. Carmen bemühte sich, ihn mit ihrem Gewicht am Boden zu fixieren. Zwar war Berti größer und stärker, aber Carmen kämpfte wie eine Furie.

»Ich lasse nicht zu, dass du das tust«, schrie sie.

»Es ist mein Bild«, keuchte er. »I-ich kann damit tun … was ich will. Dir geht es doch nur um diesen Ball und deine beschissene Agentur.«

»Sag mal, willst du es eigentlich nicht kapieren? Es geht mir um dich!«, schrie Carmen. Schlagartig begriff sie, was sie da gesagt hatte. Am liebsten hätte sie die Worte wieder zurück in ihren Mund gesteckt und zerbissen. »Scheiße, tu doch, was du willst«, schnaubte sie und rollte von ihm herunter.

Berti betrachtete sie schweigend.

Weil Carmen seinen Blick nicht aushielt, stand sie auf und begann, die Scherben aufzusammeln. Dabei drehte sie ihm den Rücken zu. Sie pickte die größten Stücke aus dem klebrigen Durcheinander. Plötzlich

spürte Carmen ein scharfes Brennen. Sie starrte auf ihre Hand. Ein dünner Schnitt zog sich vom Zeigefinger bis zur Handwurzel.

»So eine Scheiße!«

Für den Bruchteil einer Sekunde war nur eine rote Linie zu sehen, dann quollen winzige Tropfen hervor. Sie sammelten sich zu einem großen Tropfen, der ein Stück ihren Unterarm herabfloss und dann zu Boden fiel. Die Wunde war nicht tief, blutete aber stark. Einen Moment später war Berti an ihrer Seite. Er musterte sie alarmiert. »Alles in Ordnung?«

»Ja, alles gut«, antwortete Carmen und ärgerte sich, dass ihre Stimme so dünn klang. Das war eindeutig gelogen! Carmen vermied es, hinzusehen, merkte aber trotzdem, wie ihr flau im Magen wurde. Sie konnte kein Blut sehen, und schon gar nicht ihr eigenes.

Berti sagte etwas, aber Carmen hörte seine Worte nur noch dumpf und verschwommen. Er war plötzlich ganz weit weg. Einen Moment später hatte sie das Gefühl, als ob sich ihre Beine unterhalb der Knie auflösen würden. *Ein schräges Gefühl*, dachte Carmen, dann spürte sie, wie sie in sich zusammensackte.

Als sie das nächste Mal die Augen öffnete, lag sie in Bertis

Bett. Ihr Hinterkopf schmerzte. Außerdem spürte sie eine pulsierende Stelle an der Stirn. Berti lag neben ihr und betrachtete sie. Carmen hob ihre Hand und sah ein braunes Pflaster, das mit einer Mullbinde provisorisch umwickelt worden war.

»Hast du mich verarztet?«

Berti nickte.

»Gar nicht übel für eine Alkoholleiche.«

Er zuckte die Achseln. »Dein Ohnmachtsanfall hat mich ausgenüchtert.« Das stimmte eindeutig, denn aus Wortbrocken waren wieder Sätze geworden. Auch seine Aussprache war wieder deutlicher, dennoch wirkte er fernab von nüchtern. Seine Augen waren rot geädert und man sah ihm an, wie sehr er gegen die Übelkeit kämpfte. Ganz zu schweigen von der Fahne, die ihn umwehte.

Carmen kniff die Augen zusammen und versuchte, sich an die letzten Minuten zu erinnern. »Wie kann mein Schädel gleichzeitig vorn und hinten schmerzen?«

»Du bist auf den Hinterkopf gefallen. Aber ich bin, als ich dich hier hergetragen hab, gegen den Türstock geknallt.«

Carmen zog im kläglichen Versuch eines Lächelns ihre Mundwinkel hoch. »Ich schätze, der Wille zählt? Eigentlich wollte ich dich ins Bett bringen. Und nicht umgekehrt.«

Berti drehte sich ächzend auf den Rücken. Mit geschlossenen Augen starrte er an die Decke. »Carmen, ich bin zu alt für diesen Scheiß. Ich will das alles nicht mehr.«

Er hätte Alkoholexzesse meinen können, trotzdem beschlich Carmen das Gefühl, dass er von ihr sprach.

Sie horchte in sich hinein und fühlte Bitterkeit, Trauer und Enttäuschung. Was für eine beschissene Mischung! Einmal mehr speisten sie den eisigen Knoten in ihrem Inneren.

»Ich auch nicht«, antwortete Carmen und erhob sich.

Sie stand in der offenen Schiebetür und beobachtete ihn. Es dauerte nicht lange, dann war er eingeschlafen. Carmen hörte es an seinen tiefen, regelmäßigen Atemzügen.

Sie musste gehen. Das hatten Abschiede so an sich. Trotzdem tat sie es nicht. Stattdessen wanderte Carmen durch Bertis Wohnung und betrachtete seine Bilder. *Seine Werke sind einer Muse zugeordnet*, hatte Alina gesagt. Wer wohl die Frauen hinter diesen Farbklecksen waren? Carmen würde es nie erfahren. Erst das Brennen in ihrer Handfläche verriet ihr, dass sie die Hände zu Fäusten geballt hatte.

Es war spät, trotzdem setzte sich Carmen an die Bar und zog ihr Handy hervor. Sie begann, die nächsten Schritte für Berti zu planen. Seine Anonymität war verloren, das ließ sich nicht mehr rückgängig machen. Aber sie konnte ihr Wissen und ihre Kontakte nutzen, um sein *Outing* so schmerzlos wie möglich zu gestalten. Ein paar Wochen lang würden die Medien auf Berti losgehen, dann würde das Rad weiterdrehen und die Neugier der Öffentlichkeit mit ihm.

Carmen arbeitete konzentriert, bis der Himmel sich langsam rosa färbte. Sie schickte das Dokument, das sie auf dem Handy getippt hatte, an Alina. Dazu einige Sprachnachrichten. Wenn Berti die Hilfe von *the Verve* wollte, dann würde sie seine Ansprechpartnerin sein.

Wie auch immer er sich entscheiden sollte, eines war klar: Sie und Berti waren Geschichte.

Kapitel 12

Pimmelkuchen

Mit dem Mai hatte der Frühling in Wien Einzug gehalten. Endlich war es warm geworden und Magnolie und Kirsche standen in voller Blüte. Besonders die rosafarbenen Tulpenmagnolien hatten es Carmen angetan. Wenn sie ein solches Exemplar entdeckte, musste sie anhalten und sich ein paar Minuten an ihrem Anblick erfreuen. Nun stand sie im Votivpark, der bekannt war für seine blühende Pracht. In ihrer Hand hielt Carmen eine Tageszeitung. Jene Sorte, die gratis in den U-Bahn-Stationen auslag. Carmen hatte sie mitgenommen, weil Berti auf der Titelseite abgebildet war.

Genau vor einer Woche war seine geheime Identität aufgeflogen. Carmen betrachtete das Bild. Eindeutig ein Paparazzi-Schnappschuss, der Berti beim Verlassen seiner Wohnung zeigte. Er hatte sich hinter einer schwarzen Sonnenbrille verschanzt. Eine Hand hatte er ausgestreckt, um sich vor dem Blitzlichtgewitter zu schützen.

Es war genauso gekommen, wie Carmen es prophezeit hatte. Innerhalb weniger Tage war Berti vom Underground-Künstler zum Shootingstar aufgestiegen. Er galt nun als Aushängeschild der österreichischen Kunstwelt. Plötzlich standen Frauen Schlange, die zuvor nie ein Museum von innen gesehen hatten. Berti war das Gesprächsthema der Stadt – Künstler, Ikone, Sexsymbol.

Am Morgen nach Bertis Absturz hatte Alina Carmens

Konzept an seine offizielle Adresse gemailt. Er hatte nicht darauf reagiert.

Kurz darauf lauerten ihm Fotografen und Kamerateams auf. Ihre Aufnahmen landeten in Zeitungen und Onlineportalen. Richtig hässlich wurde es, als Bekannte – selbstverständlich anonym – Details aus seiner Vergangenheit preisgaben: wilde Exzesse, Drogen und eine Vorstrafe wegen Trunkenheit am Steuer. Gewürzt wurde das Ganze mit Affären, unehelichen Kindern und einer gescheiterten Ehe. Einiges klang plausibel, anderes wirkte frei erfunden. Aber alles zusammen fügte sich in das Bild des wilden Wikingers. So entstand das Porträt eines freigeistigen Künstlers und ungezähmten Junggesellen.

Vor zwei Tagen meldete sich Berti bei Alina und erklärte sich bereit, *the Verve* mit der PR-Arbeit zu beauftragen – allerdings unter einer Bedingung: Er wollte keinerlei Kontakt zu Carmen.

Das hatte Alina, sichtlich beschämt, beim morgendlichen Jour fixe gestanden. »Tut mir so leid, dass du den Stress jetzt hast. War ja schließlich mein Fehler, nicht deiner.«

Carmen hatte die Zähne zusammengebissen und gelächelt. »Kein Problem. Hauptsache, der Kunde ist zufrieden«, hatte sie geantwortet und die Beleidigung heruntergespielt. Es gehörte zu ihren Aufgaben als CEO, nach außen die Verantwortung zu übernehmen.

Am Ende unterschrieb Berti einen Vertrag mit *the Verve* – ohne Kleingedrucktes – und die Agentur gewann einen hochkarätigen Kunden. Ende gut, alles gut? Vermutlich. Auch wenn es sich für Carmen nicht danach anfühlte.

Sie schüttelte den Kopf und holte ihre Gedanken zurück in die Gegenwart. In zehn Minuten war sie mit Marina verabredet. In einem Yogainstitut. Zur Rückbildungsgymnastik!

Carmen hatte ihr zu Christianos Geburt einen Gutschein geschenkt. Lisa, ihre Assistentin, die selbst Mutter war, hatte ihr dieses Geschenk empfohlen. »Das ist viel sinnvoller als all die Windeltorten, Schnuller und Babydecken«, hatte sie erklärt. Carmen warf einen letzten Blick auf den Blütentraum des Votivparks, dann steuerte sie auf ihren Treffpunkt zu.

Kurze Zeit später schulterte Carmen ihre puderrosa Yogamatte, die perfekt zu ihrem pastellfarbenen Outfit passte. Hinter ihr stand Marina, den kleinen Cristiano in einem Tragetuch an der Brust. Sie trug ein cremefarbenes Set – weite Palazzo-Hosen und ein stillfreundliches Wickelshirt. Gemeinsam traten sie aus der Umkleide und hielten auf den Saal zu.

»Du musst das wirklich nicht tun, Amica«, sagte Marina, doch Carmen winkte ab. Zwar war es ihr tatsächlich unangenehm, die einzige kinderlose Frau in diesem Raum zu sein, aber sie hätte auch Schlimmeres getan, um endlich wieder Zeit mit Marina zu verbringen. Carmen konnte an einer Hand abzählen, wie oft sie sich seit Christianos Geburt getroffen hatten.

»Kein Problem. Wenn Cristiano unruhig wird, nehme ich ihn und du kannst in Ruhe trainieren.«

»Scusa«, antwortete Marina und drückte ihr ein Küsschen auf die Wange. Mittlerweile hatte sie das Wochenbett hinter sich gelassen und war entschlossen, wieder in Form zu kommen. »Ich heirate bestimmt keinen neun Jahre jüngeren Italiener, wenn ich aussehe wie eine formlose Kartoffel«, hatte sie erklärt und ein Abo im Fitnessstudio abgeschlossen. Im Burgenland, wohlgemerkt – sonst hätte Carmen ihr Sascha empfohlen. Der war sein Geld wert und Carmens

Körper straffer und definierter denn je.

Doch zuvor stand bei Marina Rückbildungsgymnastik an. »Du weißt gar nicht, wie toll ein kräftiger Beckenboden ist, ehe du ihn für immer verloren hast und dir bei jedem Niesen in die Hose pinkelst«, erklärte Marina.

Ein weiterer Punkt, den Carmen auf ihre imaginäre Liste der *Vorteile von Kinderlosigkeit* setzte. Die Inkontinenz reservierte sie sich für das Seniorenheim.

Carmen und Marina suchten sich einen Platz im Saal. Es waren bereits einige Mütter mit ihren Babys da und warteten auf den Beginn der Stunde. Das Yogainstitut befand sich im dritten Stock, unweit der Votivkirche, deren Spitze durch die großen Fenster zu sehen war. Sonnenlicht ergoss sich in den Raum und malte goldene Muster auf den Holzboden. Aus den Boxen drang entspannende Musik. In fünf Minuten würde die Stunde beginnen. Manche Frauen nutzten die Zeit, um ihre Kinder zu stillen, andere plauderten. Geburtsgeschichten waren der Renner und alle gierten danach, ihre eigene zu erzählen. Nur Carmen schwieg und lauschte. Es verblüffte sie, wie bereitwillig diese Frauen von Dammrissen und wunden Nippeln berichteten. Carmen verspürte eine Mischung aus Faszination und Entsetzen. Dreißig Stunden in den Wehen zu liegen, klang für sie wie der blanke Horror. In der gleichen Zeit konnte sie nach New York und wieder zurückfliegen. Carmen spielte mit Christianos winzigen Zehen. Er lag vor ihr auf der Yogamatte und streckte sich. *Gut, dieser Vergleich hinkt*, dachte Carmen, denn etwas so Entzückendes gab es in ganz Manhattan nicht.

»Jetzt erzähl schon«, sagte Marina.

Carmen ließ sich nicht zweimal bitten und schilderte ihr im Schnelldurchlauf die letzten Wochen. Sie begann mit der grandiosen Nacht im Hotel Bristol und dem furchtbaren

Morgen danach. All die Verwirrungen dazwischen ließ sie außen vor. Das hätte eindeutig den Rahmen gesprengt. Ihre Geschichte endete mit Bertis Besäufnis und dem Ende ihrer Bekanntschaft. Das Ganze war dramatisch genug.

Marina legte den Kopf schief und betrachtete sie abschätzend. »Ich werde das Gefühl nicht los, dass du noch etwas auf dem Herzen hast«, sagte sie nach einer Weile.

Carmen seufzte. »Ja … Nein – Ich weiß auch nicht, es ist lächerlich.«

»Jetzt will ich es aber unbedingt wissen«, antwortete Marina grinsend.

Carmen spürte, wie ihr die Röte in die Wangen schoss. »Was Berti zu mir gesagt hat, geht mir einfach nicht mehr aus dem Kopf.«

Sie gab Marina den exakten Wortlaut wieder und wartete auf eine empörte Reaktion. Weil Marina schwieg, sagte Carmen nach einer Weile: »Ist das nicht unerhört?«

»Sì«, murmelte Marina verhalten. »Unerhört.«

Carmen fuhr mit der Zunge über ihre Schneidezähne. Wieso wurde sie das Gefühl nicht los, dass Marina die Tragweite dieser Unverschämtheit nicht begriff? »Du verstehst das nicht. Das … das waren nicht nur Worte. Es war ein Fluch! Seitdem funktioniert gar nichts mehr. Ich kann keine Orgasmen mehr haben und eine Bettlerin hält mich sogar für den Teufel. Wenn sie mich sieht, macht sie dieses Handzeichen, um sich vor dem bösen Blick zu schützen.« Carmen demonstrierte es Marina. »Und ja – ich weiß selbst, wie bescheuert das klingt.«

Insgeheim rechnete Carmen mit schallendem Gelächter. Zumindest wäre das ihre Reaktion auf diese absurde Geschichte gewesen.

»Ein Fluch? No!« Marina zeichnete sich drei winzige

Kreuzchen auf der Stirn, den Lippen und der Brust. Seit sie mit Luca verlobt war, wurde sie von Tag zu Tag italienischer.

»Ja!«, erwiderte Carmen mit Grabesstimme. »Berti hat mein Mojo zerstört. Ich hab eine Sexflaute und meinen sechsten Sinn hab ich auch verloren. Sogar meine Schwester hasst mich – das ist das einzig Gute daran.«

Marina schüttelte den Kopf. »Was hat denn Mercedes damit zu tun?«

»Naja, ihre Tochter Romy stand vor meiner Tür. Sie war traurig, weil ihr Freund sie verlassen hat, und ich war enttäuscht wegen Cruz. Dann war da die Flasche Frizzante. Woher sollte ich auch wissen, dass Romy keinen Perlwein verträgt?«

Marina zog die Augenbrauen hoch, kam aber zu keiner Antwort mehr, weil die Kursleiterin die Stunde eröffnete. Während sie auf ihren Matten lagen, sich dehnten und Kegelübungen machten, um die Rückbildung der Gebärmutter zu fördern und den Beckenboden zu kräftigen, spürte Carmen, dass Marina sie immer wieder von der Seite betrachtete.

»Ich fasse es nicht, dass du dich mit deiner Nichte betrunken hast«, wisperte sie zwischen zwei Übungen.

»Sie ist siebzehn, Herrgott noch mal«, antwortete Carmen. »Aber ich weiß selbst, dass es ein dummer Fehler war.«

Dann begann Cristiano zu weinen und unterband weitere Gespräche. »Ich kümmere mich um ihn. Mach nur weiter«, flüsterte Carmen und nahm den Kleinen behutsam in ihre Arme. Marina taxierte sie aus zusammengekniffenen Augen. »Solange ihr euch nicht betrinkt, soll es mir recht sein.«

Nach der Stunde drehten Carmen und Marina eine Runde durch den Votivpark und genossen die Sonnenstrahlen. Viel

Zeit hatten sie nicht. Marina musste ihren Sohn Gabriel von der Schule abholen, und Carmen erwartete ein Berg Arbeit in ihrem Büro.

Seit der Bekanntgabe, dass *the Verve* den Opernball ausrichten würde, strömten die Anfragen nur so herein.

Carmen hatte gehofft, dass Marina im Yogainstitut einen Kurs buchen würde. Dann hätten sie sich nämlich öfter gesehen, aber Marina hatte die Frage nach einem Zehnerblock dankend ausgeschlagen. »Sei mir nicht böse, Amica, aber ich mache die Rückbildungsgymnastik lieber in Mattersburg. Das ist unkomplizierter«, hatte sie erklärt.

Carmen sah zu, wie sie Christianos Babyschale im Autositz befestigte. Eine kurze Umarmung, dann brauste Marina davon. Carmen winkte ihr hinterher und machte ebenfalls kehrt. Sie ging zurück in die Arbeit. Die nächsten Stunden arbeitete sie konzentriert. Als sie das nächste Mal einen Blick aus dem Fenster warf, färbte sich der Himmel bereits rosa und die Sonne war im Begriff, unterzugehen. Carmen streckte sich nach allen Richtungen, sodass ihre Knochen knacksten. Sie sondierte ihre To-do-Liste und nickte zufrieden. Die wichtigen Dinge waren abgehakt. Den Rest konnte sie getrost von zu Hause aus erledigen – im Pyjama auf der Wohnzimmercouch, mit einer Tuchmaske im Gesicht.

Carmen steckte den Schlüssel ins Schloss ihrer Wohnung, als sie erschrocken innehielt. Aus dem Inneren drangen Geräusche. Ihr Herz setzte einen Schlag lang aus. Einbrecher?

Nirgendwo fanden sich Spuren eines gewaltsamen Eindringens – hier waren Profis am Werk. Carmen war im Begriff, kehrt zu machen und die Polizei zu rufen, als sie Gelächter hörte. Das war seltsam. Einbrecher kichern nicht.

Carmen nahm ihren ganzen Mut zusammen, drehte den

Schlüssel im Schloss und stieß die Tür auf. Vom Eingangsbereich führte ein Gang in Richtung Wohnzimmer. Auf halber Strecke zweigte die kleine Küche ab. Von dort kamen die Geräusche.

Carmen bog um die Ecke und blickte fassungslos auf eine Gruppe Mädchen, die mit Backutensilien hantierten und ein heilloses Durcheinander fabrizierten. Mehl bedeckte den Boden, Teigspritzer zierten die Möbelfronten und auf den Ablagen türmten sich benutzte Schüsseln. Aus einem Handylautsprecher schallte deutscher Rap.

»Was zum Teufel macht ihr hier?«

Vier Mädchen drehten sich um und grinsten sie ohne einen Hauch von Verlegenheit an.

»Du musst Carmen sein. Romy meinte, wir könnten hier abhängen«, antwortete eine von ihnen. Sie wandte sich wieder dem Ofen zu und rief über ihre Schulter: »Gut, dass du da bist, wir checken die Zeitschaltuhr nicht.«

Carmen ignorierte diese indirekte Aufforderung und fragte: »Wo ist Romy?«

»Oben auf der Dachterrasse.«

Im selben Moment machte Carmen kehrt und marschierte zähneknirschend auf ihr Wohnzimmer zu. Die Dachterrasse befand sich eine Etage höher, bei ihrem Schlafzimmer. Schnaubend stieg Carmen die Treppe empor.

Was zur Hölle hatte sich dieses Gör dabei gedacht, ihre Freundinnen unangemeldet in ihre Wohnung zu schleppen?

Carmen erblickte Romy. Sie und ein braunhaariges Mädchen lehnten am Geländer und zogen an ihren Zigaretten. Romy paffte, hielt den Glimmstängel mit spitzen Fingern und man sah ihr an, dass es sie einiges an Überwindung kostete, die weltmännische

Fassade aufrechtzuerhalten. Nun reichte es Carmen endgültig! Sie riss die Schiebetür auf. Gleichzeitig fuhren zwei Köpfe in ihre Richtung. Romy bemerkte Carmens Gesichtsausdruck und warf die Kippe weg. In ihrem Blick lag ein stummes Flehen: Bitte, blamier mich nicht vor meiner Freundin. Die andere hatte weniger Skrupel. Sie drückte die Kippe in die Erde von Carmens Feigenbaum.

Carmen biss sich auf die Lippen, schluckte ihren Zorn hinunter und bat das andere Mädchen, sie und Romy kurz allein zu lassen.

Sobald sie weg war, zischte Carmen: »Hast du sie noch alle? Weißt du nicht, wie schädlich Rauchen ist? Schon mal was von Lungenkrebs gehört? Außerdem kriegst du davon Falten.«

Romy zuckte die Achseln. Ihre Haltung war trotzig und ihre Augen funkelten herausfordernd. »Die Falten lass' ich mir wegspritzen, so wie du. Mama sagt, du gehst ständig zum Schönheitschirurgen. An dir ist rein gar nichts mehr echt.«

Carmen erstarrte. Romys Worte trafen sie wie ein Schlag ins Gesicht.

»Dann erklär mir mal lieber, was diese *Kinder* in meiner Küche machen?«

»Wir sind Frauen!«, echauffierte sich Romy und setzte zum Gegenangriff an. »Du hast gesagt, ich könnte immer kommen, wenn mir die Decke auf den Kopf fällt.«

»Wenn ich gewusst hätte, dass *das* dabei herauskommt, hätte ich es garantiert nicht gesagt.« Carmen hätte schreien können. Was hatte sie sich nur dabei gedacht, einem halbstarken Teenager ihren Zweitschlüssel auszuhändigen? »... Außerdem erklärt das immer noch nicht, warum du mit einer Horde Mädchen hier anrückst und meine Küche verunstaltest?«

»Julz hatte ihr erstes Mal und wir backen einen Kuchen«, sagte Romy, als wäre das eine vollkommen logische Erklärung.

Carmen blinzelte. »Wieso?«

»Wieso nicht?« Romy sah Carmen an, als wäre das eine selten dämliche Frage. »Weil man das eben so macht. Naomi hat bereits einen gebacken bekommen, dann Sarah und jetzt eben Julz …«

»Hast du schon einen Kuchen gekriegt?«, fragte Carmen, wobei sie nicht sicher war, ob sie die Antwort hören wollte.

»Nein«, antwortete Romy, und Carmen stieß erleichtert die Luft aus ihren Lungen. »Denn in Zürich gab es diese Tradition nicht.«

Carmen seufzte. Heute blieb ihr wirklich gar nichts erspart.

»Weiß deine Mutter davon?«, fragte sie resigniert.

»Was meinst du? Dass ich schon Sex hatte, oder dass wir heute hier sind?«

»Vergiss es.« Carmen machte eine wegwerfende Handbewegung. Sie kannte die Antwort ohnehin. »Aber du verhütest doch, oder? Nimmst du die Pille? Und Kondome? Beides wäre besser. Hast du schon mal was von Lecktüchern gehört? Nicht, dass der kleine Pisser …«

»Eww, Tante Carmen. *Cringe*!«, erwiderte Romy und schüttelte sich. »Ich weiß Bescheid, danke! Voll ekelig, wenn alte Leute von sowas reden.«

Carmen rieb sich die Nasenwurzel. Plötzlich empfand sie eine riesige Hochachtung vor Eva, die zwei solcher pubertierenden Wesen zu Hause hatte. Das musste man erst einmal aushalten können.

»Du weißt, dass deine Mutter verboten hat, dass du mich

in nächster Zeit besuchst … Wenn Mercedes erfährt, dass du hier bist, kriegen wir beide Ärger.«

»*Chill,* Tante«, raunte Romy. Weiter kam sie nicht mehr, weil von innen jemand gegen die Scheibe klopfte. Das braunhaarige Mädchen war zurück und winkte Romy ins Innere.

»Komm, der Kuchen ist fertig. *Safe* der beste, den wir bisher gemacht haben«, rief sie. Romy nickte. Das Mädchen drehte sich um und ging zurück zu Gelächter und Vergnügen.

»Aber ihr räumt nachher auf, verstanden?«, sagte Carmen streng.

»Klar«, antwortete Romy und rollte mit den Augen.

Carmen ging ebenfalls nach unten und warf sich auf das Sofa. Sie versuchte, sich zu entspannen, nur, dass es ihr so gar nicht gelingen wollte. Schuld daran war die Invasion in ihrer Küche. Carmen lauschte dem aufgeregten Geschnatter. Zwar sprachen die Teenager theoretisch ihre Sprache, dennoch verstand Carmen vieles nicht. Wenn sie ehrlich war, klang diese Jugendsprache absolut bescheuert.

Nach einer Weile erschienen sechs Mädchen im Wohnzimmer und präsentierten ihr den fertigen Kuchen. Ein Schokoladen-Penis, dessen Spitze sie glasiert hatten, offensichtlich ein Zuckererguss. Nun war es Carmen, die ein Augenrollen unterdrückte. Die Jugend von heute war nicht mehr zu retten. Die Mädchen amüsierten sich köstlich über Carmens Gesichtsausdruck und erklärten, dass man diese Silikonformen easy peasy im Internet bestellen konnte.

Carmen folgte ihnen zur Haustür. Im Vorbeigehen warf sie einen Blick in die Küche. Sie hatten aufgeräumt. Und alles in

die Spüle gestopft, die nun überquoll.
»Romy, ich will meinen Schlüssel zurück«, sagte Carmen und streckte ihre Hand aus.

»Du bist doch nicht so cool, wie ich dachte«, murrte Romy.

Der Vorwurf prallte an Carmen ab. Nach allem, was sie zuvor gesehen hatte, war sie heilfroh, nicht cool zu sein. »Ach, und noch etwas. Versprich mir, nicht mehr zu rauchen, sonst verpetze ich dich bei deiner Mutter.«

»Ich hab mich geirrt, du bist genauso ätzend wie sie«, fauchte Romy und ging ohne ein Wort des Abschieds.

Carmen grinste breit. Plötzlich war ihr eingefallen, auf welche Weise sie sich mit Mercedes aussöhnen konnte. Als die Mädchen weg waren, griff sie nach ihrem Handy und wählte Nataschas Nummer. Es klingelte eine Weile.

»Hallo Carmen.«

»Hallo Natascha. Ich rufe an, weil ich dich um einen Gefallen bitten wollte. Es geht um meine Nichte Romy.«

Kapitel 13

Der Rammler

Carmen saß in ihrem Büro und scrollte durch ihren Instagram-Feed. Vor ihr, auf ihrem Schreibtisch, lag der Rest ihres Mittagessens – ein Bagel mit Avocado, Frischkäse und Räucherlachs. Er schmeckte köstlich, trotzdem war ihr der Hunger vergangen. Schuld daran war der Instagram-Algorithmus. Er hatte dazugelernt, und statt witziger Katzenvideos servierte er Carmen nun Berti-Content.

Unter Alinas Führung war Berti zum Medienprofi geworden. Das Leben im Rampenlicht schien ihm Vergnügen zu bereiten. Er flirtete mit der Kamera, als ob es galt, die Person hinter der Linse zu verführen. Die Kommentare darunter bestätigten Carmens Eindruck.

Sexappeal auf zwei Beinen, schrieb da jemand. 437 Leute fanden diese Bemerkung gut. Fast wäre ein weiterer Like hinzugekommen, doch diese Genugtuung gönnte Carmen ihm nicht. Nicht, dass Berti sich darum geschert hätte, ob es ihr gefiel oder nicht.

Er war bei ihrem letzten Treffen sehr deutlich gewesen: *Ich bin zu alt für diesen Scheiß*, hatte er gesagt. Das war sie auch!

Carmens Blick wanderte zu dem Spiegel an der Wand. Sie legte die Hände an die Schläfen und zog die Haut straff nach hinten. Sogleich kam ihr früheres Ich zum Vorschein. Wie schön und sorgenlos sie in ihren Zwanzigern gewesen war. Carmen seufzte und ließ los. Sie schloss die Augen, wollte die Veränderungen nicht sehen, die zwanzig Jahre

Leben mit sich brachten.

Carmen wandte sich wieder ihrem Handy zu. Sie besuchte Bertis offizielles Instagram-Profil, das Alina für ihn betreute. Nicht aus Interesse, sondern um zu kontrollieren, ob *the Verve* ihre Kunden bestmöglich vertrat. Das war immerhin ihr Job!

Verblüfft stellte Carmen fest, dass Bertis Followerzahl abermals gestiegen war. Wenn Alina nicht gerade geheime Informationen preisgab, war sie ihr Geld allemal wert.

Weil es nichts zu beanstanden gab, klickte Carmen auf den Reels-Button, gewillt, sich so lange Tiervideos anzusehen, bis der Algorithmus begriff, dass sie keinerlei Interesse an bärtigen Künstlern mit verwegener Aura hatte.

Sie wischte nach oben und sah ein Kaninchen, das an einer Erdbeere knabberte. Entzückend und definitiv ein Herzchen wert. Als Nächstes folgten ein Laufsteglook von der Fashion Week in Kopenhagen und ein Post der Vogue. Darauf zu sehen war ein Model, dessen Namen Carmen noch nie zuvor gehört hatte. Irina Irgendwas. Sie trug ein blitzblaues Satinkleid, dazu ausgefallene Pumps mit Leopardenmuster.

Gerade, als Carmen dachte, dass sie sich wieder in sicherem Fahrwasser befand, war er da. Ein Paparazzi-Video poppte auf, das Berti beim Verlassen des Hotel Bristols zeigte. Hand in Hand mit einer braunhaarigen Frau im blitzblauen Kleid. Kameras knipsten und irgendjemand rief: »Herr Grün, ist das Ihre neue Freundin?«

Berti schwieg und hielt schützend sein Jackett vor die Unbekannte. Trotzdem konnte man ihre endlos langen, bronzefarbenen Beine sehen, die in Pumps mit Leopardenprint steckten.

Carmens Herz krampfte sich zusammen.

Das Problem lag auf der Hand: Es konnten keine alten Aufnahmen sein, weil es schlichtweg keine gab. Die Öffentlichkeit wusste erst seit wenigen Wochen, wer der Mann hinter den kryptischen Initialen war.

Plötzlich erinnerte sich Carmen an das Grinsen des Concierges. Vermutlich, weil Berti nicht das erste Mal seine Eroberungen dort abgeschleppt hatte.

Carmen ballte die Hände zu Fäusten. Wie hatte sie nur glauben können, dass das zwischen ihnen etwas Besonderes gewesen war?

Sie schnellte von ihrem Stuhl hoch und ging nach nebenan, wo Alina an ihrem Schreibtisch saß. Die hob den Kopf und grinste breit.

»Hey Boss, wat liegt an?«

Ihr Stil war edgy und ausgefallen. Heute trug sie eine Barrel-Jeans, senfgelbe Socken und ein Seidentuch im Haar, das sie zum Turban gebunden hatte. Wie konnte man so cool aussehen und gleichzeitig so unbekümmert, als hätte man einfach irgendetwas übergeworfen?

»Äh … sag mal, wie läuft die Zusammenarbeit mit Grün? Alles klar, so weit?«, fragte Carmen betont unschuldig.

Alina nickte. »Joa, läuft. Der Typ ist entspannt. Schickt mir wat ick brauch, alles tutti.«

»Wunderbar!«

Alina nickte und wandte sich wieder ihrem PC zu. Weil Carmen keine Anstalten machte, zu gehen, sagte sie: »Brauchste noch was?«

»Ja, nein, aber ich … mich hat nur interessiert, ob Grün vielleicht etwas über seine neue Freundin erwähnt hat?« Fuck, Carmen spürte regelrecht, wie ihre Wangen zu glühen begannen.

»Sorry, Carmen, is' mir echt 'n bisschen unangenehm.

Aber du weißt ja, dem Kunden ist voll wichtig, dass du in der Nummer nicht mitmischst. Aber du bist auch meine Chefin, und ick will dir nichts verheimlichen. Also wenn du über diesen Kram Bescheid wissen willst, dann …«

»Um Gottes willen, nein! Natürlich nicht! Ich vertraue dir da vollends.« Carmen fühlte sich ertappt. Sie machte am Absatz kehrt. Bertis Wunsch war deutlich gewesen, genauso wie das, was sie zwischen den Zeilen herausgehört hatte. Der Zug war abgefahren, Berti war längst anderweitig interessiert. Oder – und der Gedanke schmerzte noch mehr – nie interessiert gewesen.

Carmen ging zurück in ihr Büro und öffnete Lovematch. Es war höchste Zeit, sich Berti aus dem Kopf zu vögeln. Außerdem galt es, den Fluch zu brechen, der immer noch ihr Liebesleben lahmlegte.

Im Schnelldurchlauf wischte Carmen durch die Partnervorschläge und geizte nicht mit Herzchen. Was Berti konnte, das konnte sie schon lange.

Plötzlich poppte ein Nachrichtenfenster auf. Aragon38 war online und schrieb: »Hallo Bombshell43. Was ist der Unterschied zwischen Citrat und Fruchtsäure?«

Carmen hob eine Augenbraue. *Was zur Hölle?*

»Keine Ahnung«, tippte sie, als die drei Punkte tanzten.

»Schade, hatte gehofft, du weißt das. Bin neuerdings allergisch auf Fruchtsäuren – sagt zumindest mein Allergietest. Ich bin im Supermarkt und stehe vor der Entscheidung, lieber an Hunger zu sterben oder an fragwürdigen Allergenen.«

Ein Lachen entschlüpfte Carmen. Das war der seltsamste Einstieg in eine Konversation, den sie je geführt hatte.

Carmen prüfte noch einmal sein Profilbild. Er sah ein wenig

aus wie Sam Heughan in *Outlander.* Sie tippte eine schnelle Antwort, dann wandte sie sich wieder ihren E-Mails zu.

Stunden später befand sich Carmen auf dem Heimweg vom Büro. Draußen war es bereits dunkel. Um diese Zeit waren nicht mehr viele Leute in der Straßenbahn unterwegs. Auf ihrem Schoß lag eine weiße Plastiktüte. Darin befand sich eine Bentobox. Aus müden Augen starrte Carmen auf das Smartphone in ihrer Hand. Sie hatte Eva und Marina angerufen, aber keine von ihnen erreicht.

Dafür hatte sich Aragon gemeldet. Sie hatten den ganzen Nachmittag miteinander geschrieben.

Carmen scrollte durch ihren Chatverlauf. Sie war so abgelenkt, dass sie ihre Haltestelle um zwei Stationen verpasste.

Wunderbar! Deinetwegen hab ich meinen Ausstieg verpasst, scherzte Carmen. *Jetzt hab ich einen Fußweg in High Heels vor mir.*

Aragon antwortete prompt: *Lass uns telefonieren, dann vertreibe ich dir die Zeit.*

Carmen schickte ihm ihre Nummer und hoffte inständig, dass sie es nicht bereuen würde. Eine Minute später klingelte das Telefon. Sie drückte den grünen Knopf. »Hallo?«

»Hey Bombshell, danke für dein Vertrauen«, sagte eine tiefe Stimme, die sie an Samt erinnerte.

Sex für die Ohren, dachte Carmen und grinste. *Das fing gut an!* Sie ging den Rennweg entlang, die Absätze klackerten auf dem Asphalt. Ihre Fußsohlen brannten, aber Carmen bemerkte es kaum. All ihre Aufmerksamkeit galt Aragon, dessen Bass sie mit einem Gänsehautfeeling versorgte. Im echten Leben hieß er Klemens. Carmen genoss ihre Unterhaltung. Es gab keinen Moment der Befangenheit zwischen ihnen, im Gegenteil, es fühlte sich von Anfang an natürlich an.

»Ich bin jetzt zu Hause«, sagte Carmen und kickte die Schuhe von den Beinen. Sie legte das Handy ab und machte den Lautsprecher an. Danach spulte sie ihr Ritual ab, das jedes Nachhausekommen begleitete. Carmen schälte sich aus ihrer Businesskluft, zog den BH aus und stattdessen Tanktop und Jogginghose an. Mit Wattepads und Abschminköl bearbeitete sie ihr Gesicht, ohne ihr Gespräch mit Klemens zu beenden. Sie klemmte ihre Haare mit einer Spange hoch und ging in die Küche, um ihr Abendessen zu holen. Als sie vor Chop Suey, Reis und Frühlingsrollen im Wohnzimmer saß, sagte Klemens: »Wir sollten uns treffen, findest du nicht?«

»Unbedingt«, erwiderte Carmen.

»Was machst du gerade?«

»Ich esse«, antwortete Carmen.

Sie biss in ihre Frühlingsrolle. »Ich bin nämlich am Verhungern.«

»Ich auch. Allerdings hätte ich Lust auf etwas Herzhafteres.«

Carmen verschluckte sich beinahe. Wieso klang bei diesem Kerl alles so verführerisch?

»Wollen wir zusammen etwas essen?«, fragte Klemens.

»Jetzt?«

»Ich würde dich gerne noch sehen.« Klemens' Worte perlten über ihre Haut wie warmes Wachs.

»Das wäre schön«, gab Carmen zu. »Aber ich bin schon zu Hause, trage mein Gammel-Outfit und ich glaube nicht, dass ich die Kraft finde, mich noch einmal zurechtzumachen.«

Auch das entsprach der Wahrheit. Die Vorstellung, zu duschen, sich die Haare zu machen, das Gesicht zu bemalen und einen sexy Fummel anzuziehen, ließ Carmen erschaudern.

»Wie wäre es dann mit einem Low-Key-Date?«, schlug

Klemens vor. »Wir treffen uns in Jogginghosen, ganz ohne Schminke. Das wird mir zwar schwerfallen, aber für dich würde ich das machen.«

Carmen lachte überrascht auf. »Ein Date in Jogginghosen? Und wo sollten wir so hingehen?« Die Restaurants, die Carmen gewöhnlich besuchte, schieden dafür aus.

Klemens überlegte. »Du wohnst im Vierten, richtig? Kennst du den Imbiss zum kleinen Sacher?«

Carmen nickte, auch wenn er das natürlich nicht sehen konnte. Sie wusste, wovon er sprach. Ein Würstelstand, nur ein paar Straßen von ihrer Wohnung entfernt.

»Kenne ich.« Carmen fühlte ihr Herz klopfen.

»Treffen wir uns dort in zwanzig Minuten?«

»Abgemacht«, sagte Carmen schließlich, verwundert über ihre eigene Spontaneität. »Aber nur, weil ich echt Hunger habe.«

Carmen ging in ihr Badezimmer und warf einen Blick auf ihr Spiegelbild. Sie war ungeschminkt, das war der Deal gewesen. Ihre Haut war dank des jüngsten chemischen Peelings in gutem Zustand, dennoch kam sich Carmen unerhört nackt vor. Sie tupfte sich etwas Lipgloss auf die Lippen, trug Deo auf und einen Hauch Parfüm. Danach untersuchte sie ihr Outfit auf verräterische Flecken.

Carmen trug keinen BH und beschloss, das auch nicht zu ändern. Ihre Titten waren großartig! Weil sie nicht allzu groß waren, standen sie immer noch aufrecht und wölbten sich unter dem weißen Baumwollstoff. Sollten sich später, in der Kühle der Nacht, ihre Brustwarzen darunter abzeichnen, dann hatte sie wenigstens ein kleines Accessoire dabei, das die Aufmerksamkeit vom Rest ablenkte.

Carmen ging zu ihrem Schuhschrank und fischte ein Paar

weiße Sneakers hervor. Sie schlüpfte hinein und machte sich auf den Weg.

Der Imbiss zum kleinen Sacher war nur einen kurzen Fußweg entfernt. Trotzdem hatte Carmen noch nie dort gegessen. Jenseits der vierzig war es auch so schon schwer genug, Konfektionsgröße 36 zu halten, auch ohne Bosner und Käsekrainer.

Als sie auf die Würstelbude zuging, pochte Carmens Herz bis zum Hals. Sie sah ein paar fragwürdige Gestalten, die sie anstarrten. Gerade als Carmen dachte, dass Herkommen eine dumme Idee gewesen war, löste sich ein großer rothaariger Mann aus der Menge und steuerte auf sie zu. Er trug graue Jogginghosen, weiße Tennissocken und Adiletten. Klemens war locker einen Meter neunzig und kräftig gebaut. Carmen musterte ihn interessiert. Er sah aus wie auf seinem Profilbild, das war immerhin ein guter Anfang. Klemens war ein attraktiver Rotschopf, mit blasser Haut, einem kantigen Kiefer und hellblauen Augen. Es war das erste Mal, dass Carmen einen *Ginger* datete.

»Ich dachte, wir hatten eine Abmachung?«, sagte Klemens. »Aber jetzt sieh uns an – Bombshell und Volltrottel.«

Carmen fühlte, wie ihr eine Last von den Schultern fiel. Es war ungemein befreiend, ungeschminkt vor ihm zu stehen und trotzdem die Begeisterung in seinem Blick zu sehen.

Carmen orderte einen Bosner und ein Bier. Als ihr der würzige Duft in die Nase stieg, verkrampfte sich ihr Magen vor Gier und Vorfreude. Wie lange war es her, dass sie etwas so Deftiges gegessen hatte? Sie konnte sich ehrlich nicht erinnern. Der erste Bissen war eine Geschmacksexplosion. Klemens hatte recht: Diese Art von Umami konnte keine Bentobox dieser Welt erzeugen.

Sie aßen und lachten miteinander, es fühlte sich vollkommen natürlich an. Danach gingen sie zu Carmen. Es war klar, was als Nächstes passieren würde, auch wenn niemand darüber sprach.

Eine Stunde später stand Klemens entblößt vor ihr. Er war nicht die Art Mann, den Carmen gewöhnlich datete, geschweige denn, mit dem sie schlief. Klemens war weiß wie eine Marmorstatue, aber dafür kunstvoll behauen – jeder Muskelstrang definiert. Er erinnerte Carmen ein wenig an Michelangelos David, die fünf Meter große Statue, deren Penis verschwindend klein war. Auch Klemens spielte in dieser Liga.

Gott bewies immer wieder Sinn für Humor. Wie konnte er einem Mann die Statur eines Riesen schenken, nur um dann an entscheidenden Stellen zu sparen? War ihm das verdammte Rohmaterial ausgegangen? Carmen schüttelte irritiert den Kopf. *Es geht weniger um das Werkzeug als um den Handwerker,* dachte sie, während das Ziehen zwischen ihren Beinen eindeutig wurde: Sie brauchte das hier wirklich dringend. Bei Klemens war sie sich da nicht so sicher. Sein Penis gab nur gelegentliche Zuckungen von sich. Dass er sich ihren Bemühungen so hartnäckig widersetzte, störte Carmen. *Was zur Hölle soll ich denn noch anstellen?*, hätte sie ihn am liebsten angebrüllt und links und rechts geohrfeigt. Weil sie aber nicht den letzten Rest an Spannung zwischen ihnen killen wollte, machte Carmen gute Miene zum bösen Spiel. Klemens erweckte nicht den Anschein, als wäre sein Schwanz heute bockiger als gewöhnlich.

Dann ging alles ganz schnell. Als würde ein Stromstoß ihn durchfahren, pumpte sich Blut in den Schwellkörper.

»Jetzt!«, brüllte Klemens und blies zum Angriff. Carmen

riss die Augen auf, so absurd war diese plötzliche Wendung. Doch kaum hatte er das Kondom aus der Verpackung gerissen, geriet sein bestes Stück wieder in Schieflage, nun mit einem traurigen Mützchen auf dem Kopf. Fehlstart – zurück an die Startlinie. Carmen verkniff sich ein frustriertes Schnauben.

Plötzlich packte Klemens ihre Hüften und ehe Carmen sich versah, saß sie rittlings auf ihm. Sie bewegte sich, in der Hoffnung, die Welle zu reiten, ehe sie in sich zusammenbrach. Carmen schloss die Augen und suchte nach Inspiration. Sie dachte an Berti. An den Sex mit ihm und die unglaubliche Lust, die sie empfunden hatte. In ihrer Fantasie sah sie Berti über sich, seinen muskulösen Körper, die Schweißperlen auf seiner Haut, die im Zwielicht schimmerten. Dann zerfloss das Bild und die Perspektive änderte sich. Die Frau, die er vögelte, war eine andere. Sie hatte braunes Haar, lange Beine und war unverschämt jung.

Während Carmen die Lust verging, lief Klemens zur Höchstform auf. Endlich hatte er den richtigen Härtegrad erreicht und hämmerte wie ein Irrer darauflos. *Ein Presslufthammer ist ein Klacks dagegen*, dachte Carmen entnervt.

Plötzlich zuckte sie zusammen. Sie fühlte eine scharfe Klinge, die ihr oberhalb des Ischiasnervs in die Haut fuhr. Der Schmerz kroch Wirbel für Wirbel höher. Carmen erstarrte. Was auch immer das war, es war scheußlich! Sie wagte nicht, sich zu bewegen und das Monster in ihrem Rücken zu reizen.

Steif wie ein Brett, ließ sie sich zur Seite gleiten. Dort lag sie einige Sekunden, starrte an die Decke und fragte sich, was zur Hölle gerade passiert war. Kalter Schweiß kroch ihr aus den Poren. Sie zitterte. Im Augenblick spürte sie nichts, nur die dumpfen Nachwehen des Schmerzes, der in den

Tiefen ihres Körpers nachhallte. Fuck! Das war mehr als übel gewesen.

Klemens beobachtete sie. »Alles in Ordnung?«

Carmen versuchte eine winzige Drehung.

Nein! Gar nichts war in Ordnung. Lava hatte ihr Rückenmark ersetzt.

»Hilf mir bitte auf«, keuchte Carmen.

Klemens zog sie hoch. Eine miserable Idee.

Blendende weiße Flächen schoben sich vor Carmens Augen, und sie kämpfte gegen die drohende Ohnmacht an. In gieriger Verzweiflung ließ sie sich zurück auf die Matratze fallen. Dort lag sie kerzengerade und panisch vor Angst.

Klemens' Schädel tauchte über ihr auf. Sogar im Dunkeln leuchteten seine Haare feuerrot. »Hexenschuss«, sagte er fachkundig. »Keine Sorge, damit kenne ich mich aus.«

Kapitel 14

Die Gesellschaft verweichlicht

Klemens hatte Carmen notdürftig versorgt – ein Vorteil, wenn man mit einem Chiropraktiker ins Bett stieg. Er hatte ihre Hausapotheke durchstöbert und ihr ein Schmerzmittel in die Hand gedrückt. Danach war er so schnell verschwunden, wie er aufgetaucht war. Nur seine Visitenkarte hatte er zurückgelassen. Nicht, weil einer von ihnen dieses peinliche Intermezzo wiederholen wollte, sondern weil er in ihr eine neue Kundin witterte.

Vielleicht ist er genau deshalb bei Lovematch registriert. Sascha suchte dort nach Frauen mittleren Alters, um sie zu trainieren. Klemens nach Dates, die er krankenhausreif vögelte, damit sie anschließend auf seine »Heilgriffe« angewiesen waren.

Aber nicht mit Carmen! Sobald sie sich wieder rühren konnte, würde sie ihm eine vernichtende Google-Bewertung hinterlassen.

Die Nacht hatte sie dank Ibuprofen mehr schlecht als recht überstanden. Jetzt war es acht Uhr morgens. Carmen hatte Lisa angerufen und ihr mitgeteilt, dass sie heute unmöglich kommen konnte. Nun stand ihr das eigentliche Grauen bevor: ein Telefonat mit Mercedes. Es klingelte und Carmen widerstand dem Bedürfnis, aufzulegen.

»Carmen«, sagte Mercedes knapp. Offenbar war sie immer noch sauer. Dass sie überhaupt abhob, lag nur daran, dass

Carmen ihr gestern einen Screenshot geschickt hatte:

Nataschas Bestätigung, dass Romy am Opernball debütieren würde. Diese Bitte hatte Carmen viel Überwindung gekostet, denn zwischen Natascha und ihr hatten sich tiefe Gräben aufgetan.

»Mercedes, du musst mir einen Gefallen tun.«

Mit zusammengekniffenen Zähnen schilderte Carmen ihre Lage, verschwieg dabei aber tunlichst, auf welche Art sie sich den Hexenschuss eingefangen hatte. »Kannst du mir aus der Apotheke Medikamente, Wärmepflaster und Salben holen? Einfach alles, was sie haben, okay? Mein Vorrat an Schmerzmitteln geht langsam zur Neige.«

»Schwierig«, erwiderte Mercedes und ratterte einen Tagesplan herunter, bei dem selbst Martha Stewart erblasst wäre. »… Aber vielleicht schaffe ich es zwischen Pilates und meinem Online-Patissière-Kurs.«

»Wunderbar. Schön, dass ich auf dich zählen kann«, antwortete Carmen trocken.

Am frühen Nachmittag verdrückte Carmen ihre Frühlingsrollen, deren ehemals knusprige Hülle labbrig geworden war. Sie hatte Hunger, dummerweise war der Take-away vom Asiaten das einzig Essbare, das sich in ihrer Wohnung befand.

Es klingelte. Carmen erhob sich ächzend und ging zur Tür. Zwar hatte der schlimmste Schmerz nachgelassen, dennoch stakste Carmen wie auf rohen Eiern durch ihr Leben.

Sie betätigte den Summer und wartete. Als der Fahrstuhl aufging, stieg Romy aus. Carmen riss überrascht die Augen auf. Mit ihr hatte sie nicht gerechnet.

»Du bist mir in den Rücken gefallen, Tante Carmen«, sagte Romy, ohne jede Begrüßung.

»Bitte sprich nicht von Rücken«, brummte Carmen. Sie trat beiseite, damit ihre Nichte eintreten konnte. »Aber bitte, erklär mir, wie ich dich deiner Meinung nach hintergangen hab?«

»Du hast mich – gegen meinen Willen – zur Debütantin gemacht.« Carmen grinste. »Okay, das stimmt. Sorry! Das war nichts Persönliches. Vielmehr ein Friedensangebot an deine Mutter. Und wie du siehst, hat es funktioniert.«

»Nein, hat es nicht. Sie hatte nur keine Lust, persönlich herzukommen.« Romy streckte Carmen eine weiße Papiertüte entgegen, die mit einem Apothekenlogo bedruckt war. »Für dich. Mama hat dir noch ein paar von ihren eigenen Schmerzmitteln eingepackt. Sie sagt, das wirklich gute Zeug bekommt man in der Apotheke nicht ohne Rezept.«

Carmen schmunzelte. Mercedes hatte ihr vergeben und das war ihre Art, die Hand zur Versöhnung zu reichen.

Carmen griff danach.

Sie lugte in die Tüte und zog eine weiße Packung hervor. Carmen drückte sich eine von Mercedes' Pillen aus dem Blister und schluckte sie. So wenig wie Mercedes sich spürte, musste das Zeug ordentlich reinhauen.

»Das hier soll ich dir ebenfalls bringen.«

Romy öffnete ihren Rucksack und zog drei gläserne Tupperdosen hervor. Am Deckel klebten schwarze Etiketten, die mit Kreidestift beschriftet waren. Gefüllte Rouladen, Caesarsalat und Coq au Vin. Mercedes kochte gerne ausgefallen.

»Wenn ich du wäre, würde ich Pizza bestellen«, sagte Romy.

Carmen dachte dasselbe. Sie warf einen Blick auf die Uhr. »Oh Shit, ich hab jetzt ein Zoom-Meeting.«

»Keine Sorge, Tante Carmen, ich stell noch das Essen in den Kühlschrank, dann gehe ich.«

Carmen warf Romy eine Kusshand zu, verließ die kleine Küche und stakste auf das Wohnzimmer zu.
Sie war um 14 Uhr mit Eva und Marina verabredet. Per Zoom! Wie lächerlich. Das beschwor in Carmen unschöne Erinnerungen an die Corona-Pandemie herauf. Damals hatten sie Stunden in virtuellen Räumen verbracht, jede vor ihrem Bildschirm, ein Glas Wein neben sich. Dass sie heute, Jahre später, wieder so zusammenkamen, war der traurige Tiefpunkt ihrer Freundschaft. Sie fanden noch nicht einmal Zeit für ein gemeinsames Essen.
Vorsichtig setzte sich Carmen auf die Couch, klappte ihren Laptop auf und betrat den Zoom-Raum. Eva und Marina waren bereits da.
»Hey Süße! Wie geht's dir?«, fragte Eva.
Carmen schnitt eine Grimasse. »Nicht gut. Ich hab einen Hexenschuss. Ist verdammt schmerzhaft. Ich hab die halbe Nacht kein Auge … ach du Scheiße!« Carmen starrte Marina mit offenem Mund an. Die saß da, das Shirt hochgezogen und die Brüste entblößt, während Milchpumpen an ihren Nippeln hingen und schmatzende Geräusche ausstießen. Kurz vergaß Carmen ihr eigenes Leid. »Das ist grauenhaft! Das Schrecklichste, das ich in letzter Zeit mitansehen musste.« Eva und Marina lachten, als hätte sie einen Scherz gemacht, dabei meinte Carmen es todernst. Marinas Arm schnellte vor und bewegte die Kamera. »Amica, das ist die natürlichste Sache der Welt!«
Sie drückte den Monitor ihres Laptops weiter nach hinten, sodass mehr von der Decke über ihr sichtbar wurde und die Milchbar im Off verschwand. Das saugende und schmatzende Geräusch blieb.
»Luca ist mit Gabriel und Christiano unterwegs. Aber meine Brüste wissen das nicht und zerspringen fast.«

Carmen wandte sich demonstrativ an Eva. Die hatte ein Joghurt vor sich stehen. Jetzt riss sie gerade die Silberfolie vom Plastikbecher und leckte die Unterseite ab. »Sag mal, was hat den Hexenschuss ausgelöst? Eine falsche Bewegung?« Eva war ungeschminkt, die Haare zu einem schlampigen Dutt hochgedreht. Hinter ihrem Ohr klemmte immer noch ein Bleistift, den sie dort wohl vergessen hatte. Sie saß in der Küche und hinter ihr türmten sich Bücherstapel auf.

»Das kann man so sagen«, antwortete Carmen und lieferte ihnen eine kurze Zusammenfassung. »Alles in allem ein gelungenes erstes Date, findet ihr nicht?«

Eva und Marina prusteten.

»Ich hatte noch nie einen Kerl, der keinen hochbekommt. Das liegt bestimmt an …«

»… der verweichlichten Gesellschaft«, sagte Romy. Sie hatte unbemerkt den Kopf ins Wohnzimmer gesteckt.

»Was machst du denn noch hier? Wenn das Mercedes erfährt, dann haben wir gleich wieder Ärger am Hals«, entsetzte sich Carmen.

»Du musst es ihr ja nicht erzählen«, konterte Romy und setzte sich unaufgefordert neben sie auf die Couch. Romy hatte eine Wärmflasche dabei, die sie Carmen zwischen Rücken und Sofalehne schob. Ohne es zu wollen, seufzte Carmen genüsslich.

Romy winkte in die Kamera. »Es wird darüber diskutiert, ob die Weichmacher in der Nahrung das Problem hervorrufen«, fügte sie altklug hinzu.

»Stimmt, das habe ich auch schon gehört«, antwortete Eva.

»Klingt für mich logisch«, sagte Marina. »Am Pariser Friedhof Père Lachaise dürfen Leichen nicht einmal mehr vergraben werden, weil sie wegen all der Konservierungsmittel nicht mehr verwesen.«

»Seid ihr wahnsinnig? Meine Nichte ist 17. Ihr könnt doch nicht mit ihr über solche Dinge sprechen«, rief Carmen.

»Nein? Sollten wir uns lieber mit ihr betrinken?«, konterte Marina mit einem diabolischen Grinsen auf den Lippen.

»Wirklich, Tante Carmen. Chill mal! Wenn die Gesellschaft verweichlicht, betrifft mich das mehr als dich. Du bist am Ende deiner Dating-Karriere. Ich fange immerhin erst an, mich mit Männern zu treffen.«

Carmen warf ihr einen scharfen Seitenblick zu, der an Romy abprallte. Sie plapperte einfach weiter. »Wobei Männer mit siebzehn am potentesten sind. Das hat auch schon meine Bio-Lehrerin bestätigt. Aber sogar Julz' Freund hat gelegentlich das Problem, wenn er besonders viel Stress mit der Schule hat. Du weißt schon, das ist die, für die wir den Kuchen gebacken haben.«

Eva und Marina grinsten hämisch in ihren Bildschirmfenstern, während Carmen nur den Kopf schüttelte. »Hast du nicht irgendetwas zu tun? Hausaufgaben oder so?«

»Nein. Mama hat gesagt, ich soll ein wenig bei dir bleiben und dir helfen. Du bist ja gerade eingeschränkt. Außerdem willst du bestimmt nicht, dass ich ihr erzähle, wobei du dich wirklich verletzt hast, oder?« Sie grinste zuckersüß. »Soll ich dir vielleicht einen Drink holen? Ich hab gesehen, dass du noch eine Flasche von dem Frizzante im Kühlschrank hast.«

»Untersteh dich!«, rief Carmen.

Sie drehte sich schwungvoll zu Romy um und zuckte zusammen. Der Schmerz fuhr ihr die Wirbelsäule hoch, ehe er bei den Halswirbeln versandete.

»Aber ein Tee wär nett«, keuchte Carmen, während es vor ihren Augen weiß flirrte. »Und vielleicht noch eine von den Tabletten von deiner Mutter.«

Glücklicherweise verschwand der Schmerz genauso

schnell wieder. Romy nickte und erhob sich. Ein paar Minuten später hörte man sie in der Küche hantieren, auf der Suche nach dem Wasserkocher.

»Sie ist entzückend. Und ich finde, dass sie dir richtig guttut«, sagte Marina. Carmen rollte die Augen. »Sie ist vorlaut und naseweis. Und die Weisheit hat's mit Löffeln gefressen.«

»Kommt mir bekannt vor«, warf Eva ein.

Ohne dass sie es wollte, huschte ein Grinsen über Carmens Gesicht. Eva hatte recht, Romy hatte verdammt viel Ähnlichkeit mit ihr selbst in jungen Jahren.

Carmen rutschte auf dem Sofa hin und her, auf der Suche nach einer halbwegs bequemen Position. Eva beobachtete sie besorgt.

»Geht's? Können wir irgendetwas für dich tun?«

»Nein. Außer, du weißt, wie ich diesen verdammten Fluch loswerde, den Berti mir eingebrockt hat«, stöhnte Carmen.

»Süße, du bist nicht verflucht! Hör bitte auf, dir das einzureden«, mahnte Eva.

»Keine Ahnung, wie ich darauf komme?«, knurrte Carmen. Sie hob beide Arme zur theatralischen Geste. Dann erinnerte sie sich an ihr Handicap und stoppte auf halber Strecke. »Vielleicht, weil seit unserem Streit mehr Scheiße passiert ist als in meinem kompletten Leben zuvor?«

»Mamma mia, Eva! Natürlich kann ein Mensch einen anderen verfluchen. Meine Mutter macht das ständig und sie schwört darauf, dass es funktioniert. Aber Carmen, du kannst einen Fluch nicht *loswerden*. Man muss ihn brechen«, erklärte Marina todernst, als wäre das ein ungeschriebenes Gesetz.

»Toll! Bestärke sie auch noch in diesem Unfug. Also echt, Carmen, ich hätte nie gedacht, dass *du* abergläubisch bist«, antwortete Eva streng.

Romy war zurück mit einer Tasse Tee, einem Glas Wasser und einer weißen Pille. Dankbar griff Carmen danach. Nachdem sie die Tablette geschluckt und hinuntergespült hatte, sagte sie: »Ich bin nicht abergläubisch. Aber verzweifelt! Mittlerweile würde ich fast alles dafür tun, um diese Negativ-Spirale zu durchbrechen.«

»Also ich finde, die Lösung liegt auf der Hand. Du hast gesagt, seit der Nacht mit Berti läuft bei dir alles schief. Vielleicht musst du einfach noch mal mit ihm ins Bett, um den Teufelskreis zu durchbrechen?«, warf Romy ein und bewies, dass sie weit mehr gehört hatte, als Carmen lieb war.

Marina strich sich nachdenklich übers Kinn. »Keine schlechte Idee. Vielleicht hat Romy recht. Du hast Typen schon aus weitaus weniger triftigen Gründen gevögelt.«

Carmen schnaubte abfällig. »Sagt die Frau, die ihren eigenen Ehemann umpolen wollte.«

Wegen dieses bescheuerten Plans war in Marinas Leben letztes Jahr kein Stein auf dem anderen geblieben. Deshalb war sie auch die letzte Person, von der Carmen Ratschläge annehmen würde, doch zu ihrer Überraschung nickte auch Eva zustimmend. »Nachdem du dir erfolgreich einredest, dass euer Streit das Ganze ausgelöst hat, könnte Versöhnungssex funktionieren.«

Romy stieß Carmen leicht mit dem Ellenbogen in die Seite. »Meine Rede: Ich glaub, du und Berti braucht dringend ein weiteres *Hook-up*. Ich sag' nur: *Netflix und chill*, Tante Carmen.«

»*Netflix und chill* ist keine Option«, antwortete Carmen und zeichnete Gänsefüßchen in die Luft. »Erstens, weil ich geschworen hab, dass eher die Hölle zufriert, ehe ich wieder mit ihm ins Bett gehe. Und zweitens, weil er neuerdings eine

Freundin hat und – ich zitiere – keine Lust mehr auf *diesen Scheiß.*« Sie biss die Zähne zusammen. Dieser Stachel saß immer noch tief.

»Hey, seid ihr mir böse, wenn ich mich wieder hinlege? Ich fühle mich echt gerädert.«

Marina und Eva nickten. Sie wirkten nicht unglücklich über das Gesprächsende. Genesungswünsche prasselten auf Carmen ein. Sie nickte dankbar, verließ den virtuellen Raum und klappte den Laptop zu. Romy half ihr, sich auf die Couch zu legen und brachte ihr eine Decke. Erschöpft schloss Carmen die Augen und döste. Romy saß neben ihr und streichelte ihr übers Haar.

»Tante Carmen?«

»Hmm?«

»Du bist echt mein größtes Vorbild.«

Carmen schlug die Augen auf und lächelte schwach. »Danke, Romy. Das ist lieb von dir. Aber vielleicht orientierst du dich doch lieber an Taylor Swift.«

Romy lachte über einen Scherz, der keiner war, und stand auf. »Ich geh' dann mal. Wenn du etwas brauchst, sag Bescheid, okay?«

Als Carmen das nächste Mal die Augen öffnete, war es früher Abend. Im Liegen fischte sie nach ihrem Handy. Erleichtert stellte Carmen fest, dass es keine Anrufe in Abwesenheit gab, die sie beantworten musste, und auch keine wichtigen Mails. Alles andere konnte auf morgen warten. Denn eines war klar, morgen musste Carmen wieder im Büro auftauchen, ob ihr verfluchter Rücken das wollte oder nicht. Sie konnte es sich nicht leisten, daheim auf der Couch zu liegen, während ihr Unternehmen führungslos dahintrieb. Doch im Augenblick war es bereits ein Erfolg, dass sie es zum Stehen hoch geschafft hatte, ohne vor Schmerzen bewusstlos zusammenzuklappen.

Carmen rieb ihren Rücken mit einer Chilisalbe ein und klebte ein Wärmepflaster darüber. Dann stakste sie in die Küche und stocherte im Coq au Vin. Dabei hielt sie die Gabel in der einen Hand und das Handy in der anderen. Während sie aß, öffnete sie Instagram und navigierte zur Seite von Vogue. Da war sie, die braunhaarige Schönheit im blauen Kleid. Carmen klickte auf die Verlinkung und gelangte auf das Profil eines 25-jährigen österreichisch-russischen Models aus Wien. Irina hatte fast 200.000 Follower und ein Profil im Clean Girl-Look. Sie mochte Matcha-Latte und besaß etliche Stanley Cups im Farbton ihrer Sportoutfits.

Ihr jüngster Post ließ Carmen zusammenzucken. *Life lately* stand als Bildunterschrift darunter und zeigte zwei Hände, die ineinander verschlungen waren. Ihre schmalen Finger verschwanden beinahe in der kräftigen Männerhand.

Kapitel 15

Familienaufstellung

Beinahe drei Wochen waren vergangen, seit der Hexenschuss Carmen niedergestreckt hatte. Es war Ende Mai, der Juni stand bereits in den Startlöchern. Seit sechs Wochen kämpfte Carmen mit ihrer sexuellen Flaute.

Klemens war Geschichte – genauso wie Lovematch. Aus ihrer schmerzvollen Erfahrung hatte Carmen gelernt und die App deinstalliert. Der einzige Kerl, den sie regelmäßig sah, war Sascha. Zweimal wöchentlich trieb er sie an ihre Grenzen, allerdings nur sportlich. Ihr neuer Fitnessplan hatte es in sich. Rückenkräftigung war in den Fokus gerückt.

Um 13 Uhr stieg Carmen beim Stubentor aus der U3. Sie war mit Mercedes zum Essen im Liebsteinsky am Schubertring verabredet. Da Mercedes den Tisch erst für 13:20 reserviert hatte, blieb Carmen noch etwas Zeit. Solche Terminangaben waren typisch für ihre Schwester: Sie plante ihr Leben im Minutentakt. Da Carmen dieses Verhalten ätzend fand, schlug sie einen kleinen Umweg durch den Stadtpark ein, damit Mercedes wenigstens fünf Minuten warten musste. Dieses Spielchen betrieben sie schon seit ihrer Jugend, und es würde sich wohl nie ändern.

Als Carmen um 13:25 das Liebsteinsky erreichte, saß Mercedes bereits draußen am Tisch und blickte ihr genervt entgegen. Lippen und Augenbrauen waren zusammengekniffen, mit dem Zeigefinger tippte sie demonstrativ auf das Zifferblatt ihrer goldenen Uhr.

Carmen ignorierte die stumme Rüge und stellte ihre Handtasche ab. Mercedes erhob sich, beugte sich vor und begrüßte sie mit zwei Bussis. Keine nahm die Sonnenbrille ab, dafür tippten sie gleichzeitig mit der rechten Hand auf die Schulter der anderen. Im selben Moment bemerkten sie die Spiegelung und zuckten zurück.

Carmen seufzte beim Anblick von Mercedes' rotem Kleid. Es stand ihr hervorragend, doch dummerweise trug sie selbst heute ihren roten Hosenanzug. Gemeinsam sahen sie aus wie zwei Austrian-Airlines-Stewardessen auf Mittagspause. Herr im Himmel, mussten sie wirklich immer zu denselben Farben greifen? Es wurde langsam lächerlich.

»Schön, dass du Zeit für mich gefunden hast«, sagte Mercedes.

»Schön, dass du wieder mit mir redest«, antwortete Carmen.

Sie setzten sich und griffen nach den Speisekarten.

Schweigend studierten sie das Menü. Da trat der Kellner heran, um die Bestellung aufzunehmen.

»Ich hätte gerne …« – natürlich sprachen sie gleichzeitig. Beide verstummten.

»Bitte, nach dir!« Nun warteten sie darauf, dass die andere den Anfang machte. Carmen sah den zuckenden Mundwinkel des Kellners und rief schließlich: »Einmal die Trüffelnudeln und ein Glas Veltliner.«

Genauso wie Mercedes – nur dass sie die Bachforelle und ein Glas Rosé bestellte. Bei jedem anderen hätte Carmen schallend über diese Synchronität gelacht, doch bei Mercedes nervte es sie. Das Letzte, was sie wollte, war, ihrer Schwester ähnlich zu sein.

Der Kellner brachte die Getränke, dann klirrten die Gläser. Der Wein war süffig, das Gespräch plätscherte dahin. »Danke, dass du Romy einen Platz als Debütantin gesichert hast«, sagte Mercedes, nachdem sie das Wetter ausreichend bedient hatten.

Carmen winkte ab. »Sieh es als meine Entschuldigung an.«

Mercedes seufzte. »Romy hasst es, Debütantin zu sein.«

Carmen betrachtete sie über den Rand ihrer Sonnenbrille hinweg. »Das taten wir auch.«

»Nein, du hast es gehasst. Ich weiß noch genau, welches Spektakel du damals veranstaltet hast, nur um nicht hingehen zu müssen.«

Einen Moment lang erinnerte sich Carmen an ihre eigene Einführung in die Gesellschaft. Sie verabscheute diesen Begriff – und eigentlich alles, was damit einherging. »Ich hatte eine Mittelohrentzündung. Noch heute hab ich Probleme mit dem Druckausgleich im Flugzeug, weil das damals ignoriert wurde«, protestierte Carmen.

»Zumindest hast du dich schnell erholt. Ein paar Stunden später fanden wir dich und deinen Tanzpartner knutschend in der Loge.«

Carmen schmunzelte. Tante Bernadette war vor Schreck der Mund aufgeklappt und das Opernglas aus der Hand gefallen. »Einen Teenager zu erziehen, ist bestimmt nicht einfach.«

Mercedes seufzte erneut. »Nein, ist es nicht. Aber man wächst an den Herausforderungen.«

Carmen dachte an den Pimmelkuchen, der in ihrer Küche gebacken worden war. Vermutlich würde Mercedes der Schlag treffen, wenn sie wüsste, was Romy hinter ihrem Rücken trieb. Ihr Blick wanderte über die Erscheinung ihrer Schwester: eine verhärmte Grace Kelly mit Stock im Arsch. Warum war die Beziehung nur so verkrampft? Ja, sie liebte Mercedes – nur leider gelang es ihr nicht, sie zu mögen, egal, wie sehr sie sich bemühte.

Umso mehr wunderte es sie, dass Mercedes auf dieses

Mittagessen bestanden hatte, wo sie doch über belanglosen Smalltalk kaum hinausfanden. Vielleicht dachte Mercedes gerade dasselbe, denn nun fixierte sie Carmen mit ernsten Augen. »Was machst du eigentlich so? Ich weiß rein gar nichts von dir. Triffst du jemanden?«

Carmen verschluckte sich am Wein und hustete.

»Nein, im Moment nicht.«

»Aha.« Erstaunlich, wie viel Missbilligung in drei Buchstaben passte. »Wie geht's Eva und Marianne?«

»Marina«, korrigierte Carmen. »Gut – denke ich. Ich sehe sie nicht mehr so oft, seit Marina ein Baby hat und Eva wieder studiert.«

Sie hoffte, dass ihre Stimme beiläufig klang.

»Wundert mich nicht. Freundschaften im Erwachsenenalter sind schwierig. Neben Familie, Kindern, Männern und Job bleibt nicht mehr viel Zeit für den Rest.«

Carmen leckte sich über die Schneidezähne. Sie verstand genau, was Mercedes ihr damit sagen wollte: Sie war der Rest. Jener klägliche Teil, dem man sich zuwandte, wenn zufällig ein Zeitfenster frei war – nicht aus Lust, sondern aus Pflicht.

Das Essen wurde serviert und das Gespräch brach ab. Die Nudeln waren köstlich, trotzdem war Carmen der Appetit vergangen. Mercedes entgrätete ihre Forelle mit spitzen Fingern, während ihr Blick immer wieder neidisch zu Carmens Teller glitt.

»Wie ist dein Fisch?«

»Trocken«, antwortete Mercedes. Dabei sah die Forelle so frisch aus, dass Carmen befürchtete, sie könne gleich auf der Pesto-Soße davonschwimmen.

Carmen bemerkte, dass Mercedes verstohlen auf ihre Uhr schielte.

»Bist du fertig?«, fragte sie, kaum dass Carmen die Gabel beiseitegelegt hatte. Carmen nickte. Sofort schnellte Mercedes' Hand hoch, um dem Kellner wegen der Rechnung zu winken.

»Wunderbar! Das trifft sich ausgezeichnet, denn in fünfzehn Minuten beginnt unsere Sitzung.«

»Warte – was? Welche Sitzung?« Carmen durchforstete fieberhaft ihr Gedächtnis nach einem Termin, den sie übersehen haben könnte.

»Wir zwei gehen zu einer Familienaufstellung«, sagte Mercedes betont beiläufig.

»Ja, natürlich«, lachte Carmen, im festen Glauben an einen Scherz. Dann fiel ihr ein, dass Mercedes ihr ganzes Leben ohne Humor beging. »Das kannst du vergessen! Außerdem habe ich gar keine Zeit. Zu viele Termine in der Agentur.«

»Keine Sorge – ich habe Lisa schon angerufen und ihr gesagt, dass du später kommst. Ich musste mich sowieso noch für den Geschenkkorb bedanken, den sie für mich besorgt hat.«

Mercedes grinste wölfisch.

»Ganz sicher nicht!« Carmen riss die Stoffserviette von ihrem Schoß und knallte sie auf den Tisch. Es machte sie wahnsinnig, dass es Mercedes immer noch gelang, im Handstreich die Kontrolle über ihr Leben zu übernehmen.

»Bitte, Carmen! Das ist mir unglaublich wichtig.« Mercedes' Augen glänzten feucht. Emotionen – das war neu! Vielleicht nickte Carmen deshalb, schlicht erschüttert von diesem Anblick.

Minuten später trabte sie schnaubend neben ihrer Schwester den Schubertring entlang. Dort befand sich die Praxis einer gewissen Dr. Singer. Das konnte nur übel enden.

Kurze Zeit später saßen sie im schicken Wartezimmer – ein Musterbeispiel gediegener Eleganz: cremefarbene

Sitzmöbel, ein Couchtisch aus Massivholz, darauf ein Blumenarrangement in einer riesigen Vase. Callas, Protea-Zweige, Astilben und Efeu. Daneben mehrere Trinkgläser und eine Karaffe aus Bleikristall.

Der Raum war gefüllt mit ein paar mittelalten Frauen und einigen Silberfüchsen. Niemand sprach, nur das Rascheln von Zeitschriften und gelegentliches Hüsteln war zu hören. Carmen beugte sich zu Mercedes und raunte: »Ich hasse dich!« Die Frau neben ihnen sah sie entsetzt an.

Mercedes lachte geziert, machte eine wegwerfende Handbewegung. »Sie scherzt nur.«

Nach einigen Minuten öffnete sich eine Schiebetür und Dr. Singer trat zu ihnen. Ihren Kopf zierte ein akkurat geschnittener Bob mit Stirnfransen, in Mahagonirot. Ihre Frisur erinnerte Carmen an die klobigen Legofiguren ihrer Kindheit, die aussahen, als hätten sie einen Helm übergestülpt. Dr. Singer trug ein kornblumenblaues Kleid und eine Statement-Kette aus Bernstein.

»Guten Tag, die Damen. Bitte hier entlang.«

Die Gruppe erhob sich und folgte ihr in den Raum hinter der Schiebetür. Carmens Herz sank beim Anblick des Sesselkreises. Ihr blieb auch wirklich gar nichts erspart. Sie warf Mercedes einen giftigen Blick zu, der jedoch an ihrer Schwester abprallte.

»Ich möchte mich kurz vorstellen«, begann Dr. Singer, nachdem alle Platz genommen hatten. »Mein Name ist Dr. Erika Singer, ich bin klinische Psychologin und betreibe seit 2010 meine eigene Praxis. Hier biete ich auch Familienaufstellungen an. Deshalb sind Sie heute hier. In drei Workshops werden wir die Familienkonstellationen der Teilnehmerinnen beleuchten, wobei Sie alle als Aufsteller fungieren.«

Sie sprach noch eine Weile über Vorteile und Chancen dieser Methode und warum Fremde eine Rolle übernehmen sollten. Carmen hörte nur mit halbem Ohr zu. Für sie klang es nach *Wischiwaschi* in edler Verpackung – und dafür fehlten ihr Zeit und Nerven.

»Nun würde ich gerne wissen, wer Sie sind und welches Problem Sie zu mir geführt hat.« Dr. Singer blickte zu der Frau neben ihr. »Wollen Sie beginnen?«

Die Dame mit den kurzen grauen Haaren und den rosigen Wangen nickte. »Ich heiße Ulrike. Ich bin hier, weil meine betagten Eltern wollen, dass ich bei ihnen einziehe, um sie zu pflegen. Dafür würde ich das Elternhaus bekommen. Ich will sie nicht enttäuschen, gleichzeitig leide ich unter dem Neid meines Bruders, der das Haus für sich und seine Familie will.«

»Ich verstehe. Danke, Ulrike.« Dr. Singers Blick wanderte weiter zu Mercedes.

»Mein Name ist Mercedes Fürstenberg-Geiffenstein. Ich bin in Wien aufgewachsen, aber 2005 mit meinem Mann nach Zürich gezogen. Seit März wohnen wir wieder hier. Seitdem kämpfe ich mit meiner Vergangenheit. Plötzlich kommen Dinge in mir hoch, die ich lange vergessen glaubte.« Sie warf Carmen einen vieldeutigen Blick zu. »Probleme aus meiner Jugend. Und das Gefühl, meine lieblose Erziehung bei meiner Tochter zu wiederholen. Hinzu kommt die Gefühlskälte in meiner Ehe. Mein Mann und ich können schlecht mit Emotionen umgehen.«

Sie kramte in ihrer Handtasche und zog ein Taschentuch hervor. Damit tupfte sie sich die Augenwinkel ab. Sogar Traurigkeit wirkte an Mercedes steif und affektiert. »Danke, Mercedes«, sagte Dr. Singer und wandte sich Carmen zu. Alle Augenpaare ruhten auf ihr.

»Mein Name ist Carmen Fürstenberg, ich bin hier, weil

meine Schwester mich gezwungen hat.« Carmen überschlug die Beine und hielt dem Blick von Dr. Singer stand. Wie lächerlich sie und Mercedes aussehen mussten, zwei knallrote Farbtupfer im Partnerlook. »Ich hab keine Probleme«, fügte sie trotzig hinzu.

Dr. Singer betrachtete Carmen schweigend. Nach ein paar Sekunden lächelte sie und wandte sich an die Frau daneben. Die Vorstellrunde ging weiter. Die gesamte Palette menschlicher Abgründe war vertreten: Erbstreitigkeiten, Intrigen, untreue Ehemänner, geheime Neigungen und Eifersucht.

Nachdem Dr. Singer die Beweggründe der Anwesenden gehört hatte, präsentierte sie ihren weiteren Fahrplan. »Wir beginnen heute mit dem Kernthema Familie. Die nächsten beiden Workshops beleuchten Beziehungen. Mercedes – möchten Sie anfangen?« Carmen sank tiefer in ihren Sessel. Mercedes nickte. »Ich wünsche mir, dass Carmen mich spielt.«

Es kostete Carmen Mühe, ihr Augenrollen zu unterdrücken. Das würde sie ganz sicher nicht tun! Sie setzte an, doch Dr. Singer kam ihr zuvor. »Es ist sinnvoller, wenn ein Fremder die Rolle übernimmt. Das sorgt für mehr Objektivität.« »Stimmt«, pflichtete Carmen ihr bei. »Außerdem würde ich lieber die Rolle von Mutter haben.«

»Interessant. Warum?«

»Weil sie tot ist«, zischte Mercedes. »Sie sucht nur einen Vorwand, um sich aus dem Staub zu machen.«

Dr. Singer ließ sich nicht beirren. »Das klingt nach einer guten Idee. Normalerweise nehmen nur lebende Personen teil, aber in diesem Fall machen wir eine Ausnahme. Carmen, Sie spielen die Mutter.«

Fuck! Carmen biss sich auf die Zunge. Das war die denkbar unglücklichste Entwicklung, die sie sich vorstellen konnte. Als ihre Mutter starb, errichtete Carmen den Schutzwall um ihr Herz. Seither waren etliche Schichten dazugekommen.

Es war beschlossen. Mercedes wählte die übrigen Rollen: Annemarie, eine flotte Rentnerin, spielte sie selbst und stand in der Mitte. Links – sechs Schritte entfernt – Ehemann Lorenz. Rechts, mit drei Schritten Abstand, Romy. Der Vater und seine aktuelle Partnerin warteten symbolisch in einer Ecke, auf halber Strecke dazwischen stand Carmen – verkörpert von der weißhaarigen Antonia. Die tote Mutter fristete ihr Dasein in der gegenüberliegenden Ecke.

Schon auf den ersten Blick war klar: In dieser Familie stand man sich nicht sonderlich nahe.

»Wie fühlt ihr euch?«, fragte Dr. Singer.

»Einsam«, sagte die falsche Mercedes. »Mir fehlt die Nähe zu Mann und Kind. Ich möchte sie bei mir haben.« Romy war an der Reihe. »Ich fühle mich nicht gehört und nicht gesehen. Ich wünsche mir eine liebevolle Umgebung.« »So stelle ich mir keine Partnerschaft vor«, sagte der falsche Lorenz. »Meine Bedürfnisse zählen nicht.«

Dr. Singer wandte sich an Carmen. »Wie geht es der toten Mutter?«

Carmen schluckte. Sie wollte das Ganze lächerlich finden, doch die Worte sprudelten heraus: »Ich bin verdammt wütend! Ich wurde immer nur betrogen.« Sie deutete auf den Vater. »Er hat mich für eine Jüngere verlassen und mir das Herz gebrochen. Deshalb bin ich an Brustkrebs gestorben. Meine Kinder wurden Halbwaisen. Dieser Mist hat sie vergiftet – sie haben Bindungsprobleme und können keine Nähe zulassen.«

Erschrocken schnappte Carmen nach Luft.

Mercedes starrte sie an. Die Luft brannte, die Verletzung

hing regelrecht spürbar zwischen ihnen.

»Wie geht es dem Vater?«, fragte Dr. Singer.

»Ich bin glücklich in meinem neuen Leben, ärgere mich aber, dass meine Familie es mir nicht gönnt.«

»Wieso sollten wir?«, schrie Carmen. »Du hast unsere Mutter umgebracht.«

Die Wucht ihrer eigenen Worte erschreckte sie. Sie taumelte ein paar Schritte rückwärts, bis sie einen Stuhl in ihrer Kniekehle spürte.

»Brauchen Sie eine Pause, Carmen?« Dr. Singer war an ihrer Seite und blickte ihr fest in die Augen. Nein. Carmen brauchte keine Pause, sie brauchte eine gottverdammte Luftveränderung. »Ich mache nicht mehr mit«, sagte sie, schnappte ihre Tasche und stürmte aus der Praxis. Dr. Singer folgte ihr. »Man kann Emotionen nicht davonlaufen«, rief sie, doch Carmen stand bereits im Treppenhaus und hämmerte auf den Liftknopf ein. Weil er nicht kam und sie aus dem Dunstkreis der Psycho-Tante verschwinden wollte, machte sie kehrt und hielt auf die Treppe zu. Eine Sekunde später rannte sie die Stufen hinunter.

»... Gefühle holen einen immer ein«, hörte sie Dr. Singer noch rufen, dann flog die Haustür zu.

Blind vor Rage stürmte Carmen die Straße entlang, in Richtung des Schwarzenbergplatzes. Sie hechtete in die Straßenbahn, die gerade in die Haltestelle einfuhr. Linie 71.

Carmens Herz schlug wie verrückt und sie glaubte, jeden Moment zu zerspringen. Sie fischte ihre Sonnenbrille aus ihrer Handtasche und setzte sie auf. Verschanzte sich dahinter. Ihr Kopf lehnte an der Glasscheibe, während vor ihr das Heldendenkmal der Roten Armee und der Hochstrahlbrunnen vorüberzogen. Sie fuhr den Rennweg entlang, vorbei am Sacré Coeur, dem privaten Gymnasium, das Romy besuchte und wo schon Carmen und Mercedes früher die Schulbank gedrückt hatten. Irgendwann wurde der Rennweg zur Simmeringer Hauptstraße und die Geschäfte und Fassaden schäbiger. Die Stadt wurde zur Vorstadt, ehe die roten Backsteinwände auftauchten, die den Wiener Zentralfriedhof umringten. Die Stadt der Toten, im Südosten Wiens.

Bei der Haltestelle *Zentralfriedhof zweites Tor* stieg Carmen aus der Straßenbahn. Sie war bereits seit Jahren nicht mehr hier gewesen.

Vor ihr ragte das Prunktor auf. Es wimmelte vor Touristen, weil sich dahinter die Ehrengräber befanden. Wie immer hatten Beethoven, Johann Strauß und Mozart einigen Besuch.

Auch die Familiengruft der Fürstenbergs lag in dieser Ecke. Dort ruhten Carmens Großeltern. Die letzte Bestattung war schon lange her: Als ihr Großvater starb, war Carmen Anfang zwanzig und gerade als Au-pair in Amerika. Sie hatte die Beerdigung verpasst, deshalb wusste sie nicht sicher, in welcher der Gruften die Knochen ihrer Ahnen lagen. Es war ihr aber auch egal, denn Carmen suchte ohnehin ein anderes Grab – das ihrer Mutter, Pauline Klemm.

Weil Pauline zum Zeitpunkt ihres Todes bereits geschieden war, blieb ihr ein Platz in der Fürstenberg-Gruft verwehrt. Stattdessen lag sie ein gutes Stück abseits vom Geldadel, in einem Einzelgrab. Tief unter der Erde – und trotzdem nur Mittelschicht.

Der schwarze Granitstein funkelte in der Nachmittagssonne. Schlicht, aber stilvoll. Ein weinender Engel kniete davor.

Zweimal im Jahr schickte Carmen ein Blumengesteck. Einmal an Paulines Geburtstag, einmal zu ihrem Todestag, der sich ausgerechnet mit Carmens Geburtstag deckte. 364 andere Tage hatte ihre Mutter zum Sterben zur Verfügung gehabt, doch ausgerechnet am 18. Juli hatte sie das Zeitliche gesegnet. Bei den meisten Verwandten hätte Carmen dahinter Absicht vermutet. Nicht bei ihrer Mutter. Sie war ein herzensguter Mensch gewesen – es blieb wohl nur ein grausamer Zufall.

Früher war Carmen selbst gekommen. Inzwischen erledigte das die Gärtnerei. »Das Leben ist für die Lebenden«, redete sie sich ein. Außerdem konnte sie ihrer Mutter überall gedenken – dafür brauchte sie keine Weltreise mit der 71er. Trotzdem verspürte Carmen beim Anblick der Inschrift Schuldgefühle.

In Gedenken an Pauline Klemm
1956 – 1999
Zu früh von uns gegangen, für immer geliebt.

Ihre Mutter war jung gestorben, mit gerade einmal 43. Am Tag von Carmens neunzehntem Geburtstag hatte der Krebs sie endgültig besiegt.

Etwa fünf Jahre später begann Carmen, an diesem Datum riesige, hemmungslos übertriebene Partys zu feiern – um sich von dem Schmerz abzulenken.

In wenigen Wochen wurde sie 44. Ein Gedanke, der Carmen bitter aufstieß. Sie wurde älter als ihre eigene Mutter. Obendrein bedeutete es, dass Pauline Klemm bereits seit 26 Jahren tot war. Gott, wie die Zeit verflog.

Eine einzelne Träne kullerte über Carmens Wange. Woher kam plötzlich diese Traurigkeit? Bisher hatte Carmen geglaubt, dass in ihrem Leben alles eitel Sonnenschein war, doch seit Mercedes wieder in ihr Leben getreten war und Berti sie verflucht hatte, blieb kein Stein mehr auf dem anderen.

»Du benimmst dich wie ein herzloses Miststück, weil du Angst vor deinen Gefühlen hast«, hatte Berti gesagt. Nun waren diese Emotionen wie ein aufgewühltes Meer, dessen Wellen über ihr zusammenbrachen.

Carmen machte kehrt und verließ den Friedhof, ohne sich noch einmal umzudrehen. Wegen dieser bescheuerten Kurzschlussaktion musste sie nun wieder den ganzen Weg zurückfahren. Der Bezirk Simmering befand sich wirklich am Arsch der Welt.

Kapitel 16

Drinks on me

Am Schwarzenbergplatz stieg Carmen aus der Straßenbahn. Eigentlich wollte sie zurück in die Arbeit fahren, nur dass sie es nicht tat. Ohne zu wissen, wieso, stand Carmen schon zehn Minuten vor dem Haus von Dr. Singer und starrte auf das Namensschild ihrer Praxis. Keine zehn Pferde brachten sie da noch einmal hinein, doch daran vorbeigehen konnte sie auch nicht.

Plötzlich schwang die Tür auf und Dr. Singer trat ins Freie. Ihr Blick fiel auf Carmen. Sie wirkte überrascht. Eine Zigarette klemmte zwischen ihren Lippen, das Feuerzeug hielt sie in der Hand. Sie entzündete die Kippe und nahm einen gierigen Zug.

Carmen grinste verlegen. »Sie müssen denken, ich bin verrückt, weil ich hier …«

Dr. Singer hob mahnend den Zeigefinger. »Schweigen!«, sagte sie und gönnte sich einen weiteren tiefen Lungenzug. Dabei schloss sie genüsslich die Augen. Erst als sie den Rauch ausatmete, öffnete sie auch die Lider wieder.

»Entschuldigung!« Carmen wandte sich zum Gehen.

»Halt«, sagte Dr. Singer. »Ich sagte Schweigen – nicht Gehen!«

Irritiert blieb Carmen stehen.

»Ich war mal Kettenraucherin«, erklärte Dr. Singer. »Hab aber vor Jahren aufgehört. Lediglich eine Zigarette am Tag erlaube ich mir. Die ist mir heilig und die lasse ich mir nicht durch Geplapper zerstören.«

Dr. Singer nahm noch ein paar Züge, dann warf sie die Zigarette auf den Boden und trat sie aus. »Falls Sie wegen der Familienaufstellung hier sind – die haben Sie verpasst.«

»Nein, bin ich nicht«, antwortete Carmen, ließ aber offen, warum sie hier vor dem Eingang herumlungerte. Sie wusste es selbst nicht.

»Ich war gerade auf dem Weg zu einem After-Work-Cocktail im Ritz-Carlton. Möchten Sie mich begleiten?«

»Widerspricht das nicht irgendeinem ethischen Ritus?«

»Doch, das täte es eindeutig – wenn Sie meine Patientin wären. Aber wir beide werden uns nie wiedersehen. Ich bezweifle nämlich, dass Sie Ihre Schwester bei den nächsten Terminen begleiten werden.«

Carmen schmunzelte. »Ein klares Nein zur Familienaufstellung. Ein Ja zu dem Drink. Solange Sie nicht versuchen, mich als Patientin zu gewinnen, bin ich dabei.«

Dr. Singer musterte sie abschätzend. »Frau Fürstenberg, auch wenn Sie mich um einen Termin anbetteln würden, könnte ich Ihnen keinen geben. Ich hab eine lange Warteliste. Also seien Sie beruhigt. Ich trinke lieber in Gesellschaft, das ist alles.«

Sie schulterte ihre Handtasche und setzte sich in Bewegung. Carmen gefiel ihre Geradlinigkeit. Zwar empfand sie immer noch ein natürliches Misstrauen gegenüber Psychologen, aber von Dr. Singer ging keine Gefahr aus. Die wirkte nämlich ähnlich fehlerbehaftet und lasterhaft wie die meisten anderen Menschen auch.

»Was ist jetzt? Kommen Sie, oder nicht?«

Carmen machte ein paar schnelle Schritte und schloss zu ihr auf.

»Haben Sie die ganze Zeit hier unten gewartet?«, fragte

Dr. Singer, während sie den Schubertring entlanggingen.

Carmen schüttelte den Kopf. »Nein. Ich komme gerade vom Zentralfriedhof.« Sie beschloss, bei der Wahrheit zu bleiben. Nach ihrem denkwürdigen Auftritt in der Praxis war es ohnehin zu spät, um über ihre Wirkung im Außen nachzudenken. Außerdem hatte Dr. Singer recht – sie würden einander nie wiedersehen.

Dr. Singers Augenbrauen wanderten nach oben, aber sie schwieg. Vermutlich, weil sie Feierabend hatte und die Probleme und Neurosen anderer ihr bis morgen früh den Buckel runterrutschen konnten.

Kurze Zeit später saßen sie in der Rooftop-Bar des Ritz-Carlton und nippten an ihren Cocktails. Vor ihnen standen ein French Martini und ein Bellini. Das Ambiente war atemberaubend. Der Himmel über der Stadt hatte die Farbe von Zuckerwatte angenommen und passte hervorragend zu den pinkfarbenen Oleandersträuchern, die in den Steintrögen blühten. Obwohl die Terrasse restlos besetzt war, mischten sich die Gespräche der anderen Gäste mit der Jazzmusik zu einem gedämpften Hintergrundrauschen.

»Ich lebe getrennt und gewöhne mich gerade wieder daran, mein Leben alleine zu gestalten«, sagte Dr. Singer. »Es fällt mir nur nicht so leicht, wie erwartet.«

»Haben Sie keine Freundinnen, mit denen Sie Ihre Zeit verbringen könnten?«, fragte Carmen. Sie tunkte ihren Tortillachip in die Guacamole und steckte ihn in den Mund.

Dr. Singer ließ ihren Blick über die Skyline Wiens schweifen. Sie schien ihre Worte genau abzuwägen, ehe sie antwortete. »Natürlich habe ich Freundinnen. Aber die sind alle verheiratet. Außerdem sind deren Männer mit meinem Ex befreundet. Das macht das Ganze kompliziert. Zwar sagt es niemand, aber ich spüre, dass sie sich fürchten, sich mit dem Trennungsvirus zu infizieren.«

»Wieso sind Sie Psychologin geworden?«

Dr. Singer griff sich ein Stück ihrer Potato Wedges und dippte es in die weiße Schnittlauchsauce. Auf halbem Weg zum Mund hielt sie inne und sagte: »Weil ich gerne Menschen helfe. Zumindest erwartet man diese Antwort von mir. Und das stimmt auch, aber die Wahrheit ist, dass ich mich schlicht für ihre Abgründe interessiere.«

Carmen gefiel ihre Ehrlichkeit. Sie waren beide keine Personen, die um den heißen Brei herumredeten. Dr. Singer lehnte sich zurück und betrachtete Carmen. »Ich wette, Sie hätten eine interessante Geschichte zu erzählen.«

»Die Wette würden Sie gewinnen.«

Plötzlich richtete sich Dr. Singer schwungvoll auf. »Wissen Sie was, das ist gar keine schlechte Idee. Ich wette, dass Sie mir nichts erzählen können, was ich nicht schon mal gehört habe. Aber falls doch, ordern wir noch eine Runde und dieser Abend geht auf mich. Wenn Sie verlieren, gehört die Rechnung Ihnen.«

»Einverstanden!«

Weil Carmen nie eine Herausforderung ausschlug, erzählte sie Dr. Singer im Schnelldurchlauf ihr Leben. Sie schloss mit folgenden Worten: »Zu allem Überfluss wurde ich verflucht! Vor sechs Wochen ist meine Libido gestorben. Jetzt kämpfe ich darum, sie wiederzubeleben.«

Dr. Singer gab dem Kellner ein Handzeichen.

»Bitte bringen Sie uns noch einen French Martini und einen Bellini.« Danach wandte sie sich wieder Carmen zu. »Sie sind eine kluge Frau. Denken Sie einmal nach, glauben Sie nicht, dass etwas anderes dahintersteckt? Ein unterdrücktes Gefühl, das an die Oberfläche will? Ein

Trauma, dem Sie sich nicht stellen wollen?«

»Bestimmt nicht«, antwortete Carmen prompt. Ihr Leben war gut gewesen. Sie wollte keine Therapie, sondern einfach nur zu ihrem verdammten Status quo zurück.

Dr. Singer seufzte. »Wollen Sie einen Ratschlag?«

»Muss ich ihn bezahlen?«

»Nein, geht aufs Haus.«

»Dann schießen Sie los.«

»Sie sollten wirklich eine Therapie beginnen!«

Danach plätscherte das Gespräch nur noch dahin. Meistens nippten sie schweigend an ihren Cocktails. Als sie ausgetrunken hatten, bezahlte Dr. Singer die Rechnung und sie brachen auf. Carmen hatte die Wette gewonnen, trotzdem fühlte sie sich nicht wirklich als Siegerin.

Vor dem Ritz-Carlton trennten sich ihre Wege. Dr. Singer stieg in ein Taxi, Carmen ging zu Fuß. Aber nicht nach Hause. Es zog sie förmlich in eine Richtung. Sie folgte der Operngasse, bis sie in die Margaretenstraße überging. Erst als sie vor dem ehemals schönbrunngelben Haus stand, hielt Carmen an.

Was für eine dumme Idee, herzukommen, schimpfte sie sich im Geiste.

Das Gespräch mit Dr. Singer hing wie eine dunkle Wolke über ihr. Sie hatte Carmen geraten, in Behandlung zu gehen – vermutlich, weil sie in letzter Zeit ständig saudumme Entscheidungen traf.

Plötzlich schwang die Tür auf. Ein älterer Herr und sein Dackel traten ins Freie. Der Hund wedelte freundlich mit dem Schwanz, der Mann musterte Carmen mit verkniffener Miene. »Sind Sie eine von dem Reporter-Gesindel?«, fragte er barsch.

Carmen hob beschwichtigend die Hände und schüttelte den Kopf. »Nein. Ganz sicher nicht. Ich bin …«

»… Stewardess. Hätt' i mir eh gleich denken können«, beantwortete der Mann seine eigene Frage. Carmen blickte an sich hinab. In ihrem roten Hosenanzug konnte man sie für eine Mitarbeiterin der Austrian Airlines halten.

»Nix für ungut«, fuhr der Mann fort. »Nach dem ganzen Medien-Schaß der letzten Wochen bin ich misstrauisch geworden. Sie glauben ja gar nicht, was da los war. Die ganze Straße haben's blockiert, mit ihren Kamerateams.« Sein Dackel zog mittlerweile ungeduldig an der Leine. »Was ist jetzt? Wollen's rein, oder nicht? Ich werd' die Tür jetzt nicht ewig aufhalten.«

Carmens Herz machte einen Hüpfer. War das ein Wink des Schicksals? Einen Moment später huschte sie an ihm vorbei. Hinter ihr krachte die Tür ins Schloss.

Eigentlich bezweifelte Carmen, dass es so etwas wie göttliche Fügungen gab, aber weil sie neuerdings auch an Flüche glaubte – warum nicht? Sie ging durch das Entree bis zum Durchgang in den Innenhof. Plötzlich sprang über ihr der Bewegungsmelder an und sie schnellte rückwärts. Carmen presste sich gegen die kalte Wand in ihrem Rücken wie ein Dieb, der vom Licht überrascht wurde. Ihr Puls raste. Sie war komplett durchgeknallt, anders konnte man diese Aktion nicht erklären. Himmel, wenn Berti sie jetzt entdeckte, hatte er allen Grund, an ihrem Geisteszustand zu zweifeln.

Es war so einfach – umdrehen und gehen. Berti würde nie erfahren, dass sie hier gewesen war. Stattdessen schob Carmen sich näher. Sie war wie ein Magnet, kam gegen die Anziehung nicht an.

Mittlerweile stand sie im Innenhof. Vor ihr die alte Werkstatt. In ihrem Inneren brannte Licht. Hinter den vergitterten

Fenstern sah sie Berti hin und her gehen. Carmen huschte noch ein paar Schritte näher.

Die Sonne war längst untergegangen und die Dunkelheit hatte das Kommando übernommen. Berti stand schräg zu ihr, vor seiner Staffelei. Er starrte konzentriert auf sein Werk. In der Hand hielt er einen groben Pinsel, den er immer wieder in einen Farbkübel tunkte. *Wind of Change* von den Scorpions lief laut im Hintergrund.

Seine Stirn lag in Falten. Er nagte an seiner Unterlippe.

Es war unglaublich sinnlich, ihn in diesem schöpferischen Prozess zu beobachten. Carmen schluckte. Warum hatte dieser Mann nur so eine Wirkung auf sie? Mittlerweile stand sie direkt vor einem der Fenster und gaffte ins Innere. Plötzlich drehte sich Berti um. Ihre Blicke trafen sich. Wie vom Schlag getroffen, taumelte Carmen rückwärts. Sie strauchelte über ihre eigenen Beine und knallte auf den Boden. Eine Sekunde später war sie wieder auf den Beinen und rannte durch den Innenhof. Vor ihr befand sich das Holztor, das den Durchgang von der Straße trennte. Sie musste raus, dann war sie wieder auf der Margaretenstraße. Wenn sie es um die Ecke schaffte, dann … Carmen rüttelte an dem rostigen Griff. Das Tor war verschlossen. *Verdammt, das war wieder typisch!* Sie drehte sich um, wollte zurück zur Haustür sprinten, da sah sie Berti. Er stand vor ihr im Durchgang und musterte sie ungläubig. In seinem Gesicht spiegelten sich mehrere Regungen wider. Sie sah Wut und Verblüffung, aber auch Belustigung. Vor allem Letzteres befeuerte ihren eigenen Zorn. Sie konnte sich lebhaft vorstellen, wie jämmerlich sie auf ihn wirken musste.

Carmen straffte die Schultern. Mit hocherhobenem Haupt stakste sie an ihm vorbei. Wann hatte sie das Gehen verlernt? Es fühlte sich unnatürlich an, so, als würden ihre Füße vergessen haben, wie man einen Fuß vor den anderen setzte.

»Hallo Berti«, sagte sie beiläufig, ohne ihn anzusehen. So, als wären sie einander zufällig in die Arme gelaufen und nicht, weil Carmen sich, wie eine irre Stalkerin, die Nase an seine Fensterscheibe plattgedrückt hatte. Der Weg zog sich wie Kaugummi. Carmen spürte, wie ihre Wangen heiß wurden. Vermutlich hatte sie längst die Farbe von ihrem Hosenanzug angenommen.

Vor ihr schwang die Haustür auf. Ein leises Tappen erklang, dann rannte der Dackel auf sie zu und beschnupperte sie. Gefolgt von seinem grantigen Herrchen. Er blickte zwischen Carmen und Berti hin und her und nickte.

»Hab mir schon gedacht, dass die Stewardess zu Ihnen will«, sagte er und tippte sich an die imaginäre Hutkrempe. Aus dem Augenwinkel bemerkte Carmen das Zucken von Bertis Augenbraue.

Sie wünschte sich ein Loch im Boden, in dem sie verschwinden konnte.

Als sie auf gleicher Höhe waren, schnellte Bertis Hand nach vorn und versperrte ihr den Weg. »Ich glaub, du schuldest mir eine Erklärung.«

Verständlich. Dummerweise hatte Carmen selbst keine Ahnung, wie sie diese Situation erklären konnte, deshalb sagte sie: »Tut mir leid, ich muss leider dringend weg. Ich muss …« Ihr Gehirn war wie leer gefegt.

»… den Nachtflug kriegen?«, half Berti und grinste hämisch.

»Verarschen kann ich mich auch selbst«, zischte Carmen und funkelte ihn aus zusammengekniffenen Augen an. »Wenn du es unbedingt wissen willst: Ich bin hier, weil du mein Leben zerstört hast.«

Carmen entschied sich für die Wahrheit, weil es jetzt

ohnehin schon egal war. Nach der jüngsten Peinlichkeit war ihre Würde sowieso beim Teufel.

»Ich? … deines?«, wiederholte Berti ungläubig. »Ich hab das irgendwie anders in Erinnerung.« Er rieb sich mit beiden Händen über das Gesicht. Dann bewegte er seinen Nacken, als müsste er eine hartnäckige Verspannung lösen. »Nichts für ungut, Carmen, aber deine Bekanntschaft ist verflucht anstrengend.«

Carmen schnappte nach Luft. Falls das Universum ihr wirklich Botschaften sandte, dann hatte es jetzt auf die Holzhammermethode umgesattelt. Deutlicher konnte es kaum noch werden.

»Tja, tatsächlich bin ich genau deshalb hier«, erwiderte Carmen und widerstand dem Verlangen, den Revers ihres Blazers zwischen den Fingern zu kneten.

»Jetzt bin ich aber gespannt.«

»Weißt du noch, was du im Hotel Bristol zu mir gesagt hast?«

»In dieser Nacht hab ich eine Menge zu dir gesagt. Du musst schon genauer werden.« Ein schmutziges, kleines Lächeln huschte über seine Lippen.

»Ich meine am Morgen danach.«

»Ach das: Ich hab dir gewünscht, dass du am eigenen Leib spürst, wie …«

»Jaja, genau das!«, rief Carmen und grätschte dazwischen. Nicht, dass er den Fluch noch verdoppelte, anstatt ihn aufzuheben.

»Dazu stehe ich«, sagte Berti.

»Ich hab jedes Wort so gemeint.«

Carmen zog die Augenbrauen zusammen. »Ja, äh … deshalb bin ich hier. Steh, wozu du willst, aber nimm den Fluch zurück!«

Falls sie gedacht hatte, dass sie nicht noch mehr erröten konnte, dann hatte sie sich geirrt. Mittlerweile stand ihr Schädel in Flammen. Das letzte Mal war ihr das in der Grundschule passiert, als sie sich versehentlich Apfelsaft auf die Hose gekippt und jeder den Fleck für Urin gehalten hatte.

Bertis Gelächter holte sie in die Gegenwart zurück. »Ich fasse es nicht! Deshalb bist du hergekommen? Du bist noch viel verrückter, als ich dachte.«

Carmen schnaubte. »Ja, offensichtlich! Aber würde dir ein Zacken aus der Krone fallen, wenn du es jetzt bitte sagst?« Ihre Augen brannten verdächtig. Carmen blickte an ihm vorbei, in den Innenhof. Der Splitter, den er ihr bei ihrem letzten Treffen ins Herz getrieben hatte, steckte immer noch in ihrer Brust. Ihre nagenden Ängste meißelten ihn tiefer.

»Carmen?«

Sie riss sich zusammen und wandte sich Berti zu. Seine Stirn lag in Falten. Die Augen zusammengekniffen. Er studierte sie mit der gleichen Akribie, mit der er zuvor sein Gemälde betrachtet hatte.

Sie standen einander gegenüber, gut ein Meter Abstand zwischen ihnen. Trotzdem kam es Carmen so vor, als würden sich ihre Energien vermischen und sie in die Aura des anderen eintauchen.

Berti legte ihr seine Hände auf die Schultern. Sie wogen schwer. »Ich nehme den Fluch von dir. Okay?« Der Spott war aus seiner Stimme verschwunden.

Carmen nickte. »Okay.«

Kapitel 17

Badener Ascot

Anfang Juli
Carmen trat aus ihrem Badezimmer, dabei touchierte ihre Hutkrempe einen Türstock. Sie fluchte leise und ging weiter Richtung Wohnzimmer. Dabei fing sie Gesprächsfetzen zwischen Eva und Marina auf. Ihre Stimmen kamen aus dem Laptop, der auf dem gläsernen Couchtisch stand. Das Zoom-Meeting lief bereits, auf dem Bildschirm sah sie, wie ihre Freundinnen miteinander plauderten.

»Carmen? Wo bleibst du?«, rief Eva nun. »Wie lange kann es denn dauern, einen Hut aufzusetzen?«

»Los, beeil dich. Wir platzen gleich vor Neugier!«, pflichtete Marina ihr bei.

»Ich komme ja schon«, antwortete Carmen. Sie hielt sich bewusst außerhalb des Kamerawinkels auf. »... aber wehe, ihr lacht!«

Ein letztes Mal strich sie über ihr trägerloses rotes Cocktailkleid. Die Rohseide knisterte unter ihren Fingerkuppen. Schwungvoll setzte sich Carmen aufs Sofa, sodass ihre Freundinnen sie von der Hüfte aufwärts sehen konnten. Augenblicklich begannen Eva und Marina hysterisch zu kreischen.

»Oh Gott, du hast nicht übertrieben, das Ding ist riesig«, rief Eva.

Carmen schnitt eine Grimasse. »Ich weiß – das ist ein verdammter Sombrero! Seid ehrlich, auf einer Skala von 1 bis 10, wie schlimm ist es?«

Marina und Eva schwiegen. Vermutlich, weil eine jede darauf wartete, dass die andere die Frage beantwortete. Nach einer Weile erbarmte sich Marina. Ihre Miene war ernst, etwas, das Carmen ihr hoch anrechnete. »Er ist definitiv ein Blickfang.«

Carmen schielte nach oben, auf die überdimensionale Krempe im Farbton Chili. Der Fascinator bestand aus gestärktem Sinamay und hätte locker für zwei Kopfbedeckungen gereicht.

»Ach, verdammt, ich hätte auf die Maßangaben schauen sollen«, brummte Carmen. »Das Dumme ist nur, ich hab keinen anderen Hut und Mercedes bringt mich um, wenn ich ohne dort aufkreuze.«

Bis zum Schluss hatte Carmen geglaubt, dass sie kneifen würde – so wie auch all die Jahre zuvor. Dann hatte sie auf Etsy eine Expressbestellung aufgegeben. In der Suchleiste hatte sie »Hut, Pferderennen, überkandidelt« eingetippt und war schnell fündig geworden. Das Ergebnis thronte nun auf ihrem Kopf.

»Süße, mach dir keine Sorgen, fürs Ascot ist das Teil perfekt. Solange man nicht hinter dir sitzt.«

»Amica, seit wann interessierst du dich für Pferderennen?«

Carmen schnaubte. »Tu ich nicht, aber Tante Bernadette hat mich eingeladen. Sie will mich bestimmt mit irgendeinem Kerl verkuppeln.« So wie jedes Jahr. Deshalb glänzte Carmen normalerweise auch durch Abwesenheit. Der Mehrwert dieser Bekanntschaften war nämlich überschaubar. Die Männer, die Bernadette kannte, trugen alle denselben Stempel. Unsichtbar, und trotzdem für alle Welt deutlich zu entziffern, stand ihnen das Wort »Snob« auf die Stirn geschrieben.

»Und warum gehst du dann hin?«, fragte Eva.

»Weil meine Arme noch nie so definiert waren und in diesem Kleid fantastisch zur Geltung kommen.« Carmen bewegte sich wie eine Bollywood-Tänzerin, damit ihre Freundinnen den Beweis direkt sehen konnten. Dank Sascha war sie besser in Schuss als jemals zuvor.

Marina grinste hämisch. »Aha? Und deine plötzliche Begeisterung am Verkuppeltwerden hat nicht zufällig mit dem Gerücht rund um Berti zu tun, oder?«

»Ich hab es auch gelesen«, warf Eva ein. Sie beugte sich nach vorn und fischte nach einer Zeitung. Die Sorte, die man allerorts gratis mitnehmen konnte. Zusammengeknüllt waren diese Schmierblätter perfekt, um die Feuchtigkeit aus regennassen Schuhen zu saugen. Weniger geeignet waren sie zum Wissenserwerb. Eva streckte die Titelseite in die Kamera, damit Carmen und Marina die Überschrift lesen konnten.

Hat sie den Wikinger gezähmt? Darunter sah man ein Bild, das Irina und Berti in enger Umarmung zeigte. Das Bild war in einem Wiener Nachtclub aufgenommen worden, trotzdem waren die beiden eindeutig zu erkennen.

Carmen hob abwehrend die Hände. »Das ist mir völlig egal. Sollen sie doch. Ich gönn' es ihm. Echt jetzt! Ich will nur rausfinden, ob der Fluch weg ist, der meine Libido in die Wüste geschickt hat …« Carmen schlug mit der Handkante ihrer Linken auf die Handfläche ihrer Rechten, wie um ein Hackbeil zu imitieren. »Ich brauche Beweise.«

»Aber ausgerechnet das Ascot? Hasst du solche Veranstaltungen nicht wie die Pest?«, warf Marina ein.

Carmen machte eine wegwerfende Handbewegung. »Ich hab Lust auf Champagner. Der einzige Kerl, den ich im Moment sehe, trinkt nur Proteinshakes.«

»Oh Gott, nein!«, rief Marina. »Du denkst doch wohl

hoffentlich nicht ernsthaft darüber nach, mit deinem polyamoren Gen-Z-Fitnesstrainer anzubandeln?«

»Schnucki, ich bin seit 3 Monaten nicht mehr im Spiel. Glaub mir – meine Verzweiflung ist so groß, ich greife nach jedem Strohhalm, jeder Hantel oder jedem verdammten Müsliriegel, der sich mir bietet.«

»Du musst endlich aufhören, dir das einzureden. Du hast selbst gesagt, dass Berti den *Fluch* von dir genommen hat«, warf Eva ein und zeichnete Gänsefüßchen in die Luft.

»Hat er. Aber was hilft es mir, wenn ich immer noch keinen Unterschied merke?« Carmen sah ihr Handy auf der Tischplatte vibrieren. »Mädels, ich muss. Ich werde das heute auf die harte Tour testen. Drückt mir die Daumen, dass ein passender Typ dabei ist.«

Carmen verließ den Zoom-Raum und klappte ihren Laptop zu. Einen Augenblick später drückte sie auf den grünen Knopf.

»Hallo Lorenz, ich komme schon runter«, rief sie und wunderte sich insgeheim, warum er und nicht Mercedes anrief.

Als Carmen eine Minute später aus ihrem Wohnhaus trat, sah sie bereits Lorenz' Maserati. Ein schnittiger Sportwagen. Irritiert starrte Carmen durch die verdunkelte Scheibe, auf der Suche nach Mercedes, aber soweit sie es erkennen konnte, war der Beifahrersitz leer. Mit einem leisen Surren glitt die Scheibe nach unten. »Wärst du bitte so nett, einzusteigen?«, sagte Lorenz mit schnarrender Stimme.

Carmen öffnete die Tür und sank in die Knie, denn die Bodenplatte des Wagens streifte beinahe den Asphalt. Sie schwang ihren Hintern auf den Sitz, scheiterte aber am Hut. Dieses vermaledeite Ding war sogar zu groß für einen

Maserati. Schnaubend zog sie ihn vom Kopf und legte ihn auf ihren Schoß. Die Krempe ragte bis nach vorn zur Windschutzscheibe.

»Wo ist Mercedes?«, fragte Carmen und benannte das Offensichtliche.

»Die holt Tante Bernadette und Onkel Archie ab. Archie darf nicht mehr fahren. Bernadette hat es ihm verboten, nachdem er dreimal beim Rückwärtsausparken ein anderes Auto touchiert hat.«

»Verstehe.« Carmen fragte sich, wann sie das letzte Mal alleine mit ihrem Schwager gewesen war. Die Antwort war einfach: noch nie!

Sie schnallte sich an und klappte die Sonnenblende herunter. Vorsichtig strich sie ein paar verirrte Strähnen glatt. Carmen hatte die platinblonden Haare im Nacken festgesteckt und mit Haarspray fixiert. Das Make-up war dezent, weil Hut und Kleid das Statement waren. Lorenz legte den Rückwärtsgang ein und der Wagen machte einen Satz nach hinten. Er setzte den Blinker und reihte sich in den Verkehr ein.

Carmen klappte die Blende hoch und warf Lorenz einen verstohlenen Seitenblick zu. Sein Jackett hatte er ausgezogen und nach hinten verfrachtet. Jetzt saß er in grauer Anzughose und weißem Hemd am Steuer. Er hatte sich in den vergangenen Jahren unübersehbar einen Wohlstandsbauch angefressen. Carmens Blick wanderte weiter zu seinen Händen, die sich um das Lenkrad spannten. Lorenz trug ernsthaft lederne Autofahrerhandschuhe. Seine ganze Erscheinung brüllte so laut Midlife-Crisis, dass es sogar den röhrenden Motor übertönte. Als Lorenz in die Prinz-Eugen-Straße bog, stieg er ins Gas. Der Wagen schaffte es in wenigen Sekunden auf fünfzig und dann wieder auf null, weil sie an einer roten Ampel hielten.

Wrumm, Wrumm, machte der Maserati, weil Lorenz den Gaffern an der Bim-Station eine Show liefern wollte. Carmen hingegen drückte sich tiefer in den Sitz und verschanzte sich hinter ihrem riesigen Hut. Sie verstand plötzlich, warum Mercedes selbst gefahren war. Das hier war einfach nur peinlich.

»Wie geht es Romy? Kommt sie auch?«

Lorenz schüttelte den Kopf. »Nein, ich glaub, sie trifft sich mit Freundinnen zum Kuchenbacken.«

35 Minuten krampfhaften Smalltalk später hielten sie am Parkplatz der Trabrennbahn in Baden. Sie befand sich hinter einem schmiedeeisernen Gitter, eingerahmt von alten Bäumen und gepflegten Hecken. Alles war pistaziengrün gestrichen und wirkte wie aus der Zeit gefallen.

Erleichtert stieg Carmen aus und setzte sich ihren Hut wieder auf. Ihr Onkel Archie war ein passionierter Pferdeliebhaber und kam oft hierher. Einmal im Jahr, wenn das Badener Ascot anstand, begleiteten ihn Tante Bernadette und ausgewählte Familienangehörige. Carmen hatte sich die letzten Jahre davor gedrückt.

Während Carmen und Lorenz auf den Eingang zuhielten, kam ihnen Mercedes bereits entgegen. In einem Etuikleid in Hot Pink. Auf dem Kopf saß ein magentafarbenes Vogelnest aus Sinamay. Eine einzelne Feder stand in Robin-Hood-Manier von dem Konstrukt ab. Sie wippte bei jeder Bewegung keck auf und ab.

Lorenz begrüßte seine Frau mit einem Luftkuss. Sie näherten sich einander, bis sie nur noch eine Fingerbreite trennte, schmatzten in die Leere und entfernten sich wieder. Peinlich berührt beobachtete Carmen dieses Schauspiel. Augenblicke später zwang sie sich zu einem Lächeln, weil

Mercedes sich zu ihr umdrehte. Sie hauchte Carmen zwei Bussis auf die Wangen und musterte sie von Kopf bis Fuß. »Wir hätten uns absprechen sollen«, sagte sie genervt. »Wer kann schon ahnen, dass du wieder zu Rot greifst.«

Carmen quittierte ihren Vorwurf mit einem stummen Schulterzucken. Wenn sie sich nicht wie eineiige Zwillinge durch die Welt wanderten, dann schlugen sie sich optisch voneinander. Sie beherrschten nur diese beiden Extreme. Letzteres war heute der Fall. Wer sie länger beobachtete, riskierte Augenkrebs. Deshalb musste Lorenz auch zwischen ihnen gehen, so hatte es Mercedes bestimmt. Ein neutrales Schweizer Bollwerk zwischen den beiden Farbtönen, die einander an die Gurgel gingen.

Am Parkplatz herrschte ein reges Gewusel. Carmen blickte sich um. Es war Sonntagvormittag und ein wolkenloser Himmel versprach einen herrlichen Tag. Die Männer trugen Anzüge und dazu einen Fedora. Die Frauen leichte Sommerkleider und bunte, auffällige Hüte. Um die Jahrhundertwende war Baden ein beliebter Rückzugsort für die Wiener Aristokratie gewesen. Die feine Gesellschaft entfloh der Hitze der Hauptstadt und frohlockte in den Thermalquellen. Durfte man den Erzählungen von Tante Bernadette Glauben schenken, waren in ihrer Jugend die Damen noch mit Sonnenschirmen und in weißen Spitzenkleidern durch den Kurort flaniert. Aber selbst heute, Jahrzehnte später, konnte man eine Prise Nostalgie in der Luft wahrnehmen.

Nachdem Carmen die Umgebung genügend bewundert hatte, wandte sie sich den männlichen Besuchern zu. Das Ergebnis war enttäuschend. Unter den Gästen würde sie heute definitiv keinen adäquaten Mann treffen, das Durchschnittsalter lag bei siebzig und die Single-Quote bei null.

»Was zur Hölle mache ich hier?«, brummte Carmen und beobachtete eine Gruppe älterer Damen, deren überzuckerte Outfits sie an Törtchen am Küchenbuffet erinnerten.

»Du machst wieder gut, dass du mich bei Dr. Singer bis auf die Knochen blamiert hast«, antwortete Mercedes schmallippig.

Offensichtlich fürchtete Lorenz, dass einmal mehr Streit unter den Schwestern ausbrechen könnte, denn er nickte hinüber zu zwei winzigen Gestalten, die in der Nähe des Eingangs, im Schatten eines Zierstrauchs, standen. »Da sind sie ja.«

»Natürlich sind sie da. Ich habe sie ja auch dort abgestellt.« Mercedes' Stimme klang wie das Schnalzen einer Peitsche.

Heute führt sie mal wieder die extrakurze Zündschnur aus, dachte Carmen und unterdrückte ein Augenrollen. Das konnte ja heiter werden – oder auch nicht. Tante Bernadette und Onkel Archie blickten ihnen mit versteinerten Mienen entgegen. In dieser Familie waren Lachmuskeln in etwa so unnötig wie bei anderen Menschen der Blinddarm.

Bernadette war einmal eine imposante Frau gewesen, aber Alter und Osteoporose hatten sie schrumpfen lassen. Sie steckte in einem himmelblauen Kostüm, das aussah, als stamme es aus dem Fundus der verstorbenen Queen Elizabeth. Charakterlich ähnelte sie mehr Margaret Thatcher – fand Carmen –, nur dass Bernadette aus einem anderen Material gemacht war als die eiserne Lady. Einem härteren! Daneben stand Onkel Archie, der mit vollem Namen Archibald Bellefontaine hieß, in seinem braunen Tweed-Anzug. Der passte perfekt zu seinen altmodischen Ansichten. Erstaunlicherweise roch Archie genauso, wie er aussah, nach Eau de Cologne, Mottenkugeln und altem Mann.

»Hallo Tante Bernadette. Servus Onkel Archie«, sagte

Carmen und ging mit ausgestreckter Hand auf die beiden zu. Tante Bernadette griff danach – sie trug Handschuhe aus weißer Spitze – und zog ihre Nichte an sich, um sie auf beide Wangen zu küssen. Carmen musste sich dazu weit nach unten beugen. Der Hut war trotzdem im Weg.

»Carmen! Dass du dich auch mal wieder blicken lässt«, sagte sie vorwurfsvoll. Carmen zwang ihre Mundwinkel nach oben, gleichzeitig wischte sie verstohlen über ihre Backen, weil dort garantiert zwei blassrosa Lippenstift-Abdrücke klebten. »Ich dachte nicht, dass der gute Archie dich nochmal lebend zu Gesicht bekommt.«

Carmen schmunzelte. Das war eine Art *Running Gag*. Seitdem Carmen denken konnte, fürchtete Tante Bernadette den baldigen Tod ihres Gatten, nur die Ursache änderte sich ständig. Mal waren es die Cholesterinwerte, die ihn dahinraffen würden, dann wieder das Herz oder sein Tabakkonsum – dabei erfreute sich Archie bester Gesundheit.

Ihr Onkel hob kurz seine borstigen Brauen, ehe er sich wieder seiner Zigarre zuwandte. Tante Bernadette taxierte ihn aus zusammengekniffenen Augen. Sie hatte eine Superkraft, nämlich Blicke wie Giftpfeile. Unerwartet, schmerzvoll und treffsicher. Eine Fähigkeit, die sie an Mercedes weitervererbt hatte.

Wie sie so beieinander standen, ein roter, ein pinker und ein himmelblauer Farbklecks, kam Carmen nicht umhin, an Macarons zu denken.

Nach der Begrüßung bot Lorenz Tante Bernadette seinen linken und Mercedes seinen rechten Arm und geleitete sie ins Innere. Zurück blieben Carmen und Onkel Archie, der zufrieden an seiner Zigarre paffte.

»Archie!«, plärrte Bernadette.

»Carmen!«, zeterte Mercedes.

Carmen und Archie zuckten synchron zusammen. Letzterem fiel die Zigarre zu Boden und er trat sie schuldbewusst aus.

Carmen lehnte am pistaziengrünen Geländer und überblickte die Trabrennbahn zu ihren Füßen. Alles war in diesem Farbton gestrichen, die Gebäude, die Sitzbänke, ja sogar die Blumentröge, in denen rote Pelargonien wuchsen. An normalen Renntagen waren sie die einzigen Farbtupfer, heute bemerkte man sie kaum zwischen all den bunten Hüten. Carmen hielt ein Glas Sekt in der Hand und lauschte dem Sirren der Kohlensäurebläschen. Neunzig Minuten vor dem Startschuss öffnete die Rennbahn ihre Pforten. So blieb genug Zeit, um die Teilnehmerlisten zu studieren und Wetten zu platzieren. Das erste Rennen stand in den Startlöchern, und die Fahrer begaben sich mit Pferd und Wagen in die Startbox. Davor gab es ein Schaulaufen an den Zuschauerrängen entlang. Im Schritttempo kutschierten die Teilnehmer ihre Sulkys an den Tribünen vorbei und ließen sich bejubeln. Die Stimme des Kommentators schallte blechern aus den Lautsprechern, während er den Namen des Fahrers und seines Pferdes nannte. Er saß oben in seinem pistazienfarbenen Turm, von wo aus er den besten Blick auf die Bahn hatte.

Carmen hatte keine Ahnung vom Trabrennsport, deshalb begnügte sie sich damit, das schönste Gespann zu ihrem Favoriten zu erklären.

Neben ihr stand Archie, einen Feldstecher in der Hand, und kommentierte mit Kennerblick, welches Pferd Siegerpotenzial hatte und welches bestenfalls zum Leberkäse taugte.

»Carmen?« Tante Bernadette säuselte. Das tat sie nur, wenn

sie Wert darauf legte, sich gut zu präsentieren.

»Ja?« Carmen drehte sich um. Der Rest ihrer Familie saß an einem viereckigen Tisch, der mit einem weißen Tuch bedeckt war. Zweifelsohne war das Holz darunter ebenfalls pistaziengrün. In einer kleinen Vase steckte eine einzelne rosa Rose, die perfekt zu Bernadettes Lippenstift passte. Ein fremder Mann stand zwischen Lorenz und Bernadette und blickte neugierig in ihre Richtung. Er trug weiße enge Hosen und ein dunkelblaues Trikot, auf dem die Startnummer 9 stand. »Liebes, kommst du bitte. Ich möchte dir jemanden vorstellen.« Carmens Augen weiteten sich vor Überraschung.

Kapitel 18

Arschtritt frei Haus

Als würde ein Puppenspieler an den Schnüren in ihrem Rücken ziehen, richtete sich Carmen auf und zog die Schultern nach hinten. Mit wiegenden Hüften steuerte sie auf den Tisch zu, dabei umspielte ein feines Lächeln ihre Lippen.

»Carmen, das ist Konsta…«

»Konsti?«, rief sie erfreut und streckte ihm ihre Hand zum Gruß hin. Sie kannte Konstantin Binder noch aus Kindertagen. Seinen Eltern gehörte ein Reitstall samt Gestüt und Carmen hatte dort Reitunterricht genommen. Konsti war zwei Jahre jünger als sie und immer im Stall herumgelungert, wenn Carmen ihr Pferd gestriegelt hatte. Dass der Konsti auf sie gestanden hatte, hatte Carmen gewusst und ignoriert. Sie war damals schon ein gut entwickelter Teenager gewesen, Konsti ein Spätzünder mit Topffrisur, Pickeln und Zahnspange. Glücklicherweise war er dem Jungen von damals entwachsen und hatte sich zum Mann entwickelt. Carmen musterte ihn neugierig. Dazu musste sie den Kopf verrenken, weil das Ungetüm von Hut ihre Sicht einschränkte.

Seine rotblonden Haare waren dunkler geworden und von silbernen Strähnen durchzogen. Nur sein Dreitagebart war immer noch rot. Seine Sommersprossen waren verblasst, dafür war die Haut wettergegerbt und faltig geworden. Zwar war er immer noch keine Schönheit mit seinen wasserblauen Augen und den weißblonden Wimpern, aber er hatte sich definitiv gemausert.

Konstantin grinste breit und griff nach ihrer Hand.

»Carmen, ja, da schau her«, sagte er mit öliger Stimme. »Fesch bist. Keinen Tag gealtert.« Eine offenkundige Lüge, trotzdem zauberte sie Carmen ein Lächeln ins Gesicht. *Schau an*, dachte sie, aus dem schüchternen Burschen ist ein waschechter Casanova geworden.

»Ich kenn' den Konsti von früher«, sagte sie in die Runde, weil sie die überraschten Blicke spürte. »Ich war früher oft am Reithof der Binders. Damals ritt ich noch.«

»Heute nicht mehr?«

»Nein. Zumindest nicht mehr auf Pferden.«

Carmens Antwort ließ Konstantin grinsen und Tante Bernadette verfallen.

»Herrschaftszeiten, Carmen. Dass dir auch gar nichts zu dumm ist«, schimpfte sie und schüttelte empört ihren silbergrauen Schädel.

Sie plauderten über die alten Zeiten und Carmen erfuhr, dass Konstantin mittlerweile das Anwesen seiner Eltern übernommen hatte. Geschieden war er auch und Vater von drei Töchtern. Die lebten bei der Mutter, aber weil sie Pferdemädchen waren, verbrachten sie trotzdem jede freie Minute am Hof.

»Jetzt haltet's mir den Konstantin nicht auf. Nicht, dass er euretwegen noch sein Rennen verliert«, sagte Onkel Archie. Bei solchen Dingen kannte er keinen Spaß.

»Keine Sorge«, winkte Konstantin ab. »Wir sind erst im vierten Rennen dran. Außerdem haben Thunder und ich bestenfalls Außenseiterchancen. Es ist sein erstes Jahr, er zahlt noch Lehrgeld.« Er wandte sich Carmen zu und sagte: »Thunder ist ein großartiger Hengst. Sein Vater war dreifacher Staatsmeister und er hat die gleichen Anlagen.

Wennst magst, zeig' ich ihn dir nach dem Rennen?«

Carmen nickte erfreut. »Das wär toll!«

»Ich würde auch mitkom…«

»Nein, würdest du nicht«, unterbrach Bernadette ihren Archie streng. »Du rutschst bestimmt am Stallboden aus und brichst dir was. Dann hama das G'scher, weil in deinem Alter kommst bestimmt nicht mehr lebend aus dem Krankenbett raus.«

Plötzlich riss sie ein scharfer Knall aus dem Gespräch, und alle Köpfe wanderten zur Rennbahn. Im selben Moment preschten die Pferde los und die Sulkys schossen nach vorn.

»Geh zur Seite«, schrie Archie und fuchtelte mit dem Arm, weil Carmen und ihr überdimensionaler Hut ihm die Sicht versperrten. »Himmel, Arsch und Wolkenbruch«, fluchte er, während er seinen Feldstecher zückte und zusah, wie der Startwagen anfuhr und die Teilnehmer in die erste Kurve bogen. »Da verpass' ich doch glatt den Start. So was ist mir in dreißig Jahren noch nicht passiert.«

Carmen lehnte sich wieder ans Geländer und sah den Fahrern zu, wie sie die Pferde antrieben. Mähnen flogen und Hufe hämmerten auf das Sand-Lehmgemisch ein. Carmen hielt gebannt den Atem an. Das lag zum einen an dem Spektakel und zum anderen an Konstantin, der neben ihr stand. Dichter als notwendig. Pferde und Fahrer bogen in die Zielgerade. Ein hellbraunes und ein dunkles Pferd lieferten sich ein Kopf-an-Kopf-Rennen.

»Jetzt zählt jede Sekunde«, flüsterte Konstantin, die Augen fest auf die Bahn gerichtet. Als der Hellbraune als Erstes über die Ziellinie ging, brandete Jubel auf. Die Stimme des Moderators überschlug sich. »Thunder ist auch so ein Siegerpferd, das sag' ich dir.« Leidenschaft glomm in Konstis

Blick auf und Siegeshunger. Ein Anblick, der Carmen gefiel.

»Ich muss mich jetzt vorbereiten. Wir sehen uns nachher.«

Er befeuchtete leicht die Lippen und zwinkerte Carmen zu. Etwa zeitgleich spürte Carmen zwei Dinge: leichtes Herzklopfen und ein ähnlich schwaches Ziehen zwischen den Beinen. Beides war ausbaufähig, aber immerhin vorhanden.

Carmen trank ein weiteres Glas Sekt und begann, das Badener Ascot zu genießen. Als es Zeit war für das vierte Rennen, spürte Carmen einen Anflug von Nervosität. Sie betrachtete die Fahrer, die langsam an ihrer Tribüne vorbeifuhren. Konsti hob den Kopf und sah in ihre Richtung. Ihre Blicke verkeilten sich ineinander. Ein Seufzer schlüpfte Carmen über die Lippen. Himmel, schmachtete sie gerade wirklich Konstantin Binder an? Er sah gut aus in seinen weißen engen Hosen. Sein Pferd ebenfalls. Thunder war ein pechschwarzer Hengst mit einer stolzen Körperhaltung. Seine Muskeln zeichneten sich schimmernd unter dem kurzen Fell ab.

»Schau dir das an«, raunte Onkel Archie und stieß Carmen mit dem Ellenbogen an. »Der gafft zu dir hoch.«

»Ich weiß, der Konsti ist…«

»Nicht der! Der Gaul!« Seine Stimme überschlug sich beinahe vor Aufregung. »Der mag deinen Hut nicht. Nimm ihn lieber ab.«

»Unfug«, widersprach Carmen. »Hier sind so viele bunte Hüte. Wieso sollte ihn ausgerechnet meiner stören?«

Dann erklang der Startschuss und die Pferde trabten los. Carmens Augen waren unentwegt auf Konstantin gerichtet. Gleich nach den ersten Metern schien Thunder förmlich zu fliegen, seine Hufe trommelten im gleichmäßigen Rhythmus auf den Boden. In der zweiten Kurve drängte ein anderes Gespann dicht heran, es wurde eng, Staub stob auf. Konstantin trieb Thunder an, doch die erfahreneren Pferde zogen reihum an ihnen vorbei. Er wirkte angespannt. Sein Kopf zuckte hin und her. *Glotzte dieser Gaul immer noch zu ihr?* Carmen hielt den Atem an, als sie auf die Zielgerade einbogen.

Ihr Gespann hatte die Nummer 9. Das war am Ende auch der Platz, den sie belegten. Es war wohl so, wie zuvor Konstantin gesagt hatte. Thunder war ein junger Hengst, er musste sich erst bewähren, selbst wenn in seinen Adern Siegerblut floss. Trotzdem wirkte Konstantin enttäuscht und verärgert. Auch wenn sie von Anfang an nicht um den Sieg mitgefahren waren, hatte er sich sichtlich mehr erhofft als den vorletzten Platz.

»Ein rabenschwarzer Tag für Thunder und Konstantin«, brummte Archie neben ihr. Er schielte vorwurfsvoll auf ihren Hut. »Jetzt kannst du von mir aus bleiben. Aber in den letzten drei Rennen hab ich Wetten platziert. Entweder, du nimmst das Monstrum ab oder du gehst von der Tribüne. Nicht, dass du mir meine Pferde auch noch verhext.«

Carmen beobachtete Konsti, wie er seinen Sulky in Richtung der Stallungen lenkte. Dieses Mal hatte er keinen Blick für sie übrig. Gelegentlich hielt er an, um ein paar Worte mit einem der Offiziellen zu wechseln. Carmen wandte sich Onkel Archie zu.

»Alles klar. Ich bleib die letzten drei Rennen fern. Ich möchte ja nicht deine Gäule ablenken.«

Carmen ließ Konstantin ein Rennen lang Zeit, sich um Thunder zu kümmern und seine Laune wiederzufinden, dann schnappte sie sich ihre Tasche, erfand einen Vorwand und ging nach unten. Ihre Aufregung wuchs. Mit betont unschuldiger Miene ging sie in Richtung der Ställe. Auf halbem Weg kam ihr Konstantin bereits entgegen. Er hatte seine Enttäuschung verdaut, nun zierte wieder ein joviales Grinsen sein Gesicht.

»Ich seh' schon, du kannst es gar nicht erwarten, Thunder zu treffen«, witzelte er und bot ihr den Arm. Carmen griff danach und ignorierte die leichte Schweißnote, die sich unter seinen Parfumduft gemischt hatte.

»Momentan ist der Stall leer. Abgesehen von den Pferden natürlich. Wer von den Fahrern kein Rennen mehr fährt, ist auf der Tribüne und sieht zu«, sagte er bedeutungsschwer.

Carmen nickte. Er öffnete die quietschende Stalltür und ließ sie eintreten. Sogleich wehte Carmen eine Woge warmer, abgestandener Luft entgegen. Es roch stechend nach Pferdeäpfeln, feuchtem Leder und Stroh. Die Wucht ließ Carmen rückwärts taumeln. Konstantin verstand ihre Reaktion als Rückzieher. Er zog sie an sich und küsste sie wild; dabei hatte er eine ähnliche Beschleunigung wie Lorenz' Maserati. Seine Hände wanderten über ihren Körper. Er keuchte ihr in den Mund und ließ sie seinen harten Penis spüren.

Überrumpelt wich Carmen zurück, bis sie die Wand in ihrem Rücken spürte. »Warte, nicht so stürmisch«, sagte sie.

»Ich kann nicht warten. Seit ich dich heute gesehen habe, denke ich an nichts anderes mehr. Du bist immer noch so geil wie damals. Gott, weißt du eigentlich, wie sehr ich damals auf dich stand? Keine Nacht, in der ich nicht davon geträumt hab, genau *das* mit dir zu tun. Jeden Tag bin ich dir in den Stall gefolgt und hab mir vorgestellt, wie ich dich in einer der Boxen ficke.«

Carmen stöhnte auf. Nun hatte Konstantin auch bei ihr den Turbo-Booster aktiviert. Dass er die gute alte Zeit erwähnte und so tat, als wäre Carmen immer noch das

Mädchen, das jeder Bursche auf ein Getränk einladen wollte, brachte sie auf Touren.

Es war wie eine Zeitkapsel, und Carmen fühlte sich genauso jung und begehrenswert wie damals. »Okay, aber nicht hier«, hauchte sie. So nah am Stalleingang konnten sie jederzeit von jemandem überrascht werden. Ohne ihre Hände oder Lippen voneinander zu lösen, taumelten sie den Gang hinunter. Zu beiden Seiten befanden sich Boxen. Die Pferde darin gafften sie an. Im letzten Stand wartete Thunder. Das wusste Carmen, weil sie seinen Namen auf der Plakette erspähte. Plötzlich schob Konstantin seine Hände unter ihren Hintern und hob sie hoch. Carmen entfuhr ein erschrockener Aufschrei. Das gefiel Thunder gar nicht. Er schnaubte entnervt und scharrte mit den Hufen.

»Ruhig … Schhhh«, keuchte Konstantin mit heiserer Stimme und Carmen hoffte, dass er den Gaul meinte.

Während ihre Zungen sich aneinander rieben, öffnete Carmen die Augen. Vom Milchbubi war nichts mehr übrig geblieben, das Alter hatte Konsti erste Spuren ins Gesicht gepflastert. Anstelle von Sommersprossen schmückten jetzt Sonnenflecken seine Wangenknochen. Erste Linien gruben sich um seine Mundwinkel und seine Augen waren von einem feinen Netz aus Linien umgeben. »Ich will dich auf der Stelle ficken«, raunte Konstantin. Er presste Carmen gegen das Tor zu Thunders Box und fixierte sie mit seinem Gewicht. Seine rechte Hand wanderte unter ihr Kleid und schob den Saum nach oben. Seine Finger kämpften mit ihrem Slip. Er stellte sich nicht sonderlich geschickt an. Mit der anderen Hand versuchte er, seine Hose zu öffnen. Und scheiterte. Carmen zuckte zusammen. »Au! Scheiße, hör auf, das geht nicht! Das Scharnier bohrt sich in meinen Rücken«, rief Carmen. Sie wand sich aus seiner

Umklammerung. Etwas klickte metallisch. Hatte das Holz gerade nachgegeben? Sie wollte Konstantin darauf hinweisen, da zog er sie um die Ecke, in einen kleinen Verschlag. Hier roch es besser. Carmen sah eine altmodische Eckbank. Auf dem Tisch davor standen mehrere leere Bierflaschen.

»Hierher«, keuchte Konsti. Seine Stimme klang mittlerweile ungeduldig. Er drängte sie an die Wand, schob seinen Oberschenkel zwischen ihre Beine und ihr Kleid über den Hintern hoch. Aus seiner Hosentasche zog Konstantin ein Kondom und streifte es über. Carmen war nicht hundertprozentig bei der Sache. Sie wollte es gut finden, aber es gelang ihr nicht so recht. Vielleicht lag es daran, dass neben ihr Bürsten voller Pferdehaar und Hufeiskratzer lagerten. Vielleicht aber auch daran, dass Thunders riesiger Schädel über die Holzwand ragte und ihr Treiben beobachtete. Carmen konnte ihn durch den locker gewebten Sinamay-Stoff hindurch sehen. Er schüttelte immer wieder den Kopf. Seine schwarzen Augen waren weit aufgerissen, sodass das Weiße darin aufblitzte.

»Er hasst mich«, hauchte sie.

»Nur den Hut«, keuchte Konstantin. Er packte Carmen an den Hüften und stieß mit kräftigen Stößen in sie. Ähnlich ungeschickt, wie er sie zuvor geküsst hatte. Carmen vergaß den voyeuristischen Gaul und bemühte sich, eine bequeme Position zu finden. »Warte, nicht so. Lass dir Zeit… Nein!« Carmen schnaubte entnervt. Konstantin mochte kein pickliger Teenager mehr sein, aber ein begnadeter Liebhaber war er immer noch nicht.

Das hier würde nichts mehr werden. Als sie das nächste Mal den Kopf hob, war Thunder verschwunden. Vermutlich war sogar dem Gaul die Lust vergangen.

Konstantins Hand wanderte hoch zu Carmens Nacken. Dabei stieß er ihr den Hut vom Kopf. Er landete neben ihnen am Stallboden. Nun war der Rest von Carmens Lust endgültig beim Teufel. Sie taxierte ihre ruinierte Kopfbedeckung, da bemerkte sie etwas Schwarzes im Augenwinkel. Carmen drehte den Kopf und sah Thunder. Allem voran sein Hinterteil. Er war aus seiner Box gekommen.

Jetzt dribbelte er nervös am Stand und sein Schweif peitschte bedrohlich hin und her. Carmen schrie auf. Dann ging alles blitzschnell. Trotzdem sah Carmen, Thunders Hinterlauf wie in Zeitlupe durch die Luft sausen. Seine Hufe trafen Konstantin am Hintern. Der Stoß hatte es in sich. Konstantin krachte gegen Carmen und die mit voller Wucht gegen die Wand. Ein unglaublicher Schmerz schoss Carmen von der Nasenspitze das Nasenbein empor. Vor ihren Augen tanzten Sterne. Deshalb bemerkte sie auch nicht, dass Konstantin weg war. Er lag neben ihr am Boden und schrie wie der Teufel persönlich.

»Ich habe mir die Wirbelsäule gebrochen«, kreischte er hysterisch. Die Art, wie er sich dabei aber am Boden wand, strafte ihn Lügen. So rotierte keiner mit einem gebrochenen Wirbel.

Carmen spürte etwas Warmes an ihrem Kinn. Sie senkte den Blick und sah Blut, das ihr auf die geöffnete Handfläche tropfte. *Wie ein leckender Wasserhahn*, dachte sie, dann merkte sie verschwommen, wie ihre Knie nachgaben und sie benommen in sich zusammensank.

Wie lang sie bewusstlos gewesen war, konnte sie nicht sagen. Als Carmen wieder zu sich kam, hörte sie aufgeregte Männerstimmen. »Sperr bloß das Viech weg«, rief einer. »Nicht, dass er uns auch noch angreift.« Ein anderer stand daneben und feixte: »Den Konsti hat's beim *Pempern* erwischt. Das glaubt mir keiner!«

»Gusch, da! Ich ruf grad die Rettung an«, sagte ein Dritter. Er hielt die Hand vor das Handy, damit man am anderen Ende der Leitung seine Worte nicht hören konnte. Als der andere schwieg, nahm er die Hand weg und redete gegen Konstantins Gebrüll an. »Ja, zwei Verletzte. Eine Frau und ein Mann...«

Augenblicklich war Carmen auf den Beinen und ignorierte die tanzenden Sterne vor ihren Augen. Sie wedelte mit den Händen, um den Mann dazu zu bringen, seine Worte zu revidieren. »... Nein, warten Sie, ein Verletzter und eine Frau mit Nasenbluten.«

Carmen streckte ihren Daumen nach oben und zog gleichzeitig den Saum ihres Kleides nach unten. Auf wackeligen Beinen suchte sie das Weite. Erstens, weil die Rettungskette bereits in Gang war und sie im Augenblick ohnehin keine große Hilfe war. Und zweitens, weil sie das Bedürfnis hatte, möglichst viel Abstand zwischen sich und den Ort ihrer Blamage zu bringen. Als sie aus dem Stall trat, bog gerade ein Rettungswagen in die Zufahrt.

Die Tür schwang auf und die Sanitäter hielten auf sie zu. Carmen schüttelte den Kopf und deutete ins Innere. Eigentlich war das Ganze selbsterklärend; immer dem Geschrei nach. Sie selbst brauchte keine Hilfe, ihre Nase war nicht gebrochen und der Schmerz ließ bereits nach. Viel mehr schmerzte sie ohnehin die Peinlichkeit dieser Situation. Carmen setzte sich auf die Bank davor und tippte zähneknirschend eine Nachricht an Mercedes.

Zwanzig Minuten später tauchte ihre Familie bei den Stallanlagen auf. Mercedes ging voran, gefolgt von Tante

Bernadette, beide mit synchron zusammengekniffenen Lippen. Blaulicht erfüllte den Platz vor dem Stall. Ein paar Meter von ihnen entfernt wurde gerade Konstantin auf einer Rettungstrage verladen. Sein Nacken war fixiert. Trotzdem schaffte er es, Carmen einen hasserfüllten Blick zuzuwerfen. Als ob sie etwas dafür konnte, dass dieser verdammte Gaul ihm den Arschtritt seines Lebens verpasst hatte.

Offensichtlich hatte die Geschichte bereits die Runde gemacht. Mercedes' Blick war besser als jedes Vereisungsspray. »Sag mal, ist dir eigentlich gar nichts heilig?«, zischte sie.

Tatsächlich hatte Carmen darauf auch keine Antwort parat. Sie wusste nur, dass ihr Schädel schmerzte und ihre Nase sich geschwollen anfühlte. »Können wir bitte heimfahren?«, fragte Carmen und zwang sich auf die Beine. Sie wollte nur noch weg und sich zu Hause verkriechen. Dieser Tag hatte ihr gleich mehrere Dinge bewiesen: Erstens: Ihr Leben hatte einen neuerlichen Tiefpunkt erreicht. Zweitens: Der Fluch war nicht gebrochen, er hatte sogar noch ein Schäufelchen zugelegt. Drittens: Sex mit ihr bedeutete mittlerweile eine Gefahr für Leib und Leben.

Kapitel 19

Süß ist die Jugend

Carmen saß in ihrem Büro. Es war Donnerstag. Morgen war ihr 44. Geburtstag. Sie wurde älter als ihre eigene Mutter. Ein schmerzvoller Gedanke, der sich wie ein Kiesel in ihren Schuh schob und ihr bei jedem Schritt einen winzigen Stich versetzte. Carmen hatte Zeit gehabt, sich auf diesen Tag vorzubereiten. Ein Teil von ihr hatte geglaubt, dass sie das getan hatte, dass es ihr nichts ausmachen würde. Was für ein Irrglaube!

Um sich abzulenken, griff Carmen nach dem Stapel Zeitschriften. Lisa hatte sie gesichtet, mit Post-its gespickt und auf ihren Schreibtisch gelegt. Sie hatte jene Artikel markiert, die die Klienten von *the Verve* betrafen. Carmen schlug das erstbeste Magazin auf – und erstarrte.

Sie sah Berti auf Hochglanzpapier, wo er ihr mit einem wissenden Grinsen auf den Lippen entgegenblickte. Es handelte sich um eine Fotostrecke, die sich über mehrere Seiten zog. Außerdem ein Interview. Carmen hatte davon gewusst, allerdings keine Details – ganz so, wie Berti es sich gewünscht hatte.

Ihn nun so zu sehen, raubte ihr den Atem.

Auf dem ersten Bild stand er im Frack vor einer Betonwand, die Hände lässig in den Hosentaschen, das Hemd offen. Hinter ihm an der Wand hing eines seiner Werke. Geschickt platzierte Spots setzten gleichsam Künstler und Kunst in Szene. Bertis Blick war direkt, fast herausfordernd, in seinen Augen lag ein Funkeln. *Alles Walzer, aber sexy*, stand in weißer Serifenschrift darunter. *A Star is born. Wie der Künstler Samuel Bertram Grün die Kunstwelt aufmischt und Frauenherzen höherschlagen lässt.*

Im nächsten Bild sah Carmen ihn auf einem alten Lederstuhl sitzen, die Beine locker übereinandergeschlagen, ein halbes Lächeln auf den Lippen, in der Hand ein Zylinder. Carmen blätterte um. Es folgte eine Großaufnahme. Berti posierte vor einer Backsteinwand, dahinter ein weiteres Gemälde von ihm. Er nestelte an einem Manschettenknopf, dabei blickte er von unten in die Kamera. Biss sich leicht auf die Lippe. Sein wildes Äußeres schuf den perfekten Kontrast zu Frack und Lackschuhen.

Auf der nächsten Magazinseite eine Fotografie von Berti und Irina – dem Titelmodel. Die zwei standen nebeneinander, Berti im Frack, eine Hand in der Hosentasche, die andere lag um ihre Taille. Irina trug ein elfenbeinfarbenes Traumkleid von Chanel. Keine Accessoires, weil ihre schimmernden braunen Haare und die makellose Haut Schmuck genug waren.

Ihre Augen wanderten zu dem Interview. Bereits die Überschrift hatte es in sich: *Wenn Kunst und Mode verschmelzen*

Bevor Carmen den Fließtext las, blätterte sie weiter. Auf den nächsten Seiten drehte sich alles nur noch um das Model. Fotostrecken in schimmernden Roben, Tipps für die perfekte Ballfrisur, Tricks für Make-up, das auch eine lange Ballnacht überstand, und Ratschläge, welcher Schnitt zu welcher Figur passte. All das interessierte Carmen nicht. Sie kehrte zurück zu dem Interview.

Die Fragen waren provokant.

Es heißt, Sie hätten ein Faible für junge, schöne Frauen. Was ist dran am Gerücht, Sie seien ein Modeljäger?

Grün: Meine Bilder brauchen eine Muse. Schönheit inspiriert mich – nicht, weil sie makellos ist, sondern wegen ihrer Vergänglichkeit. Ich bin davon überzeugt, dass nur das Vergängliche wirklich schön sein kann.

Und wie lange hält so eine Muse bei Ihnen?

Grün: Manchmal findet man einen Menschen und plötzlich bleibt die Zeit stehen. Das kann eine Nacht sein oder ein ganzes Leben.

Die Chemie am Set war deutlich zu spüren. Was fasziniert Sie an Irina?

Grün: Ihr Hunger aufs Leben. Ihre Unerschrockenheit. Ich mag Frauen, die keine Angst haben, zu ihren Gefühlen zu stehen.

Carmen sog scharf die Luft ein. Warum zur Hölle beschlich sie das Gefühl, dass sich seine Worte an sie richteten?

Die nächsten Fragen drehten sich um den Opernball. Die perfekte Werbung, dennoch überflog sie Carmen nur kurz.

Bertis Satz hallte in ihrem Gedächtnis nach. *Nur das Vergängliche kann wirklich schön sein.* Augenblicklich wanderte ihr Blick zum Spiegel an der Wand. Es kam ihr so vor, als wäre ihre Schönheit längst vergangen. Sie schlug das Magazin zu. Irina lächelte ihr zu. Verhöhnte sie. Carmen riss ein Post-it vom Block und kritzelte »Botox-Termin ausmachen« darauf. Sie klebte es demonstrativ auf Irinas Stirn.

All ihre PR-Maßnahmen waren erfolgreich. Die Medien rissen sich um Berti. Der Opernball hatte mehr Publicity denn je, und *the Verve* war die Agentur der Stunde. Ihre Wünsche waren in Erfüllung gegangen, doch wo war die Euphorie? Alles, was Carmen spürte, war ein Stachel im Fleisch. Die Welt rings um sie war in Bewegung, kam voran, nur sie trat auf der Stelle.

Carmens Handy klingelte und zerriss die Blase aus Schwermut, nur um sie durch eine ähnlich ärgerliche Vorahnung zu ersetzen. Der Grund: Marinas Name leuchtete am Display auf.

»Ja?«

»Amica, es tut mir so leid, aber ich kann morgen nicht mit nach Kärnten mitkommen«, sagte Marina, ohne jede Begrüßung. Es wirkte, als wollte sie das unangenehme Gespräch ehestmöglich hinter sich bringen. »Ich weiß, dass ich gesagt hab, ich könnte eine Nacht ohne meine Kinder aushalten, aber das war ein Irrglaube. Ich kann es nicht! Christiano zahnt und er braucht seine Mutter. Ich kann hier unmöglich weg!«

»Aber ich hab die Karten für die Fête Blanche schon gekauft.«

»Ich weiß, und es tut mir auch richtig leid. Ich werde sie dir natürlich bezahlen. Bitte, sei mir nicht böse, okay? Wir holen das nach! Außerdem hast du ja immer noch Eva.«

Carmen presste die Backenzähne so fest aufeinander, dass es in ihrem Kiefer knackte. War es denn zu viel verlangt, dass sich Marina wenigstens an ihrem Geburtstag für sie Zeit nahm? Sie rieb sich die Nasenwurzel. Die Zurückweisung speiste die Bitterkeit in ihrem Inneren. »Ich verstehe!«

»Es tut mir wirklich leid, Amica. Aber du weißt nicht, wie das ist, wenn man ein Baby zu Hause hat. Ich kann nicht einfach alles stehen und liegen lassen, so wie …«

»… so wie *ich?*« Carmens Stimme hatte einen scharfen Unterton angenommen.

»… so wie es mir gerade einfällt«, vervollständigte Marina ihren Satz und kratzte gerade noch so die Kurve. Wobei diese Formulierung nur bedingt besser war. Bitterkeit stahl sich zwischen sie. Sie redeten noch kurz miteinander, dann legten sie auf. Niemand benannte es, aber gespürt hatten sie es beide, die Entzweiung, die sich unmerklich zwischen sie gestohlen hatte.

Schwungvoll stieß sich Carmen vom Schreibtisch ab und stand auf. Es war Zeit für das wöchentliche Jour fixe. Carmen strich ihr gelbes Tom-Ford-Kleid glatt, griff nach ihrem Notizbuch und verließ das Büro. Am Konferenztisch warteten bereits ihre Mitarbeiterinnen. Ein Karton Donuts stand in der Mitte. Die leckersten Stücke waren schon stibitzt worden.

Carmen setzte sich an die Stirnseite, zwang sich zu einem Lächeln. Das Gespräch mit Marina spukte ihr noch im Kopf herum. Sie zwang sich zur Konzentration, während ihr Team Ideen, Konzepte und Layouts präsentierte, Fortschritte in der Eventplanung kundtat und Carmen über die Social-Media-Performance ihrer Klienten informierte. Je länger das Gespräch andauerte, desto besser groovte sich Carmen ein. Sie stellte Fragen, lobte und äußerte ein paar Kritikpunkte.

Als das Meeting zu Ende war, war auch Carmens gute Laune wiederhergestellt. Mit federnden Schritten ging sie zurück in ihr Büro, wo sie Lisa auf halber Strecke abfing. »Mercedes hat angerufen. Sie erbittet einen Rückruf. Sie sagt, es ist wichtig!«

Etwa zeitgleich verkümmerte Carmens Stimmung wieder. Seit dem peinlichen Zwischenfall auf der Rennbahn hatten sie und Mercedes nicht mehr miteinander gesprochen. Was auch immer Mercedes jetzt von ihr wollte, es war vermutlich nichts Gutes.

Mit einem Seufzer setzte sie sich an ihren Schreibtisch und griff nach ihrem Handy. Carmen sah drei verpasste Anrufe. Widerwillig drückte sie auf den grünen Knopf.

Es klingelte ein einziges Mal, dann meldete sich Mercedes.

»Carmen, danke für den Rückruf! Ich brauche deine Hilfe.«

Lange um den heißen Brei zu schleichen, war noch nie ihre Art gewesen.

»Ich bin erstaunt, dass du überhaupt wieder mit mir redest.«

»Du bist meine Schwester. Egal, was du auch für Dummheiten machst.«

Carmen prustete. Das hätte nicht weiter von der Wahrheit entfernt sein können. Wenn Blicke töten könnten, hätten Mercedes und Tante Bernadette sie noch auf der Trabrennbahn ins Jenseits befördert. Onkel Archie hatte es sportlich genommen, er hatte den Trubel genutzt und heimlich einen Blick in die Stallungen riskiert. Lorenz hatte sich nicht dazu geäußert, er hatte sie auf der Heimfahrt nur mit glitzernden Augen angesehen und ermahnt, bloß nicht die Sitze seines Maserati vollzubluten.

Carmen schüttelte den Kopf, um die Erinnerung an diesen schrecklichen Tag zu verdrängen.

»Was willst du von mir, Mercedes?«

»Lorenz muss nach Zürich und ich werde ihn begleiten. Ich weiß, das kommt plötzlich, aber du musst auf Romy aufpassen.«

Carmen runzelte die Stirn. »Romy ist praktisch volljährig. Ich glaube nicht, dass sie eine Babysitterin brau...«

»Oh doch! Sie ist wie du. Ihr zieht beide den Ärger magisch an.«

»Wenn ich so ein schlechter Einfluss für sie bin, warum fragst du mich dann überhaupt?«

Kurz herrschte Schweigen in der Leitung. »Weil mir sonst in Wien niemand einfällt«, gestand Mercedes nach einer

Weile. »Außerdem wolltest du doch eine zweite Chance, um dein Besäufnis mit Romy wiedergutzumachen. Das hier ist sie! Und so wie du sagst, Romy ist fast 18, du wirst nicht viel zu tun haben. Ich will nur, dass du gelegentlich nach dem Rechten siehst.«

Carmen schüttelte den Kopf, auch wenn Mercedes das nicht sehen konnte. »Geht nicht. Ich bin am Wochenende in Felden am Wörthersee. Wir feiern auf der Fête Blanche meinen Geburtstag.«

Am anderen Ende der Leitung erklang ein abfälliges Grunzen.

»Geh bitte, 44 ist weder ein runder noch ein halbrunder Geburtstag. Außerdem sollte man, jenseits der vierzig, sein Alter ohnehin nicht mehr an die große Glocke hängen.«

Carmen fletschte die Zähne. Ihre Schwester begriff wieder einmal gar nichts. Dieser Geburtstag machte etwas mit ihr, und das Wenigste davon war positiv. Letztes Jahr hatte Carmen eine Feier geplant, aber im Vorfeld hatten nahezu alle Gäste abgesagt. Carmen hatte stattdessen mit Eva und Marina ein Beauty-Wochenende veranstaltet. Dieses Jahr war nicht einmal das drin. Sie konnte förmlich dabei zusehen, wie ihr das Leben, das sie kannte, wie Sand durch die Finger rann.

»Warum die Fête Blanche?«, fragte Mercedes und riss sie aus ihren Gedanken. Die Antwort war einfach, Berti war dort, um live ein Bild zu malen – passend zum Thema Weiß. Aber das wollte sie weder sich selbst noch Mercedes eingestehen. Carmen hätte eher ihre Zunge verschluckt, als das auszusprechen.

»Weil ich Lust darauf habe. Das ist alles. Außerdem schadet es in meinem Beruf nicht, wenn man sich mit den richtigen Leuten trifft, um zu netzwerken.«

»Mit wem fährst du hin?« fuhr Mercedes mit ihrer Befragung fort.

»Mit meiner Freundin Eva.«

»Na, dann nimmst du Romy eben mit.«

Carmen lachte auf. Was für eine absurde Idee. Zwar war durch Marinas Absage tatsächlich ein Platz frei geworden, aber den würde sie doch nicht mit ihrer 17-jährigen Nichte füllen.

»Aber sonst geht's dir noch gut? Ganz sicher nicht! Außerdem sind die Tickets längst ausverkauft. Da kann man nicht einfach so eine weitere Person reinzwicken.«

»Lass das meine Sorge sein. Nicht nur du kennst Leute.«

Mercedes verfiel in Schweigen. Kurz glaubte Carmen, dass sie bereits aufgelegt hatte, als sie sagte: »Lorenz hatte in Zürich eine Affäre. Deshalb sind wir von dort weggezogen. Er schwor mir, dass es aus und vorbei ist, aber … naja, du kannst dir vielleicht vorstellen, dass ich nicht will, dass er dort alleine hinfliegt, oder?«

»Tut mir leid, Mercedes. Ich wusste, dass ihr Probleme habt, aber das … das kommt doch unerwartet.« Eine handfeste Lüge. Insgeheim hatte Carmen schon lange diesen Verdacht gehabt. Lorenz war ein aalglattes Schwein und die Beziehung mit Mercedes eine Farce.

»Kann ich etwas für dich tun?«

»Ja. Schau auf Romy.«

Carmen rollte mit den Augen und seufzte. Sie wussten beide, dass Mercedes nicht lockerlassen würde, bis sie ihren Willen bekommen hatte. Ein Klopfen in der Leitung erregte Carmens Aufmerksamkeit. »Mercedes, ich muss Schluss machen, Eva ruft an.«

»Ja, schon gut. Ich muss ohnehin ein paar Anrufe tätigen und die Karte für Romy organisieren.«

Carmen legte auf und starrte auf das blinkende Display. Ihr schwante Böses. Sie drückte den grünen Knopf. »Wehe, du hast auch keine Zeit für mich«, sagte sie, anstelle einer Begrüßung.

Ein paar Sekunden lang herrschte Schweigen. »Nun ja, leider rufe ich deshalb an«, antwortete Eva verlegen. Sie druckste herum und suchte nach den richtigen Worten. »Ben sollte am Wochenende die Kinder nehmen, aber er kann nicht.« Es folgte eine detailreiche Begründung, warum ihr Ex ein unzuverlässiger Idiot war und Evas Schwiegereltern dieses Wochenende ausfielen. Genauso wie Valentín, der als Gastredner auf einem Programmierer-Event war.

Mit jedem Wort wuchs in Carmen der Groll. Sie langte nach ihrem Kugelschreiber und kritzelte sich den Frust von der Seele.

Eva holte Luft und setzte zum letzten Teil ihrer Rede an. »Sophie ist auf einem Fußballcamp, aber ich kann Lisbeth nicht alleine lassen. Du kennst sie, sie würde eine wilde Party schmeißen, die Wohnung verwüsten und, weiß der Himmel, was ihr sonst noch einfällt. Es tut mir so leid, Süße, aber ich hab einfach kein gutes Gefühl dabei.«

Mit einem dramatischen letzten Klicken ließ Carmen die Kugelschreibermine im Gehäuse verschwinden. Sie hatte Irina auf ihrem Titelblatt einen Hitler-Bart und Teufelshörner verpasst.

»Nimm sie mit!«

»Was? Lisbeth?«

»Ja. Mercedes hat mir Romy auch aufs Auge gedrückt. Die beiden sind im gleichen Alter, das sollte doch passen, oder?«

Eva zögerte und überdachte diese Wendung. »Ja. Ich denke, das würde gehen«, sagte sie nach einer Weile.

»Wunderbar«, rief Carmen schnell, bevor sie es sich

anders überlegen konnte. Sie legte auf und sandte ein Stoßgebet gen Himmel, dass es Mercedes tatsächlich gelang, noch eine weitere Karte zu besorgen.

24 Stunden später saßen sie zu viert in Evas Mini Cooper, auf dem Weg nach Kärnten. Wie Mercedes das angestellt hatte, wusste Carmen nicht – nur, dass es geklappt hatte. Sie hatte Carmens Tickets von drei auf vier Stück erhöht und sogar das Umbuchen von drei Einzelzimmern auf zwei Doppelzimmer war kurzfristig möglich gewesen. Alleine das grenzte an ein Wunder.

Eva fuhr und Carmen saß am Beifahrersitz. Romy und Lisbeth hatten sie auf die Rückbank verfrachtet. Die beiden verstanden sich auf Anhieb. An der Stadtgrenze Wiens plauderten sie bereits ausgelassen miteinander. Auf der halben Wegstrecke, irgendwo in der Steiermark, schlossen sie Freundschaft. Nun hörten sie gemeinsam Musik. Ein Kopfhörerstöpsel steckte in Romys rechtem, der andere in Lisbeths linkem Ohr, während sie sich mit Shirin David beschallten. Beide hatten sie lange blonde Haare und trugen Jeansshorts. Zwischen ihren Oberschenkeln klemmte jeweils ein Erdbeershake und Pommes von McDonald's. Wenn der Refrain kam, sangen beide: »… willst du den Body, dann musst du pushen. Bist du ein Hottie, werden sie gucken …« Danach verfielen sie in hysterisches Gelächter.

Eva warf Carmen einen amüsierten Blick zu, ehe sie nach ihrer Apfeltasche griff und hineinbiss, sodass es knusperte.

»Es wundert mich, dass du dieses Jahr keine Party veranstaltest«, fragte sie. »Du hattest doch immer ein Faible für pompöse Feiern.«

»Seit *the Verve* eine Full-Service-Agentur ist, muss ich mich häufiger auf …« Carmen zeichnete Gänsefüßchen in die

Luft. »Promifeiern blicken lassen, um zu netzwerken. Du weißt schon, neue Aufträge generieren.«

Eva grinste. »Also ist es reiner Zufall, dass Berti heute auch dort ist?«

Carmen pickte ein Stück Oreo-Keks von ihrem McFlurry und schob es sich demonstrativ in den Mund. »Das kümmert mich kein bisschen.«

Nach knapp vier Stunden Fahrt tauchte der Wörthersee vor ihnen auf. Ein blaues, glitzerndes Juwel. Die Motorboote zogen weiße Striemen durch das Wasser. Prächtige Villen säumten die Ufer. Einige der Besitzer kannte Carmen sogar persönlich. Manche hatte sie auf Events und Charity-Veranstaltungen kennengelernt, andere im Wartezimmer von Dr. Worsek, Wiens bekanntestem Schönheitschirurgen.

Eva parkte den Wagen am Parkplatz vor dem Schlosshotel. Sie quetschte ihren Mini in die letzte freie Parklücke zwischen einem Bentley und einem Audi A8. Carmen stieg aus und streckte sich genüsslich. Sie nahm einen tiefen Atemzug und sog das mediterrane Flair in sich auf. Es roch nach Sommer, Leichtigkeit und Lebenslust.

Vier Türme erhoben sich vor ihnen. Die Fassaden waren gelb gestrichen und mit weißen Faschen eingefasst. Die Fensterläden waren grün und bildeten einen hübschen Farbakzent.

Die Mädchen gingen tuschelnd voraus. Carmen und Eva schnappten sich ihre Rollkoffer und folgten ihnen in die Hotellobby. Im Inneren erwarteten sie Marmorfußböden, funkelnde Kronleuchter und edel eingerichtete Sitzbereiche. Der Check-in verlief reibungslos und kurze Zeit später konnten sie ihre Zimmer beziehen.

Carmen stand auf dem Balkon und blickte hinaus auf den Wörthersee. Auf der Wasseroberfläche spiegelten sich der azurblaue Himmel und das Grün der umliegenden Hügel wider. Immer wieder wanderten ihre Gedanken zu Berti. Wenn sie an ihn dachte, geriet etwas in ihr in Aufruhr, wie das flirrende Innere einer Schneekugel. Carmen war froh, Berti heute in Begleitung seiner neuen Freundin zu sehen. Es war besser, ein Pflaster schnell abzuziehen und die Was-wäre-wenn-Gedanken im Keim zu ersticken. Berti war deutlich gewesen: Er wollte sie nicht! Glücklicherweise wollte Carmen ihn auch nicht, und noch weniger wollte sie eine Beziehung. Alles, was sie wollte, war, zu ihrem alten, umtriebigen Lebenswandel zurückzukehren – das bedeutete hemmungsloser Sex, keine Gefühle, null Verpflichtung. All das hatte Berti ihr mit seinem Fluch versaut. Höchste Zeit, ihn aus ihrem Kopf zu verjagen.

Ein Klopfen erklang. Romy öffnete und Eva und Lisbeth betraten das Zimmer. Die Mädchen umarmten sich überschwänglich und verschwanden im Bad, um sich gemeinsam zu schminken.

Eva kam zu Carmen auf den Balkon. »Was meinst du, kann ich das anziehen?«, fragte sie und unterbrach Carmens Gedankenspirale.

Sie trug ein weißes, schulterfreies Bustierkleid aus Spitze. Das Kleid schmiegte sich an Evas Kurven und setzte ihre Figur perfekt in Szene.

»Du siehst fabelhaft aus, Schatzerl.«

»Danke! Aber heute bist du es, die allen die Show stehlen wird«, antwortete Eva und musterte sie wohlwollend. Carmen warf sich in Pose. Genau auf diese Wirkung hatte sie gehofft, als sie sich in das hautenge, glitzernde

Schlauchkleid gezwängt hatte, das an der Taille zwei Cutouts besaß.

Eva griff in ihre Tasche und zog eine Flasche Champagner hervor. »Zimmerservice! Mit besten Grüßen vom Schlosshotel. Aber zuerst: Happy Birthday, Süße!« Eva stellte die Flasche ab und zog stattdessen Carmen in ihre Arme. Sie herzten sich einige Minuten, dann lösten sie sich voneinander.

Eva holte zwei Gläser von der Minibar. Danach ließ sie den Korken knallen und schenkte ihnen großzügig ein.

»Auf dich, Carmen. Auf dass all deine Wünsche in Erfüllung gehen!«

Sie prosteten einander zu und tranken einen Schluck.

Carmen griff nach Evas Hand und drückte sie. »Danke! Es bedeutet mir echt viel, dass du heute da bist.«

»Warte. Wir sind noch nicht fertig.« Eva zog ein Geschenk aus ihrer Tasche. »Das ist von Marina und mir.«

Carmen protestierte halbherzig. »Du sollst mir doch nichts schenken! Dass *du* diesen Wochenendtrip mit mir unternimmst, ist Geschenk genug…«, sagte sie. Carmen erwähnte Marina mit keinem Wort. Sie würden sich wieder vertragen, aber nicht heute. Heute war sie sauer!

Eva wedelte ihren Einwand fort.

»Aufmachen«, sagte sie und beobachtete Carmen dabei, wie sie die Klebestreifen aufriss. »Vielleicht weißt du es nicht mehr, aber wir Mädels haben heuer auch ein Jubiläum zu feiern. Vor genau zwanzig Jahren sind Marina und ich in deine WG eingezogen.«

Tatsächlich! Carmen blickte auf einen digitalen Bilderrahmen. Ein Knopfdruck später zogen uralte Bilder an ihr vorüber. Sie sah eine blutjunge Version von sich selbst, daneben Eva und Marina. Eine jede hatte ein braunes Fläschchen zwischen den Lippen eingeklemmt. Vor ihnen am Tisch stapelten sich unzählige Party-Klopfer. Auf ihren Nasenspitzen steckten die Verschlüsse, weil Marina behauptet hatte, dass man das so trinken musste.

Das Bild zerfiel in Hunderte Pixel und setzte sich zu einem neuen zusammen. Darauf sah Carmen sich selbst, ein winziges Handtuch vor ihren Körper gepresst, der Hals über und über mit lilafarbenen Knutschflecken bedeckt. »Oh mein Gott«, rief sie peinlich berührt. »Ich erinnere mich noch genau an diesen Typ. Ich musste einen Monat lang Rollkragenpullover tragen.«

Das nächste Bild entlockte Eva und Carmen ein lautes Lachen. Es zeigte Marina mit ultrakurzen Stirnfransen. Ein missglückter Selbstversuch, um die Friseurkosten zu sparen.

»Es fühlt sich an, als wäre es gestern gewesen«, flüsterte Carmen beim Anblick des nächsten Fotos. Es zeigte sie und Marina in einer engen Umarmung. Die Fotografie war an Halloween aufgenommen worden. Carmen war als Engelchen verkleidet, Marina als Teufelchen. Eva stand – warum auch immer – im zuckerlrosa Feenkostüm daneben.

Es folgten etliche Schnappschüsse, die Carmen längst vergessen hatte: Feiern, Urlaube, Roadtrips und Kostümpartys, dazwischen Aufnahmen, die in einer Fotokabine am Westbahnhof entstanden waren. Carmen sog scharf die Luft ein. Es war, als hätte Eva die Essenz ihrer Jugend konserviert und entkorkt. Nun umhüllte sie eine Aura jugendlicher Unbeschwertheit, die sie längst verloren geglaubt hatte. »Das ist wundervoll«, presste Carmen hervor und kämpfte mit den Tränen. Einer jähen Intention folgend griff sie nach ihrem Handy und schrieb Marina eine Nachricht.

Danke! Dazu ein rotes Herz.

Marina erschien online. Die drei Punkte tanzten. *Ich hab*

dich lieb! Dazu ein Bäche weinendes Emoji.

Ich dich auch!, schrieb Carmen und meinte jedes Wort ernst.

Vor ihnen ging die Sonne unter und tauchte den Wörthersee in goldenes Licht. Carmen legte das Handy weg und blickte erneut auf den digitalen Bilderrahmen. Sie sah ein Foto von sich selbst. Ein Schnappschuss, der sie fröhlich lachend zeigte. Es war eindeutig sie, dennoch erkannte sich Carmen kaum wieder. Mit dem direkten Vergleich vor Augen sah Carmen es plötzlich ganz deutlich. Wo früher Natürlichkeit gewesen war, war heute pralle Haut und starre Züge. Carmens Blick wanderte weiter zu Eva. Auch sie war älter geworden, ihr Gesicht war nicht mehr so rund wie früher und erste Fältchen zeigten sich. Dennoch war sie eine wunderschöne Frau. Vielleicht, weil sie im Gegensatz zu Carmen mit sich im Reinen war?

Ihre Freundinnen hatten sich weiterentwickelt, während sie selbst immer noch auf der Stelle trat und um das kämpfte, was unwiederbringlich verloren war. Sie würde nie wieder Anfang zwanzig sein – egal, wie sehr Carmen auch versuchte, das Ticken ihrer inneren Uhr zu verlangsamen. Sie schmeckte die Melancholie bittersüß auf ihrer Zunge und griff zum Sekt, um sie fortzuspülen.

Hinter ihnen wurde Gekicher laut, dann riss Romy die Schiebetür auf. »Los! Lasst uns gehen! Wir wollen etwas erleben.«

Kapitel 20

Fête Blanche

Eine kurze Taxifahrt später erreichten Carmen, Eva, Romy und Lisbeth das Seerestaurant Saag. Am Ufer des Wörthersees fand das Fête-Blanche-Dinner statt. Die Hitze des Tages war einer angenehmen Wärme gewichen. Stimmengewirr und Gelächter schlugen ihnen entgegen. Alles war in Weiß gehalten, von den Schirmen, den Tischdecken, den Hussen bis zur Kleidung der Besucher.

Der Kellner brachte sie zu ihrem Tisch. Carmen stieg der typische Geruch des Sommers in die Nase. Eine leichte Schweißnote, vermischt mit Hawaiian Tropic Sonnenöl und Jil Sander Sun.

Eine Aura von Luxus und Exklusivität hing in der Luft. Menschen mit Geld und solche, die es gerne hätten, tummelten sich vor exquisiter Kulisse. Carmen sah Designer-Taschen, gesträhnte Häupter in Champagnerblond und gemachte Lippen.

Noch reichte das Tageslicht aus, später würden Laternen und Lichterketten die Beleuchtung übernehmen. Die untergehende Sonne verpasste der Wasseroberfläche eine goldene Glasur. Einen Steinwurf von ihnen entfernt schwamm ein hölzernes Podest im Wasser. Eine Art Floß, das dank seiner Holzverstrebungen wie ein dreidimensionaler Würfel aussah. Von den Deckenpfosten dieses Konstrukts hingen silberne Farbkanister. In der Mitte stand die Leinwand. Davor stand eine Videowall.

Vermutlich, um ihnen Berti in Action und Großaufnahme zu präsentieren.

Kurze Zeit später wurde ihnen die Vorspeise serviert: Rinder-Carpaccio mit Kärntner Bergkäse-Spänen.

Ein Mann erschien in ihrer Mitte. Der Veranstalter. Die leise Musik verstummte und alle Augenpaare wanderten in seine Richtung. Er hielt ein Mikrofon in der Hand. Es quietschte schrill. »Meine Damen und Herren, wenn ich um Ihre Aufmerksamkeit bitten dürfte? Dieses Jahr haben wir etwas ganz Besonderes geplant.«

Er schnippte mit der Hand. Auf sein Signal hin begannen die Lichterketten, die rings um das Holzgestell des Floßes drapiert worden waren, zu leuchten.

»Samuel Bertram Grün wird live auf dieser Plattform ein Bild malen, das später in der Heidi Horten Collection in Wien zu sehen sein wird. Bitte begrüßen Sie mit mir gemeinsam den Künstler.«

Applaus schwoll an und Kameras klickten. Dann tauchte Berti neben dem Veranstalter auf. Sie schüttelten sich die Hände.

Berti trug weiße Leinenhosen und ein passendes Leinenhemd. Die Ärmel waren aufgekrempelt. Seine Haut wirkte gebräunt und das Haar vom Wind zerzaust. Er war nicht allein gekommen. Neben ihm stand seine Modelfreundin. Langbeinig, im knappen weißen Strickkleid. Sie lächelte huldvoll, trotzdem sah man ihr an der Nasenspitze an, dass sie lieber woanders gewesen wäre.

Der Veranstalter drückte Berti das Mikro in die Hand und nötigte ihn, ein paar Worte zu sagen.

»Ich freu' mich, dass ich heute hier sein darf. Es ist mir eine Ehre, hier für Sie zu performen. Dementsprechend tiefenentspannt gehe ich ans Werk.«

Die Menge lachte, quittierte seinen Witz mit Applaus.

Bertis Augen wanderten über die Köpfe der Anwesenden, dann blieben sie auf Carmen hängen. Er lächelte kaum merklich. Irina bemerkte es. Ihr Kopf schnellte herum. Kurz trafen sich ihre Blicke. Als wollte Irina ihr Revier abstecken, drängte sie sich näher an Berti heran. Er legte seinen Arm um sie.

»Wunderbar! Während sich unser Künstler nun zu seiner schwimmenden Insel begibt, bleibt mir nichts anderes übrig, als Ihnen allen einen wundervollen Abend und einen guten Appetit zu wünschen.« Erneut erklang Applaus, dann wandten sich die Anwesenden wieder ihrem Essen zu.

Berti flüsterte Irina etwas ins Ohr. Er setzte sich in Bewegung und zog sie an der Hand hinter sich her. In Carmens Richtung. Fuck! Carmen versteifte sich.

»Guten Abend, die Damen«, sagte Berti, als er an ihrem Tisch hielt. Carmen erhob sich. »Hallo Berti.«

Sie nickte Irina höflich zu.

Berti beugte sich vor und drückte Carmen zwei Bussis auf die Wange, dann sagte er: »Carmen, das ist Irina.«

Sie schüttelten sich die Hände. Irina hatte einen laschen Händedruck, ihre Berührung hatte etwas von einem glitschigen Fisch.

Sie lächelten einander zu, die Antipathie war auf beiden Seiten spürbar. »Erfreut«, sagte Carmen.

»Wir haben beruflich miteinander zu tun«, erklärte Berti. Damit meinte er wohl kaum seine Modelfreundin. Carmen kniff ihre Lippen aufeinander. Das Flattern in ihrem Bauch war verschwunden, dafür lag ihr nun ein schwerer Stein im Magen.

»Ja, wir sind flüchtige Bekannte«, ergänzte Carmen. »In meinem Job lernt man ständig neue Leute kennen, aber das muss ich dir ja wohl nicht erzählen.« Ihre Worte galten Irina, aber die war bereits wieder mit ihrem Smartphone beschäftigt. Sie streckte ihre Hand von sich, presste sich enger an Berti und rief: »Lächeln!«

Sofort löste ihre Smartphone-Frontkamera aus und verewigte sie auf einem Selfie.

»Wir wären so weit«, sagte der Veranstalter und nickte hinunter zu einem Ruderboot, das Berti zu seiner schwimmenden Insel bringen würde. Ihr kurzer Plausch war zu Ende. Berti ging, Irina folgte ihm. Carmen gaffte ihnen hinterher. Der Meißel in ihrer Brust hämmerte weiter.

»Alles in Ordnung?«, fragte Eva.

»Ja, natürlich! Alles gut!«, antwortete Carmen. Ihre Stimme klang schrill und unnatürlich. Sie setzte sich wieder und bedeutete dem Kellner, das kaum berührte Carpaccio wieder mitzunehmen.

Berti hatte das Floß erreicht. Die Videoleinwand sprang an und zeigte ihn in Großaufnahme. Irina lehnte am Geländer der Bootsanlegestelle. Der Veranstalter wiederum umschwirrte sie und bemühte sich, sie bei Laune zu halten.

Berti griff sich Farbkübel und Pinsel. Er taxierte die Leinwand und wirkte hoch konzentriert. Seine Stirn war gerunzelt, die Augenbrauen zusammengezogen. Einen Augenblick später war er in seiner Arbeit gefangen. Seine Hand glitt über das Canvas. Ein schwarzer Pinselstrich erschien, wurde zur Linie, dann zur Silhouette einer Frau. Eine weitere Linie – härter dieses Mal und weniger geschwungen – schuf ihren Gegenpart. Die Umrisse eines

Mannes. Fasziniert beobachtete Carmen, wie ein paar achtlose Bewegungen ein Liebespaar erschufen. Berti übergoss sie mit Farbe. Cremeweiß und Ecru flossen ineinander, verdeckten das Paar teilweise. Berti drehte die Leinwand, veränderte den Fluss der Farben. Im nächsten Schritt arbeitete er Modellierpaste ein und schuf Dreidimensionalität und Struktur. Pinselstriche zogen Kerben in die feuchte Masse. Es war beeindruckend, die Fusion zwischen Künstler und Kunst zu beobachten. Das Liebespaar verschwand Schicht für Schicht unter der Farbe. Immer mehr wurde das Gemälde zu dem, was Bertram Samuel Grün auszeichnete, abstrakte Kunst – doch plötzlich begriff Carmen das Herz seiner Bilder. Dieser verletzliche Teil, der für den Betrachter nicht mehr sichtbar, aber spürbar blieb. Wie eine Knospe, verborgen unter Blütenblättern.

Irina schien weniger begeistert. Immer wieder gähnte sie verstohlen.

Der Hauptgang wurde abserviert, ohne dass Carmen es bemerkt hätte. Safranrisotto mit fangfrischem Seesaibling.

»Köstlich«, rief Eva und holte Carmen zurück in die Gegenwart. Sie nickte zustimmend und amüsierte sich über Romys und Lisbeths eingefrorene Gesichter. Rohes Fleisch und Fisch waren offensichtlich nicht der Hit unter den Jugendlichen. Erst das Dessert versöhnte die Mädchen: Topfenknödel mit Hollerblüten-Schaum.

Mittlerweile wurde es dunkel und die Lichterketten schufen eine romantische Atmosphäre in der Strandbar. Unten am Ufer langweilte sich Irina endgültig. Sie knipste wahllos Fotos von sich. Carmen fand ihr Verhalten respektlos. Am liebsten hätte sie ihr einen Schubs verpasst und sie mitsamt ihrer Arroganz im Wörthersee versenkt.

Drüben auf seinem Podest gab Berti das Zeichen, dass er fertig war.

Sofort steckte Irina ihr Handy weg, bereit, ihn in Empfang zu nehmen.

Berti machte einen Hechtsprung in den See. Ein paar kräftige Tempos, dann war er am Ufer. Er zog sich hoch, das nasse Leinen klebte an seinem Körper. Die Kameras klickten. Spätestens jetzt war ihm die morgige Schlagzeile sicher. Applaus schwoll an. Berti verbeugte sich galant.

Er wollte Irina an sich ziehen, doch die stieß ihn mit einem spitzen Schrei von sich. Weil aber die Presse anwesend war, drapierte sich Irina bestmöglich neben ihm, ohne dass ihr weißes Strickkleid nass wurde.

»Happy Birthday to you …« erklang es plötzlich.

Carmen fuhr herum. Eva, Lisbeth und Romy sangen ihr ein Ständchen. Ein Kellner steuerte auf ihren Tisch zu. Er trug eine weiße Fondant-Torte, in der eine Wunderkerze steckte und Funken sprühte. Die Gäste an den umliegenden Tischen stimmten mit ein. Carmen wurde beklatscht und beglückwünscht. Sie spürte, wie eine leichte Röte ihre Wangen überzog. Die plötzliche Aufmerksamkeit war ihr unangenehm.

»Auf einen unvergesslichen Abend, Tante Carmen«, rief Romy und umarmte sie. Lisbeth drückte dem Kellner ihr Smartphone in die Hand, damit er ein Gruppenbild von ihnen schoss.

»Eine weitere Erinnerung für deinen Bilderrahmen«, sagte Eva grinsend.

»Ich danke euch!« Carmen herzte sie reihum, dabei drückte sie Romy einen Ticken länger als die anderen.

»Ich bin froh, dass du da bist«, flüsterte sie ihrer Nichte ins Ohr. Nie hätte Carmen gedacht, wie sehr dieses Mädchen ihr Leben bereicherte.

Carmen schnitt die Zitronentorte an, die mit einer Himbeercreme gefüllt war, und verteilte sie auf den Tellern. Der Kellner brachte eine eisgekühlte Flasche Sekt samt Kühler. Außerdem Fläschchen mit Erdbeersaft. Das Mischen übernahm Eva. Romy und Lisbeth bekamen – sehr zu ihrem Leidwesen – eine Teenager-Mischung: ein Schluck Sekt mit Erdbeersaft, der mit Sprudelwasser aufgegossen wurde. Carmen beobachtete sie und machte sich im Geiste Notizen.

Um 23 Uhr wechselten sie in die *Fabrik* – dort fand die eigentliche Fete Blanche statt. Romy und Lisbeth hatten es ohne Ausweiskontrolle am Türsteher vorbei geschafft. Vielleicht, weil sie, aufgebrezelt wie sie waren, locker als 20 durchgingen. Oder weil sie in der Gesellschaft von Carmen und Eva unterwegs waren, die schon verdammt lange keine 20 mehr waren.

Die Disco vibrierte förmlich. Wummernde Beats und tanzende Laserstrahlen erwarteten sie im Inneren. Es war heiß, die Luft zum Schneiden dick. Es roch nach verschwitzten Körpern und Parfüm.

Weiß gekleidete Zirkusartisten turnten an Ringen und verrenkten ihre Körper auf bizarre Weise.

Eva und Carmen hielten auf die Tanzfläche zu. Romy und Lisbeth tauschten einen vieldeutigen Blick und tauchten in der Menge ab. Carmen spürte den Bass in ihrer Magengrube und fühlte sich entkoppelt von der Wirklichkeit. Sie ließ sich von der Musik treiben, bewegte ihre Hüften und tanzte. *44 ist nur eine Zahl*, sagte sie sich. Sie fühlte sich lebendig und attraktiv, genoss die hungrigen Blicke und die flüchtigen Berührungen. Wer wusste schon, was das Morgen bereithielt? Carmen wollte das Leben in vollen Zügen auskosten. Sie war eine starke Frau, die weder Bindung noch Erklärungen brauchte. Diese Unabhängigkeit war ihre Rüstung.

Dann sah sie ihn.

Berti stand am Rand der Tanzfläche. Irina in seinen Armen. Sie küssten sich. Carmen konnte den Blick nicht abwenden.

Der Bass hämmerte den Meißel in ihrer Brust tiefer. *Nichts* hatte sich verändert, und doch war plötzlich alles anders.

Sie war doch Single aus Überzeugung, unabhängig aus Prinzip! Trotzdem fiel ihre souveräne Fassade in sich zusammen. Ausgerechnet jetzt löste sich Berti von Irina. Er hob den Kopf und sah in ihre Richtung. Carmen schnellte herum.

»Komm. Gehen wir an die Bar. Zeit für einen Strawberry Daiquiri«, rief Eva, die alles beobachtet hatte.

»Bestell schon mal, ich komme gleich.«

Carmen ging in Richtung der Toilette. Sie brauchte einen Moment für sich.

Carmen frischte gerade ihr Make-up auf, als hinter ihr die Tür aufging und Irina hereintorkelte. Sie war Carmen gefolgt.

»Du willst ihn nicht«, sagte sie und stützte sich neben Carmen am Waschbeckenrand ab. Ihr Lippenstift war verschmiert.

Carmen runzelte die Augenbrauen. »Was meinst du?«

»Berti mein ich. Er kriegt keinen hoch. Wir hatten noch

nie Sex. Das ist das Problem mit älteren Männern.«

Ohne eine Antwort abzuwarten, taumelte Irina zur Tür hinaus und verschwand ohne eine weitere Erklärung.

Carmen blickte ihr fassungslos hinterher. Hinter einer der Kabinentüren erklang verhaltenes Gekicher.

»Romy? Bist das du?«

Nun wurde daraus endgültig Gelächter. Das Schloss klickte und Romy tauchte neben ihr auf. »Sorry, Tante Carmen. Aber das ist zu komisch!«

Kapitel 21

Carmen taucht ab

Carmen und Eva saßen auf der Terrasse des Schlosshotels und genossen ihr Frühstück. Es gab Müsli mit Früchten und Ham & Eggs. Dazu Cappuccino. Sie waren nur zu zweit, Lisbeth und Romy schliefen noch. Die Luft war klar und frisch. Auf dem See zogen Motorboote ihre Runden. Ein perfekter Start in den Tag.

Carmen führte die Tasse an den Mund und trank einen Schluck Kaffee. Die Erinnerungen an gestern Abend wirkten immer noch nach. Neben ihr legte Eva ihre Tageszeitung beiseite.

»Hast du es schon gesehen?« Sie schlug den Society-Teil auf und schob ihn Carmen hin. Carmen sah einen Schnappschuss von Berti, wie er mit nassem Oberkörper aus dem See kletterte. Das war zu erwarten gewesen. Ein gefundenes Fressen für die Medien. Daneben ein kleineres Bild von ihm und Irina. »Opernball-Künstler mit österreichischem Topmodel liiert«, lautete die Bildunterschrift.

»Glaubst du, sie hat das ernst gemeint?«, fragte Eva, während sie ihr Kipferl mit einer Butterlocke bestrich. Mit *sie* meinte sie Irina. »Du weißt schon, mit dem, was sie über Berti gesagt hat?«

Carmens Handy klingelte und entband sie einer Antwort. Sie starrte verdutzt auf das Display. »Wenn man vom Teufel spricht…«, brummte sie. Carmen drückte auf den grünen Knopf und sagte: »Berti?«

»Was hältst du vom Tauchen?«

»Was?«

»Du weißt schon, unter Wasser schwimmen und Fische beobachten?«

»Ich weiß, was Tauchen bedeutet. Ich will wissen, was zur Hölle du mit dieser Frage bezweckst?«

»Ich tauche gern in meiner Freizeit. Mein Freund hat hier eine Tauchschule am Wörthersee. Ich dachte, du hast vielleicht Lust, mitzukommen?«

»Ich… äh… keine Ahnung. Ich war noch nie tauchen.«

»Ich bring's dir bei. Was hältst du davon?«

Eva, die das Gespräch mitanhörte, nickte heftig mit dem Kopf.

»Sag ja«, wisperte sie.

»Okay.«

»Wunderbar. Ich hole dich in 30 Minuten ab.«

Ehe Carmen sich versah, saß sie in Bertis nagelneuem VW-Multivan. Im Bikini und Jeansshorts. Verwirrung und ein Hauch von Adrenalin durchströmten sie. »Wo ist deine Freundin?«

Berti warf ihr einen knappen Seitenblick zu. »Irina? Sie hat ein Fotoshooting. Für Jacques Lemans, oben beim Weingut Taggenbrunn.« Man sah ihm deutlich an, dass er nicht weiter darüber sprechen wollte. Genauso wenig wie Carmen. Bestätigte es doch genau das, was sie ohnehin gewusst hatte: Berti war ein Arschloch!

Sie fuhren den See entlang und hielten vor einer Tauchschule mit Bootsverleih. Berti stellte ihr seinen Freund vor. Johannes, der von allen Joe genannt wurde, war ein blonder Sunnyboy. Rein optisch hätte er genauso gut auf ein Surfbrett in Hawaii gepasst.

Zwanzig Minuten später trugen sie und Berti Neoprenanzüge und standen im knietiefen Wasser. Das Ding klebte an Carmen wie eine zweite Haut. Joe erklärte ihr die Ausrüstung und gab knappe Anweisungen. Regler zwischen die Zähne, mit den Lippen abdichten, ruhig atmen.

Carmen nickte. Sie hatte Wasser in der Maske, Druck in den Ohren und ihr Herz klopfte wie wild – aber da war auch dieses Kribbeln, das verdächtig nach Abenteuer schmeckte.

Zwei Stunden später war sie bereit für ihren ersten Tauchgang. »Normalerweise würde ich dich nicht gleich am ersten Tag ins tiefe Wasser lassen, aber Berti ist ein erfahrener Taucher und hat mir versichert, dass er gut auf dich aufpasst«, sagte Joe und zwinkerte ihr zu. »Hier, Mann«, er warf Berti einen Schlüsselbund zu. »Ich mache jetzt Mittagspause. Ihr könnt euch das Motorboot nehmen und ein Stück rausfahren.«

Kurze Zeit später stoppte Berti das Boot. Sie waren gut fünfzig Meter vom Ufer entfernt. Berti ließ die Taucherboje ins Wasser. An ihr war eine Fahne mit einem A befestigt, die ihre Tauchposition kennzeichnete. Zwar waren sie nicht weit draußen, aber laut Berti war das Vorschrift.

»Bereit?«

Carmen nickte und ließ sich rücklings vom Boot fallen, so wie sie es gelernt hatte. Ein letzter Blick auf die spiegelglatte Oberfläche des Sees, dann tauchten sie ab. Das kühle Wasser umhüllte sie. Berti war dicht an ihrer Seite. Das Mundstück fühlte sich fremd an, ihr Atem klang saugend. Der Wörthersee war so schön, wie beängstigend.

Von oben betrachtet, war er eine schimmernde, tiefblaue Platte. Dort, wo sich die Wellen kräuselten, flackerten weiße Lichter auf und ließen den See glitzern. Einen Meter darunter wirkte das Wasser milchig grün. Carmen sah verschiedenste Fische. Manche waren klein und schwarz, andere groß, mit silbrigen Schuppen.

Carmen entspannte sich. Hier unten war alles friedlich. Sie schwammen nebeneinander, manchmal tippte Berti sie an, um sich von ihrem Wohlergehen zu überzeugen oder ihr etwas zu zeigen. Über ihr brachen Sonnenstrahlen durch die Wasseroberfläche. Wenn sie nach unten blickte, sah sie eine nachtblaue Leere. Der Wörthersee war tief, das wusste Carmen. Was sie nicht erwartet hatte, war das Gefühl, regelrecht in diese Untiefe hinabgezogen zu werden. In ihren Ohren rauschte es. Ihre Flossen zerteilten das Wasser, winzige Partikel flirrten vor ihrer Taucherbrille. Carmen dachte an ihre Mutter. An ihren Tod. An den Fluch, der ihr Leben aus seinen Fugen gehebelt hatte, und an die Einsamkeit. Der Meißel in ihrer Brust hämmerte weiter. Der Druck in ihrem Inneren wurde größer. Carmen hatte das Gefühl, dass etwas sie zusammenpresste.

Reiß dich zusammen, dachte sie. Sie wischte den Gedanken fort, so wie sie es immer tat. Doch plötzlich war sie da, die Angst. Sie kam wie aus dem Nichts, legte sich um Carmens Hals und drückte zu. Carmen war unfähig, sie abzuschütteln. Sie schlug panisch um sich und glaubte, dass etwas sie tiefer zog. Ein Schleier legte sich vor ihre Augen. Sie sah gar nichts mehr.

Dann tauchte Berti in ihrem Blickfeld auf. Er packte sie an den Schultern und zog sie höher. Zwang sie, ihn anzusehen.

Sie brachen durch die Wasseroberfläche. Carmen spürte, wie ihr die Tränen in die Augen stiegen. Ihr Blick verschwamm. Trotz ihres Neoprenanzugs fühlte sich Carmen plötzlich nackt. Etwas in ihrem Inneren war zerborsten, sie hatte es ganz genau gespürt. Es war ihr eigener Schutzwall gewesen, den sie um ihr Herz errichtet hatte. Nun war sie nackt und verwundbar.

Berti entfernte sein Mundstück. »Ein verdammt beschissener Zeitpunkt für eine Panikattacke«, sagte er.

Kurze Zeit später waren sie wieder auf dem Boot. Carmen lag auf dem Rücken. Ein Stück entfernt ragte der Pyramidenkogel in den Himmel. Dahinter türmten sich dunkle Wolken auf. Ein Gewitter braute sich zusammen. Es war schwül, man spürte richtig die elektrische Spannung in der Luft. Sie mussten bald umkehren, der Wetterbericht warnte vor starken Unwettern am Nachmittag.

Berti lag neben ihr und beobachtete sie aufmerksam. Einige Zeit sprach niemand. Carmen spürte, dass sich ihr Puls wieder beruhigte. Was auch immer sie überkommen hatte, es war vorbei.

»Alles in Ordnung?«

Carmen nickte und drehte Berti den Kopf zu.

Glitzernde Wasserperlen fingen sich in seinen Haarspitzen, ehe sie zu Boden tropften. Trotz allem war Carmen froh, dass sie hier war. Dass sie gemeinsam hier waren. Berti dachte wohl ähnlich. Er beugte sich über sie. Einen Augenblick später berührten sich ihre Lippen. Es war ein kurzer, atemloser Kuss, dann fuhren sie auseinander.

»Ich kann nicht!«, sagte Berti.

Carmen prustete. »Das hab ich schon gehört.«

Die Art, wie sie es sagte, ließ Berti hellhörig werden.

»Das darf doch nicht wahr sein! Hat Irina etwa behauptet, dass ich keinen hochkriege?« Er schnaubte genervt und rieb sich mit beiden Händen über das Gesicht.

»Nein«, antwortete Carmen wie aus der Pistole geschossen. Überzeugend klang es trotzdem nicht.

Berti legte sich wieder neben Carmen. Nun starrten sie beide in den Himmel.

»Was stimmt nicht mit dieser Welt? Wenn man nicht will, ist man sofort impotent, oder wie? Und nur fürs Protokoll – natürlich will ich! Wer würde denn nicht mit einem 25-jährigen Model schlafen wollen? – aber ich fühl mich zu alt für bedeutungslosen Sex.«

Berti drehte sich zu Carmen um. Dabei schaukelte das Boot und Seewasser klatschte gluckernd gegen die Bordwand. »Du weißt, dass es nicht stimmt. Ich kriege problemlos jederzeit einen hoch.«

Es war ihm sichtlich ein Anliegen, das zu betonen.

Carmen musterte ihn schmunzelnd. »Ja. Das weiß ich.«

»Gut!« Er lachte humorlos. »Ich sag' dir mal was: Ich verbrachte meine Dreißiger ständig in fremden Betten, mit verschiedensten Frauen. Ich hab meine Erfahrungen gemacht. Aber was ich mir nicht eingestand, war, dass ich die ganze Zeit nach der Einen Ausschau hielt.«

Carmen horchte überrascht auf. »Du willst mir jetzt aber nicht erzählen, dass du an die einzig wahre, große Liebe glaubst. An Seelenverwandtschaft und den einen Menschen, der nur für dich bestimmt ist.«

Berti schwieg, aber sein verlegenes Grinsen war Antwort genug.

»Ist das dein Ernst? Ich fasse es nicht, du glaubst an diesen Scheiß?« »Ich weiß genau, wen ich suche. Wie sie aussieht, sich anfühlt. Wie sie sich bewegt und was sie in mir auslöst.«

Er sah Carmen nicht an, während er sprach. Das war gut, denn sonst hätte er Regungen auf Carmens Gesicht gesehen, die sie, trotz aller Bemühungen, nicht vertuschen konnte. Sie fühlte eine Mischung aus Enttäuschung, Eifersucht und – das war die schlimmste von allen – einen Funken

Hoffnung.

»Und weißt du was: Ich hab sie auch gefunden.«

Carmens Herz setzte einen Moment aus. »Ja?«

»Ja. Zumindest glaubte ich das eine ganze Zeit lang.«

Carmens Herz schlug wieder. Plötzlich hatte sie einen bitteren Geschmack im Mund. »Was ist passiert?«

»Ich war Ende dreißig, als sie in meinem Leben auftauchte«, sagte Berti. Carmen seufzte. Er sprach nicht von ihr, hatte es auch nie getan. Unmerklich presste sie die Lippen aufeinander und ballte die Hände zu Fäusten. Das hier bedeutete rein gar nichts, warum begriff ihr dummes Herz das nicht?

»Sie war eine meiner vielen Bettgeschichten. Aber immer, wenn ich sie ansah, dann sah ich *sie*. Die Frau aus meinen Träumen. Die Eine.«

»Und wo ist *sie* jetzt?«, fragte Carmen. Der Zynismus in ihrer Stimme ließ Berti aufhorchen. Er richtete sich auf und sah Carmen direkt in die Augen. »Sie ist jetzt meine Ex-Frau. Erinnerst du dich an unsere Nacht im Hotel Bristol? An den wichtigen Termin, zu dem ich am nächsten Morgen musste? Ich war beim Anwalt, um die Scheidungspapiere zu unterschreiben.«

Carmen klappte der Mund auf, denn diese Wendung hatte sie nicht kommen sehen. Sie erinnerte sich an die geheimnisvolle Anruferin – damals im Hotel Bristol – und an Bertis schroffen Tonfall.

Dann poppte ein anderer Gedanke in ihrem Kopf auf: Damals hatte sie geglaubt, dass Berti verheiratet war. Als sie ihm eine Affäre angeboten hatte, hatte Berti sie schroff zurückgewiesen und ihr Streit hatte an Fahrt aufgenommen.

»Ich hatte recht«, triumphierte Carmen. »Du warst verheiratet! Ich hab es gewusst, der Abdruck auf deinem

Finger hat dich verraten.«

Berti ignorierte ihren Einwurf. »Nur noch auf dem Papier. Wir lebten schon lange vorher getrennt. Allerdings hab ich erst kurz vor der Scheidung den Ring abgenommen.«

»Weil du sie noch liebst?«

»Nein. Ich empfinde immer noch viel für meine Ex. Allerdings ist das Wenigste davon positiv«, antwortete Berti. »Ich hab bis zum Schluss nicht kapiert, wie es sein kann, dass ich die Frau aus meinen Träumen finde und sie dann doch nicht passt.«

»Wahrscheinlich, weil sie doch nicht die Richtige war?«, sagte Carmen lächelnd. Nicht, weil sie plötzlich an Seelenverwandtschaft glaubte, sondern weil es sie glücklich machte, dass Berti seine andere Hälfte noch nicht gefunden hatte.

Berti betrachtete sie einen Moment lang nachdenklich. »Wahrscheinlich.«

»Wir müssen zurück. Hier wird es bald ziemlich ungemütlich«, sagte Berti und deutete auf den Himmel über ihnen.

Als sie zurück ans Ufer fuhren, sagte Carmen: »Du hast mich nicht verflucht. Ich glaub, das war ich selbst.«

»Was du nicht sagst«, antwortete Berti, mit einem ironischen Lächeln auf den Lippen.

Kapitel 22

Drum prüfe, wer sich ewig bindet

August
Das Brautmodengeschäft *Flossmann* befand sich im Mezzanin eines prachtvollen Stadthauses im ersten Bezirk. Eine Institution. Hierher kam man nicht, um ein günstiges Kleid zu finden, sondern das richtige. Zumindest hatte es die Verkäuferin so formuliert, als sie Marina und ihre Brautjungfern begrüßt hatte. Frau Huber war eine lebenserfahrene Frau in Schwarz. Auf ihrem Strickpullover hafteten einzelne silberne Haare wie Lametta.

»Wenn Sie mir bitte folgen?«, sagte sie und trieb Carmen, Marina und Eva vor sich her wie eine Entenmutter ihre Küken.

Seit Wochen hatte Marina diesem Termin entgegengefiebert. In den letzten Tagen hatte sie Eva und Carmen mit Erinnerungs-SMS bombardiert – dabei war sie noch nicht einmal rechtskräftig von ihrem Ex-Mann Oliver geschieden. Aber da dies nur Formsache war und die Hochzeit im Mai nächsten Jahres stattfinden sollte, hatte Marina längst mit der Planung begonnen.

Heute ist der perfekte Tag für zuckrige Kleinmädchenträume, dachte Carmen zynisch und warf einen Blick aus dem Fenster. In Wien herrschte Weltuntergangsstimmung. Die schwarzen Wolken zogen tief über der Stadt und es goss aus Kübeln.

Während Marina mit Frau Huber ihre Runden durch das

Geschäft drehte, saßen Carmen und Eva auf einem schwarzen Ledersofa und tranken Sekt. Immer wieder glitt Evas Blick durch den Raum und streifte die Träume in Weiß, Elfenbein und Crème.

Das Funkeln in ihren Augen war unmissverständlich. Eva war zwar geschieden, aber immer noch infiziert. Wer einmal vom Hochzeitsvirus befallen war, den ließ es nie mehr los.

Carmen beobachtete Eva mit einem spöttischen Grinsen auf den Lippen. Sie wusste, dass Eva darauf wartete, dass Valentín ihr die Frage aller Fragen stellte. Als Mädchen hatte Carmen auch von ihrer Traumhochzeit geträumt, aber irgendwann hatte der Gedanke seinen Reiz verloren. Das Leben war einfach: Wer nicht heiratete, konnte auch nicht geschieden werden. Wer zuerst den Schlussstrich zog, konnte nicht verletzt werden. Der Schlüssel zum Glück lag darin, das eigene Herz zu schützen. Deshalb aß Carmen keine Transfette – und ließ nur wenige Menschen nah genug an sich heran.

Aber war das wirklich der richtige Weg? Seit der Panikattacke im Wörthersee war sie sich nicht mehr so sicher. Der verpatzte Tauchgang mit Berti lag knapp einen Monat zurück. Zwar hatte er sie sicher an Land zurückgebracht, trotzdem war Carmen danach untergetaucht.

Das Rascheln von Tüll kündigte Marina an. Sie trat vor den Spiegel und präsentierte ihr Kleid. Es besaß eine bestickte Korsage mit herzförmigem Ausschnitt, dazu einen weit schwingenden Rock, der für Carmen verdammt laut Prinzessin schrie. »In dem Outfit würde Barbie ihren Ken heiraten und im pinken Cadillac in den Sonnenuntergang brausen.«

Eva warf ihr einen strengen Blick zu. Sie trug längst ihre rosarote Brille und fand alles nur noch *hinreißend*, *atemberaubend* oder *sensationell.*

Marina musterte sich von allen Seiten, dann schüttelte sie den Kopf. »Nein, ich fühle es nicht.«

Sie raffte die Röcke und verschwand wieder in Richtung der Umkleide.

»Macht das denn gar nichts mit dir?«, fragte Eva mit glitzernden Augen. Carmen legte den Kopf schief und musterte ihr Glas. »Vielleicht etwas Sodbrennen.« Eva stieß sie in die Seite. »Du bist wirklich unmöglich.«

Dann war Marina zurück. Das zweite Kleid war champagnerfarben, schlicht, gerade geschnitten und aus gestärkter Seide. Marina sah darin aus wie eine kurvige Jackie O. Schön, aber irgendwie aus der Zeit gefallen. Marina zuckte mit den Schultern. »Das hier ist es auch nicht.«

Die Verkäuferin winkte ab. »Völlig normal. Man muss sich eingrooven. Weiter geht's.«

Das dritte Kleid war figurbetont, aus Spitze, mit langen Ärmeln und tiefem Rückenausschnitt. Hübsch, aber auch hier gab es noch Luft nach oben.

So verstrich ihr Nachmittag. Carmen hatte längst den Überblick verloren, wie viele Kleider sie schon gesehen hatten: in Puder, Sand, Ecru, Eierschale, Creme. Mittlerweile wusste sie, dass Weiß nicht gleich Weiß war, sondern nur eine von zig Farbschattierungen.

»Sei mir nicht böse, Schnucki, aber du schaust darin aus wie ein Cupcake«, kommentierte Carmen das letzte Kleid und kassierte dafür von Eva einen Knuff in die Rippen. »Das sagt man nicht zu einer Braut«, zischte sie.

Carmen nickte reumütig und beschloss, von nun an die Klappe zu halten. Eva hatte recht, nur weil sie nichts vom Heiraten hielt, musste sie nicht Marina den Tag vermiesen.

»Meine Damen, machen Sie sich bereit«, rief Frau Huber

und klatschte in die Hände. Seidiges Rascheln erklang, dann trat Marina um die Ecke. Das Kleid war am Bügel unscheinbar gewesen – fließender Rock aus Rohseide, Spitzenbustier, hoher Kummerbund. Doch an Marina wirkte es perfekt. Als hätte es auf sie gewartet. Ihre Augen glänzten, das Kinn zuckte. Carmen spürte einen Kloß im Hals, neben ihr wischte sich Eva verstohlen über die Wangen.

»Das ist es«, flüsterte Marina. »Das wird mein Kleid.«

Einen Moment später lagen sie sich weinend in den Armen. Wunderschön – und kurz, denn Frau Huber scheuchte Eva und Carmen zurück auf ihre Plätze. Noch war das Kleid nicht bezahlt.

»Ich bin so glücklich! Jetzt muss nur noch die Scheidung durch – dann kann ich Luca endlich heiraten«, schniefte Marina.

Frau Huber blinzelte irritiert, lächelte geziert und lenkte das Gespräch in eine andere Richtung. Die Hintergründe waren ihr egal – Hauptsache, der vierstellige Betrag wechselte den Besitzer.

Eine Stunde später war Marinas Outfit komplett und die nächste Braut stand mitsamt ihrer Entourage bereit. Gemeinsam verließen Eva, Marina und Carmen das Brautmodengeschäft. Es regnete noch immer. Obwohl es erst 16 Uhr war, lag eine düstere Atmosphäre über der Stadt. Nebel erfüllte die Gassen und die Schaufenster spiegelten sich in Pfützen.

Carmen blieb unter dem Vordach stehen. Die Luft roch feucht und metallisch, der Asphalt glänzte schwarz. Gelegentlich hasteten Menschen vorbei, ihre Schirme waren bunte Tupfer im verwaschenen Grau. Carmen überlegte, ins Büro zurückzukehren – doch es war viel zu lange her, dass sie Zeit mit ihren Freundinnen verbracht hatte. »Lasst uns noch etwas machen. Ich will nicht, dass das Treffen schon vorbei ist«, sagte sie.

Eva schüttelte bedauernd den Kopf. »Sorry, ich sollte heim – Valentín und die Mädels warten.«

Marinas Pupillen huschten hin und her, offensichtlich auf der Suche nach einer Ausrede.

»Sag nichts. Ich weiß schon.« Carmen lachte bitter. »Christiano braucht dich. Wie immer.«

Sie bemerkte den Blick, den Eva und Marina wechselten – und sie wusste genau, was er bedeutete.

Carmen spannte den Schirm auf und trat hinaus in den Regen. Nass wurde sie trotzdem, weil der Wind von der Seite kam und ihr die Tropfen entgegenpeitschte. Sie hatte genug.

»Jetzt warte doch! Sei nicht immer so dramatisch«, rief Eva ihr hinterher. »Findest du nicht, dass du übertreibst?«

Carmen wirbelte herum. Binnen Sekunden verwandelte sich ihre Enttäuschung in Wut – roh, glühend, ungefiltert. »Ich übertreibe? Echt jetzt? Ihr vertröstet mich doch immer auf ein anderes Mal. Ich weiß, ihr habt Familie, Verpflichtungen, Termine. Aber was ist mit mir? Ich habe jedes Recht, wütend zu sein.«

Kaum gesagt, kippte ihre Stimmung wieder. Bittere Traurigkeit schnürte ihr die Kehle zu. Seit der Sache am Wörthersee war sie dünnhäutig. Ohne es zu wollen, liefen Carmen Tränen über die Wangen. Sie schmeckten salzig auf den Lippen. »Ich fühl mich wie das fünfte Rad. Bestenfalls eine Randnotiz in euren Kalendern. Und ich hab es satt, so zu tun, als wäre das okay.«

Eva und Marina starrten sie entgeistert an.

»Carmen… ich wusste nicht, dass du das so empfindest«, sagte Marina leise. Ihre Augen glänzten verdächtig.

»Weil ich es nie gesagt hab. Ich wollte euch nicht belasten. Aber verdammt, ich vermisse euch. Schon lange.« Während ihrer Panikattacke am Wörthersee war der Schutzwall, den sie um ihr Herz errichtet hatte, zerbrochen. Nun krachten auch die letzten Reste dieser Fassade in sich zusammen.

Carmens größte Angst war, schwach zu wirken. In diesem Moment begriff sie, dass Einsamkeit schlimmer war. Dann vergaß sie ihre Gedanken, weil sich zwei Paar Arme um sie schlossen.

»Es tut mir leid, Amica. Wir wollten dich nie zurückweisen. Wir waren wohl zu sehr mit uns selbst beschäftigt.« »Du bist unsere Freundin. Und unersetzlich«, sagte Eva und rieb ihr den Rücken. »Es tut mir leid!«

Unter Tränen schüttelte Carmen den Kopf. »Es war meine Schuld. Ich sehe plötzlich ganz klar: All die Jahre hab ich Sex mit Nähe verwechselt. Jetzt, wo die Körperlichkeit weggebrochen ist, bleibt nur Leere. Und Einsamkeit.«

Carmen drückte die beiden noch fester an sich. Zum ersten Mal seit Langem fühlte sie sich leichter. Sie hatte der Angst einen Namen gegeben und sie entlarvt. »Ich bin wirklich ein Trottel, findet ihr nicht?«

Eva schüttelte entschieden den Kopf. »Nein. Ganz und gar nicht. Es braucht Mut, dorthin zu sehen, wo es weh tut. Ich bin stolz auf dich.«

»Ich auch, Amica«, sagte Marina und strich ihr eine feuchte Strähne aus der Stirn. »Und jetzt? Wie wär's, wenn wir unser Gespräch bei einem heißen Tee fortsetzen – bevor wir völlig durchweicht sind?«

Carmen grinste schief. »Klingt wunderbar.«

Ein paar Minuten später saßen sie im Café Diglas, an einem

runden Marmortisch. Rote Ledersessel, dunkle Holzvertäfelungen, Kronleuchter und goldgelb gestrichene Wände sorgten für die nostalgische Patina, die den Wiener Kaffeehäusern anhaftete. Weil das Wetter grauslich war, war das Diglas nur mäßig besucht.

Die Kristallluster an den Decken spendeten schummriges Licht. Der Regen prasselte monoton gegen die Scheiben. Es roch nach Kaffee, Mehlspeisen und Altehrwürdigem.

Ein Kellner im Frack servierte ihre Heißgetränke: für Eva eine heiße Schokolade, für Marina einen Espresso und für Carmen einen Chai Latte. Carmen trank einen Schluck und spürte die wohlige Wärme, die sie durchströmte. »Wie toll ist es bitte, dass du dein Traumkleid gefunden hast«, sagte sie. »Es ist wie für dich gemacht.«

»Sí. Es ist fabelhaft«, antwortete Marina. »Aber jetzt lass uns über dich sprechen, Amica. Was ist mit Berti? Wie seid ihr nach dem Zwischenfall am Boot verblieben? Wirst du ihn wiedersehen?«

Carmen zuckte die Achseln. »Ich weiß es nicht. Wir haben nichts ausgemacht, falls du das meinst. Obwohl ich schon das Gefühl hab, dass wir im Guten auseinandergegangen sind.«

»Apropos ausmachen: Ich hätte da eine Bitte«, begann Marina vorsichtig und ließ den Blick zwischen Eva und Carmen wandern. »Ende September werden die neuen Etiketten für den Haasi-Wein gedruckt. Da muss ich hin. Nur blöd: Luca ist in Italien, Oliver auf Kur, meine Mutter in einem ungarischen Beauty-Retreat. Könnte eine von euch kurz auf die Jungs aufpassen? Nur für eine Stunde oder zwei.«

»Ja, äh, ich glaube, das sollte…« Eva kam nicht mehr dazu, ihren Satz zu vervollständigen, weil Carmen rief: »Ich mache es!«

Zwei überraschte Blicke richteten sich auf sie.

»Wirklich? Du? Ich dachte eher an Eva«, gab Marina zu. Carmen zog eine Schnute. »Bitte, Marina. Traust du mir gar nichts zu? Wie schwer kann es sein, eine Stunde lang auf ein Baby und einen Siebenjährigen aufzupassen?« »Na gut. Dann danke, Carmen.«
Sie bestellten noch eine Runde, lachten und redeten über Gott und die Welt. Bald stellte sich jene Vertrautheit ein, die nur alte Freundinnen kannten. Carmen spürte, wie sehr sie das vermisst hatte.

»Das war überfällig. Ich hab's gebraucht«, sagte sie und sah von Eva zu Marina.

Marina nickte, ihr Blick folgte einem Regentropfen, der an der Scheibe hinabrann. »Ja. Immer nur Kinder, Haushalt, Mann, Job… Man verliert sich so schnell.« Sie seufzte, aber gelöst. »Früher haben wir uns öfter gesehen, verrückte Dinge unternommen. Es krachen lassen. Das fehlt mir.«

Carmen grinste. »Weil du gerade verrückte Dinge erwähnst – ich habe da eine Einladung bekommen.«

»Von Berti?«

»Nein. Von Sascha.«

»Deinem Fitnesstrainer?«, riefen Eva und Marina wie aus einem Mund.

Carmen nickte. »Er hat mich zu einer Party eingeladen. Einer sexpositiven Party.«

»Einer was? Himmel, will ich wissen, was das ist?«, fragte Eva entgeistert.

»Eine Swinger-Party mit besserem Marketing«, entgegnete Carmen trocken und lachte über Evas Gesichtsausdruck. »Was? Wenn ich dort meine Libido nicht wiederfinde, dann weiß ich auch nicht.«

»Amica, das ist doch wohl nicht dein Ernst!« Marina wirkte, als wolle sie ihre Kinder doch lieber in andere Hände geben.

»Sascha meinte, es sei ein Safe Space, in dem Sexualität positiv und nicht wertend zelebriert wird. Alles kann, nichts muss. Vielleicht genau das Richtige, um mal aus meiner Komfortzone rauszukommen.«

»Und das glaubst du?«

»Natürlich nicht! Aber ich hab Freitagabend auch nichts anderes vor.«

Einen Moment lang schauten sie sich an, dann brachen alle drei in schallendes Gelächter aus. Sie waren wieder die jungen Frauen, die stundenlang in Cafés saßen und die Zeit vergaßen.

»Ich muss zugeben, ich bin ein wenig neidisch auf die Abenteuer, die du immer noch erlebst«, gestand Marina.

»Ja«, pflichtete Eva ihr bei. »Wir sollten uns nächste Woche gleich wieder verabreden – damit du uns mit prickelnden Details versorgen kannst.«

Carmen wurde warm ums Herz. Sie sah ihre Freundinnen an und wusste: Auch wenn sie sich nie wirklich verloren hatten, hatten sie einander wiedergefunden.

Kapitel 23

Sexpositive Party

Es war Freitagabend. 23 Uhr. Das Hochzeitskleid-Shopping mit ihren Freundinnen lag ein paar Tage zurück. Heute stand das Date mit Sascha an. Sie waren bei einem Wohnhaus an der Rossauer Lände verabredet. Die Party fand im Dachgeschoss statt. Wenn Carmen den Kopf hob, sah sie hinter einer Glasfront vereinzelte Lichtblitze und die Reflexionen von Discokugeln. Außerdem hörte sie das leise Wummern von Musik.

Als Sascha sie, zwischen Beinpresse und Adduktorenmaschine, zu der sexpositiven Party eingeladen hatte, war sie mutig gewesen. Jetzt war sie es nicht mehr.

Warum hatte sie sich überhaupt darauf eingelassen? Vielleicht, weil sie hoffte, dass ein Teil von Saschas unbekümmerter, lockerer Art auf sie abfärbte.

Carmen öffnete ihren Trenchcoat und blickte an sich hinab.

Sie sah gut aus. Das schwarze Korsagenkleid im Bondage-Stil saß perfekt und ließ sie stark und verrucht aussehen. Dazu trug sie silberne High Heels. Wenn sie den Saum ihres Kleids nur einen Hauch höher zog, blitzte das Spitzenband der Strapse hervor.

Hinter ihr wurden Schritte laut. Schnell schloss Carmen ihren Mantel wieder und drehte sich um. Zwei Männer kamen auf sie zu. Hand in Hand. Einer von ihnen war Sascha.

Das Lächeln auf Carmens Lippen verkümmerte. Was zur

Hölle? Carmen ließ die Seiten ihres Mantels los. Er klaffte auf.

»Carmen, das ist Tobi«, sagte Sascha. Er beugte sich vor und gab ihr zwei Bussis auf die Wangen. Sein Blick wanderte an ihr hinab. »Du schaust bombastisch aus, wenn ich das so sagen darf.«

Auch Tobi musterte sie unverhohlen interessiert.

Was passierte hier? Carmen widerstand dem Bedürfnis, sich wieder zu bedecken. Hatte sie sich das Date mit Sascha nur eingebildet?

Der Eingang war mit einem Zahlencode gesichert. Hinein kam nur, wer die richtige Kombination kannte.

»Ich hab den Code vergessen«, sagte Tobi und grinste linkisch. Er zückte sein Handy und ging ein paar Schritte beiseite. »Einen Moment, ich frag schnell nach.«

»Hey, alles cool?« Sascha stand so nah bei Carmen, dass ihre Körper sich leicht berührten.

Nein, dachte Carmen. Sie traf sich mit zwei jungen Männern, die locker ihre Söhne sein könnten. Was in aller Welt hatte sie sich nur dabei gedacht?

»Ja«, sagte Carmen und zwang sich, ihm in die Augen zu sehen. »Ich wundere mich nur, dass du einen Snack zu unserem Date mitbringst.« Es war der klägliche Versuch eines Witzes, um ihre Verwirrung zu überspielen.

Sascha grinste verschmitzt. »Carmen, ich glaube, du verstehst das falsch: Tobi und ich haben das Date. Du bist der Snack.« Er beugte sich vor und küsste ihren Hals. »Entspann dich! Das wird cool.«

»Ich hab den Code«, sagte Tobi und trat wieder zu ihnen. »Fangt bloß nicht ohne mich an.«

Carmen grinste linkisch. In ihrem Inneren rangen Vernunft und Abenteuerlust um die Oberhand.

Tobi tippte die Zahlenkombination ein und die Tür sprang auf. Gemeinsam betraten sie den Fahrstuhl. Es war eng in der Kabine, und sie waren gezwungen, dicht zusammenzurutschen. Carmen stand zwischen Tobi und Sascha. Sie spürte ihre Nähe und die Hitze, die von ihren Körpern ausging. Dieser Moment war unglaublich intensiv, prickelnd und furchteinflößend. Vielleicht hätten sie alle mehr Platz gehabt, wenn Carmens Wunsch, einen Rückzieher zu machen, nicht so viel Raum eingenommen hätte.

Die Party fand in einem schicken Apartment statt. Die Einrichtung war derart minimalistisch, dass Carmen sicher war, dass hier niemand lebte. Sie vermutete, dass die Location genau für diese Art von Anlässen gemietet wurde. Laut Tobi waren sexpositive Veranstaltungen der neueste Schrei. Manche Besucher verbargen sich unter Masken, die meisten kamen unverhüllt. Man trug Dessous oder knappe Kleidung.

»Du feierst und hast eine gute Zeit. Hinterher kannst du immer noch behaupten, dass du nichts von dem *Darkroom* gewusst hast«, sagte Sascha grinsend und verpasste ihr einen Klaps auf den Hintern. Er verschwand im Getümmel, um Bekannte zu begrüßen.

Carmen stellte sich an die Bar und bestellte einen Cosmopolitan. Sie nahm einen Schluck und genoss den Geschmack von Wodka, Orangenlikör, Limette und Cranberry. Sie trank sich Mut an und ließ ihren Blick schweifen. Durch die riesigen Fensterfronten funkelten die Lichter der Stadt. Die Reflexionen schöner Menschen spiegelten sich in der Scheibe wider. Carmen gefiel, was sie sah. Hier wurden nicht nur die Kleidung an der Garderobe abgegeben, sondern auch sexuelle Neigungen, Geschlechterstereotypen und Vorurteile.

»Und? Hab ich dir zu viel versprochen?«, fragte Sascha,

der wieder neben ihr auftauchte. In der Hand hielt er eine Schale mit kandierten Früchten, in der anderen eine Fruchtbowle. Mittlerweile trug er nur noch eine golden schimmernde Badehose. Seinen athletischen Körper hatte er mit schimmernder Bodylotion eingerieben, sodass er wie eine überlebensgroße Oscar-Statue aussah.

»Du bist kein Typ für Monogamie, Carmen«, sagte er und schob ihr eine kandierte Erdbeere zwischen die Lippen. Dann küsste er sie. »Denk darüber nach: geteilte Freuden, geteilte Lust. Ohne Eifersucht oder Verpflichtungen.« Als wäre das Tobis Stichwort gewesen, presste er sich von hinten an Carmen. Rieb seinen Körper an ihrem.

Sascha griff in die Bowle und fischte eine Litschi heraus. Er schob sie Carmen in den Mund. Seine Finger schmeckten nach Rum. Ein Tropfen floss über ihr Kinn, weiter den Hals hinab. Sascha leckte ihn fort.

»Du bist eine Göttin«, wisperte Tobi hinter ihr. Er roch nach verbrannter Vanille. Sie spürte, dass sie ihm gefiel. Sogleich reagierte Carmens Körper mit einem verräterischen Prickeln. Es war aufregend, mit zwei Männern gleichzeitig herumzumachen und eindeutig das Verruchteste, das Carmen seit langer Zeit getan hatte. Sascha küsste Tobi auf den Mund. Dann fanden Tobis Lippen die ihren. Sie schmeckte Süße und Schärfe, ein skandalöser Mix. Sascha beobachtete sie aus glühenden Augen. Seine Hände wanderten über ihren Körper, streichelten ihre Brüste und rieben ihre Brustwarzen.

Wie von selbst legte sich ihre rechte Hand auf Saschas bretthharten Bauch. Ihre linke streichelte Tobis Pobacke.

Tobi verstand es als Einladung. Seine Hand wanderte ihren Oberschenkel empor und schob sich unter ihr Kleid. Er strich über ihre Scham und spielte mit ihr. Carmen stöhnte auf. Ihr Blick wanderte durch den Raum, aber niemand nahm Notiz von ihnen. Alle waren mit sich selbst beschäftigt. Außer – ein einziges Augenpaar verkeilte sich mit dem ihren. Fuck! Das konnte – nein! – das durfte nicht sein.

Ein winziges Lächeln huschte über Lorenz' Gesicht, dann senkte er den Kopf wieder. Sein Mund verschwand zwischen den Beinen einer Frau, die vor ihm auf einer Ledercouch lag. Eine fremde Frau! Carmen schnappte nach Luft und wand sich aus der Umarmung von Tobi und Sascha.

Fassungslos starrte sie auf das Bild vor ihren Augen und fragte sich, ob sie froh war, dass es sich nicht um Mercedes' Scham handelte – oder doch entsetzt? War das zu fassen? Der Mann ihrer Schwester verwöhnte eine andere mit seiner Zunge. Und selbst Carmens Anwesenheit hielt ihn nicht davon ab, es ihr weiter zu besorgen.

Was für ein Arschloch!

Seine Hände klammerten sich um ihre Hüftknochen, während die Unbekannte sich unter seiner Stimulation aufbäumte. Carmen hatte geahnt, dass Lorenz ihre Schwester betrog. Nun hatte sie den Beweis eindrucksvoll vor Augen.

Carmen stakste auf den Ausgang zu und verlangte nach ihrem Mantel. Die Lust war wie fortgeblasen, und ihr kam diese gesamte Party plötzlich unglaublich dämlich vor.

Sie warf einen letzten Blick durch das Loft. Carmen fühlte sich abgestoßen, regelrecht angeekelt von einer Gesellschaft, die nicht mehr wusste, welche Extreme es noch auszukosten galt, nur weil das Normale seinen Reiz verloren hatte.

Immer noch aufgewühlt ging Carmen durch die Straßen der Wiener Innenstadt. Die Jugend hatte die Welt übernommen. Sie selbst gehörte nicht mehr dazu. Sie war wie die alten

Palais an der Ringstraße – das Relikt einer anderen Zeit. Eine Gruppe junger Leute kreuzte ihren Weg – Kinder in ihren Augen –, die auszogen, um nach Abenteuern zu suchen. Es war ihre eigene Einsamkeit, die diese Erkenntnis so bitter machte. Wäre jemand an ihrer Seite, mit dem sie diese Entwicklung hätte belächeln können, wäre es halb so schlimm gewesen. Erschrocken hielt Carmen inne. War es das, was sie wollte? Eine Partnerschaft?

Unfug, rief sie sich selbst zur Vernunft, ehe ihr Herz noch tiefer in der Melancholie versinken konnte. Beziehungen gipfelten in Schmerz und Demütigung. Wie zum Beweis dieser These war sie gerade auf dem Weg zu Mercedes, um ihr zu beichten, dass sie Lorenz in flagranti erwischt hatte. Es war bereits spät, weit nach Mitternacht, doch es musste jetzt geschehen, denn Carmen ahnte, dass sie morgen nicht mehr den Mut dazu hatte.

Den Trenchcoat fest um ihren Körper geschlungen, stand sie vor Mercedes' Wohnhaus. Ein letztes Mal hielt sie mit ihrem Gewissen Rücksprache, dann griff sie in ihre Tasche und zog das Handy hervor. Die Kamera war noch abgeklebt, das hatten die Veranstalter der sexpositiven Party verlangt, damit keine belastenden Bilder aufgenommen werden konnten. Doch Carmen brauchte keine Schnappschüsse, was sie gesehen hatte, hatte sich auch so in ihre Retina eingebrannt.

Sie nahm einen tiefen Atemzug, dann wählte sie Mercedes' Nummer. Es klingelte eine halbe Ewigkeit, dann erklang die Mailbox. Erst beim dritten Anlauf hörte sie Mercedes' verschlafene Stimme.

»Was willst du? Bist du betrunken?«

»Mach auf! Ich stehe vor deiner Wohnung und muss dringend mit dir reden«, sagte Carmen grimmig.

Sekunden später hörte sie den Summer und die Tür sprang auf. Carmen trat ein und ging zum Fahrstuhl. Sechs Stockwerke später glitt er wieder auf. Mercedes lehnte in der geöffneten Tür und blickte ihr verschlafen entgegen. »Ich hoffe für dich, dass du eine gute Erklärung für diesen Auftritt hast.«

Carmen musterte ihre Schwester in ihrem Seidenpyjama. Mercedes' Haare waren um einen rosa Satinwulst gewickelt. »Locken über Nacht« war der Slogan, mit dem die Hersteller diese Technik bewarben. Unter ihren Augen klebten Silikon-Patches, und die Reste einer Gesichtsmaske zierten noch Stirn und Nasenrücken. Auf ihrer Wange zeigten sich rote Abdrücke, die der Kopfpolster hinterlassen hatte.

Carmen zog ihre Schuhe aus und tappte hinter ihrer Schwester her ins Wohnzimmer.

»Sei leise, Romy schläft«, sagte Mercedes, obwohl Carmen keinen Mucks gemacht hatte.

Carmen erfasste die Situation mit einem Blick. Eine Decke lag auf der Couch. Der Fernseher lief, und eine ausgelöffelte Eispackung und ein leeres Rotweinglas standen auf dem Tisch davor. Ohne Untersetzer, sodass sich rote Ringe auf der Glasplatte gebildet hatten. Außerdem etliche zusammengeknüllte Taschentücher. So wie es aussah, hatte ihre Schwester die letzten Stunden hier verbracht. Und das nicht unbedingt in bester Stimmung.

»Willst du den Mantel nicht ausziehen?«

»Nein! Ich bleibe nicht lange«, sagte Carmen. Das Letzte, was sie wollte, war ein Rüffel wegen ihres unpassenden Aufzugs.

»Also? Was willst du?«

»Ich habe Lorenz heute auf einer Party getroffen. Er betrügt dich. Ich habe es mit eigenen Augen gesehen.«

Mercedes sank zurück auf ihr Sofa. Sie griff sich den Zipfel ihres Zierpolsters und knetete ihn zwischen den Fingern. Carmen setzte sich neben sie und ließ sie nicht aus den Augen. Ein Schatten legte sich über Mercedes' Gesicht, während sie diese Information verarbeitete.

»Mercedes? Schau mich an.« Carmen wusste nicht, ob sie ihre Schwester in den Arm nehmen sollte. Es fühlte sich unnatürlich an.

»Hast du verstanden, was ich gesagt habe?«

Die Augen ihrer Schwester verengten sich. »Natürlich! Ich bin ja nicht begriffsstutzig«, knurrte sie. Sie rieb sich die Nasenwurzel, als ob sie beginnende Kopfschmerzen abwenden wollte. »Lorenz und ich sind in einem Alter, wo ein Kuss nicht das Ende der Welt bedeutet«, sagte sie und winkte ab.

Ihre Ignoranz verärgerte Carmen. »Tatsächlich? Selbst wenn es die Pussy einer anderen ist, die er küsst?«

Nun war es Mercedes, die ihre Augen aufriss. »Woher willst du das wissen? Du kannst doch unmöglich dabeigestanden sein? Es war bestimmt ein Missverständnis …«

Carmen riss ihren Mantel auf und zog ihn von den Schultern. Darunter kamen ihr sexy Kleid und die Strapse zum Vorschein. »Nein, verdammt noch mal, es war kein Missverständnis! Ich war auf einer Sexpositive-Party, wo es jeder mit jedem treibt. Und dort sah ich Lorenz, zwischen den Beinen einer fremden Frau!«

Rumps! Ein heftiger Schlag riss Carmen von den Beinen. Sie hatte mit allem gerechnet, doch mit dieser Reaktion nicht. Mercedes hatte ihr Zierpolster geschnappt und es Carmen um die Ohren gezogen. Eine unterschätzte Waffe – zumindest fühlte es sich an, als wäre das Zierkissen mit mehr als nur Daunen befüllt worden.

»Ihr seid doch alle pervers!«, flüsterte Mercedes.

Carmen sprang auf. In ihr flammte ebenfalls Wut auf. »Was soll die Scheiße? Ich bin auf deiner Seite!« Am liebsten hätte sie Mercedes angebrüllt. Weil sie aber Romy nicht wecken wollte, entschied sie sich für ein schneidendes Zischen. Carmen griff sich ebenfalls ein Polster und schlug zu. Dieses Miststück! Als wäre es ihre Schuld, dass ihr Mann ein Schuft und Betrüger war.

Einige Zeit lang war nur Rumpeln und Keuchen zu hören, während sie aufeinander eindroschen. In Carmen war so viel Frust und angestaute Wut, die nun nach draußen wollte. Mercedes ging es offensichtlich ähnlich. Ohne Rücksicht auf Verluste schlugen sie aufeinander ein, als ein winziges *Ratsch* erklang.

Niemand nahm davon Notiz.

Mercedes holte aus und pfefferte Carmen das Polster auf den Rücken, als die Naht endgültig zerriss und die Füllung hervorquoll. Hunderte Daunenfedern stoben durch den Raum. Dazwischen feiner Flaum, der ihnen in die Atemwege gelangte und sie husten ließ. So endete ihre Kissenschlacht. Röchelnd und keuchend lagen sie am Boden, in einem Gewölk aus weißen Federn. Es sah aus wie im Inneren einer Schneekugel.

Carmens Blick wanderte zu Mercedes. Sie lag schweigend neben ihr. Das Haar hatte sich gelöst und drapierte sich in perfekten Wellen um ihren Kopf. Die goldblonden Locken waren mit weißen Daunen gespickt. Sie weinte lautlos. Der Anblick ihrer Tränen ließ das letzte bisschen Wut in Carmen verrauchen. Sie robbte an ihre Seite und griff nach ihrer Hand. Mercedes ließ es geschehen und drückte sie einen Moment lang. »Deshalb wollte ich von Zürich wegziehen«, sagte sie nach einer Weile. »Ich hab Lorenz' ständige Affären nicht mehr ausgehalten. Ich… Ich hatte gehofft, dass es hier aufhört.« Sie zog die Nase hoch.

»Wirst du dich scheiden lassen?«

»Natürlich nicht!«, keifte Mercedes und war wieder ganz die Alte. Sie blickte sich um und erfasste ihr Paradies, das sie sich über den Dächern Wiens geschaffen hatte. »… Und all das hier aufgeben?«

Carmen zuckte die Achseln. Sie hatte es ihrer Schwester gesagt, was die nun mit dieser Information anstellte, war ihre eigene Entscheidung. Sie erhob sich und klopfte sich die Federn vom Körper. »Was auch immer du jetzt tust, ich bin für dich da. Und jetzt lass uns hier aufräumen.«

Um 2 Uhr morgens waren sie fertig, und Carmen schlüpfte in ihre Schuhe. Sie war einfach nur müde.

»Carmen?«

»Ja?« Sie drehte sich zu ihrer Schwester um.

»Danke, dass du es mir gesagt hast.«

Carmen nickte, lächelte und ging.

Vielleicht gab es doch noch Hoffnung für ihre schwesterliche Beziehung?

Kapitel 24

Babysitting

Ende September
In zwei Wochen war es so weit und die Benefizgala würde über die Bühne gehen. Carmen steckte bis über beide Ohren in Arbeit, trotzdem hatte sie sich den Nachmittag freigenommen. Der Grund: Sie hatte Marina leichtfertig angeboten, auf ihre Kinder aufzupassen. Jetzt musste sie ihr Versprechen einlösen.

Carmen stand in ihrem Vorzimmer und lauschte. Marina musste nicht klingeln, denn das Geschrei verriet sie lange zuvor.

Carmen öffnete die Tür und sah drei Gesichter, auf denen sich verschiedenste Emotionen widerspiegelten. Christiano gluckste fröhlich. Seine dicken Fäustchen krallten sich an Gabriels Haarschopf fest und zerrten daran, weshalb sein großer Bruder Mordio brüllte. Gabriels Gesicht war wutverzerrt, das seiner Mutter resigniert, während sie versuchte, die Streithähne zu trennen.

»Hier, nimm den Kleinen«, sagte Marina, und einen Augenblick später hielt Carmen Christiano in den Armen, der sogleich nach ihren Haaren langte.

»Ich würde dir einen Zopf empfehlen«, fügte Marina hinzu, während sie Gabriel an ihre Brust zog und tröstend auf sein malträtiertes Skalp pustete. »Christiano hat unglaublich viel Kraft in den Händen.«

Augenblicklich hielt Carmen Christiano ein Stück von sich

weg und musterte ihn skeptisch. Die Neugeborenen-Phase hatte er eindeutig hinter sich. Seine Augen färbten sich mittlerweile braun und flitzten neugierig hin und her. Alles schien ihn zu interessieren. Seine Arme und Beine waren ständig in Bewegung. Er wand sich in Carmens Armen wie ein pummeliger Wurm. Carmen hatte alle Hände voll zu tun, ihn nicht fallen zu lassen.

»Passt es wirklich, dass ich dir die zwei kurz hierlasse?«, fragte Marina. »Du traust es dir doch zu, oder?«

»Klar! Wir drei werden Spaß haben, nicht wahr?«, antwortete Carmen und streichelte Christianos Wange. Erstaunlich flink griff er nach ihrem Zeigefinger und versenkte seine Zähnchen darin. Carmen ächzte. Sie hatte von Anfang an Respekt vor dieser Aufgabe gehabt, und er wuchs mit jeder Sekunde. Allerdings führte ohnehin kein Weg zurück. Sie hatte es Marina angeboten, nun musste sie sich beweisen.

Marina ermahnte Gabriel, seine Schuhe auszuziehen, und schlüpfte aus ihren eigenen Ballerinas. Sie rauschte an Carmen vorbei und visierte das Wohnzimmer an. Carmen folgte ihr, den Acht-Kilo-Brocken auf dem Arm, und sah zu, wie Marina eine Krabbeldecke ausbreitete. Sie klopfte neben sich auf den Boden. Carmen kniete sich hin und legte Christiano ab. Sowie sein Rücken den Boden berührte, drehte er sich auf den Bauch und krabbelte pfeilschnell los. Marinas Blick wanderte zwischen ihm und Carmen hin und her. »Und du kommst wirklich zurecht?«, fragte sie skeptisch.

Nein, ich fürchte nicht, dachte Carmen, zwang sich aber, alle Zuversicht, die sie auftreiben konnte, in ihren Gesichtsausdruck zu packen. »Natürlich! Mach dir keine Sorgen.«

Marina lächelte erleichtert und erhob sich. »Wunderbar!« Sie fischte nach ihrer Wickeltasche und begann, sie auszupacken. Abgepumpte Milch landete im Kühlschrank. Ein Fläschchenwärmer daneben. Carmen schnappte sich Christiano und folgte ihr in die Küche. Gemeinsam lauschten sie Marinas Anweisungen. Christiano kaute erneut an Carmens Zeigefinger. Als sie ihm diesen entzog, zuckte sein Kinn verdächtig und die Mundwinkel zogen sich nach unten. Augenblicklich gab Carmen sich geschlagen. Babyspucke war das geringere Übel.

Marina drehte eine Runde durch das Apartment, stopfte Kindersicherungen in Steckdosen und sicherte die Fenster mit speziellen Klemmen. Ihre Handgriffe waren routiniert. Kurze Zeit später war das Dachgeschoss sicherer als Fort Knox und ein Entkommen ähnlich unmöglich.

Marina blickte auf ihre Armbanduhr. »Danke, Amica, dass du dich um die beiden kümmerst.« Sie wandte sich an Gabriel. »Musst du nochmal aufs Klo, bevor ich gehe?«

Der Bursche schüttelte den Kopf. »Ich will ein Quetschie.«

Marina gab ihm eines. Sie drehte sich zu Carmen um und sagte: »Er darf höchstens noch ein zweites haben, sonst kriegt er Durchfall.«

Carmen nickte. Wunderbare Aussichten!

Eine kurze Verabschiedung später verschwand Marina und ließ Carmen mit den Kindern allein.

Sowie Marina weg war, begann Christiano hysterisch zu brüllen. Carmen versteifte sich. Sie verspürte einen Anflug von Panik. Am liebsten wäre sie Marina gefolgt. Was hatte sie sich nur dabei gedacht? *Ich krieg das hin*, sprach sie sich in Gedanken Mut zu. Zwei Stunden. 120 Minuten. Das war machbar. Trotzdem verschwanden die Zweifel nicht.

»Tante Carmen, ich muss aufs Klo«, schrie Gabriel über das Gebrüll seines Bruders hinweg.

»Aber du sagtest doch, dass du…«

»JETZT!« Gabriel presste seine Hand auf den Hintern.

Augenblicklich legte Carmen Christiano auf seiner Krabbeldecke ab, schnappte Gabriel und lief mit ihm ins Badezimmer. Gerade noch rechtzeitig. Gabriel kauerte auf der WC-Brille und furzte. Dabei legte er den Kopf schief, blickte Carmen treuherzig an und horchte in sein Inneres. »Fehlalarm«, erklärte er und hüpfte von seinem Thron. »Was spielen wir jetzt? Mir ist langweilig.«

Nebenan war das Geschrei verstummt. Vorhin hätte Carmen alles für Stille getan, jetzt machte sie ihr Angst. »Wasch dir die Hände. Ich schaue nach, was dein Bruder treibt.«

Carmen eilte nach nebenan. Auf halber Strecke erklang ausgelassenes Glucksen. Christiano saß auf ihrem weißen Teppich, das leere Quetschie in der Hand. Das Fruchtmus war überall, es klebte ihm in den Haaren, im Gesicht und auf der Kleidung. Und auf Carmens Teppich, wo er es mit seinen Fingern in die Fasern einknetete.

»Wie zur Hölle schaffst du das in so kurzer Zeit?«, fragte Carmen. »Wir waren doch nicht einmal eine Minute weg?«

»Ja – wie zur Hölle?«, wiederholte Gabriel altklug. Er war ihr unbemerkt gefolgt.

Carmen biss sich auf die Lippe. Das konnte heiter werden. Wie hatte sie nur einen Augenblick lang glauben können, dass sie zwei Kinder schaukeln könnte? Sie holte tief Luft, griff sich Christiano und ging ins Bad, um ihn zu säubern. »Gabriel, kannst du mir bitte Ersatzkleidung aus der Wickeltasche holen?«

Fünf Minuten später saß Carmen am Boden. Sie hielt einen weißen Body in den Händen und blickte immer wieder ratlos zwischen Christiano und dem Textil hin und her. Wie in aller Welt sollte sie das Kind in dieses winzige Kleidungsstück zwängen?

»Wie macht Mama das denn sonst?«, fragte sie Gabriel. Der zuckte mit den Achseln. Carmen zog ihr Handy vom Couchtisch und öffnete YouTube. Sie tippte *Babybody wechseln* in die Suchleiste. Offensichtlich war nicht nur sie mit diesem Problem überfordert.

»Das erzählen wir nicht deiner Mama. Okay?«, raunte Carmen im verschwörerischen Tonfall. Gabriel nickte. Gemeinsam schauten sie ein Video mit dem Titel: Säuglinge anziehen – leicht gemacht. Das Video war kurz und knackig, eine erfahrene Hebamme erklärte Tricks und Kniffe. An ihr sah es so einfach aus, dass Carmen voller Tatendrang ans Werk ging. Das Ausziehen klappte erstaunlich gut, Christiano hielt still und ließ das Prozedere über sich ergehen. Allerdings zeigte er kein Verständnis dafür, den neuen Body wieder anzuziehen. Zehn Minuten später rang Carmen immer noch mit ihm. Der Schweiß stand ihr bereits auf der Stirn. Christianos Kopf war in der Öffnung, ebenso wie der rechte Arm. Der linke ruderte wild und ließ sich unmöglich durch das kleine Loch zwängen. Langsam wurde es Christiano zu bunt. Weil es Carmen ebenfalls reichte, zog sie seinen zweiten Arm durch den Halsausschnitt, sodass daraus ein asymmetrischer Body wurde. Sie hatte ein ähnliches Off-Shoulder-Top im Schrank.

»Tante Ca-aa-ar-men?« Das Quietschen von Federn erklang. Gabriel sprang auf ihrer Couch auf und ab.

»Was denn, Schätzchen?«

»Ich bin Spidermaaaaan«, brüllte er, machte einen Satz und hechtete in Superheldenmanier zu Boden. Er vollführte Kampfmoves und Kriegsgeschrei, schnappte sich eine Nackenrolle und schwang sie wie eine Waffe. Ganz zum Entzücken von Christiano, der begeistert in die Hände klatschte. Beide Kinder waren beschäftigt. Carmen nutzte den Moment, um die eingetrockneten Pfirsichflecken aus ihrem Teppich zu schrubben. Gerade als sie dachte, dass es vielleicht doch nicht so schlimm werden würde, traf Christiano das Nackenhörnchen seines Bruders. Und warf ihn um! Zwar landete er weich auf Carmens Hochflorteppich, doch das entschuldigte nicht die Unverschämtheit dieser Tat. Christiano lag da, Augen und Mund weit aufgerissen. Noch entwich ihm kein Ton, er war zu verdattert von diesem Angriff. Gabriel zog den Kopf ein und rannte weg, vermutlich, um in Deckung zu gehen.

Den Bruchteil einer Sekunde glaubte Carmen, dass sie mit einem blauen Auge davongekommen waren, da begann Christiano zu brüllen. Schnell hob Carmen ihn hoch, wippte ihn und tätschelte seinen Rücken. »Alles gut, Schätzchen. Du hast dich nur erschreckt, mehr nicht.« Christiano pfiff auf diese logische Erklärung. Er war sauer.

Carmen warf einen verstohlenen Blick auf die Uhr. 35 Minuten waren vergangen. Ein Drittel davon in nervenzersägendem Geschrei. Die Zeit zog sich wie Kaugummi. Wie schaffte Marina das nur? Kinderbetreuung war Schwerstarbeit.

»Tante Ca-aa-ar-men?« Gabriels Stimme kam aus dem oberen Stock, wo sich ihr Schlafzimmer befand. »Kannst du mir einen von den Luftballons aufblasen? Die, die nach Banane riechen.«

»Tut mir leid, Liebling, ich habe keinen…« Carmen stockte der Atem, als sie begriff, was Gabriel in ihrer Schublade gefunden hatte. Dort lagerten, neben den Kondomen, noch ganz andere Dinge. Sie schnappte sich Christiano und rannte die Treppen hoch. Der Kleine vergaß seine Wut und gluckste ausgelassen.

Sie fanden Gabriel auf ihrem Bett, wo er ein Paar

Handschellen schwang.

»Cool«, jauchzte er. »Jetzt könnten wir Räuber und Gendarm spielen.« Tatsächlich hatte Carmen dieses Spiel schon viel zu lange nicht mehr gespielt.

»Komm, Gabriel, gib mir das. Das ist nichts für Kinder«, sagte Carmen und pfefferte die Schublade zu, ehe er noch Schlimmeres zutage fördern konnte.

»Wie wär's mit Eis?« Carmen griff seine Hand und zog ihn hinter sich her. Wie sollte sie den Nachmittag überstehen, wenn sie jetzt schon die harten Geschütze auffuhr?

Während Gabriel sein Eis leckte und Christiano an einer Reiswaffel lutschte, klingelte Carmens Smartphone. Es war Marina. Carmen kratzte den letzten Rest Souveränität zusammen, den sie finden konnte, und sagte: »Hi Marina, was gibt's?«

»Wie geht es euch? Kommt ihr zurecht?«

»Natürlich! Alles läuft super«, log Carmen. Auf der anderen Seite der Leitung erklang erleichtertes Aufatmen.

»Du glaubst gar nicht, wie froh ich bin, das zu hören. Ich muss dich nämlich um einen Gefallen bitten: In der Druckerei geht alles schief, und ich bin wohl noch ein wenig länger beschäftigt. Ihr schafft das doch, oder?«

»Natürlich«, wiederholte Carmen stoisch und schluckte. Das war eine Katastrophe!

Nach etwa einer Stunde hatte Carmen ihr Repertoire erschöpft. Quetschie und Eis waren gegessen, die Pixie-Bücher ausgelesen. Christiano hatte keine Lust, seine bunten Beißringe zu untersuchen, sondern es auf Carmens Fernbedienung abgesehen. Mittlerweile empfand Carmen echte, irrationale Angst. Selbst in ihren kühnsten Träumen hatte sie nicht erwartet, dass es so schwierig sein könnte, ein Baby und ein Kind zu beaufsichtigen. Beide waren unberechenbar und beherrschten besondere Kunstkniffe. Christiano konnte rülpsen wie ein Erwachsener, begleitet von einem Schwall flockiger Milch, die säuerlich roch und seinen frischen Body versaute. Außerdem hatte er das Talent, im Stundentakt seine Windeln mit gelbem Brei zu füllen. Gabriel stand ihm um nichts nach. Wenn er nicht als Krieger in Miniaturgröße durch die Wohnung tobte und haarscharf an Tischkanten vorbeischrammte, spielte er Fußball. Dabei drosch er auf einen Schaumstoffball ein, der zwar weich war, aber mit der Durchschlagskraft einer Abrissbirne Bilder von den Wänden fegte. Es war ein Tanz auf Messers Schneide.

»Tante Carmen, Christiano stinkt schon wieder«, erklärte Gabriel unnötigerweise.

Carmen seufzte. Dieses Kind hatte eine Verdauung so schnell wie ein Formel-1-Rennwagen. Sie schnappte sich den Burschen und positionierte ihn auf seiner Wickelunterlage. Sobald die Windel fort war und sein Hintern gesäubert, räkelte sich der Kleine genüsslich. Vermutlich war es dieser kurze Moment der Freiheit, der ihn antrieb, Windel um Windel zu füllen. Carmen warf einen sorgenvollen Blick zu ihrem Vorrat, der bereits verschwindend gering war, als sie aus dem Augenwinkel einen goldgelben Strahl sah. Ein perfekter Bogen, der sie präzise mitten im Gesicht traf. Es verstrich eine Sekunde voll fassungslosem Entsetzen, ehe Carmen begriff, dass sie gerade angepinkelt wurde. Eine weitere, ehe Carmen dem Strahl auswich und in Deckung ging. Gabriel lachte hellauf.

Carmen griff nach einem Waschlappen, der mit Elefanten bedruckt war, und wischte sich angeekelt über das Gesicht.

»Mama verwendet diese da«, sagte Gabriel und zog bunte Stoffkegel aus der Wickeltasche. »Ein Pipi-Tipi«, erklärte er todernst.

»Passiert das etwa öfter?«, fragte Carmen fassungslos.

Gabriel nickte. »Eigentlich immer. Mama sagt, das ist so bei Buben.«

Carmen war am Ende. Zwar hatte sie nie wirklich mit dem Gedanken gespielt, Mutter zu werden, doch nach diesem Nachmittag wusste sie, dass ihr dafür jegliche Qualität fehlte. Ihr Handy vibrierte auf der Tischplatte. Wie in Trance griff sie danach. »Marina?«

»Nein, hier spricht Berti.« Er zögerte. »Carmen? Bist du das?«

»Wer sonst?«

»Keine Ahnung – ich habe Alinas Nummer gewählt. Ich bräuchte etwas von ihr wegen Social Media …«

»Alina ist in Berlin. Heimaturlaub. Rufumleitung. Kann ich helfen?«, fragte Carmen matt. Sie hatte keine Kraft mehr für vollständige Sätze.

»Nein, nicht so dringend.«

Carmen seufzte erleichtert. Sie hätte ohnehin nicht gewusst, wie sie neben den Kindern auch noch berufliche Tasks erledigen sollte.

Berti räusperte sich. Es klang so, als wollte er auflegen. Er suchte nach einer Floskel. Irgendwo im Hintergrund greinte Christiano und Gabriel heulte. Der Kleine hatte unglaublich scharfe Zähne und ihn vermutlich gebissen.

»Ist alles in Ordnung?«

»Nein«, antwortete Carmen, und ihre Stimme klang brüchig. »Ich wurde gerade angepinkelt.«

Am anderen Ende der Leitung herrschte Schweigen. »Hast du getrunken?«

Nun entfuhr Carmen doch ein winziges Prusten. »Schön wär's. Ich babysitte die Kinder meiner Freundin. Es ist ein Kampf – und ich glaube, sie gewinnen.«

Berti lachte. »Klingt danach. Soll ich dir helfen? Ich kann gut mit Kindern.«

Carmens Augen wanderten weiter zu Gabriel, der sie erwartungsvoll ansah und dabei in der Nase bohrte. »Ja, bitte!« Hier konnte man nichts mehr beschönigen. Sie brauchte Hilfe. Und zwar dringend.

»Schick mir deine Adresse. Ich bin gleich da.«

Zwanzig Minuten später betrat Berti das Wohnzimmer. Mit einem schelmischen Grinsen auf den Lippen betrachtete er das Chaos. Gabriel sprang in hohem Bogen von der Couch. Berti fing ihn im Flug auf. »Hiergeblieben, kleiner Mann. Ich hab was Cooles mitgebracht«, sagte er. »Aber vorher wird aufgeräumt.«

Gabriel jauchzte auf.

Carmen schnappte sich Christiano und sah zu, wie Gabriel das Spielzeug beiseiteschob und Berti ein altes Leintuch ausbreitete.

Berti zog eine kleine Leinwand aus seinem Rucksack, außerdem ein paar Tuben Farbe und einen Pinsel. Sofort begannen Gabriels Augen zu leuchten.

»Hier. Mal uns was Schönes«, sagte Berti.

Das musste er Gabriel nicht zweimal sagen. Er fing an, seine Finger zu bemalen und bunte Handabdrücke auf die Leinwand zu drücken. »Das macht Spaß!«, rief er begeistert.

Weil Gabriel mit seinem Kunstwerk beschäftigt war, wandte sich Berti dem kleinen Christiano zu. Seine Mundwinkel zuckten. Der nackte Arm des Babys, der einfach nicht in den Body passen wollte, hatte sich in Carmens blondem

Haar verkrallt. Christiano greinte verzückt. Carmens Gesicht brannte. Sie hatte es mit einem Feuchttuch abgeschrubbt, um sich von Urin, Spucke und Erbrochenem zu säubern. Mit all diesen Substanzen war ihre Haut heute bereits in Berührung gekommen.

Berti befreite die Haarsträhne aus der kleinen Faust, dann setzte er sich mit Christiano auf die Couch. Er redete mit dunkler Samtstimme auf Christiano ein, der ihn mit großen Augen musterte. Dabei stand sein Mund erstaunt offen. Vermutlich sah Carmen im Augenblick genauso aus. Sie beobachtete fasziniert, wie Berti die Windel richtig verschloss und den Knirps in seinen Babybody verfrachtete.

»Wow«, sagte Carmen und ließ sich neben ihm auf die Couch fallen, um einen Moment zu verschnaufen. »Bei dir sieht das alles so einfach aus. Warum kannst du das?«

»Ich hab zwei Neffen«, antwortete Berti, während Christiano seinen Bart betastete. »Die sind zwar schon erwachsen, aber ich hatte genug Zeit, um zu üben.«

Gabriel drehte sich zu ihnen um und präsentierte stolz sein Meisterwerk – eine kunterbunte Farbexplosion. »Schau mal, Tante Carmen! Ist das nicht toll?«

»Fantastisch! Du bist ein echtes Talent, Gabriel.«

»Freu dich, Kumpel! Nicht jeder Künstler kriegt von ihr so viel Lob. Manche findet sie einfach nur überbewertet«, sagte Berti.

Carmen spürte, wie ihre Ohren heiß wurden. »Ich wollte nicht … es tut mir leid!«

Berti grinste. »Entspann dich. Das war ein Scherz!«

»Kann ich noch mehr malen?«, fragte Gabriel.

»Klar«, antwortete Berti und deutete auf seinen Rucksack, aus dem eine weitere Leinwand hervorragte. »Wer bin ich, die Muße eines Künstlers zu unterbrechen?«

Carmen lehnte sich zurück und fühlte, wie langsam die Anspannung von ihr abfiel. »Danke, Berti! Ich weiß nicht, was ich ohne dich gemacht hätte.«

Und so verging der Nachmittag. Nachdem Gabriel sich künstlerisch ausgetobt hatte, saß er erschöpft neben ihnen auf der Couch und sah Paw Patrol im Fernsehen. Berti hielt den schlafenden Christiano im Arm. Carmen betrachtete ihn verstohlen von der Seite. Er hatte kein bisschen von seiner Anziehungskraft auf sie verloren. Wie ärgerlich!

»Weiß Irina, dass du heute hier bist?«, fragte sie.

»Nein«, antwortete Berti. Es folgte eine längere Pause, dann fügte er hinzu: »Wir haben uns getrennt.«

»Tatsächlich?«, sagte Carmen und ärgerte sich über ihr dummes Herz, das einen Hüpfer machte. »Wieso das?«

Berti betrachtete das Baby in seinem Arm. Er strich über die winzigen Zehen und lächelte, als Christiano im Schlaf mit ihnen wackelte. »Ich denke, du weißt, wieso«, antwortete er.

Carmen schluckte. Wo kamen diese verdammten Schmetterlinge her, die aufgeregt in ihrem Bauch herumflatterten? »Berti, ich…«, krächzte sie, als es an der Haustür klingelte. Carmen sprang auf. »Marina ist da«, rief sie und floh aus dem Zimmer. Gabriel folgte ihr.

Carmen stand in der Türöffnung und wartete. Gabriel an ihrer Seite. Sobald der Aufzug aufschwang, stürzte er sich in die Arme seiner Mutter. Marina musterte Carmen über seinen Kopf hinweg. Ein breites Grinsen stahl sich auf ihr Gesicht. Carmen musste nicht erklären, wie der Tag gewesen war – man sah es ihr an. Ihre Jeans war fleckig, das Shirt besudelt und in ihren Haaren klebte Fruchtmus.

Gabriel plapperte wie aufgezogen, während Marina eintrat und ihre Schuhe auszog. Er erzählte im Schnelldurchlauf von den letzten Stunden. »Es war toll, Mama. Und gar nicht langweilig. Ich war brav – so wie du gesagt hast. Christiano nicht. Er hat Pipi auf Carmen gemacht. Jetzt schläft er. Aber du brauchst dir keine Sorgen machen, dass er runterfällt, weil Berti ihn hält.«

Marinas Augen weiteten sich überrascht. Carmen grinste verlegen. Für eine Erklärung blieb keine Zeit, weil Gabriel Marina bereits ins Wohnzimmer zerrte. »Komm schon, Mama, schau, was ich gemalt hab.«

Carmen folgte ihnen. »Marina, das ist Berti. Er ist zufällig vorbeigekommen, wegen …«

Berti nickte. »… wegen eines geschäftlichen Anliegens.«

Marina schmunzelte sichtlich amüsiert. »Rein zufällig, schon klar.«

»Mamaaaaaa! Jetzt schau endlich!« Gabriel wurde ungeduldig. Er schob sie auf seine Gemälde zu. »Das hab alles ich gemalt. Berti sagte, ich darf sie behalten.«

»Mamma mia, tesoro! Die sind ja bellissimi! Die hängen wir daheim in deinem Zimmer auf!« Sie ergoss sich in Bewunderung, bis Gabriel zufrieden war. »Und jetzt, pack deine Sachen. Wir fahren.«

Zwanzig Minuten später hatte Marina alles in ihrer Wickeltasche verstaut und ihre Kinder zur Abfahrt gerüstet.

»Ich helfe dir beim Runtertragen«, sagte Berti und schnappte sich seinen Rucksack. Er trat zu Carmen, beugte sich zu ihr hinunter und hauchte ihr einen Kuss auf die Wange. »Wir sehen uns.«

Carmen nickte verstohlen. Er verließ die Wohnung und drückte auf den Liftknopf. Neben ihm am Boden stand die Babyschale, in der Christiano lag und mit seiner Rassel spielte. Gabriel kniete davor und schnitt Grimassen, um seinen Bruder zu unterhalten.

»Danke, Amica«, sagte Marina und zog Carmen an sich. »Ich finde, ihr wirkt gut zusammen«, raunte sie Carmen ins Ohr. »Er ist genau das, was du brauchst – jemand, der das Drama nicht scheut.«

Dann waren sie verschwunden und Carmen blieb allein zurück. Sie schloss die Tür hinter sich und ging zurück ins Wohnzimmer. Es roch nach Pfirsichmus und Acrylfarbe. Das Chaos in ihrer Wohnung war beseitigt, das in ihrem Kopf war immer noch da. Die Schmetterlinge in ihrem Bauch flatterten aufgeregt, wenn sie an Berti dachte. Sie ahnte, was das bedeutete.

Kapitel 25

Berti erlebt sein blaues Wunder

Die große Benefiz-Gala stand kurz bevor, ein gesellschaftliches Highlight im Herbst. Das Opernballgemälde würde zum ersten Mal der Öffentlichkeit präsentiert werden und auch gleich unter den Auktionshammer gelangen, zusammen mit mehreren anderen Werken heimischer Künstler. Alles für den guten Zweck – das verstand sich von selbst.

Weil Carmen und ihr Team ihre Arbeit gut gemacht hatten, versprach die Charity-Veranstaltung, ein Medienspektakel zu werden. Die Künstlerszene traf auf Geldadel und Prominenz, eine Mischung, die sich sehen lassen konnte. Carmen war zufrieden mit den Hochkarätern, die sich auf der Gästeliste befanden.

Dort, wo morgen die Stars für die Kameras posierten, tummelten sich heute schwer tätowierte Jungs mit strammen Muskeln. Sie schleppten Equipment die Prunktreppe hinauf, montierten Stahlkonstruktionen und brüllten einander Anweisungen zu. Seit dem frühen Morgen herrschte im Festsaal des Rathauses ein reges Gewusel. Bühnenbauer schraubten, was das Zeug hielt, und ständig erklang irgendwo das Surren einer Bohrmaschine. Dazwischen werkelten Lichttechniker, positionierten Scheinwerfer und feilten am Lichtkonzept. Heute Abend musste alles fertig sein und die Deadline rückte immer näher. Obwohl alles nach einem heillosen Durcheinander aussah, wusste Carmen aus langjähriger Erfahrung, dass sie gut in der Zeit lagen.

Das hier würde ein Erfolg werden! Wenn in Wien eine Sache funktionierte, dann waren es Charity-Veranstaltungen. Es gab genug Menschen, die gerne – im Beisein der Medien – fette Scheine in kleine Schlitze steckten. Auch Mercedes zählte in diese Gruppe. Carmen hatte sie eingeladen, weil sie überzeugt war, dass ein wenig Ablenkung ihr guttun würde. Mercedes hatte abgelehnt.

Begründet hatte sie ihre Absage mit folgenden Worten: »Ich kann mich im Moment nicht in der Gesellschaft blicken lassen.« Die Sache mit Lorenz hatte sie immer noch nicht verdaut.

»Verstehe«, hatte Carmen geantwortet, auch wenn sie es nicht tat. »Sag Bescheid, wenn du deine Meinung änderst oder du jemand zum Reden brauchst.«

»Ich bitte dich! Mach dich nicht lächerlich«, war die schnippische Antwort ihrer Schwester gewesen.

Mercedes war der Inbegriff einer stolzen Rose. Bei jedem Versuch, sich ihr zu nähern, kratzte man sich an ihren Dornen blutig. Trotzdem wusste Carmen, wie sehr sie Lorenz' Affären verletzten. Es rumorte hinter ihrer spröden Fassade, auch wenn Mercedes ihr Arschloch von Ehemann ungestraft davonkommen ließ.

Carmen schüttelte leicht den Kopf und wandte sich wieder der Eventplanung zu. Ihre Vision nahm Gestalt an. Dank dieser Spendengala war der Opernball bereits Monate vor seinem eigentlichen Termin in aller Munde. Viele der Besucher waren auch Ballgäste, das war die Möglichkeit, um ihr Konzept zu testen.

Im Geiste klopfte sich Carmen selbst auf die Schulter wegen dieses gelungenen Schachzugs.

»Hallo Chefin«, sagte Lisa mit einem Augenzwinkern und

hielt, mit einem Klemmbrett in der Hand, auf sie zu. »Ich hab die Infos eingeholt, die du haben wolltest.«

»Wunderbar! Schieß los.«

»Bühnenbauer und Lichttechniker sind praktisch fertig«, sagte Lisa, während ihre Augen über die Checkliste vor ihr wanderten. »Die Schankanlage im Barbereich wird morgen früh angeschlossen. Am Vormittag kommt die Cateringfirma und stellt Tische und Stühle auf. Die Blumenbuketts werden gegen 12 geliefert.« Sie holte einmal tief Luft, ehe sie mit ihrer Aufzählung fortfuhr. »Der Medien-Corner vor dem Haupteingang ist eingerichtet. So wie besprochen, sind die Plätze für Reporter und Fotografen links und rechts vom roten Teppich. Die Akkreditierungen für die Fernsehteams, die im Inneren filmen dürfen, sind per Kurier zugestellt worden. Der rote Teppich wurde geliefert und wird morgen kurz vor Eventbeginn ausgerollt.«

Carmen lächelte. »Gute Arbeit, Lisa.«

»Eine Sache noch: Der Security-Chef hat mir bestätigt, dass alle Auktionsgegenstände angeliefert wurden. Nur die zwei Gemälde fehlen noch, und zwar ausgerechnet die von Samuel Bertram Grün. Das ist … ähm, natürlich ungünstig. Ich dachte, ich gebe es an Alina weiter, damit sie ihm Druck macht. Die beiden stehen ja in regem Austausch miteinander.«

Carmens Herzschlag beschleunigte sich. »Nein!«

Lisa blickte überrascht auf. »Nein?«

»Nein, du musst Alina nicht Bescheid geben. Ich mache das selbst«, fügte Carmen einen Ticken ruhiger hinzu. Das hier war Chefsache!

Dass das Opernballgemälde noch fehlte, wegen dem sie all diesen Terz veranstalteten, war tatsächlich *ungünstig*. Carmen würde sich höchstpersönlich darum kümmern. Und das hatte rein gar nichts damit zu tun, dass sie Berti wiedersehen wollte.

Knappe fünfzehn Minuten später befand sich Carmen auf dem Weg zu Bertis Wohnung, als ihr Telefon klingelte. Es war Romy.

»Tante Carmen?«

Ihre Tonlage machte Carmen hellhörig. »Was willst du?«

»Dürfen Lisbeth und ich auf deiner Dachterrasse chillen? Bitte! Du wirst uns auch gar nicht bemerken.«

Carmen runzelte die Stirn. Zwar freute sie sich, dass Evas Tochter und ihre Nichte beste Freundinnen geworden waren, allerdings war Lisbeth auch nicht unbedingt ein unbeschriebenes Blatt, wenn es um vorbildliches Verhalten ging. Eva hatte sich schon oft genug über ihr pubertierendes kleines Monster beschwert. Und auch Romy stand ihr in nichts nach. Die beiden in Kombination harmonierten zwar perfekt, besaßen aber auch die potenzielle Sprengkraft einer Tretmine.

»Nein, leider, Schätzchen – ich bin nicht zu Hause. Ich treffe mich gleich mit Berti.«

»*Oh là là!* Tante Carmen!«

»Das ist rein beruflich«, antwortete Carmen. »Berti und ich sind nur … Herrschaftszeiten, ist doch egal, was wir sind. Das kann dir Naseweis komplett egal sein.«

Am anderen Ende der Leitung erklang Gelächter. »Wer's glaubt!«

Carmen schnaubte. Dieses Gör trieb sie noch in den Wahnsinn. Wann war eigentlich der Respekt vor dem Alter flöten gegangen?

Sie blickte an sich hinab. Carmen trug einen pistazienfarbenen Hosenanzug. Elegant und seriös. Perfekt, um ihre

Autorität zu unterstreichen. Allerdings nicht unbedingt der Banger, wenn man einem Mann gefallen wollte. Was sie eindeutig nicht wollte! Dieses Treffen war rein beruflich. Trotzdem war es nicht die dümmste Idee, noch schnell das Outfit zu wechseln.

»Das macht nichts, du musst gar nicht da sein. Lisbeth und ich wollen ein paar TikTok-Videos drehen. Dazu würde sich deine Dachterrasse mega gut eignen.«

»Romy, du hast selbst eine Dachterrasse zu Hause.«

»Ja, schon, aber da ist auch Mama. Die ist in letzter Zeit noch uncooler drauf als sonst schon. Also bitteeee! Du könntest auch einfach deinen Standort mit mir teilen und ich komme vorbei und hole mir deinen Zweitschlüssel?«

»Vergiss es! Den bekommst du so schnell nicht wieder. Es hat lange genug gedauert, die Spuren von deinem letzten Besuch zu beseitigen. Ich bin in knapp 30 Minuten zu Hause, um mich umzuziehen. Wenn ihr in der nächsten Stunde bei mir auftaucht, lasse ich euch rein. Sonst nicht. Verstanden?«

»Gebongt! Ach, und Tante Carmen? Niemand zieht sich vor einem Geschäftstermin um. Gib doch einfach zu, dass du ein Date hast.«

»Hab ich nicht! Bring mich bloß nicht dazu, meine Entscheidung zu …« Weiter kam sie nicht, weil Romy aufgelegt hatte.

Carmen warf einen Blick auf ihre Fitnessuhr. Ihr fehlten immer noch 3000 Schritte auf ihr Tagesziel. Sie seufzte, blickte der Straßenbahn hinterher und marschierte weiter den Doktor-Karl-Renner-Ring hinunter. Ihr blieb aber auch gar nichts erspart.

Eine Stunde später standen Romy und Lisbeth vor der Tür.

In letzter Sekunde, denn Carmen war im Begriff, die Wohnung wieder zu verlassen. Die Mädchen grinsten breit und streckten Carmen einen geflochtenen Korb hin, aus dem ein Baguette hervorragte.

»Was ist das?«

»Ein kleines Dankeschön«, sagte Romy. »Selbstgemachte Sangria – aber sag es nicht meiner Mutter. Außerdem Käse, gefüllte Oliven, Serrano-Schinken und gefüllte Datteln. Alles vom Naschmarkt.«

»Wow, das ist ja … nett von euch«, sagte Carmen überrascht und nahm den Korb entgegen. Zwar kam sie sich blöd vor, mitsamt einem Picknick bei Berti aufzutauchen, aber sie wollte ihre Nichte auch nicht vor den Kopf stoßen.

Romy grinste. »Kein Thema. Übrigens, kleiner Tipp: Den Wein vor dem Trinken schütteln. Wegen des Zuckers und der Gewürze. Die setzen sich gerne unten ab.«

Carmen musterte sie irritiert. Sie hatte seit Ewigkeiten keine Sangria mehr getrunken. Das letzte Mal war sie wohl selbst in Romys Alter gewesen. »Seit wann seid ihr zwei Expertinnen in der Herstellung von Sangria?«

»Sind wir nicht«, antwortete Lisbeth freimütig. »Aber die KI weiß alles.«

Sie kicherten beide. Carmen betrachtete ihre Rotweinlippen und die blaustichigen Zähne. »Und ihr habt sicher nicht davon gekostet?«

»Nein!«, riefen Romy und Lisbeth synchron und huschten an ihr vorbei, ins Innere der Wohnung. Im Eingangsbereich schlüpften sie aus ihren Schuhen. Beide trugen sie weite Jeans und bauchfreie, enge Shirts. Die Haare hatten sie zu strengen Pferdeschwänzen gebunden, nur zwei gezwirbelte Strähnen fielen an ihren Schläfen herab. Carmen schmunzelte. In den Neunzigern hatte sie ihre Haare genauso getragen. Und vermutlich die gleichen dämlichen Dinge getan.

»Also gut«, sagte Carmen und schlüpfte in ihre High Heels. Sie zog ihre Nichte ein Stück beiseite und flüsterte: »Das ist deine letzte Chance, Romy. Versau sie nicht. Wehe, ihr macht irgendetwas Dummes. Verstanden?«

Kurz glaubte Carmen, ein Flackern in Romys Blick zu bemerken. Vielleicht hatte sie sich aber auch geirrt.

Carmen warf einen letzten prüfenden Blick in den Spiegel. Sie trug ihr gelbes Etuikleid, das ihre Figur perfekt in Szene setzte.

»Du schaust mega aus, Tante Carmen«, sagte Romy. »Berti wäre ein Trottel, wenn er dazu nein sagen würde.«

Carmen öffnete den Mund, aber Romy kam ihr zuvor. »Ich weiß, ich weiß! – kein Date. Alles rein beruflich.«

Carmen nickte. Ihr lagen noch etliche Ermahnungen auf den Lippen, doch sie blieben ungesagt, weil ihr Uber angekommen war.

Eine Viertelstunde später stand sie in der Margaretenstraße, vor dem schönbrunngelben Haus. Beide Torflügel standen offen. Carmen nutzte ihre Chance und ging durch den Durchgang, der sie in den Innenhof führte. Vor Bertis Wohnung parkte sein weißer VW-Multivan. Davor stand Berti. Er grinste überrascht, als er Carmen sah. »Hab ich eine Verabredung vergessen, oder wie komme ich zu dieser Ehre?«

Sein Blick erfasste den Korb, aus dem das Baguette und der Flaschenhals der Sangria ragten. Er trug eine Jeanshose, die gefährlich tief auf seinen Hüften saß. Der Stoff war ausgebleicht und mit Farbklecksen und Pinselstrichen übersät. Dazu ein schwarzes Shirt, das seine muskulösen Arme betonte. Carmen schluckte, ihr Mund fühlte sich auf einmal trocken an. Sie fühlte sich von ihm angezogen, wie eine Motte vom Licht.

»Ich möchte mit dir noch einmal die Abläufe für die morgige Benefiz-Gala durchgehen«, sagte sie und hoffte, dass er ihr diese Begründung abnahm. »Das hier«, Carmen wackelte mit dem Korb auf ihrem Arm, »… hat mir meine Nichte mitgegeben.«

»Trifft sich gut, ich hab einen Bärenhunger«, sagte Berti. Er trat zu Carmen und nahm ihr den Korb ab. Seine Finger berührten die ihren einen Moment zu lange.

Über ihr rauschte die Baumkrone im Wind. Carmen hob den Kopf und sah, dass sich das Laub bereits verfärbte.

»Bitte, nach dir.« Carmen spürte seine Hand an ihrem Rücken und seine Blicke auf ihrem Körper, als er sie sanft in Richtung Eingang schob. »Übrigens: Schönes Kleid.«

Carmen hielt abrupt an und drehte sich um. Ihr Mund fand den seinen. Berti wirkte kein bisschen überrascht, sondern erwiderte ihren Kuss. Carmen seufzte genüsslich.

Während Berti mitsamt dem Korb in der angrenzenden Küche verschwand, blickte sich Carmen in seinem Atelier um. Es war hell und lichtdurchflutet. Die Gitterverstrebungen der Fenster zeichneten Schatten auf den Holzboden. Carmen sah das Opernballgemälde, eingeschlagen in Luftpolsterfolie und mit einem Kantenschutz versehen. Bereit zum Abtransport, lehnte es in einer Ecke.

Kubanische Klänge erfüllten den Raum. Der Beat setzte ein, tief und wummernd, und speiste ein Urgefühl in Carmens Bauch. Befeuert vom sinnlichen Klang der Musik, begannen sie, ihre Hüften zu wiegen.

Plötzlich spürte sie Bertis Nähe und drehte sich um. Er stand hinter ihr und beobachtete sie. Berti benetzte seine

Lippen. Einen Moment später tanzten sie. Bertis Hüften dirigierten den Rhythmus, sein Oberschenkel drängte sich zwischen ihre Beine. Carmens Hände wanderten über seine Oberarme, höher zu seinem Nacken und vergruben sich in seinem dichten Haar. Seine Haut fühlte sich heiß an. Seine Nähe ließ auch Carmens eigene Temperatur ansteigen.

Irgendwann löste sie sich keuchend von ihm. Sie spürte ihr Herz rasen. Was hatte dieser Mann nur an sich, dass alleine seine Gegenwart genügte, um sie aus den Fugen zu hebeln?

Berti griff nach ihrer Hand und zog sie zur Bar. Carmen setzte sich auf einen der Barhocker, und Berti verschwand in der Küche. Augenblicke später kehrte er mit gefüllten Schalen zurück.

»Die Sangria musst du vorher leicht schütteln. Anweisung meiner Nichte. Wir können aber auch etwas anderes trinken. Oder gar nichts. Ganz, wie du möchtest.«

Carmen hätte sich ohrfeigen können. Wieso kam ihr in Bertis Gesellschaft ständig ihre Souveränität abhanden?

Berti griff sich die bauchige Flasche, die mit einem goldenen Netz umspannt war, und zwei Gläser. »Wäre doch respektlos, sie nicht zu trinken, wenn deine Nichte sich schon die Mühe gemacht hat.«

Berti setzte sich neben sie. Ihre Oberschenkel berührten sich. Carmen sah zu, wie er den Wein in die Gläser goss und lauschte dem gluckernden Geräusch.

Berti reichte ihr das Glas. Sie prosteten sich zu, die Pupillen ineinander verkeilt. Carmen führte das Glas an ihre Lippen, trank und spürte die fruchtig-herben Tannine des Weins in ihrer Kehle. Und die Süße. Romy hatte nicht mit dem Zucker gespart. Carmen schluckte gierig, es dürstete sie nach mehr.

Ihr Blick huschte über die improvisierte Tafel. Romy hatte eine gute Auswahl getroffen. Sie begannen zu essen. Carmen kostete eine eingelegte Olive. Etwas Olivenöl fing sich an ihren Lippen. Berti wischte es mit seinem Daumen fort. Er schob sich die Fingerkuppe zwischen die Lippen und leckte daran.

Sie fütterten einander mit Kostproben. Das hier war mehr als nur eine Verkostung, es war ein köstliches Vorspiel, in einem außergewöhnlichen Rahmen.

Am Rande bemerkte Carmen, dass es in ihrer Tasche vibrierte. Sie hatte eine Textnachricht bekommen. Nichts kümmerte sie im Moment weniger.

Carmen rutschte näher und küsste ihn. Sie öffnete die Lippen und ließ ihn die Spitze ihrer Zunge spüren. Berti gab ihrem Drängen nach. Er schmeckte nach Rotwein. Carmen keuchte auf, als er die Hand in ihrem Haar vergrub und ihren Kopf in den Nacken zog. Carmens Finger strichen über seine Brust, wanderten tiefer zu seinem Bauch, der sogar im Sitzen flach war. Dann erreichte sie den Bund seiner Hose. Sie spürte seine Härte. Mit einem geübten Griff schnippte sie den Jeansknopf auf. Gerade als ihre Hand tiefer gleiten wollte, packte Berti ihr Handgelenk und hinderte sie. Er schüttelte den Kopf. »Ich kann nicht.«

Carmen schnaubte resigniert und entlockte Berti ein Lachen.

Er schwang sich von seinem Barhocker. »Ich muss vorher noch etwas erledigen.« Er strich Carmen eine Haarsträhne hinter das Ohr. »Ich komme gleich wieder. Merk dir, wo wir aufgehört haben.«

Carmen sah zu, wie er das erste verpackte Bild schnappte und nach draußen trug. Vorsichtig verlud er es im Inneren des Multivans.

Carmen erinnerte sich an die Mitteilung. *Hoffentlich nichts Berufliches*, dachte sie und fischte das Handy aus ihrer Tasche. An Aufbautagen konnte bis zum Schluss alles Mögliche schiefgehen. Sie entsperrte das Display und sah Romys Namen. Carmen klickte auf die WhatsApp-Nachricht. *Dieses Mal kann er, versprochen!*

Carmen schüttelte leicht den Kopf und tippte eine Antwort.

Was soll das heißen?

Romy erschien online. Die drei blauen Punkte tanzten.

Ich hab die Sangria gepimpt. Berti erlebt bald sein blaues Wunder.

Es folgte ein verschmitzt grinsender Smiley.

Carmen klappte der Mund auf. Romy sprach ohne Zweifel von Viagra. Sie musste sich an Lorenz' Vorrat bedient haben.

»Dieses kleine Luder!«

Carmen warf einen Blick über ihre Schulter. Berti verlud gerade Gemälde Nummer 2. Er würde wohl nicht mehr lange beschäftigt sein. Sie drückte auf den Mikrofon-Button, um eine Sprachnachricht aufzunehmen. Carmen hielt das Handy dicht an ihre Lippen. »Du hast Viagra in den Wein gemischt? Bist du jetzt komplett durchgeknallt?«, zischte sie. »Ich erwarte mir eine Erklärung. Sofort!«

Dann öffnete sie Google und tippte *Viagra Wirkung?* in die Suchleiste.

Ihre Augen flogen über die Ergebnisse. *Viagra verstärkt das eigene Lustempfinden*, stand da. Die Wirkung setzt, je nach Dosierung, zwischen 30 Minuten und 2 Stunden ein.

Fuck! Das war übel.

»Ist das dein Ernst?« Berti stand plötzlich hinter ihr. Erschrocken zuckte Carmen zusammen. Das Telefon entglitt ihren Fingern und fiel zu Boden. Auf frischer Tat ertappt, erstarrte Carmen zur Salzsäule. »Ich kann das erklären, ich…«

»Das will ich doch wohl hoffen«, sagte Berti. »Du hast meine Abwesenheit ausgenutzt und dir die letzte gefüllte Dattel gekrallt.«

Er sank vor Carmen in die Knie und griff nach ihrem Handy. Ohne einen Blick auf das Display zu werfen, reichte er ihr das Corpus Delicti. Carmen griff danach und pfefferte das Telefon in ihre Handtasche.

»Tut mir leid!« Carmen hatte nicht einmal bemerkt, dass sie sich das letzte Stück in den Mund geschoben hatte.

Berti lachte und nahm ihr Gesicht zwischen seine Hände. »Das war ein Witz.« Er küsste sie. »So handzahm kenne ich dich gar nicht.«

Carmen zuckte mit den Mundwinkeln, um ein Lächeln zu imitieren. Im Geist überschlug sie die Menge an Sangria, die sie getrunken hatten. Jeder von ihnen zwei Gläser zum Essen. Was auch immer nun geschehen sollte, Berti würde es durchstehen müssen.

»Soll ich dir nachschenken?«

»Nein! Ich glaub, er steigt mir schon zu Kopf.«

»Ja? Ich spüre die berauschende Wirkung etwas tiefer.« Er zwinkerte ihr zu. Carmen riss entsetzt die Augen auf. Ihre Reaktion brachte Berti zum Lachen. »Das ist die Wirkung, die du auf mich hast.« Er betrachtete sie grinsend. »Soll ich dir ein Geheimnis verraten? Ich hab mir mit der Anlieferung der Bilder bewusst Zeit gelassen, weil ich wusste, dass du nervös wirst und nachsehen kommst.«

»Was für ein durchtriebener Schachzug«, antwortete Carmen.

Bertis Blick wanderte an Carmen hinab. »Mir fällt so manches ein, das ich mit dir anstellen möchte. Aber zuerst muss ich die Bilder ins Rathaus bringen.«

»Kann sie nicht ein Kurier abholen kommen?«

Er schüttelte den Kopf. »Ich liefere alle meine Werke selbst aus.«

»Geht das nicht auch später? In zwei… drei Stunden?«

Berti seufzte. »Leider nein. Der Security-Chef war recht eindeutig. Die Werke müssen bis um 16 Uhr dort sein«, sagte er.

Er warf einen Blick auf seine Armbanduhr. »Ich muss jetzt wirklich dringend los. Aber danach bin ich ganz dein.«

Carmen war schlecht vor Unbehagen. »Warte, ich muss dir etwas sagen. Ich… weiß nur nicht so recht, wie. Ich…«

Mit jeder Sekunde, die verstrich, wurde es schlimmer.

»Ich weiß, was du meinst«, raunte Berti und drückte ihr einen Kuss auf die Stirn. Er lächelte und plötzlich wurde Carmen so leicht ums Herz, wie schon lange nicht mehr.

»Noch was?«

Carmen nickte. »Ich komme mit.«

Wie lange konnte es schon dauern, zwei Bilder abzuliefern? Vielleicht schafften sie es, bevor das Viagra seine Wirkung zeigte? Falls das Schicksal gnädig war, servierte es Berti seine Latte erst, wenn sie sich längst wieder auf dem Rückweg befanden.

Später würde sie sich Romy vorknöpfen. Aber zuerst galt es zu hoffen, dass dieser Ausflug nicht in einer Katastrophe endete.

Kapitel 26

Harte Tatsachen

Carmen und Berti bogen aus der Durchfahrt. Sie folgten der Margaretenstraße, bis sie zur Linken Wienzeile gelangten, die sie Richtung Innenstadt führte.

Die Stimmung im Wagen war aufgeladen. Erwartungsvolle Spannung lag in der Luft. Carmen war nervös. Immer wieder linste sie zu Berti hinüber. Wenn sich ihre Blicke trafen, jagte ein verheißungsvoller Schauder durch ihren Körper.

»Ich bin froh, dass du gekommen bist«, sagte Berti.

Vor ihm sprang die Ampel auf Rot und Fußgänger überquerten den Zebrastreifen in Richtung Naschmarkt. Seine Hand, die auf dem Schaltknüppel lag, suchte die ihre. Er drückte sie kurz, dann wanderte sie weiter, ihren Oberschenkel hinauf.

»Bin ich noch nicht«, erwiderte Carmen trocken. Sie widerstand dem Impuls, die Beine zu spreizen und ihn höher zu dirigieren. »Also sehen wir zu, dass wir diese verfluchten Bilder loswerden.«

»Ich mag es, dass du kein Blatt vor den Mund nimmst«, sagte Berti schmunzelnd.

Carmen biss sich auf die Lippen. Jede Faser ihres Körpers gierte nach mehr. Die Vorstellung, das, was sie im Hotel Bristol getan hatten, zu wiederholen, brachte sie auf Touren. Berti offenbar auch – und genau das war ein Problem.

Berti wechselte unauffällig seine Sitzposition. Er grinste verlegen. Carmen sah die Wölbung in seinem Schritt.

Oh Gott. Es begann.

Sie zwang sich, wegzusehen, obwohl sie nichts lieber getan hätte, als ihn zu berühren. Stattdessen starrte sie auf die roten Rücklichter der Autos. Nach Monaten der Abstinenz war das hier die reinste Folter.

»Hast du schon mal bei *Neni* am Naschmarkt gegessen? Soll recht gut sein«, sagte Carmen und wechselte abrupt das Thema.

Berti warf ihr einen überraschten Seitenblick zu. »Alles okay? Du wirkst … angespannt.«

Carmen prustete. »Wer im Glashaus sitzt …« Etwas lauter fügte sie hinzu: »Alles gut. Ich beobachte nur den Verkehr.«

»Kopfkino, oder was?« Jetzt grinste Berti.

Der Nachmittagsverkehr war zermürbend und half, Bertis Blutverteilung zu normalisieren. Endlich tauchte das Wiener Rathaus vor ihnen auf: ein neugotisches Bauwerk aus hellem Sandstein, mit Türmen, Bögen und Zinnen. Wie üblich tummelten sich Touristen davor. Berti hielt vor dem Lieferanteneingang.

Carmen warf ihm einen prüfenden Blick zu. Keine Spur mehr von Erregung.

Ein Security-Mitarbeiter trat zur Fahrerseite und Berti ließ die Scheibe herunter. Er reichte ihm einen Lieferschein. Der Mann überflog ihn, nickte und sprach in sein Headset. »Objekt 019 und 020 sind da.«

Berti stieg aus und zog die Schiebetür auf.

Carmen folgte ihm. Für Anfang Oktober war es erstaunlich warm. Trotzdem fanden sich allerorts Zeichen, dass der Herbst in den Startlöchern stand. Es wehte ein kühler Wind und trieb das Laub vor sich her. Carmen spürte die Gänsehaut, die sich auf ihren Armen ausbreitete. Das war nicht die einzige Reaktion auf die Kälte. Ihre Nippel zogen sich zusammen und zeichneten sich wie Murmeln unter dem Stoff ab. Weil Carmen keinen BH trug, war das auch für Berti nicht zu übersehen. Sie sah ihn schlucken.

Der Einzige, der von all dem nichts mitbekam, war der Security-Mitarbeiter. »Von hier an übernehme ich.«

»Nein!«, entgegnete Berti schärfer als nötig. »Das mache ich selbst.«

Der Mann zog die Augenbrauen hoch, nickte aber. »Ganz wie Sie wollen, Herr Grün.«

Carmen betrachtete Berti, wie er sich hinter seinem Bild verschanzte. Er wirkte irritiert – vermutlich hatte er solch einen Kontrollverlust zuletzt als Teenager erlebt.

Der Mann vom Sicherheitsdienst zog eine Flügeltür auf und deutete die Lieferantentreppe hinauf.

»Hier entlang, bitte. Mein Kollege erwartet Sie im ersten Stock. Er bringt Sie dann zu dem bewachten Raum, wo die Auktionsgegenstände lagern.«

Berti ließ Carmen den Vortritt. »Nach dir.«

Armer Berti – dank Sascha waren ihre Pobacken wohlgeformter denn je. Auch ihre Hüften wogten wie von selbst. Zwar wusste Carmens Verstand, dass sie Berti nicht reizen sollte, aber diese Info war ihrem Körper scheißegal. Zu sehen, wie intensiv er auf ihren Anblick reagierte, war wie ein Aphrodisiakum für Carmen.

Oben angekommen, wartete bereits der zweite Mann vom Sicherheitsdienst. Er lotste sie zu einem Raum, der an den Festsaal grenzte und später bei der Auktion als Backstage-Bereich dienen würde. »Von hier an übernehme ich das Bild. Sie müssen noch das Übergabeprotokoll unterschreiben.«

»Ich würd's lieber selbst …«, begann Berti.

Der Mann schüttelte entschieden den Kopf. »Geht nicht. Hat mit der Versicherung zu tun.«

Zögernd übergab Berti sein Schutzschild. Der Security blickte an ihm hinunter und dann weiter zu Carmen. Er grinste hämisch. Zeit, vor Peinlichkeit im Erdboden zu versinken, blieb keinem von ihnen, denn plötzlich ertönte eine schrille Frauenstimme. Sekunden später stürmte Natascha aus dem Festsaal. In einem gelben Etuikleid von Tom Ford. Das gleiche, das auch Carmen trug.

Das durfte nicht wahr sein!

Natascha starrte Carmen aus glühenden Augen an, ihr Puppengesicht war zur Fratze verzerrt. »Ich hasse dieses Weib!«, kreischte sie, während sie auf Carmen zu stakste.

»Mich?«

»Nein! Diese Sandlerin, die mich angegriffen hat!«

Der Security machte ein alarmiertes Gesicht. »Wer? Wo ist sie?« Er rechnete offensichtlich damit, dass jeden Moment eine Irre um die Ecke bog. Noch eine.

»Na unten, vor dem Rathaus, wo sie Touristen anschnorrt.«

Der Mann stieß erleichtert die Luft aus seinen Lungen. Vermutlich hatte er sich bereits in Tom-Cruise-Manier vor das Gemälde hechten sehen, um es zu schützen.

Aus dem Augenwinkel sah Carmen, wie Berti genervt den Kopf schüttelte. Wahrscheinlich, weil er Nataschas Reaktion überzogen fand. Vielleicht aber auch, weil sie und Natascha wie zwei überlebensgroße Bananen vor ihm standen. Natascha selbst war zu sehr in Rage, um es zu bemerken. »Ich hab ihr gesagt, dass sie sich verzupfen soll. Dann hat sie mich angespuckt!« Wie zum Beweis wischte sie mit einer Ladung Papiertaschentüchern auf ihrer Brust herum.

Berti nutzte den Moment allgemeiner Aufregung und machte kehrt. »Ich hol das zweite Bild vom Auto«, rief er über seine Schulter.

Der Sicherheitsbedienstete erinnerte sich, dass er immer noch mit dem Opernballgemälde in der Hand dastand, und verschwand ebenfalls.

Nun waren nur noch Natascha und Carmen übrig.

Beide gafften einander an. Es war, als würde man in den Spiegel sehen. Auch Natascha stand das Kleid ausgezeichnet, und das, obwohl laut der Steffl-Verkäuferin Blondinen unmöglich Gelb tragen konnten. Carmen schmunzelte. Nun war auch dieses Rätsel gelöst.

»Findest du das etwa witzig?«, giftete Natascha.

»Nein! Aber was soll ich tun? Ich kann mich nicht umziehen.«

»Ich spreche von der indischen Sandlerin. Du bist die Eventplanerin. Regel das! Sag ihr, sie soll sich schleichen. Sonst spuckt sie morgen noch einem unserer Gäste aufs Kleid.«

»Keine Sorge, morgen ist das Gelände abgesperrt, da kommt keiner rein.«

»Und heute?«

Carmen beschlich eine Vorahnung, um welche Bettlerin es sich handeln könnte. Gleichzeitig verspürte sie nicht die geringste Lust, ihr ein weiteres Mal zu begegnen. »Ignorier sie einfach.«

»Die Hexe? Sicher nicht! Entweder, du hilfst mir, sie zu verjagen, oder ich hetze ihr den Sicherheitsdienst an den Hals.«

Carmen seufzte und fügte sich. Nicht, weil sie Nataschas Reaktion in Ordnung fand, sondern weil sie der Frau eine Gruppe Männer im schwarzen Anzug ersparen wollte, die sie davonjagten.

Vorher drehten sie eine Runde durch den Festsaal. Die

Vorbereitungen waren ein gutes Stück vorangekommen. Trotz des Trubels erregten sie allgemeine Aufmerksamkeit. Lisa grinste breit und streckte ihre Daumen nach oben. Carmen hoffte, dass sie das Event meinte und nicht ihre unfreiwillige Zwillingsschwester.

Als sie Minuten später nebeneinander die Prunkstiege hinuntergingen, warf Carmen Natascha einen Seitenblick zu. Als würde es nicht reichen, dass sie und Mercedes immer zu den gleichen Farben griffen.

Natascha dachte wohl ähnlich, denn Carmen hörte sie murmeln: »Das war das letzte Mal, dass ich in Wien etwas von der Stange kaufe.«

Carmen prustete und beschloss, das Ganze mit Humor zu nehmen. Es gab auch wirklich Schlimmeres. Ein Leben auf der Straße zum Beispiel.

»Wieso hat die Bettlerin dich eigentlich … äh, angespuckt? Sowas tut doch keiner grundlos, oder?«

Natascha hielt abrupt an. »Was willst du damit sagen? Dass ich schuld bin?«

»Nein, ich will es nur verstehen.«

Sie hatten das Ende der Treppe erreicht. Die Flügeltüren standen offen, weil gerade Stehtische geliefert wurden.

»Sie hasst mich, weil ich ihr ein paar Mal die Polizei auf den Hals gehetzt hab. Aber selbst schuld! Was bettelt die Alte auch vor der Oper? Soll sie zur Mariahilfer Straße gehen, da stört sie keinen.«

»Findest du das nicht etwas hart? Nicht jeder hat so viel Glück wie…«

»Da! Da ist sie!« Natascha packte Carmen am Arm und zerrte sie ins Freie. Dann verschanzte sie sich hinter ihr und deutete auf die Bettlerin, die gut drei Meter entfernt am Boden kniete und einer Touristengruppe ihr Körbchen entgegenstreckte. Vom Gezeter aufgeschreckt, hob die Frau den Kopf. Carmens Vermutung bestätigte sich.

Die dunklen Augen der Frau verengten sich zu Schlitzen. Gleichzeitig hob sie die Hand und streckte Carmen das *Mano cornuta* entgegen.

Dann wanderte ihr Blick weiter zu Natascha. Sie erschrak und prallte rückwärts, wie von einer unsichtbaren Hand geschlagen. Offensichtlich in schierem Unverständnis, warum es jetzt zwei von ihnen gab. Ihr zahnloser Mund klappte auf. Dass sich ihre Feindin verdoppelt hatte, war ihr sichtlich nicht geheuer.

Sie griff nach ihrem geflochtenen Körbchen, sprang auf und eilte davon. Natascha lachte selbstgefällig. »Ich hätte dich schon viel früher vorschicken sollen. Etwas an dir hat sie wohl vertrieben.«

Carmen ignorierte den Seitenhieb. Sie blickte der Bettlerin hinterher und plötzlich begriff sie: Die Frau hielt sie weder für verflucht, noch hatte sie in ihr den Teufel gesehen – sie hatte sie schlichtweg mit Natascha verwechselt. Die war, zumindest aus der Sicht der Inderin, tatsächlich ein weißhaariger Teufel, ohne jede Empathie.

Carmen fiel ein Stein vom Herzen. »Jetzt weiß ich, warum sie mich für den Teufel hält … sie denkt, ich bin du!«

Natascha blinzelte. Ihr Blick wurde schmal, doch sie kam zu einer Antwort mehr, denn Berti erschien im Türrahmen hinter ihnen.

»Carmen, hast du kurz Zeit?« Seine Stimme klang heiser und dunkel. Verheißungsvoll!

»Entschuldige, ich muss gehen.« Carmen machte am Absatz kehrt. Berti griff nach ihrer Hand.

»Wo gehen wir hin?«

Er antwortete nicht.

Carmen spürte Nataschas Blick in ihrem Rücken, während sie die Prunktreppe wieder hinaufgingen. Der dicke, rote Läufer schluckte ihre Schritte. Niemand beachtete sie. Die Arbeiten waren abgeschlossen, die Männer vom Aufbauteam packten ihre Sachen zusammen. Nun übernahmen die Leute vom MA 34 und karrten Sesseltürme in den roten Salon. Dazwischen zog der Putztrupp seine Runde und brachte das Rathaus auf Hochglanz. Routinehandgriffe an einem Ort, der weit über 1000 Veranstaltungen im Jahr ausrichtete. Draußen dämmerte es bereits und kaum noch Tageslicht drang durch die dicken Butzenglasscheiben. Dafür sorgten die Kronleuchter an der Decke für warmes Licht. Das Rathaus war riesig, neben Österreichs größtem Ballsaal und dem roten Salon, wo der Bürgermeister Empfänge abhielt, gab es noch den Gemeinderatssaal und etliche Büros, Lagerräume und Verwaltungstrakte. Alle verbunden durch hohe Gewölbegänge und verborgen hinter braunen, nichtssagenden Türen. Eine von ihnen öffnete Berti nun und schob Carmen ins Innere. Eine Abstellkammer, in der Putzwägen standen.

»Hab ich zufällig entdeckt, auf der Suche nach dem Herren-WC«, murmelte Berti. Er warf einen letzten prüfenden Blick nach draußen, dann schloss er die Tür. Einen Moment später fielen sie sich in die Arme und küssten sich.

»Du hast mich verhext«, raunte Berti. »Du gehst mir nicht mehr aus dem Kopf. Ich kann an nichts anderes denken, als das hier, mit dir zu tun.«

Carmens Herz klopfte wild. Ihre Hände wanderten über seine Schultern. Sie fühlte seine Muskeln unter ihren Fingerkuppen. Berti küsste ihren Hals. Dort, wo er sie berührte, stand ihre Haut in Flammen.

Carmen stöhnte auf, als er in die Knie sank und langsam den Saum ihres Kleides anhob. Sein Kopf tauchte in ihrem Schoß ab. Carmen spürte eine Feuerwalze, die sie überrollte, Kapillaren in Brand steckte und jeden Winkel ihres Körpers entzündete. Das war die Lust, die ihr abhandengekommen war. Sie wollte Berti, wollte seinen Schwanz spüren. Ihr Körper verzehrte sich danach, ihn in sich aufzunehmen.

»Ich will, dass du mich fickst. Jetzt!«

Berti war wieder neben ihr. Er nestelte an seiner Hose und zog ein Kondom aus seiner Hosentasche. Mit den Zähnen riss er die Packung auf und streifte es über. Carmen schlang ihre Hände um seinen Hals, während Berti sie hochhob. Dann schob er sich in sie. Carmen stöhnte auf. Das hier war mehr als nur Sex, mehr als Lust, es ging tiefer. Er war ihre Droge und sie längst abhängig. Damals im Hotel Bristol hatten sich ihre Seelen verwoben, nun taten es ihre Körper. Faser um Faser verknüpfte sich Carmens Fleisch mit dem seinen.

Seine Wirkung war gewaltig. War es Gift, das er ihr einflößte, oder war es nicht weniger als die Essenz des Lebens? Carmen konnte es nicht sagen. Als sie gemeinsam den Höhepunkt erreichten, waren sie eins. In seinen Armen hatte sie wiedergefunden, was sie verloren geglaubt hatte. »Ich liebe dich!«

Carmen erstarrte. Bertis Augen weiteten sich vor Überraschung. Von allen Worten, die es auf dieser Welt gab, hatten ihr ausgerechnet diese über die Lippen kommen müssen.

Was sich Sekunden zuvor wie warmes Wachs angefühlt hatte, wurde zäh. Hätte Carmen die Worte zurücknehmen können, hätte sie es getan. Doch es war zu spät. Der Augenblick der Ekstase verblasste und Carmen schämte sich. Sie fischte ihren Slip vom Boden und

brachte ihr Kleid in Ordnung.

»Es tut mir leid.« Carmen wedelte mit der Hand, als könnte sie das Liebesgeständnis verscheuchen. Das Band zerreißen, das zwischen ihnen entstanden war.

Carmen wandte sich zum Gehen, aber Berti hielt sie zurück. Sein Griff schraubte sich um ihr Handgelenk. Er zog sie zu sich. Seine andere Hand wanderte an ihr Kinn, zwang sie, ihn anzusehen. Nur widerwillig hob Carmen den Kopf.

Sie sah seine grünen Augen, die sich über ihr Gesicht tasteten. Seine Mundwinkel zuckten leicht. »Mir nicht«, sagte er, dann ließ er sie los.

Carmen taumelte rückwärts. Sie krachte gegen einen Wischmopp, der an der Wand lehnte. Carmen machte kehrt und hastete aus der Kammer. Ihr Herz klopfte so heftig, dass sie fürchtete, es könnte zerspringen.

Minuten später stand Carmen unten vor dem Rathaus. Die Sonne war untergegangen und mit ihr war die Wärme des Spätherbsts verschwunden. Der frische Wind kühlte Carmens Wangen. Gänsehaut kroch ihre Arme empor, gleichzeitig perlte ihr der Schweiß aus allen Poren. Weil die Sinneseindrücke sie zu überrollen drohten, fischte Carmen ihr Handy hervor. Sie sah mehrere Anrufe in Abwesenheit und zwei Sprachnachrichten von Romy.

Carmen hatte von ihr eine Erklärung gefordert. Nun drückte sie auf das kleine Dreieck und spielte die erste Sprachnachricht ab.

Romys tränenerstickte Stimme erklang: »Es tut mir so leid, Tante Carmen. Es war eine dumme Idee, den Wein mit Viagra zu pimpen. Ich weiß nicht, was ich mir dabei gedacht hab. Bitte sag es nicht meiner Mutter. Sie bringt mich um!«

Nicht, wenn ich dich zuerst in die Finger kriege, dachte Carmen und presste die Zähne aufeinander. Die Wut tat gut – sie ließ sie die Kälte nicht spüren und lenkte sie von ihrer Liebeserklärung ab.

Carmen klickte die zweite Sprachnachricht.

»Ich … ich hab gehört, was dieses Model über Berti gesagt hat. Du weißt schon, dass er keinen hochkriegt. Ich dachte, das könnte helfen! Weil… naja, jeder merkt, dass ihr euch mögt. Bitte, sei nicht böse.«

Kapitel 27

Spendengala

Anfang Oktober

Seit 16 Uhr war Carmen im Rathaus und überwachte mit ihrem Team die Vorbereitungen. Licht und Ton wurden getestet, ein Soundcheck durchgeführt. Die Leute vom Catering polierten die Gläser auf Hochglanz und legten letzte Hand an das Gedeck. Jeder Handgriff saß. Der Tischschmuck war opulent und düster. Dunkle Farben, gespickt mit pinkfarbenen Akzenten. Er passte perfekt zu den Lichtprojektionen, die den Festsaal und die Prunktreppe in ein Kunstwerk verwandelten. Alles orientierte sich an Bertis Gemälde.

Die Moderatorin Gisela Bernd, eine bekannte Fernsehpersönlichkeit, saß bereits in der Maske und übte ihren Text.

Carmens Absätze klickten am Boden, als sie vom Festsaal hinüber zum roten Salon ging, wo der Sektempfang stattfinden würde. Noch waren keine Gäste hier. Carmen sah Natascha und den Direktor der Staatsoper an einem der Stehtische stehen. Sie unterhielten sich mit dem Bürgermeister.

Natascha warf ihr einen frostigen Blick zu. Wusste der Teufel, was für eine Laus ihr wieder über die Leber gelaufen war. Alle Anwesenden hatten sich bereits in Schale geworfen. Für die Männer galt Black Tie. Die Frauen waren in Cocktailkleidern gekommen. Carmen trug ein eisblaues Etuikleid aus Spitze. Die Haare hatte sie locker hochgesteckt. Lisa kam in einem cremefarbenen Hosenanzug auf sie zu. Sie hatte wie üblich ihr Klemmbrett dabei, wo sie die letzten offenen Punkte abarbeitete.

Carmen atmete tief durch. Ihr Job war getan.

Sie zog Lisa an ihre Seite und wisperte: »Der Operndirektor ist begeistert, und der Bürgermeister hat sich unsere Karte geben lassen. *the Verve* ist die Agentur der Stunde.« Sie tauschten ein wissendes Lächeln. Lisa war von Anfang an an Carmens Seite und wusste besser als jede andere, welche Hürden sie hatten nehmen müssen, um hierhin zu gelangen.

»Darauf stoßen wir nachher an, wenn der offizielle Teil des Abends erledigt ist.«

Carmen zog ihr Handy aus ihrer Handtasche und linste verstohlen auf das Display. Keine neuen Nachrichten. Keine Anrufe. Nichts!

»Alles in Ordnung?«

»Ja.« Carmen zwang sich zu einem Lächeln.

Sie hatte Berti mehrmals kontaktiert, aber er war den ganzen Tag nicht erreichbar gewesen. Dass er keine Reaktion zeigte, machte Carmen wahnsinnig. Bestimmt hatte ihn ihre Liebeserklärung in die Flucht geschlagen. Eine Welle aus Unsicherheit rollte über sie hinweg. Am liebsten hätte sie ihm eine Nachricht auf Band gesprochen, in der sie ihr Geständnis zurücknahm.

Lisa runzelte die Stirn. »Sicher?«

»Sicher! Komm, gehen wir nach unten.«

Die Gala war minutiös geplant. Der Einlass startete um 17:30 Uhr, mit Sektempfang im roten Salon. Davor das Schaulaufen der Prominenz, Blitzlichtgewitter, Interviews und Bussi-Bussi.

Um 18:30 Uhr begann der offizielle Teil mit Ansprachen des Bürgermeisters und des Direktors der Staatsoper, gefolgt vom Dinner. Um 20:00 Uhr stand die Auktion an – das Herzstück des Abends. Bertis zwei Gemälde bildeten den Höhepunkt. Danach folgte die Afterparty.

Das Event nahm an Fahrt auf. Immer mehr Gäste erschienen und schritten über den roten Teppich. Dazwischen huschte eine Society-Reporterin umher und interviewte die Ankömmlinge.

Der Platz vor dem Rathaus war abgesperrt und wurde von Securitys bewacht. Ein paar Schaulustige drängten sich hinter den Gittern. Carmen behielt alles im Blick, aber ihre Gedanken waren woanders.

Sie quälte sich durch den offiziellen Teil. Der Smalltalk während des Dinners war eine Qual.

Immer wieder sah Carmen die Anwesenden miteinander tuscheln. Niemandem entging der freie Platz am Ehrentisch. »Wo ist Samuel Bertram Grün?«, wisperten sich die Leute hinter vorgehaltenen Händen zu.

Dann begann die Auktion. Zwanzig Objekte von unterschiedlichen Künstlern kamen unter den Hammer. Gegenstand 001 wurde auf die Bühne getragen. Eine Vase im Ming-Stil, neu interpretiert von einer Wiener Künstlerin. Die bauchige Form und die weiß-blaue Musterung hatte sie übernommen, allerdings schmückten feministische Themen ihr Design. Gisela Bernd zählte ein paar Eckdaten der Künstlerin auf und verwob das Ganze geschickt mit ein paar Anekdoten.

Der Auktionator startete bei 500 Euro. Sofort schnellten die Täfelchen in die Höhe und mit ihnen auch der Preis.

Es folgten eine Skulptur und eine Grafik. Danach mehrere Gemälde und eine Fotografie. Aufgenommen von einem Starfotografen aus LA. Darauf zu sehen: ein schwarz-weißes Porträt von Karl Lagerfeld. Carmen und Lisa tauschten einen zufriedenen Blick. Bereits jetzt sprengten die

Ergebnisse alle Erwartungen.

Dann war der große Moment gekommen. Zwei Männer trugen ein verhülltes Bild auf die Bühne. Objekt 019. Sie setzten es vorsichtig auf einen Sockel ab und traten beiseite.

Gisela begann, über den geheimnisvollen Künstler zu sprechen, der allen nur unter seinen Initialen bekannt war. »Was für ein Glück für uns, dass seine Identität verraten wurde, denn mittlerweile ist er nicht nur Künstler, sondern auch Leinwand für unsere eigenen schmutzigen Fantasien.«

Der Saal johlte bei ihrem Wortwitz. Applaus schwoll an.

»Samuel Bertram Grün war so freundlich, uns zwei seiner Werke zu spenden.« Das Tuch wurde entfernt und ein rostrotes Bild mit pinkfarbenen Sprenkeln kam zum Vorschein.

Ein Raunen ging durch die Menge. Auch Carmen schnappte nach Luft. Der Grund: Es war das falsche Bild. Gestern noch hatte Berti ein anderes angeliefert. Ausgerechnet vor diesem Gemälde waren sie und Berti sich damals, in der Galerie an der Ringstraße, das erste Mal begegnet.

Gisela Bernd bemerkte die allgemeine Verwirrung und löste das Rätsel auf. »Natascha Ivanova, die Vorsitzende des Opernball-Komitees, hat mir vorhin mitgeteilt, dass es eine kurzfristige Änderung gab. Der Künstler hat die Bilder ausgetauscht. Aber, meine Damen und Herren, das hier ist ein Tausch mit Symbolkraft. Samuel Bertram Grün überlässt uns das Bild, das ihm selbst am meisten bedeutet.«

Die Art, wie die Gäste ihre Täfelchen umklammerten, war eindeutig: Jetzt wollten sie dieses Objekt erst recht haben.

»Das Werk trägt den Titel *Abschied*«, sagte Gisela Bernd und gab dem Auktionator ein Zeichen. Die Versteigerung begann. Der Auktionator ratterte die Zahlen wie ein Maschinengewehr herunter, bis das Gemälde für eine Rekordsumme den Besitzer wechselte.

»*Phu!* Was für eine Spannung!« Gisela Bernd trank einen Schluck Wasser, während alles für das große Finale vorbereitet wurde.

»Wir kommen nun zum letzten Gegenstand der Versteigerung. Dem diesjährigen Opernballgemälde. Vorher möchte ich ...« Gisela machte eine kurze, kaum merkliche Pause. »... mit euch gemeinsam den Künstler begrüßen: Samuel Bertram Grün, meine Damen und Herren. Herzlich willkommen.«

Sie blickte an das andere Ende des Saals. Ein einzelner Spot folgte ihr. Dort stand Berti. Applaus schwoll an. Es war, als hätte jemand den Regler von *höflich gesittet* auf *Eskalation* gedreht.

»Herr Grün. Bitte, an meine Seite«, sagte die Bernd und zupfte auffällig unauffällig an ihrem Ausschnitt herum.

Der Hauch eines Lächelns huschte über Bertis Gesicht, verkümmerte jedoch einen Moment später wieder. Ein Ruck durchlief seinen Körper und er ging auf Gisela Bernd zu. Jedes einzelne Augenpaar klebte an ihm.

Gisela scherzte, Berti parierte. Dennoch glaubte Carmen zu sehen, wie sehr er es hasste, hier zu sein.

Gemeinsam enthüllten sie das Gemälde. Ein Seufzen rannte durch die Reihen der Anwesenden.

Gisela lief zur Höchstform auf. »Herr Grün, es heißt, jedes Ihrer Bilder hat eine Muse. Ist die Frau, die Sie zu diesem Bild inspiriert hat, vielleicht hier im Raum?« Sie klimperte mit ihren Wimpern und spitzte die Lippen. Es lag auf der Hand, in welche Richtung sie das Gespräch lenken wollte. Was Carmen vorhin als urkomisch empfunden hatte, erschien ihr mittlerweile unerträglich.

Bertis Augen wanderten durch den Saal, fanden Carmen. Sein Blick verfinsterte sich. Seine Augenbrauen zogen sich zusammen. »Nein.«

Etwas riss. Nicht etwa der Scheinwerfer über Gisela Bernd, sondern etwas in Carmens Herzen. Ein leises, scharfes *Pling* zerteilte den Faden, der sie miteinander verwoben hatte. Einen Wimpernschlag lang stoppte die Welt. Carmen schluckte. Zwang sich, zu atmen. Eine seltsame Stimmung erfasste den Saal. Stille schwebte über den Köpfen der Anwesenden. Alle warteten gespannt. Folgte all das einem Skript, oder wurden sie Zeugen eines handfesten Skandals? »… deshalb werden dankend Bewerbungen entgegengenommen.«

Nun lächelte Berti. Ließ seinen Blick schweifen.

Gisela quiekte und klatschte begeistert in die Hände. So wie der Rest der Gäste. Sie fächerte sich Luft zu und sagte: »So, meine Lieben. Genug mit der Schnappatmung. Es ist so weit, wollen wir nun das diesjährige Opernballgemälde an den Mann oder die Frau bringen.« Sie nickte hinüber zu dem Auktionator, der wieder übernahm.

Die Gebote gingen durch die Decke. Für Carmen war es nur Hintergrundrauschen. Sie spürte, dass sie beobachtet wurde, und hob den Kopf. Natascha saß ihr gegenüber und starrte sie an. Ihr Blick brannte sich förmlich in sie. Dabei lächelte sie kalt.

Die Auktion war vorbei. Ein voller Erfolg! Nun kam der lockere Teil des Abends. Die Gäste erhoben sich von ihren Tischen und schlenderten an die Bar. Man plauderte und netzwerkte. Wie durch einen Schleier nahm Carmen ihre Umgebung wahr. Sie sah, dass Berti mit den Käufern seiner Bilder ein paar Worte wechselte. Die Reporterin des Society-Magazins stand parat, um Berti ein paar Fragen zu stellen. Carmen nahm Glückwünsche zu dem gelungenen Event entgegen. Erfolg. Erfolg. Ihr Herz dröhnte. Es rauschte in ihren Ohren. Erfolg. Der Abend, ihr ganzes Leben. Ein einziger, riesiger Erfolg.

Carmen lächelte gequält und plauderte sich ihren Weg in Bertis Richtung. Sie musste mit ihm sprechen. Sie hatte ihn fast erreicht, da machte er kehrt und verließ den Saal.

»Bitte entschuldigen Sie mich«, sagte Carmen und eilte ihm hinterher. Sie erreichte Berti auf der Prunktreppe. »Berti, warte! Bitte.«

Er hielt an und drehte sich langsam zu Carmen um.

Laserstrahlen zauberten psychedelische Muster auf den Sandstein und ließen das neugotische Gewölbe noch dramatischer wirken.

»Ist es wegen dem, was ich zu dir gesagt hab? Es tut mir leid. Ich hab es nicht so gemeint.«

»Du hast es nicht so gemeint?« Berti schnaubte verächtlich. »Das passt zu dir! Du bist nicht in der Lage, Liebe zuzulassen, aber mich willst du zur Lust zwingen, ja?«

»Was?« Carmen schüttelte irritiert den Kopf.

»Spiel nicht die Unschuldige! Ich weiß vom Viagra im Wein. Sag mal, wie berechnend bist du eigentlich?«

»Warte, das stimmt so nicht. Wer hat dir das überhaupt erzählt? Es war ein Missverständnis, ich kann dir das erklären…«

»Nein! Hör auf. Ich will es nicht hören. Ich hab deine Lügen und Ausreden so satt. Nicht ich bin es, der nicht *kann*. Sondern du.«

»Ich habe dich nie angelogen.«

»Nein? Du hast gesagt, es war ein Missverständnis, dass bekannt wurde, wer S.B.Grün ist. Aber ist es nicht eher so, dass du und Natascha eine Absprache hattet?«

Carmen spürte, wie ihr die Tränen in die Augen schossen.

»So war das nicht. Ich kann dir alles erklären.«

Berti lachte gehässig. »Dir ging es nie um mich! Immer nur um dich und deine beschissene Karriere. Gratuliere! Du hast es geschafft. Du bist jetzt ganz oben. Ich hoffe, das war es wert!«

Ein Ächzen entschlüpfte Carmens Lippen. »Siehst du denn nicht, dass …«

»Ich sehe gar nichts«, zischte Berti. »Du bist nur eine starre Maske.«

Er machte einen Schritt auf sie zu. Dabei verzog er das Gesicht, regelrecht angewidert von dem, was er sah. In seinen Augen blitzte es hasserfüllt. »Weißt du was, es ist scheißegal, wie viel du in deinem Gesicht noch machen lässt. Du wirst immer hässlich sein, weil du innen drin kaputt bist.«

Carmen schnellte zurück. Sie krachte gegen den Sandstein in ihrem Rücken. Berti wühlte in Wunden, die nie wirklich verheilt waren. Nun lagen sie blank. Über ihnen auf der Treppe erklang Gelächter. Die ersten Besucher machten sich auf den Heimweg. Carmen wandte sich ab. Sie wollte nicht, dass jemand sie so sah.

Ihre Augen trafen sich ein letztes Mal, dann rannte Carmen die Treppe hinunter. Sie musste retten, was von ihr noch übrig war. Unten angekommen, riss sie die Flügeltür auf. Einen Augenblick später erstarrte sie zur Salzsäule. Unzählige Teleobjektive waren auf sie gerichtet. Tuscheln war zu hören. Jemand kicherte.

Carmen machte kehrt. Ihr Instinkt zwang sie, in die andere Richtung zu laufen. Nur, dass Berti immer noch oben auf der Treppe stand, zusammen mit Gästen, die mit ihm plauderten.

Carmen floh endgültig nach draußen. Sie hielt sich ihre

Handtasche wie ein Schutzschild vor das Gesicht und rannte den Doktor-Karl-Renner-Ring hinunter. Weg von hier, weg von ihrer Blamage. Weg von Berti.

Die Menschen, die ihr begegneten, gafften sie neugierig an. Das wunderte Carmen kein bisschen. Sie war eine tränenverschmierte Witzfigur. Ihr Herz klopfte wild. Das Blut rauschte in Carmens Ohren, ihr Puls hämmerte.

»Frau Fürstenberg?«

Carmen fuhr herum und erkannte Doktor Singer. Sie lehnte an der Hauswand und rauchte. Sie nahm einen letzten Zug. Die Glut fraß sich durch das Papier und erreichte den Filter. Dr. Singer warf die Kippe zu Boden und trat sie aus. »Sie sehen aus, als könnten Sie einen Drink gebrauchen.«

Carmen ging nicht auf ihre Frage ein. »Was machen Sie noch hier?« Es war bereits dunkel. Dr. Singers Praxis musste bereits seit Stunden geschlossen sein.

»Ich brauche heute auch einen Drink. Vielleicht auch ein paar mehr.« Sie drehte sich um, steckte den Schlüssel ins Schloss und öffnete die Haustür. Mit einem Klicken sprang sie auf. »Mein Mann hat seine Sachen abgeholt. Ich schaffe es nicht, heimzugehen, in das leere Haus.« Sie trat ein. Der Schließer der Eingangstür glitt langsam zu. Der Spalt wurde kleiner. Die Symbolik dahinter war klar. Komm, oder lass es. Carmen folgte ihr.

Fünf Minuten später saßen sie sich bei einem Glas Wodka-Soda gegenüber. »Salute«, sagte Dr. Singer. Sie roch nach Nikotin, wenn sie sprach. Carmen führte das schwere Glas an ihre Lippen. In seinem Inneren klirrten Eiswürfel. Carmen mochte Wodka-Soda nicht. Trotzdem trank sie gierig. Schluckte die scharfe Flüssigkeit und genoss das Brennen in ihrer Speiseröhre.

Dem Drink folgten zwei weitere. Niemand sprach und jeder hing seinen eigenen Gedanken nach. Immer wieder dachte Carmen an das, was Berti gesagt hatte. *Du bist innen drin kaputt.* Er hatte recht.

»Ich brauche keine Psychologin«, sagte Carmen, nach einer gefühlten Ewigkeit.

»Sieht man«, erwiderte Dr. Singer sarkastisch.

»Aber ich will gern eine.«

»Mein Terminkalender ist voll. Die Warteliste lang.«

»Dafür finden wir erstaunlich oft Gelegenheiten, um uns gemeinsam zu betrinken.«

Dr. Singer hob ihre Augenbrauen. »Warum wollen Sie eine Therapie?«

»Ich ertrage den Blick in den Spiegel nicht mehr.«

»Altern ist nichts für Feiglinge.«

»Leben ist nichts für Feiglinge.«

Dr. Singer lächelte milde. »Ich denke darüber nach.«

Kapitel 28

Carmen auf dem Bauernhof

Das Wochenende nach der Spendengala hatte sich Carmen zu Hause verkrochen. Sie hatte Berti ihr Herz geöffnet und er hatte es ihr in Rekordzeit gebrochen. Eva und Marina waren bei ihr gewesen. Sie hatten mehrere Flaschen Wein geköpft, Essen geordert und Carmen getröstet. Die Gesellschaft ihrer Freundinnen hatte ihr gutgetan, aber als der Montag kam, fühlte sich Carmen immer noch nicht bereit, in den Alltag zurückzukehren. Sie hatte Lisa angerufen und sich für ihr Verschwinden nach der Auktion entschuldigt. Und es auf ein akutes Magen-Darm-Problem geschoben. Verdammte Coli-Bakterien!

»Verstehe ich. Nichts kommt plötzlicher als Montezumas Rache«, hatte Lisa geantwortet.

Carmen hatte sich für die nächsten Tage krankgemeldet. Etwas, das sie niemals zuvor getan hatte. Aber Lisa hatte ihr versichert, dass sie alles unter Kontrolle hatten. »Wenn der Hut brennt, melden wir uns. Versprochen.«

»Bitte per Mail«, hatte Carmen gesagt und versichert, mehrmals pro Tag ihre Nachrichten zu checken. Das Handy hatte sie ausgeschaltet, weil sie nicht Gefahr laufen wollte, in einem schwachen Moment Berti anzurufen. Das hatte sie auch ihren Freundinnen gesagt, damit sie sich keine Sorgen machten.

Sie brauchte dringend eine kleine Auszeit!

Von Montag bis Donnerstag war Carmen mit der Couch

verwachsen. Sie hatte sich alle Schnulzenfilme angesehen, die es auf Netflix zu streamen gab. Donnerstagabend war es besser geworden und Carmen hatte sich unter die Dusche gequält.

Heute war Freitag, und sie fühlte sich in der Lage, sich der Welt zu stellen. Eine Woche war seit ihrem hässlichen Streit vergangen. Zwar saß der Schock immer noch tief, aber Carmen musste ins Büro, ob sie wollte oder nicht. Am Karlsplatz stieg sie in die volle U-Bahn. Sie quetschte sich in eine freie Ecke und zog ihr Handy hervor. Es war das erste Mal seit Montagmorgen, dass sie es einschaltete. Sofort poppten dutzende Nachrichten auf. Größtenteils von Eva und Marina. Auch ihr Gruppenchat quoll über.

Wie geht es dir, Süße?, schrieb Eva. *Scheiße, es tut mir so leid! Wer tut sowas?*

Marina schlug in dieselbe Kerbe: *Ich versteh echt, dass du eine Auszeit wolltest, aber bitte melde dich! Wir machen uns Sorgen!*

Wovon sprachen sie? Carmen runzelte die Stirn. Vier Tage war sie offline gewesen. Hatte das genügt, um komplett den Anschluss zu verpassen?

Wovon redet ihr bitte?, schrieb sie. *Was ist passiert?*

Eva erschien online.

Sie tippte eine Antwort. Löschte sie wieder. Dieses Spiel wiederholte sich mehrere Male.

Warst du schon auf Instagram?

Ein Link poppte auf Carmens Bildschirm auf. Sie klickte darauf und erschrak so heftig, dass ihr beinahe das Telefon aus der Hand fiel. Der Grund war sie selbst. Sie war zum *Meme* geworden! Eine Karikatur. Eine Witzfigur.

Carmen sah ein Bild von sich, aufgenommen am

Freitagabend auf der Charity-Gala, als sie gerade aus dem Rathaus stürmte. Es zeigte sie mit verweinten Augen, verschmierter Mascara und verzerrtem Gesicht. Ein äußerst unvorteilhafter Schnappschuss! Darunter stand in fetten Buchstaben geschrieben: *Ich, am ersten Tag nach dem Urlaub, am Weg ins Büro.* Das *Meme* hatte über 3000 Likes. Es war nur eine Version von vielen. Carmen war viral gegangen.

Unter einem anderen Bild stand: *Ich, wenn ich feststelle, dass sein Tinder-Profilbild aus dem Jahr 2000 ist.*

Der nächste Beitrag hatte es in sich. Eine Großaufnahme ihres Gesichts. Der Text dazu lautete: *Wenn du merkst, dass du Tausende Euro in der Beautyklinik gelassen hast und das dein Ergebnis ist.*

In den Kommentaren darunter fand sich nur Spott und Häme. *Erbärmlich, wenn Frauen mittleren Alters ihren Verfall nicht akzeptieren können*, schrieb ein ebenfalls mittelalter, feister Mann.

Carmen schnappte entsetzt nach Luft und schloss die App. Weil ihr das immer noch nicht genug Distanz war, klickte sie auf das Icon und drückte auf *Deinstallieren.* Dann kramte sie ihre Sonnenbrille heraus und verschanzte sich dahinter. Obwohl niemand sie beachtete, fühlte sich Carmen gedemütigt und vorgeführt. Am liebsten hätte sie gleich wieder kehrtgemacht.

Als sie *the Verve* erreichte, gab Carmen sich einsilbig und zog sich direkt in ihr Büro zurück. Vermutlich wussten längst alle, dass sie nicht wegen Magen-Darm-Problemen zu Hause gewesen war, wobei, schlecht war ihr mittlerweile wirklich! Carmen musste mit ihren Mitarbeiterinnen sprechen, aber im Moment fehlte ihr die Kraft dafür. Stattdessen schrieb sie Doktor Worsek eine E-Mail und stornierte ihren geplanten Eingriff. Sie hatte ein Mini-Facelift geplant. Im Augenblick hatte aber die Wiederherstellung ihrer Psyche Vorrang.

Um 10 Uhr klopfte Lisa an ihre Tür. Carmen nickte und winkte sie zu sich. »Ich will dich nicht stören, aber da ist Besuch für dich.«

Carmen schüttelte entschieden den Kopf. »Nein! Wer es auch ist – ich will jetzt niemanden sehen. Erfinde eine Ausrede.«

Lisa ging.

»Frau Fürstenberg hat leider keine Zeit für Sie«, hörte Carmen Lisa sagen. »Wenn Sie vielleicht ein andermal …« Sie wurde von Geschrei unterbrochen. »So läuft das nicht!«, schimpfte Natascha. Einen Moment später kam sie in Carmens Büro gerauscht. »Du empfängst niemanden? Was heißt das bitte? Willst du mich verarschen?«

Lisa war ihr auf den Fersen. Sie warf Carmen einen entschuldigenden Blick zu. Natascha pflanzte sich unaufgefordert in einen der Besucherstühle. »Kaffee schwarz«, sagte sie, ohne Lisa anzusehen.

Die blickte Carmen unsicher an. Carmen schüttelte den Kopf. »Wir brauchen nichts. Danke, Lisa. Du kannst gehen.«

Sie taxierte Natascha mit einem finsteren Blick. »Du wagst es wirklich, hier aufzutauchen? Nach all dem, was am Freitag vorgefallen ist? Versuch erst gar nicht, es abzustreiten! Ich weiß genau, dass du Berti alles verraten hast. Und allem Anschein nach auch noch komplett aus dem Kontext gerissen.«

»Wer ist auch so blöd und hört sich eine *geheime* Sprachnachricht vor dem Rathaus an? Ich stand hinter einer der

Säulen beim Eingang und du hast es nicht einmal bemerkt.«

Natascha lachte selbstgefällig. Dann wurde sie schlagartig ernst. »Du bist schuld, also bring diese Angelegenheit auch gefälligst wieder in Ordnung.«

»Ich hab nichts getan!«

»Wer's glaubt! Berti hat mir eine E-Mail geschickt. Er will mit dieser *Scheiße* nichts mehr zu tun haben. Berti distanziert sich vom Opernball. Sein Anwalt prüft sogar, ob er uns das Bild entziehen kann. Aber du weißt genauso gut wie ich, dass wir das verdammte Gemälde brauchen. Alles ist darauf ausgerichtet.«

»Dann rede doch mit ihm. Das kannst du doch so gut«, antwortete Carmen trotzig.

»Sag mal, schnallst du es nicht? Er ist mein Ex-Mann, ich bin die Letzte, auf die er hört!«

»Was?« Verdutzt riss Carmen die Augen auf. Sie musste sich einfach verhört haben. »Ich dachte, seine Frau heißt Annika und ist deine Freundin? Deshalb dieser ganze Rache-Scheiß?«

Natascha starrte Carmen an, als ob sie den Verstand verloren hätte. »Was redest du? Annika ist weder meine Freundin noch ist sie Bertis Ex-Frau. Sie ist seine Schwester! *Ich* war mit ihm verheiratet. Aber kaum sind wir geschieden, hat der Wichser nichts Besseres zu tun, als mich mit einem billigen Abklatsch von mir zu ersetzen.«

Carmen ignorierte die Beleidigung. Sie schüttelte den Kopf, um ihre Gedanken zu sortieren.

Carmen dachte daran, wie Natascha in ihr Büro gekommen war und ihr nahegelegt hatte, Bertis Identität zu verraten. »Er hat jemandem, der mir sehr nahe steht, das Herz gebrochen«, hatte sie gesagt.

Fuck! Natascha hatte dabei von sich selbst gesprochen. Carmen hatte lediglich angenommen, dass es sich um eine enge Freundin handelte.

»Liebst du ihn etwa noch? Ist das der Grund für all das hier?«

»Das würde dir wohl so passen. Aber nein, ich habe *ihn* vor ein paar Jahren verlassen. Nicht umgekehrt.«

»Aber warum dann all das? Was hast du davon?« Carmen konnte sich ehrlich keinen Reim darauf machen.

»Du willst die Wahrheit wissen? Das Opernballkomitee hätte sich niemals für *the Verve* entschieden, aber Berti hat darauf bestanden. Er hat mich unter Druck gesetzt, deine Agentur zu nehmen, weil er wusste, dass Franjo Peterson unbedingt sein beschissenes Gemälde wollte. Und Berti wollte dich! Du hast ihm wohl ziemlich den Kopf verdreht. Aber ich lasse mich nicht erpressen!«

Carmen stützte ihr Gesicht in die Handflächen. Die ganze Zeit war sie der Spielball dieser Irren gewesen.

»Jetzt tu nicht so unglücklich. Ich weiß genau, aus was für einem Material du geschnitzt bist. Du bist hart, spielst nach den gleichen Regeln wie die Kerle. Das ist übrigens eine deiner besseren Eigenschaften. Also bring das wieder in Ordnung.«

Carmen sah überrascht auf. »Wie zur Hölle soll ich das wieder geradebiegen? Hast du dir selbst nicht zugehört?«

Natascha stand auf und beugte sich über Carmens Schreibtisch. Eine Drohgebärde. Sie taxierte Carmen. »*the Verve* mag ja im Moment die Agentur der Stunde sein, aber einen Rechtsstreit stemmt ihr nicht. Denk daran, *du* hast Berti verraten, nicht ich. Sehr unprofessionell! Niemand mag Verräter, dann sind all eure neuen Aufträge und Kontakte gleich wieder futsch.«

Das stimmte. Wenn es vor Gericht ging, hatten sie keine Chance.

Natascha lächelte. »Wunderbar. Ich sehe, wir verstehen uns immer noch. Berti hat die Stadt verlassen, aber ich schicke dir die Adresse, wo du ihn findest.«

Drei Stunden später stieg Carmen aus dem Zug. In einem verschlafenen Kaff im Weinviertel. Der Bahnhof sah aus, als wäre die Zeit im vorigen Jahrhundert stehen geblieben. Die Fahrt hierher, eine kleine Weltreise. Nun saß Carmen in einem Taxi und ließ sich zu der Adresse bringen, die Natascha ihr gegeben hatte. *Josis Stadltaxi* war das Einzige im Umkreis. Ein uralter Audi.

Carmens Handy klingelte. Sie fischte es aus der Tasche. Es war Mercedes. *Wenn sie wegen dieser Memes anruft, lege ich sofort wieder auf*, dachte Carmen grimmig.

»Hallo Mercedes. Was gibt's? Und halt dich bitte kurz, ich bin beschäftigt.«

»Du musst am Wochenende auf Romy aufpassen. Ich muss die Abendmaschine kriegen. Lorenz ist in der Schweiz. Das hab ich gerade von seiner Sekretärin erfahren.«

Josi setzte den Blinker und bog in eine schmale, geschotterte Einfahrt. Links und rechts von ihnen ragten Kukuruzfelder auf.

»Meinetwegen. Ich muss jetzt Schluss machen.«

Der Wagen hielt vor einem idyllischen Bauernhof. Sollte Berti tatsächlich ein Landwirt sein?

Carmen bezahlte ihre Fahrt, als die Beifahrertür aufgerissen wurde. »Dass du dich hierher traust!« Erschrocken blickte Carmen auf. Sie sah eine schwarzhaarige Frau. Einige Sekunden lang starrten sie sich einfach nur an.

»Oh! Entschuldigung. Ich habe Sie verwechselt.«

»Ich vermute, mit Natascha Ivanova?«

Die Frau nickte. Carmen stieg aus und ging um den Wagen herum. Sie reichte ihr die Hand. »Ich heiße Carmen Fürstenberg. Und Sie sind Bertis Schwester, richtig?«

»Ja. Annika. Freut mich.«

Nicht mehr lange, dachte Carmen zynisch.

Annika beugte sich nach unten. »Servus Josi«, sagte sie zur Taxifahrerin, dann schlug sie die Autotür zu. Die startete den Motor und wendete ihren Wagen. Momente später rumpelte sie auf der holprigen Feldstraße wieder davon.

»Ich müsste dringend mit Berti... äh... Herrn Grün sprechen. Bin ich hier richtig?«

»Ja. Komm, ich bring' dich hin«, sagte Annika und wechselte ganz selbstverständlich zum Du über. Carmen betrachtete sie verstohlen.

Sie war eine attraktive Frau um die fünfzig. *Vielleicht würde Heidi so aussehen, wenn sie erwachsen war und den Ziegenpeter geheiratet hatte*, dachte Carmen. Sie hatte ihre langen Haare zu einem Pferdeschwanz gebunden. Schwarze Lidstriche zierten ihre Augen. Annika trug ein schwarzes Top und schwarze Leggings. Dazu olivfarbene Gummistiefel und ein rot kariertes Hemd, das eindeutig zu groß war, um ihr eigenes zu sein. Sie sah verdammt cool aus.

Carmen blickte sich um. Ein idyllisches Fleckchen Land. Felder umringten den Bauernhof. Hauptsächlich Kukuruz. Die meisten Maisfelder waren bereits abgeerntet, einige wenige hatten die Ernte noch vor sich. Es roch nach Land, die offensichtliche Gegenwart von Hoftieren vermengte sich mit dem Geruch von frischem Heu. Der Herbst war auf dem Vormarsch und ein frischer Wind strich durch die Wildblumenwiese, die fast bis zur Hauswand heranreichte. Die meisten Blumen waren verblüht, nur noch Aster und Wegwarte schufen einzelne Farbtupfer im hohen Gras. Das Haupthaus war gelb, mit weißen Faschen. Die Nebengebäude bestanden aus dunklen, verwitterten Holzbalken. Der Garten, der das Haus umgab, war ein Sammelsurium aus Blumenbeeten, Gemüsereihen und Obstbäumen.

Carmen hatte nicht erwartet, dass sie es hier hübsch finden würde. Sie war keine Frau, die dem Landleben sonderlich viel abgewinnen konnte. Zumindest hatte sie sich das immer eingeredet.

Carmen warf einen Blick auf die Uhr. Es war früher Nachmittag. Weil Carmen keinen Führerschein besaß, hatte die Anreise eine halbe Ewigkeit gedauert. In zwei Stunden fuhr der letzte Bus, danach würde es schwierig werden, zum Bahnhof zu gelangen. Oder sie rief Josi an. Dummerweise hatte Carmen in dieser Gegend kaum Netz.

Sie folgte Annika einen schmalen Trampelpfad entlang, der quer durch die Wildblumenwiese bis zu einer abgelegenen Scheune führte. Immer wieder blieben Carmens Absätze in der Erde stecken. Sie bemühte sich, mit Annika Schritt zu halten, weil sie nicht das Klischee der Großstadttussi bedienen wollte.

»Da vorn ist Bertis Atelier. Er hat die Scheune selbst umgebaut«, erklärte Annika stolz. Schulter an Schulter blickten sie auf das Ergebnis. Große Fensterfronten erlaubten den Blick auf die Natur. Genauer gesagt auf einen Nussbaum und Felder, die ein Stück entfernt in sanfte Hügel übergingen.

»Wenn Berti in seinem Schaffensprozess ist, sieht und

hört man oft tagelang nichts von ihm«, sagte Annika und riss Carmen aus ihrer Beobachtung. »Na gut, die letzten Meter schaffst du auch alleine. Ich bin vorn beim Haupthaus, wenn du mich suchst.«

Carmen nickte dankbar. Insgeheim war sie froh, dass Annika nicht Zeugin ihres zweifelsohne unerfreulichen Gesprächs werden würde. Nataschas Worte hallten ihr immer noch im Ohr. Berti wollte mit all dem nichts mehr zu tun haben. Er hatte sogar seinen Anwalt eingeschaltet. Wenn sie ehrlich war, konnte sie es ihm nicht verübeln.

Carmen straffte die Schultern und ging auf sein Atelier zu. Sie klopfte an die Holztür und wartete. Keine Reaktion. Sie versuchte es noch ein paar Mal, danach drückte sie die Klinke nach unten und trat ein. Sie war nicht verschlossen. Carmen seufzte erleichtert. Sie konnte nicht unverrichteter Dinge wieder gehen, dafür war ihre Anreise zu beschwerlich gewesen. Allerdings hatte sie keine Ahnung, was sie ihm sagen sollte.

Carmen blickte sich um. Das Atelier war offen gestaltet wie ein Loft. Farbkleckse übersäten den Boden, an den Wänden lehnten nackte Leinwände, die auf ihren Anstrich warteten. Dazwischen standen Staffeleien mit halbfertigen Bildern.

In der Mitte des Raumes fand sie Berti. Er trug seine Malerjeans und ein schlichtes T-Shirt und war ganz in seine Arbeit versunken. Kopfhörer bedeckten seine Ohren. Er hörte Heavy Metal. Seine Missstimmung bekam auch seine Kunst zu spüren. Er hielt einen Kübel mit schwarzer Acrylfarbe in der Hand.

Carmen ahnte, was ihm die Laune verdorben hatte.

»Berti!«, rief sie, doch er reagierte nicht. Sie ging näher. Schließlich tippte sie ihm vorsichtig auf die Schulter. Ein

Fehler. Eine Sekunde später schnellte Berti herum, und mit ihm der Kübel Farbe. Ein Schwall Acryl klatschte Carmen ins Gesicht.

Carmen hielt entsetzt die Luft an.

»Was hast du hier zu suchen?« Bertis Stimme klang schneidend. Er riss sich die Kopfhörer von den Ohren. Seine Augen taxierten sie, während Carmen versuchte, die Farbe wenigstens aus den Augen zu bekommen. Ihr Herz raste. Sie war geschockt, ihr troff dickflüssige Farbe vom Kinn, ihre ganze Kleidung, alles war ruiniert. Das Zeug klebte sogar in ihren Haaren. Tränen der Wut stiegen Carmen in die Augen. »Spinnst du?«, war alles, was sie zuwege brachte, obwohl sich in ihrem Kopf eine Kaskade an Schimpfwörtern abspielte. So konnte sie das nicht stehen lassen. Sie öffnete den Mund, doch Berti schnitt ihr das Wort ab. »Was willst du hier?«

Carmen schaufelte sich eine weitere Ladung Farbe vom Gesicht und wischte sie achtlos in ihren Blazer. Der war ohnehin ruiniert. *Mich entschuldigen. Dich anflehen, mir zu verzeihen. Dir sagen, dass ich dich liebe.* »Du bist das Aushängeschild des Opernballs. Du kannst jetzt keinen Rückzieher machen.«

»Deshalb bist du gekommen? Den Weg hättest du dir sparen können.« Bertis Augen schossen Giftpfeile in ihre Richtung. Carmen hielt seinem Blick stand. Sie wusste, dass er eine Entschuldigung von ihr verdient hatte. Aber nun, wo sie so vor ihm stand, waren auch seine kränkenden Worte wieder präsent. Berti hatte sie abgrundtief verletzt und gedemütigt, ihr Ego lag in Scherben.

»Vergiss es«, krächzte sie. »Deine Ex-Frau wollte, dass ich mit dir rede. Aber mach, was du willst.«

Carmens Reaktion hätte mehr Gewicht gehabt, wenn

ihre Stimme fest und souverän gewesen wäre. Doch so war sie nur ein Häufchen Elend mit schwarzem Anstrich. Carmen machte am Absatz kehrt und ging. Was hatte sie sich erwartet? Nun, das nicht, so viel stand fest. Eigentlich hätte sie sich denken können, dass ihr Gespräch in einer Katastrophe gipfelte. Dafür war sie also zum Arsch der Welt gefahren.

»Du traust dich echt, mir zu sagen, was ich tun und lassen soll? Du bist echt das Allerletzte!«

Carmen drehte sich ein letztes Mal um. »Fahr zur Hölle!«, schrie sie und stürmte aus seinem Atelier.

Kapitel 29

Traumfrau

Zurück beim Bauernhaus war Carmen nicht nur geteert, sondern auch gefedert. Blüten, Gräser und Insekten klebten an ihr.

Annika saß auf einer Holzbank und streichelte eine rote Katze. Als sie Carmen kommen sah, wurden ihre Augen groß wie Untertassen.

»Ist das Farbe?«

Carmen nickte und bemerkte, dass sie immer noch heulte.

»Ist wohl nicht gut gelaufen?«, stellte Annika fest.

Carmen schniefte. Sie zog ihr Handy hervor und suchte nach Netz. Vielleicht konnte Eva sie abholen, denn so konnte sie unmöglich mit Taxi, Bus oder Bahn nach Wien zurückkehren.

»Du musst das Zeug abwaschen«, sagte Annika. »Wenn es erst einmal getrocknet ist, kriegst du es nicht mehr raus.«

Entsetzt schnappte Carmen nach Luft. An die Konsequenzen hatte sie noch gar nicht gedacht. Die platinblonde Mähne auf ihrem Kopf kostete sie jeden Monat ein Vermögen.

Instinktiv wandte sich Carmen der Haustür zu.

»Nein, sorry, so kann ich dich nicht in mein Badezimmer lassen«, sagte Annika und griff stattdessen nach ihrer Hand. Sie zog Carmen um die Hausecke. Hier befand sich ein Misthaufen. Ein Hahn thronte obenauf. Bei Carmens Anblick krähte er erschrocken. Neben dem echten Gockel befand sich ein Wasserhahn an der Wand.

»Keine Angst, nur eine schnelle Grundreinigung. Das Wasser ist warm, der Schlauch ist den ganzen Tag in der Sonne gelegen.«

Falls Carmen gedacht hatte, dass es nicht noch demütigender werden konnte, dann hatte sie sich geirrt. Sie stand neben einem Misthaufen und wurde von einer fremden Frau mit einem Gartenschlauch von oben bis unten abgespritzt. Carmen prustete und röchelte. Sie war nass bis auf die Haut.

»Los, komm, jetzt darfst du rein«, sagte Annika. »Ab unter die Dusche. Deine Kleidung werfe ich gleich in die Waschmaschine, sonst sind die piekfeinen Fetzen beim Teufel.«

Wie hatte das passieren können? Vor dreißig Minuten war Carmen noch Herrin der Lage gewesen, jetzt stand sie splitterfasernackt in der Dusche einer fremden Frau und seifte sich mit deren Duschgel ein. Ihr Blick wanderte durch das Gäste-Badezimmer. Es war in einem maritimen Stil gehalten. Weiße Fliesen, die mit hellblauen Muscheln bedruckt waren, schmückten die Wände. Davor standen Rattankörbe voll mit blau-weiß gestreiften Handtüchern.

Carmen stieg aus der Duschtasse und schnappte sich eines davon. Sie schlang es sich um den Körper und blickte in den Spiegel. Sie hatte das Schlimmste befürchtet, doch ihre Haare waren immer noch silbrig blond, ohne einen hässlichen Grünstich. Carmen seufzte erleichtert, während sie aus ihrer Handtasche einen Kamm hervorfischte.

Auf der Ablage über dem Waschbecken fand sich eine Ansammlung von nautischem Nippes: kleine Glasflaschen voller Sand, muschelförmige Seifenstücke und ein hölzernes Schiffsmodell. Über ihr hing ein Stück Totholz, das mit einem Seil umwickelt war und von dem Glühbirnen baumelten. Man konnte Annika nicht vorwerfen, dass sie ein Detail ausgelassen hätte. Von außen klopfte es an der Tür. »Darf ich reinkommen?«

»Ja.« Die Tür ging auf und Annika brachte ihr einen Stapel Kleidung. Leggings, Tanktop und ein Männerhemd. Offensichtlich so etwas wie ihre Uniform. Sie waren ungefähr gleich groß und besaßen eine ähnliche Statur. »Danke!«

Annika verschwand wieder und Carmen zog die Sachen an, die nach Lavendel rochen. Carmen fühlte sich unwohl in der Kleidung einer fremden Frau.

Sie trat aus dem Badezimmer und sah sich um. Keine Spur von Annika. Sie fand sie schließlich draußen, vor dem Haus, wo sie eine zünftige Jause aufgedeckt hatte. Bauernbrot, Butter, Käse, hart gekochte Eier und Speck lagen dort auf einem Holzbrett drapiert. Dazu Gurken und Tomaten, die vermutlich aus ihrem eigenen Garten stammten. Außerdem zwei Jausenbrettchen.

»Dachte, du kannst eine kleine Stärkung vertragen«, sagte Annika.

Carmen musterte den gedeckten Tisch. Annika konnte doch nicht ernsthaft erwarten, dass sie zusammen mit ihr jausnete? Als hätte sie Carmens Gedanken erraten, deutete sie auf die Bank.

»Bitte, setz dich. Du musst sowieso warten, bis deine Wäsche fertig ist.«

»Aber ich…« Laute Technomusik schallte von der Scheune zu ihnen herüber. Nun hatte Berti eindeutig die Kopfhörer abgenommen. »Ich glaube nicht, dass ich hier sein sollte. Berti war recht eindeutig. Er will mich nie wiedersehen.«

»Keine Sorge, der kommt da so schnell nicht raus«, erklärte

Annika. »So führt er sich immer auf, wenn er wütend oder traurig ist. Der Lautstärke nach zu urteilen, ist er gerade beides.«

Carmen lächelte zerknirscht und setzte sich. Es sah köstlich aus und sie war hungrig. Sie hatte den ganzen Tag noch nichts gegessen.

»Ich hasse es, alleine zu essen«, sagte Annika und goss ihr selbst gemachten Holundersaft ein. »Meine Söhne sind beide am Feuerwehrfest. Jetzt helfen sie beim Aufbauen. Später bei der Ausschank und in den frühen Morgenstunden torkeln sie dann besoffen heim zu ihren Freundinnen.« Sie zuckte mit den Achseln. So viel Ungesagtes schwang aus ihrer Stimme.

»Wo ist ihr Vater?«, fragte Carmen, dann biss sie sich auf die Lippe. Sie hoffte, dass sie mit ihrer Frage nicht gleich in das nächste Hornissennest stach.

»Tot«, antwortete Annika und lächelte tapfer.

»Das tut mir leid!« Carmen verfluchte sich insgeheim für ihr unbedachtes Geplapper.

»Es ist schon etliche Jahre her«, fügte Annika hinzu. »Der schlimmste Schmerz ist verblasst. Aber gelegentlich ist die Traurigkeit noch da.«

Sie steckte Carmen den Brotkorb hin. »Bitte. Nimm!«

Carmen ließ sich nicht lange bitten. Sie griff nach dem Bauernbrot und bestrich es mit Butter. Alles schmeckte irgendwie besser hier auf dem Land.

Ein paar Bienen summten über die Wiese und trotzten dem voranschreitenden Herbst. Hin und wieder jagte die rote Katze nach ihnen. Obwohl die Luft bereits kühl war, strahlte das Bauernhaus in ihrem Rücken eine angenehme Wärme ab.

Nach dem Essen lehnte sich Carmen zufrieden zurück. Sie war froh über den elastischen Bund der Leggings. »Das war wirklich köstlich. Vielen Dank!« Sie blickte auf ihre Armbanduhr. Gern wäre Carmen noch geblieben, doch der letzte Bus fuhr in zwanzig Minuten ab. »Ich muss jetzt wirklich los, sonst komm' ich nicht mehr heim.«

Annika schüttelte den Kopf. »Tut mir leid, aber der Bus um fünf fährt nur von Montag bis Donnerstag. Heute ist Freitag, das zählt schon zum Wochenende – da sind die Fahrpläne ein wenig abgespeckter.«

»Was? Das heißt, es fährt heute kein Bus mehr?«

»Richtig«, bestätigte Annika.

»Könntest du mich nicht zum Bahnhof fahren?«, fragte Carmen. Bei dieser unzureichenden Verkehrsanbindung musste Annika einfach einen Führerschein haben.

»Ja, würde ich. Aber meine Buben haben das Auto. Das kriege ich vor morgen Früh nicht wieder. Aber ich kann Josi anrufen. Sie ist die einzige Taxifahrerin hier im Umkreis.«

Als Carmen nickte, griff Annika nach ihrem Handy und wählte Josis Nummer. Nach etlichen *Ahas* und *Uhms*, legte sie wieder auf und schüttelte den Kopf. »Josi ist mit ihrer Mutter beim Arzt, danach hat sie Zeit, aber bis dahin ist dein letzter Zug garantiert auch schon weg.«

Carmen war hier gestrandet, ein Gedanke, der sie endgültig nervös machte. Sie erblickte einen Traktor, der in einer der Scheunen stand.

»Vergiss es. Mich bringst du in keinen Traktor«, sagte Annika. Ein bitterer Zug umspielte ihre Mundwinkel.

»Wir könnten Berti fragen, ob er dich fährt. Aber ich glaub, sein Multivan steht noch beim Dorfwirt, weil er gestern zu tief ins Glas geschaut hat. Er hat wohl seinen Frust ertränkt.«

»Nein!«, rief Carmen entsetzt. »Alles, nur das nicht! Berti

soll gar nicht wissen, dass ich immer noch da bin.«

Annika erhob sich wortlos und verschwand im Inneren ihres Bauernhofs. Einen Augenblick später kehrte sie mit einer Flasche Marillenschnaps zurück. Carmen wollte ablehnen, doch Annika befüllte bereits zwei Stamperl.

»Keine Widerrede«, sagte sie und schob ihr den Obstler hin. »So nervös wie du bist, kann das nicht schaden. Trink erst einmal, dann überlegen wir weiter. Keine Sorge, wir werden dich schon zurück in die Großstadt bekommen.«

Carmen nickte und führte das Schnapsglas an ihre Lippen. Sie kippte die klare Flüssigkeit in einem Zug weg und spürte das Brennen, das sich seinen Weg durch ihre Speiseröhre bahnte. Carmen verzog das Gesicht und schüttelte sich. Dann verschwand die Schärfe, verwandelte sich in ihrem Magen in wohlige Wärme und hinterließ in ihrer Mundhöhle den Geschmack von Marillen.

»Besser?«

»Ein bisschen«, gestand Carmen und spürte, dass ihre Anspannung tatsächlich schwand. »Warum bist du so nett zu mir? Ich meine, du hast doch mitbekommen, dass dein Bruder mich mit Farbe übergossen und davongejagt hat?«

Annika grinste. »Erzähl mir, was du ihm angetan hast, dafür sage ich dir, warum ich so nett zu dir bin.« Sie füllte zwei weitere Gläser. Carmen nahm das ihre ohne Protest entgegen. Das, was sie gleich sagen musste, kam ihr so leichter über die Lippen.

»Also gut. Ich hab Berti auf einer … nein, auf seiner Vernissage kennengelernt. Damals wusste noch keiner, wer S.B.Grün ist. Jedenfalls sind wir im Bett gelandet. In der Nacht hat sein Handy ein paar Mal geläutet. Ich hab dich auf dem Display gesehen und ihm unterstellt, dass er vergeben ist. Daraufhin haben wir uns gestritten. Das Ganze ist ziemlich eskaliert.« Befeuert vom Schnaps und weil es eh schon egal war, erzählte Carmen die gesamte Geschichte. Sie ließ nichts aus, weder das Viagra im Wein noch ihr Liebesgeständnis in der Besenkammer.

»… Das Ende vom Lied ist, dass Natascha ihm alles erzählt hat. Aber komplett aus dem Kontext gerissen. Jetzt ist Berti stinksauer und will nichts mehr von mir wissen. Was ich verstehen kann. Ich hab es echt versaut.«

Annika stieß einen Pfiff aus. »Das ist ja mal eine Geschichte«, rief sie und langte ein weiteres Mal nach der Schnapsflasche. »Darauf trinken wir.«

Sie kippten ihr drittes Glas weg und schön langsam konnte Carmen der Sache ihre Komik nicht absprechen.

»Jetzt sag ich dir, warum ich nett zu dir bin«, erklärte Annika mit schwerer Zunge. »Oder nein – ich zeige es dir besser.«

Sie stand auf und verschwand ein weiteres Mal im Haus.

Als sie ein paar Minuten später wiederkehrte, hatte sie Jacken und Decken dabei. Außerdem ein Buch, das in braunes Leder gebunden war. Nachdem sie sich warm eingepackt hatten, reichte sie es Carmen. »Was ist das?«

»Bertis Skizzenbuch. Es stammt noch aus seiner Jugend. Er hat immer schon gemalt. Aber schlag es auf, dann weißt du, was ich meine.«

Carmen tat wie geheißen. Sie sah Bleistiftzeichnungen: Tiere, Landschaften, Porträts. Und dazwischen: Bilder von einer Frau. Aus verschiedenen Blickwinkeln gezeichnet, aber immer die gleiche Person. Sie hatte starke Ähnlichkeit mit Carmen.

»Berti hat schon immer geglaubt, dass es da draußen die *eine* Frau für ihn gibt«, sagte Annika. »Dann hat er Natascha getroffen und dachte, sie ist es. Aber zwischen den beiden hat es einfach nicht gepasst. Wenn du mich fragst, hat er sich von diesem Luder viel zu viel gefallen lassen.« Annika zog den Zipper ihrer Jacke höher und legte ihnen die Decke um die Beine. »Dann ist Thomas gestorben. Mein Mann. Er war die Liebe meines Lebens. Nach seinem Tod konnte ich wochenlang nicht aufstehen. Berti hat den Hof betreut und die Kinder versorgt, weil ich es nicht konnte. Aber ich glaube, das hat etwas mit ihm gemacht. Er hat angefangen, sich mit irgendwelchen Models einzulassen, wo von Anfang an klar ist, dass es nichts werden kann. Vermutlich aus Angst davor, genauso zu leiden.«

»Das verstehe ich«, murmelte Carmen. »Meine Mutter ist an einem gebrochenen Herzen gestorben. Ich wollte auch immer vermeiden, dass mir das Gleiche passiert.«

»Aber das ist dumm!«, rief Annika und wedelte so wild mit ihrer Hand, dass ihr Schnapsglas umfiel und über den Tisch rollte. »Die Liebe ist den Schmerz allemal wert.«

Carmen blinzelte, um Annikas Umrisse zu schärfen. »Du hast recht«, raunte sie und hob ihren Zeigefinger, um ihren Worten Nachdruck zu verleihen. »Man kann vom Schmerz gar nicht davonlaufen. Meine Mutter ist seit 26 Jahren tot. Aber es tut immer noch weh, wenn ich an sie denke. Vermutlich, weil ich mir nie die Zeit genommen hab, richtig um sie zu trauern.«

»Wir könnten sie ja fragen, ob sie eine Botschaft für dich hat?«

Kapitel 30

Die Geister, die sie rief

Tischerlrücken nannte man es im Volksmund. Manchmal wurde es auch als Ouija- oder Hexenbrett bezeichnet. Annika hatte es zwischen ihnen aufgebaut und eine Beschwörungsformel gemurmelt. Nach zwei weiteren Gläsern Schnaps war sie bereit, die Geister zu rufen. Carmen und Annika legten ihre Zeigefinger auf die Planchette und sie fragte: »Ist jemand hier?«

Die Spitze wanderte auf *Ja.*

»Also Thomas ist es nicht, der hat freitags keine Zeit.«

Carmen wandte sich zu Annika um. »Dein Ernst? Du verarschst mich doch, oder?«

»Nein! Ganz und gar nicht«, antwortete Annika im Brustton der Überzeugung. »Freitags war immer sein Stammtisch. Den hätte er um nichts in der Welt sausen lassen. Es macht nur Sinn, dass er sich auch jetzt, nach seinem Tod, den Freitag freihält.«

Selbst durch den Nebel der Trunkenheit kam Carmen das äußerst fragwürdig vor. Sie nahm es schweigend zur Kenntnis. In Fettnäpfchen war sie heute auch so schon genug getappt.

»Ja, und wer ist es dann?«

Annika zuckte die Achseln. »Keine Ahnung, das musst du den Geist schon selbst fragen.«

Der letzte Rest Vernunft mahnte Carmen, das nicht zu tun. Aber ihre Neugierde war stärker. »Wer ist da?«, fragte sie.

Die Planchette begann zu ruckeln. Der Zeiger sauste

plötzlich quer über das Brettchen. Er hielt auf dem Buchstaben M, fuhr zurück zum A, wieder zum M und endete mit einem A. MAMA.

»Das betrifft dich – meine lebt noch«, sagte Annika.

Carmen schluckte. Hatte sie gerade ihre tote Mutter zu ihrem Saufgelage eingeladen?

»Kann ich sie bitten, wieder zu gehen?«, zischte Carmen hinter vorgehaltener Hand.

»Keine Ahnung! Meine würde mir das übel nehmen. Sie verzeiht mir schon nicht, wenn ich ihren Anruf wegdrücke.«

Carmen seufzte. Annika hatte recht, mit toten Müttern wollte man es sich wirklich nicht verscherzen.

»Und was soll ich jetzt tun?«

»Frag sie doch, was sie von dir will«, schlug Annika vor.

»Warum bist du hier?«, fragte Carmen.

Kaum hatten sie ihre Finger wieder auf die Planchette gelegt, raste der Zeiger über das Holzbrett. ROMY.

»Romy Schneider, oder was?«, fragte Annika und sah Carmen verwirrt an. »War deine Mutter berühmt?«

Carmen antwortete nicht, sondern starrte auf das Holzbrett. Bei all dem Trubel hatte sie Romy vergessen. Dabei hatte sie Mercedes versprochen, ein Auge auf sie zu haben.

»Alles in Ordnung?«

»Ich hoffe es.« Carmen zog ihr Handy hervor und wählte Romys Nummer. Sie fragte sich, ob Geister auch Einfluss auf das Handynetz hatten, denn auf mysteriöse Weise hatte sie plötzlich Empfang.

Es klingelte, gefolgt von einem Knacken und Rauschen in der Leitung. Zuerst dachte Carmen, dass die Verbindung abgerissen war, dann hörte sie Romys Stimme. Sie krachzte und lallte. »… m-meine T-tante…« Das war alles, was dem Kauderwelsch zu entnehmen war. Plötzlich meldete sich eine Männerstimme und erschreckte Carmen zu Tode.

»Wer sind Sie?«, schrie sie ins Telefon. »Romy! Wo ist meine Nichte?«

»Beruhigen Sie sich! Ich bin Sanitäter«, erklärte der Mann und nannte seinen Namen. »Wir haben Ihre Nichte gerade am Schwedenplatz eingesammelt. Sie ist bewusstlos zusammengeklappt. Passanten haben die Rettung alarmiert, weil sie hochgradig betrunken wirkte. Wir bringen sie ins AKH, dort wird ihr womöglich der Magen ausgepumpt. Ihre Eltern konnten wir nicht erreichen, können Sie vorbeikommen?«

»Ja«, antwortete Carmen. »Ich mache mich sofort auf den Weg.«

Die Sirene eines Rettungswagens war zu hören, dann hatte der Mann aufgelegt. Augenblicklich erhob sich Carmen und packte ihre Tasche.

»Was hast du vor?«

»Meine Nichte liegt mit einer Alkoholvergiftung im Krankenhaus. Ihre Mutter sitzt gerade in einem Flugzeug in die Schweiz und ihr Vater vögelt vermutlich im Moment seine Affäre.«

»Okay«, sagte Annika. »Aber was hast *du* jetzt vor?«

»Ich laufe die Straße entlang, bis das erste Auto kommt. Dann fahre ich per Anhalter. Wenn es sein muss, gebe ich dieser Person mein ganzes Geld, damit sie mich zum nächsten Taxistand bringt.«

»Das ist verrückt«, sagte Annika, doch Carmen schnitt ihr das Wort ab. »Nein, verrückt ist, dass meiner Nichte vielleicht der Magen ausgepumpt wird. Ich würde ein verdammtes Flugzeug chartern, wenn es mich schnell genug zu ihr bringt.«

Carmen ging die Landstraße entlang. In der einen Hand hielt sie ihr Handy. Sie blickte immer wieder auf das Display, in der Hoffnung auf Empfang, damit sie Josi anrufen konnte. Bisher ohne Erfolg! Der Daumen ihrer anderen Hand war in Lauerposition, bereit vorzuschnellen, sobald Motorengeräusche erklangen.

Keine Menschenseele war zu sehen. Carmen hatte geglaubt, dass ihr Autos begegnen würden, sobald sie den Feldweg verlassen hatte. Personen, die sich zum Feuerwehrfest hin oder von dort wieder weg bewegten, doch außer einem Feldhasen hatte niemand ihren Weg gekreuzt. Carmen wurde immer unruhiger. Zwar bestand kein Grund, sich ernstlich um Romys Leben zu sorgen, dennoch wünschte sich Carmen an ihre Seite. Ob sie dort bald ankommen würde, war fraglich, immerhin wusste Carmen nicht einmal, ob die Richtung stimmte. »Es geht ihr gut«, wiederholte sie gebetsmühlenartig. »Sie ist in Sicherheit.«

Carmen atmete tief ein, die Luft roch süßlich und erdig, nach gemähtem Weizenstroh. Der Kies des Straßenbanketts knirschte unter ihren Schritten. Immer wieder wanderte ihr Blick nach oben, zu den Abermillionen von Lichtpunkten, die über ihr funkelten. Just, als Carmen glaubte, dass ihre Schönheit nicht mehr zu übertreffen war, jagte ein Sternschnuppen-Schauder über den Himmel und verglühte in der Atmosphäre. Carmen biss sich auf die Unterlippe. Wollte das Universum sie von der Existenz einer höheren Macht überzeugen, oder wieso fuhr es ausgerechnet heute die harten Geschütze auf?

Der Wind strich durch die Felder und zerzauste sie. Carmen schloss die Augen und dachte an die zwei Wünsche, die ihr schwer auf der Brust lasteten.

Plötzlich durchschnitt das Brummen eines Motors die

Stille und riss sie aus ihren Gedanken. Carmens Herz tat einen Satz und sie drehte sich dem Geräusch entgegen. Sie hatte auf ein Auto gehofft, tatsächlich aber erspähte sie die Scheinwerfer eines Traktors, der in ihre Richtung fuhr. Ein grünes Ungetüm, mit Reifen, die beinahe so hoch waren wie sie selbst. Weil Carmen nicht überrollt werden wollte, wich sie weit in den Straßengraben aus. Doch anstatt vorüberzufahren, hielt das Gefährt neben ihr. Durch die dunkle Scheibe war der Fahrer nicht zu erkennen. Die Beifahrertür ging auf und Carmen erstarrte. Sie sah Berti.

»Jetzt steig schon ein«, sagte er bestimmt.

Immer noch verdutzt nickte Carmen und kletterte in die Kabine des Traktors hoch.

»Wir müssen zum Dorfwirt fahren. Dort steht mein Multivan. Dann bringe ich dich nach Wien, zu deiner Nichte, ins Krankenhaus.«

Offensichtlich hatte Annika ihm die Situation erklärt.

Carmens Augen tasteten sich über sein Erscheinungsbild, sein schönes Profil, die Souveränität, mit der er dieses Monstrum steuerte. Im selben Moment quoll ihr das Herz über vor Emotion.

Carmen wollte etwas sagen, sich irgendwie erklären, doch Berti blockte ab. Seine Miene war verschlossen und seine Augen blickten stur geradeaus.

Die Nacht war friedlich, nur das Brummen des Motors war zu hören. Nach fünfzehn Minuten erreichten sie den geschotterten Parkplatz des Dorfwirts. Noch waren kaum Leute hier. Erst wenn das Feuerwehrfest vorüber war, würden sich hier die Feierwütigen einfinden, die noch nicht nach Hause wollten.

Berti stellte den Motor ab und zog den Zündschlüssel aus

dem Schlitz. Er öffnete die Tür und kletterte ins Freie. Carmen tat es ihm gleich. Sie wechselten das Fahrzeug.

Momente später fuhren sie mit dem VW Multivan in Richtung Wien. Berti hatte das Fernlicht eingeschaltet und Carmen sah unzählige Insekten im Scheinwerferkegel. Sie wirkten wie Schneeflocken, ehe sie gegen die Scheibe prasselten.

»Es tut mir so leid«, stieß sie hervor. »Ich wollte nie…«

»Welches Krankenhaus?«

»AKH.« Carmen verfiel ins Schweigen. Ihr Herz fühlte sich schwer an. Sie hatte von Liebe nie etwas wissen wollen, nun hielt sie ihr Fehlen kaum aus. Ohne dass sie es wollte, begannen Tränen über ihre Wangen zu fließen. Carmen presste ihre Hände an die Wangen, wischte die verräterischen Spuren fort und zog die Nase hoch.

Berti nahm keine Notiz davon.

Carmen blickte aus dem Fenster, beobachtete den Übergang vom Land zur Stadt. Felder und Wälder wichen den blinkenden Lichtern. Straßenlaternen, Neonreklamen, Sirenen und das Rauschen des Verkehrs – sie waren in die pulsierende Atmosphäre der Großstadt eingedrungen, am Gürtel angelangt, dem Ziel erschreckend nahe.

Die Ampel sprang auf Rot und Berti drosselte die Geschwindigkeit. Vor ihrem Fenster befand sich eine Go-Go-Bar. In den Auslagen posierten mehrere Frauen. Eine tanzte, die andere räkelte sich lasziv auf einem Barhocker. Eine dritte saß am Boden, die Beine angezogen, das Kinn auf die Knie gestützt. Sie trug Reizwäsche. Die Neonschilder über ihr tunkten alles in rotes Licht. Ihre Blicke begegneten sich, dann sprang die Ampel auf Grün und Berti fuhr an.

Ein paar Minuten später bog er in die Zufahrt des Allgemeinen Krankenhauses. Er hielt vor dem Besuchereingang.

Vor ihnen standen mehrere Rettungsfahrzeuge. Carmen löste den Sicherheitsgurt, blickte Berti an. Sein Blick war stur auf die Straße gerichtet.

»Danke für alles«, sagte Carmen und stieg aus.

Sie rannte ins Innere des Krankenhauses, geradewegs auf den Informationsschalter zu. Eine ältere Dame blickte auf und lächelte leicht. »Guten Abend. Wie kann ich Ihnen helfen?«

»Ich möchte zu Romy Fürstenberg-Graffenried«, sagte Carmen. »Ich bin ihre Tante. Sie wurde vor etwas mehr als einer Stunde hier eingeliefert.« Etwas leiser fügte sie hinzu: »Wegen einer Alkoholvergiftung. Der Sanitäter hat mich angerufen.«

Die Dame am Schalter tippte etwas in ihren Computer. »Sie müssen sich bitte ausweisen, bevor ich Ihnen weiterhelfen kann.«

Carmen griff reflexartig nach ihrer Tasche, nur um festzustellen, dass sie nicht auf ihrer Schulter hing. Sie hatte sie in Bertis Auto vergessen. Ein kalter Schauer durchlief sie. »Scheiße, ich... Ich hab sie im Auto vergessen...«

Die Dame musterte Carmen prüfend. »Können Sie mir Romys Geburtsdatum und ihre Wohnadresse nennen?«

»Natürlich!« Carmen wagte wieder zu hoffen.

Die Fingernägel der Dame entlockten der Tastatur klackernde Geräusche. »Alles klar, Frau ...?«

»Fürstenberg. Carmen Fürstenberg.« Die Frau lächelte versonnen. »Sie haben Glück, Frau Fürstenberg, dass der Sanitäter hier vermerkt hat, dass Sie Romy abholen kommen.«

Carmen seufzte erleichtert und unterdrückte das Bedürfnis, nach oben zu blicken. Einmal mehr beschlich sie das seltsame Gefühl, dass die jüngsten Geschehnisse nichts mit

Glück zu tun hatten.

Die Frau nannte Carmen die Station und die Zimmernummer.

»Ich danke Ihnen«, rief Carmen, dann stürmte sie los. Mit frischer Energie hastete sie durch die Gänge, die alle irgendwie gleich aussahen, bis sie bei der richtigen Tür angelangte. Sie drückte die Klinke nach unten und trat ein.

Romy war alleine im Zimmer. Ihre Haut wirkte fahl, tiefe Schatten umhüllten ihre Augen.

»Tante Carmen«, rief sie und sah aus wie ein Häufchen Elend.

Die Vorwürfe, die Carmen ihr machen wollte, zerfielen zu Staub. Stattdessen stiegen ihr Tränen der Erleichterung in die Augen. Carmen schnappte sich einen Stuhl und setzte sich neben sie. Romy hing an einem Infusionsbeutel. Eine Nadel in ihrer Vene tropfte ihr eine Kochsalzlösung in den Körper.

»Du stinkst nach Schnaps«, sagte Romy und inspizierte Carmens untypische Aufmachung. Carmen warf ihr einen vieldeutigen Blick zu. Die Bedeutung war klar: *Wer im Glashaus sitzt* … Romy verstand.

»Also, was soll die Scheiße?«, fragte Carmen. »Was hast du dir dabei gedacht, dich so aus dem Leben zu schießen?«

»Wusstest du, dass mein Vater meine Mutter betrügt?«, fragte Romy.

Carmen nickte. »Ja. Woher weißt du davon?«

»Ich hab euch reden hören. Danach hat Mama geweint. Du hast recht, Tante Carmen. Typen sind fürs Vergnügen da. Wenn man sie an sich heranlässt, wird man verletzt.«

Carmen betrachtete Romy schweigend. Sie war wirklich eine junge Version ihrer selbst. Wie oft hatte Carmen Sätze wie diesen gesagt und sich nicht viel dabei gedacht. Jemand anderen dabei zu beobachten, war eine ganz andere Erfahrung. Keine, die ihr sonderlich gefiel.

»Wird Mama davon erfahren?«

Carmen nickte. »Der Sanitäter hat versucht, sie zu erreichen. Genauso wie ich es tun werde, um ihr die Situation zu erklären.« *Sobald ich mein Handy zurückhabe*, fügte sie im Geiste hinzu.

»Bist du sehr enttäuscht von mir?«, fragte Romy und klang plötzlich wie ein kleines Kind, das vor den Scherben seines Fehlverhaltens stand. Carmen schüttelte den Kopf. »Nein, aber ich hatte eine scheiß Angst um dich!«

Romys Augen schimmerten feucht. Einen Augenblick später lagen sie sich in den Armen.

»Bitte, Romy, versprich mir etwas«, sagte Carmen und schob sie ein Stück von sich weg. »Zwei Dinge, um genau zu sein. Erstens: Trink nicht mehr so viel! Und zweitens: Mach nicht die gleichen Fehler, die ich gemacht habe. Verschließ dich nicht vor der Liebe, sie ist es, die das Leben lebenswert macht.«

Die Tür zum Zimmer stand immer noch offen, doch das war Carmen egal. Im nächtlichen Krankenhaus herrschte ohnehin nicht mehr viel Betrieb.

»… Sonst geht es dir wie mir«, fügte sie hinzu und wischte sich verstohlen über die Augen. »Ich hab nicht auf mein Herz gehört und den Mann, den ich liebe, vertrieben.«

Plötzlich begriff Carmen. Sie hatte nach Lust gesucht, aber Liebe gebraucht. Nun hatte sie beides verloren.

Carmen seufzte und stand auf.

»Geh nicht.« Romy klammerte sich an ihren Arm.

Carmen lächelte. Zwar wurde Romy in zwei Wochen volljährig, doch sie war immer noch ein Mädchen, das von so vielen Dingen keine Ahnung hatte.

»Keine Sorge, Schätzchen, ich bleibe hier. Aber ich borge mir kurz dein Handy. Ich muss deine Mutter anrufen und ihr eine Nachricht hinterlassen. Nicht, dass sie vor Schreck umkippt, wenn sie aus ihrem Flieger steigt.«

Carmen trat aus dem Zimmer und wunderte sich über den Schatten, der am Ende des Ganges um die Ecke bog. Ihr Fuß stieß gegen etwas. Sie blickte zu Boden und sah ihre Handtasche, die sie in Bertis Wagen vergessen gehabt hatte. Carmen schnappte nach Luft und starrte den Gang hinunter. Der Schatten war längst verschwunden.

Kapitel 31

Nur wenn die Raupe stirbt, kann der Schmetterling leben

Carmens Blick wanderte nach draußen, hinüber zum angrenzenden Stadtpark. Es war Anfang Februar und das Wetter grauslich. Der Himmel war trüb, die Sicht nebelverhangen. Die Neujahrsfeiern waren vorbei, die Feiertage waren Geschichte.

Carmen dachte an ihre jüngste Begegnung. Auf ihrem Weg hierher hatte sie die indische Bettlerin getroffen. Das erste Wiedersehen seit ihrem denkwürdigen Eklat vor dem Rathaus, Anfang Oktober.

Die Frau war vor der Staatsoper gehockt und hatte Passanten angesprochen. Weil in wenigen Tagen der Opernball stattfand, würde sie wohl bald von jemandem vertrieben werden. Vermutlich von Natascha, deren Kleinkrieg mit der Frau unvermindert tobte.

Carmen und die Bettlerin hatten einander angesehen. Insgeheim hatte Carmen eine weitere Szene erwartet, doch nichts dergleichen war passiert. Also hatte sie ihr Portemonnaie gezückt und der Frau ein paar Münzen in ihr leeres Körbchen gelegt. Daraufhin war die ausdruckslose Miene der Bettlerin zu einem zahnlosen Grinsen geworden. Carmen hatte das Lächeln erwidert, genickt und sich zum Gehen gewandt. Die Erinnerung daran ließ ihre Mundwinkel erneut zucken.

»Worüber möchten Sie heute mit mir sprechen?«, fragte Dr. Singer und holte Carmen zurück in die Gegenwart.

»Ich würde vorschlagen, wir machen dort weiter, wo wir das letzte Mal …«

»Es gibt keinen Fluch mehr.«

Dr. Singers Augenbraue zuckte.

»Okay, vermutlich hat es ihn auch nie gegeben. Ich hab vorhin die Bettlerin getroffen. Sie hat mich nicht mehr erkannt.«

»Jetzt, wo Sie es sagen – Sie sehen tatsächlich verändert aus«, sagte Doktor Singer.

Carmen grinste verlegen. »Ich hab mit dem Botox aufgehört und die Filler auflösen lassen. Vermutlich ist es das …«

»Nein! Das meine ich nicht. Sie sehen zufrieden aus. Irgendwie gelassener.«

Carmen horchte in sich hinein und spürte, dass Dr. Singer recht hatte. Sie hatte sich verändert. Subtil, aber doch wahrnehmbar. Nachdem in ihrem Leben kein Stein auf dem anderen geblieben war, hatte sie angefangen, aus den Trümmern etwas Neues aufzubauen.

Seitdem die halbe Welt über Carmens Tiefpunkt gelacht hatte, war sie Patientin in Dr. Singers Praxis. Sie sahen sich einmal pro Woche und jede Sitzung brachte Carmen neue Erkenntnisse. Das meiste davon war schmerzhaft! Ihre Vergangenheit und all ihre Ängste beim Namen zu nennen, war brutal und brachte Carmen regelmäßig an ihre Grenzen. Aber wenn der Schmerz nachließ, spürte sie, dass die Heilung einsetzte. Dass sie es mittlerweile ertrug, ihre Ängste zu benennen und sich ihre Fehler einzugestehen.

Eine Stunde später befand sich Carmen auf dem Nachhauseweg. Heute war der letzte Abend, den sie in vollen Zügen genießen konnte.

Sie würde ihn zusammen mit Eva und Marina verbringen,

ehe die heiße Phase der Opernball-Organisation all ihre Zeit verschlang.

Carmen dachte an ihre Agentur. All die Schreckensgespenster, die Natascha ihr angedroht hatte, hatten sich nicht bewahrheitet. Es hatte keine Klage gegeben und *the Verve* war gefragter denn je. Carmen hatte sogar zwei neue Mitarbeiterinnen eingestellt, weil die Flut an Arbeit sonst nicht zu bewältigen war.

»Möchten Sie einen Glückskeks?«

Carmen sah eine Frau im pinkfarbenen Feenkostüm, die vor einem Handyshop stand. Sie streckte ihr ein Glas entgegen. Darauf prangte der Aufdruck einer Telekommunikationsfirma. Carmen schmunzelte. Deren Marketingabteilung war längst nicht so ausgefuchst wie ihre eigene. Zweimal die gleiche Werbeaktion, das würde es bei *the Verve* nicht geben. Carmen griff ins Glas und zog einen Glückskeks heraus.

Die Raupe stirbt, damit der Schmetterling leben kann.

Carmen prustete. Das könnte wahrer nicht sein.

Zwei Stunden später stand Carmen in ihrem begehbaren Kleiderschrank und zog ein Ballkleid nach dem anderen vom Haken.

Eva und Marina hatten es sich auf ihrem Bett gemütlich gemacht. Jede von ihnen hielt ein Glas Champagner in der Hand. Sie hatten gemeinsam gegessen, nun stand die Anprobe an. Die Stimmung war ausgelassen. Carmen hatte sich kein neues Kleid gekauft, sondern beschlossen, eine ihrer alten Roben aufzutragen. Sie war kein Promi, kein Schwein wusste, dass sie all diese Kleider schon einmal angehabt hatte. Hätte sie nicht beruflich dort sein müssen, hätte sie den Opernball ausfallen lassen.

Carmen schlüpfte in einen Traum aus rotem Chiffon. Sie hatte dieses Kleid vor einigen Jahren zum Rosenball in Monaco getragen. Lorenz Graffenried entstammte einer einflussreichen Schweizer Familie und wurde regelmäßig zu solchen Hochkarätern eingeladen. Weil er wegen einer Tennisverletzung verhindert gewesen war, hatte Carmen Mercedes angefleht, sie stattdessen auf den *Bal de la Rose* mitzunehmen. Die Nacht war atemberaubend gewesen und hatte für Carmen in den Armen eines französischen Kellners – Schrägstrich – Models geendet. Mercedes wiederum hatte vor Wut geschäumt und einen Monat lang nicht mehr mit ihr gesprochen.

»Was meint ihr?«, fragte Carmen und wandte sich zu ihren Freundinnen um.

»9 von 10. Aber das Silberne gefällt mir noch einen Ticken besser«, sagte Eva.

Carmens Augen wanderten weiter zu Marina. »Ich schließe mich Eva an. Das andere ist einfach wie für dich gemacht!«

Carmen nickte und ließ sich von Marina den versteckten Reißverschluss öffnen. Sie zog das Rote aus und hängte es zurück. Nur mit trägerlosem BH und Slip bekleidet, stand Carmen da und beäugte das Silberne, das sie zuvor probiert hatte. »Oscar de la Renta, 2015«, sagte sie und erschauderte, als sie begriff, wie alt dieses Kleid bereits war. Es handelte sich um ein schweres Prinzessinnenkleid, das mit schillernden Dreiecken bestickt war. Eva und Marina hatten recht, vermutlich wäre es perfekt, doch Carmen verspürte keine Lust, an diesem Abend aufzufallen.

»Ich glaube, ich nehme das hier«, sagte sie und zog ein ultramarinblaues Kleid aus gestärkter Seide hervor. Es war schulterfrei, hatte eine klassische Silhouette und einen herzförmigen Ausschnitt. Die Art von Kleid, die Grace Kelly getragen hatte. Stilvoll, elegant und zurückhaltend – nicht unbedingt die Attribute, die man mit Carmen in Verbindung brachte.

»Natürlich – warum nicht?«, erwiderte Eva mit hoher Stimme. »Du siehst doch sowieso in allem gut aus.«

Carmen prustete. Sie zog es an und bat Marina ein weiteres Mal, ihr den Reißverschluss zu schließen. Sie besaß Pumps im gleichen Farbton. Außerdem die dazugehörige Clutch.

Weil Carmen am Tag des Opernballs keine Zeit haben würde, sich um ihr eigenes Outfit zu kümmern, musste sie all diese Dinge jetzt schon planen. Sie griff nach schlichten Perlenohrringen. Ihr Make-up würde ähnlich simpel ausfallen – Rouge, korallenfarbener Lippenstift, Wimperntusche. Die Haare würde sie im Nacken feststecken. Fertig.

»Was meint ihr?« Carmen wandte sich zu Eva und Marina um. »Besser wird es nicht mehr.«

»Amica, du siehst atemberaubend aus! Du wirst schon sehen, es wird ein unvergesslicher Abend werden«, sagte Marina.

»Ja, bestimmt«, brummte Carmen sarkastisch.

Berti würde am Opernball seine neue Freundin vorstellen. Die Zeitungen waren voll davon. *Heißester Junggeselle gezähmt*, oder *Grün vor Neid – Künstler kommt mit neuer Flamme*, waren nur ein paar der Schlagzeilen, die sie in den letzten Tagen gelesen hatte.

»Das Letzte, was ich tun möchte, ist, auf den Opernball zu gehen. Ich freu' mich nur, Romy tanzen zu sehen. Das ist alles.«

»Du wirst Berti gar nicht treffen«, sagte Eva aufmunternd. »Du weißt doch selbst am besten, wie schrecklich voll es dort ist.«

»Ja«, antwortete Carmen grimmig. »Am liebsten würde ich mich den ganzen Abend in der Loge von Mercedes und Lorenz verstecken.« Die letzten Monate hatte Carmen versucht, Berti zu vergessen. Es war ihr nicht gelungen.

Eva und Marina tauschten einen vieldeutigen Blick.

»Wir haben eine Kleinigkeit für dich«, sagte Marina und zog ein Geschenk aus ihrer Tasche hervor.

Eine Schmuckschatulle. »Wir möchten dir etwas geben, weil du die letzten Monate so hart an dir gearbeitet hast.«

Marina zeichnete einen Kreis, um all die unsichtbaren Fortschritte einzufangen. »Selbstliebe ist nicht einfach, mit seiner Vergangenheit Frieden zu schließen noch weniger, aber wir finden, du machst das toll!«

Carmen öffnete die Box und erblickte eine Brosche. Sie sah einen silbernen, einen roséfarbenen und einen goldenen Strang, die sich ineinander verschlangen und so eine Blütenform schufen. Eindeutig ein Symbol ihrer Freundschaft. Dezent, geschmackvoll und außergewöhnlich.

»Das ist wundervoll«, flüsterte Carmen und fächerte sich Luft zu, in der Hoffnung, so die Tränen zurückzuhalten. »Ihr seid wirklich die besten Freundinnen, die man sich wünschen kann!« Sie steckte sich das Schmuckstück am Revers ihres Ausschnitts fest. »Helft mir aus dem Kleid und dann will ich eine innige Umarmung.«

Kapitel 32

Bussi Bussi

In Kürze ging es los. Carmen trug bereits ihr Kleid, während sie ihr Team koordinierte, kleinere Krisen löste und im Backstage-Bereich letzte Anweisungen gab. Nun stand sie vor dem Eingang zur Oper. Spots tauchten die Neorenaissance-Fassade in pinkfarbenes Licht und weichten die monarchische Opulenz ein wenig auf. Alles war progressiver als die Jahre zuvor.

Dann war es so weit. Die ersten Gäste strömten herein. Für sie begann die Ballnacht, für Carmen der ultimative Showdown.

Auch Natascha erfüllte ihre Aufgabe als Ballmutter, die im Augenblick vor allem darin bestand, die Nerven der Debütantinnen zu beruhigen. Doch hinter den Kulissen rumorte es gewaltig: Nicht wenige forderten Nataschas Rücktritt.

Der Auslöser war ein Handyvideo. Darauf sah man, wie Natascha eine Bettlerin vor der Wiener Staatsoper beleidigte. Ihre herablassende Art gegenüber einer marginalisierten Gruppe hatte in den sozialen Netzwerken einen massiven Shitstorm provoziert.

Franjo Peterson war darüber alles andere als glücklich. Es wurde gemunkelt, dass Natascha gezwungen war, nach dem Ball das Handtuch zu werfen. Carmen würde ihr jedenfalls keine Träne nachweinen, so viel stand fest.

Carmens Blick wanderte über die Köpfe der Besucher. Alle

wurden sie von der Sogwirkung dieses gesellschaftlichen Spektakels erfasst: Schauspieler, Politiker und Industrielle, namhafte Persönlichkeiten und Neureiche, Arm in Arm mit altem Geld. Dazwischen schöne Menschen in prachtvollen Roben.

Reporter bewarfen die Ankommenden mit immer gleichen Fragen: Von wem ist Ihr Kleid? Welchen Designer tragen Sie? Mit wem sind Sie gekommen? Das wollte die Welt sehen, nicht Krieg in Nahost oder Hunger in Afrika.

Carmen entdeckte Mercedes und Lorenz in der Menge und winkte ihnen zu. Lorenz bot Mercedes galant den Arm und führte sie, ganz der Gentleman, der er nicht war, ins Innere.

Kurz vor der Festtreppe fing Carmen sie ab. Mercedes trug – wie konnte es anders sein! – ein blaues Kleid, das aus etlichen Lagen Tüllstoff bestand. Es erinnerte Carmen an einen dieser Kunststoffschwämme, die es jedes Jahr vor Weihnachten gratis zum Duschgel gab. Schmallippig zupfte Mercedes dieses Gewölk zurecht. »Wir hätten einen größeren Wagen mieten sollen. Ich bin ganz zerdrückt«, zischte sie.

»Es gab keinen größeren Wagen, meine Liebe«, erwiderte Lorenz mit schneidender Stimme. »Die nächstgrößere Variante wäre eine Stretch-Limousine, und die findest du ja bekanntlich *prollig*.« Er zeichnete Gänsefüßchen in die Luft, um die Affektiertheit seiner Frau zu betonen.

Du bist der Proll, dachte Carmen. Mercedes mochte über seine Affären hinwegsehen, aber Carmen tat es nicht.

»Entschuldigt mich bitte, ich habe noch zu tun. Ich besuche euch später in der Loge«, sagte Carmen und schob die beiden weiter.

Plötzlich kam Bewegung in die Menge.

»Hierher, zu mir!«, schrie jemand. »Herr Grün, eine kurze Stellungnahme! Wer ist Ihre Begleitung?«

Carmen geriet in Panik. Sie hatte geglaubt, sich auf diesen Moment vorbereitet zu haben – ein Trugschluss. Sie wollte nur noch von hier fort. Sie zerrte am Saum ihres Kleids, auf dem ein Herrenschuh stand. Jemand rempelte sie und Carmen strauchelte. Sie ruderte mit den Armen und begriff in derselben Sekunde, dass der Sturz nicht mehr zu verhindern war. Es war faszinierend, wie Menschenmengen das Talent besaßen, ausgerechnet im falschen Moment zurückzuweichen. Carmen sah sich bereits der Länge nach auf dem Boden, als sie eine Hand an ihrem Oberarm spürte.

Im nächsten Augenblick stand sie wieder sicher auf zwei Beinen. Carmen hob den Blick und sah ein grünes Augenpaar, in dem es spöttisch funkelte. Ihr Herz tat einen Satz. In ihrem Kopf schepperten alle Alarmglocken. Sie riss sich los und floh, ehe Berti auch nur ein Wort sagen konnte. Sie wollte weder ihn noch seine Begleitung sehen. All das würde sie morgen früh genug aus den Tageszeitungen erfahren.

»Alles in Ordnung?«, fragte Lisa, die Carmen an der Festtreppe entgegenkam.

»Ja. Wie läuft es Backstage?«

Lisa streckte den Daumen nach oben. »Alles auf Schiene.«

Der Besucherstrom stockte kurz. Grund war das Medienteam, das sich auf der Treppe positioniert hatte und Interviews führte. Gerade baten sie den Staatsoperndirektor zum Gespräch.

»Ah, da ist sie ja!«, rief Franjo Peterson und winkte Carmen zu sich. »Unsere PR-Lady von *the Verve*. Ihr verdanken wir die diesjährige Optik des Balls.«

Sie begrüßten sich vor laufenden Kameras mit zwei

Bussis. Dann redeten sie über die Auswahl des Blütenschmucks, das Gesamtkonzept und Carmens Kleid.

»Vintage«, wiederholte die Moderatorin atemlos. »Wie progressiv!« Sie war sichtlich unentschlossen, ob sie das wahnsinnig cool oder einfach nur nachlässig fand.

Carmen hatte ihren Satz noch nicht beendet, da wurde sie von der Moderatorin beiseitegeschoben. »Herr Minister! Bitte ein kurzes Interview für den ORF.«

Carmen betrachtete das Meer aus Blumen: Schwarze Callas, pflaumenfarbene Rosen und Ranunkeln in Bordeaux. Dazwischen stachen pinkfarbene Sprührosen hervor. Die Blüten rankten sich um das Geländer und die Marmorstatuen und wuchsen aus bauchigen Amphoren. Ein opulentes Spektakel – genauso, wie sie es gewollt hatte.

Carmen war den ganzen Abend im Einsatz, doch das Eintanzen der Debütantinnen wollte sie von der Loge der Fürstenbergs aus beobachten – das hatte sie Romy versprochen. Erleichtert erreichte sie den samtbezogenen Eingang. Bei 5000 Menschen war das Gedränge in den Gängen des Opernhauses unerträglich.

Fast wäre Carmen mit Samira, der aktuellen Freundin ihres Vaters, zusammengekracht. Samira trug ein lila Kleid, das der Geschmacklosigkeit eine neue Dimension verlieh: Cutouts, mit Strass umrandet, setzten ihren braun gebrannten Bauch in Szene. Ihre Karriere als Eiskunstläuferin hatte Samira mit dreißig an den Nagel gehängt, doch selbst heute, dreißig Jahre später, führten sie ihre Modeentscheidungen regelmäßig aufs Glatteis.

Wenn sie nicht gerade für Familienfeiern einen Zwischenstopp einlegten, pendelten Samira und Edgar Fürstenberg zwischen Dubai und ihrem Haus mit Seezugang am ungarischen Teil des Neusiedler Sees.

»Carmen! Grüß dich«, flötete sie und drückte ihr zwei Bussis auf die Wangen. Aus der Entfernung sah man ihre hammermäßige Figur. Aus der Nähe vor allem das Make-up, das sich in den Falten absetzte. »Dein Vater ist vor einer halben Stunde zu den Toiletten aufgebrochen, er müsste jeden Moment wieder hier sein. Es herrscht ja so ein Gedränge.«

Carmen fletschte die Zähne, getarnt hinter einem Lächeln. Zwar war Samira nicht der Grund, warum ihr Vater sich von ihrer Mutter getrennt hatte, allerdings hätte sie es sein können. Die Eroberungen von Edgar Fürstenberg reihten sich aneinander wie Perlen an einer Kette. Allesamt Abziehbilder eines Archetyps.

Samira war sichtlich froh, sie zu sehen, und Carmen wusste genau, warum: Tante Bernadette besaß nämlich weit weniger Skrupel, ihre Antipathie offen zu zeigen. Carmen riskierte einen Blick in den vorderen Teil der Loge und konnte sich ein Grinsen nicht verkneifen. Bernadette und ihr Mann Archie sahen aus, als wären sie zu Kaisers Zeiten schon hier gesessen. Sie waren der eigentliche Grund, warum das Opernballkomitee beschlossen hatte, den Ball ein wenig zu modernisieren.

Nun betraten auch Lorenz und Mercedes die Loge. Mercedes taxierte Samira mit einem eisigen Blick.

»Lorenz, kennst du schon die neue Freundin meines Vaters? Sie betreibt einen Hundesalon in Wien-Meidling«, sagte Mercedes und stellte die beiden einander vor.

Samiras Gesicht erstarrte.

»Das war die Vorgängerin«, zischte sie, ohne dass ihr

zementiertes Lächeln verschwand – etwas, das sie als Eiskunstläuferin zur Perfektion getrieben hatte.

»Ach, wirklich?«, erwiderte Mercedes mit gespieltem Entsetzen. »Das ist mir jetzt aber unangenehm.«

Carmen warf ihrer Schwester einen kurzen Seitenblick zu. Was Spitzfindigkeiten betraf, standen sich Mercedes und Tante Bernadette um nichts nach.

»Ah, ihr seid schon da«, rief jemand hinter ihnen: Edgar Fürstenberg. Er war schlank, groß gewachsen und immer noch eine stattliche Erscheinung. Er musterte seine Töchter und klopfte mit seinem Gehstock auf den Boden, um sein Wohlwollen zu unterstreichen. Nachdem er Lorenz die Hand geschüttelt hatte, trat er neben Samira und zwickte sie in den Hintern. Die kicherte mädchenhaft, Tante Bernadette schnaubte brüskiert, und Archie gaffte.

Binnen Sekunden waren sie bei ihren üblichen Geplänkeln angelangt. Eine Sache fehlte, doch auf Tante Bernadette war Verlass: »Geh Carmen, bist schon wieder ohne Begleiter gekommen?« Sie schüttelte missbilligend den Kopf und wandte sich an ihren Mann. »Ich hab es dir gesagt, Archie. Wir hätten den Neffen unseres Gärtners einladen sollen, der ist auch noch ledig.«

»Lenny ist Bierführer bei einer Brauerei«, hielt Archie dagegen.

Bernadette verzog keine Miene. »In ihrem Alter kann sie es sich nicht mehr leisten, wählerisch zu sein.«

»Lieber nicht«, warf Mercedes ein. »Konstantin Binder ist nur knapp dem Rollstuhl entgangen. Wer weiß, den nächsten bringt sie noch um.«

Carmen warf Mercedes einen giftigen Blick zu. Er prallte an ihr ab. Jetzt war alles wie immer!

Kurze Zeit später saßen sie alle um das Tischchen aufgereiht. Eine Flasche eisgekühlter Champagner stand zwischen ihnen. In den Sektflöten perlte der Schaumwein und der Smalltalk tröpfelte dahin. Carmen saß Tante Bernadette gegenüber, an der Balustrade. Sie blickte hinunter auf die leere Tanzfläche und vermied es, die anderen Logen zu sondieren, aus Angst, dass sie Berti irgendwo entdecken könnte. Carmens Plan stand fest, sie würde Romys Auftritt abwarten, ihre Pflicht als Eventplanerin erledigen und sich ehestmöglich vertschüssen.

Der Bundespräsident, seine Ehefrau und ihre Ehrengäste waren eingetroffen, und endlich begann die Eröffnungszeremonie. Die Fanfare erklang, das Licht im Ballsaal wurde sanfter und das Brummen Tausender Kehlen verstummte. Das Orchester spielte die Bundeshymne und die Europahymne, gefolgt von der Fächerpolonaise, dem ersten Auftritt der Debütantinnen. Sogleich zückte Bernadette ihr Opernglas und sondierte die Tänzer. Ihr strenger Blick wanderte durch die Reihen, kommentierte und rügte, bis sie bei Romy angelangt war. Bei einer Sache waren sie sich alle einig: Keine konnte Romy das Wasser reichen. Sie stand aufrecht da, eine Erscheinung in Blütenweiß, mit rosigen Wangen und schimmerndem Haar. Eine Knospe, die nur darauf wartete, zu erblühen und sie alle in Staunen zu versetzen. Wenn sie nicht vorher loszog, sich den Schädel rasierte und sich komplett tätowieren ließ. Auch das lag im Bereich des Möglichen.

»Ist sie nicht bezaubernd?«, flüsterte Mercedes. Carmen nickte, ohne die Augen von ihrer Nichte zu wenden. »Ja, das ist sie!«

Seit ihrem desaströsen Absturz war es erstaunlich still um Romy gewesen. Keine weiteren Besäufnisse und keine

Eskapaden. Gut, die Hälfte der Zeit, hatte sie der Hausarrest vor größerem Schaden bewahrt, doch auch danach schien es, als hätte Romy ihre Lektion gelernt.

»Ich bin sehr stolz auf sie. Romy ist wirklich ein tolles Mädchen!«

Mercedes' Lächeln wurde noch ein wenig breiter. »Ich weiß ja nicht, was du ihr damals im Krankenhaus gesagt hast. Aber es hat Wirkung gezeigt. Romy meinte nur, du hättest ihr die Augen geöffnet.«

Carmen und Mercedes sahen sich an. Sie mochten zwar keinen Draht zueinander finden, doch Romy war das Bindeglied, das sie miteinander verband.

Carmen blickte wieder nach unten.

Wie lange war es her, dass sie selbst dort unten getanzt hatte, im Arm eines adretten jungen Mannes. Wie groß waren ihre Träume gewesen und ihre Hoffnungen für die Zukunft. Nur ein paar Monate später hatte ihre Mutter den Kampf gegen den Krebs verloren.

Die Debütanten nahmen ihre Plätze am Rand der Tanzfläche ein, und sogleich begann ein Schaulaufen der schönen Künste. Opernsänger und Balletttänzer verzückten die Besucher.

Als die ersten Töne einer Arie von Giacomo Puccini den Saal mit melancholischer Schönheit erfüllten, brach Carmen ihren Vorsatz: Ihr Blick schweifte über die Reihen der Anwesenden. Unter all den Gesichtern entdeckte sie schließlich Berti. Seine Augen hingen an der Sopranistin, deren Stimme die Anwesenden verzauberte.

Carmens Herz verkrampfte sich, denn schräg hinter ihm stand eine dunkelhaarige Frau. Augenblicklich riss Carmen sich los. Sie wollte der Neuen keinen Platz in ihren Gedanken einräumen. Auch so war ihr Zerwürfnis schon schmerzhaft genug.

Carmen agierte auf Autopilot. Ihre Augen folgten Romy, klammerten sich regelrecht an ihr fest. Halbherzig lauschte sie dem Gespräch und warf kurze Wortbrocken ein, wenn ihre Reaktion notwendig war.

Endlich wurde die Tanzfläche auch für die übrigen Paare freigegeben. »Ich muss zurück an die Arbeit«, sagte Carmen und erhob sich.

Ein Schieben und Drängen beherrschte die Gänge. Manche wollten zur Tanzfläche, andere zurück, dazwischen manövrierten Society-Reporter mit vollem Ellenbogeneinsatz. Die Luft war stickig, ein Hauch von Schweiß vermengte sich mit unzähligen Parfüms zu einer kopfschmerzverursachenden Synergie.

Als Carmen die Galerie erreichte und sich vor ihr die großzügige Weite der Festtreppe auftat, atmete sie tief durch. Sie lehnte sich an eines der Marmorgeländer und blickte aus leeren Augen auf das Treiben: Männer im Frack, Frauen in Roben, Gelächter und ausgelassenes Feiern.

Plötzlich spürte Carmen die Gegenwart einer anderen Person hinter sich und fuhr herum.

Es war Berti. Seine Nähe traf sie mit einer Intensität, die sie fast zum Taumeln brachte.

Für einen kurzen Moment stand die Zeit still. Sie sah nichts anderes mehr als ihn: Berti, sein kantiges Gesicht, der grau melierte Bart. Ihre Pupillen glitten über seine hohen Wangenknochen, die ausdrucksstarke Nase und die sinnlichen Lippen. Eine Flut von Erinnerungen erfüllte sie, und ihre Emotionen drohten, sie zu überwältigen. Jede Faser ihres Körpers spürte die Liebe, die sie für ihn empfand. Da war die Sehnsucht nach ihm, die neben der Gewissheit des Verlusts existierte. Carmens Blick wanderte ein letztes Mal über seine Erscheinung. Ein bittersüßes Gefühl. Sie hatte verloren, aber ein winziges bisschen auch gewonnen: ihren inneren Frieden.

Carmen nickte knapp und wandte sich zum Gehen, als sie seine Hand an ihrem Arm spürte. Im nächsten Augenblick wirbelte er sie durch die Luft und zog sie in seine Arme. Ehe Carmen wusste, wie ihr geschah, beugte er sie nach hinten und küsste sie.

Eine filmreife Szene und ein Gefühl von seliger Zufriedenheit, während seine Lippen mit ihren verschmolzen. Carmen rang nach Atem, ihr Brustkorb hob und senkte sich stoßweise. »Aber es hieß doch…«

»… Dass ich mit meiner neuen Freundin am Opernball erscheine«, vervollständigte Berti ihren Satz. Rings um sie klickten die Kameras der Reporter. »… Und genau das mache ich.«

Er richtete sich auf und zog Carmen wieder auf die Beine. »Aber die Frau in der Loge, deine Begleitung…«

Berti musterte sie spöttisch. »Sag bloß, du kannst dich an Annika nicht mehr erinnern?«

Kapitel 33

Heimweg

Hand in Hand verließen Carmen und Berti die Staatsoper. Es war weit nach Mitternacht, der offizielle Teil des Abends war längst beendet. Ihre Arbeit getan, trotzdem hielten die neuen Eventmanagerinnen von *the Verve* wacker die Stellung. Sie gierten darauf, sich zu beweisen. Carmen war es nur recht, denn sie wollte nichts lieber, als zusammen mit Berti nach Hause gehen.

Auch Annika blieb noch. Sie hatte einen tanzwilligen Partner gefunden und geschworen, so lange Walzer zu tanzen, bis ihre Fußsohlen glühten.

Momente zuvor hatte sich Franjo Peterson von Carmen verabschiedet. »Wir hören bald voneinander, wegen der Planung für das nächste Jahr«, hatte er gesagt und dabei verschmitzt gegrinst. Die Nacht war ein voller Erfolg.

Der rote Teppich vor dem Eingang der Staatsoper war leer. Nur noch Security-Mitarbeiter in schwarzen Anzügen und Polizisten hielten die Stellung. Wer jetzt noch nicht zu Hause war, würde sich bis zum Morgengrauen im Dreivierteltakt wiegen und danach am Würstelstand vor der Albertina enden.

Berti bot Carmen seinen Arm. Sie griff danach. Die Ringstraße erstrahlte im festlichen Glanz. Wegen des Opernballs war der Ring zwischen Operngasse und Johannesgasse für den Verkehr gesperrt worden. Keine Autos, keine

Straßenbahnen. Sie gingen mitten auf der Straße, keine Menschenseele begegnete ihnen.

Berti trug einen klassischen Mantel über seinem Frack. Carmen eine warm gefütterte Stola. Ihr Atem quoll ihnen in weißen Wolken aus den Mündern. Der Frost überzog die Oberflächen mit glitzernden Kristallen. Carmen spürte die Kälte kaum, ihr Körper war immer noch aufgeheizt von der erdrückenden Enge der Staatsoper. Außerdem glühte sie von innen heraus, sie vibrierte förmlich unter der Oberfläche. Die Kälte war ihr willkommen.

Wien war die perfekte Kulisse ihres Wintermärchens. Gerade als Carmen den Gedanken zu Ende gedacht hatte, tat sich der Himmel auf und es begann zu schneien. Der Wind trieb die Schneeflocken vor ihnen her. Carmen wandte sich Berti zu, sah die kleinen Kristalle, die in seinem Bart und seinen Wimpern hingen.

»Das hier fühlt sich an wie ein Traum und ich habe Angst aufzuwachen«, sagte Carmen.

Berti lächelte, führte ihre Hand an seine Lippen und küsste sie. »Das hier ist die Wirklichkeit«, sagte er und sah ihr tief in die Augen. »Ich weiß es, weil ich schon lange von diesem Augenblick geträumt hab.« Seine Miene wurde ernst. »Ich habe die letzten Monate versucht, dich zu vergessen. Aber es ist mir nicht gelungen. Und jetzt weiß ich wieso. Ich liebe dich und will nie wieder von dir getrennt sein.«

Carmen horchte in sich hinein und spürte, dass es genau das war, was auch sie sich sehnlichst wünschte. Sie hatte gelernt, mit ihrem gebrochenen Herzen zu leben. Jetzt begriff sie, dass es wieder heil werden konnte. Dass sie es heilen konnte, um es Berti zu schenken.

»Und was kommt jetzt? Sie lebten glücklich und zufrieden bis ans Ende ihrer Tage?«

»Das wäre schön«, erwiderte Berti spöttisch. »Doch für so viel Harmonie hab ich mir eindeutig die falsche Frau ausgesucht. Ich bin schon glücklich, wenn wir eine Woche ohne Drama schaffen.«

»Ich kann auch wieder gehen, wenn du willst?«, spottete Carmen und tat, als würde sie am Ansatz kehrt machen. Da spürte sie zwei Arme, die sich um ihre Taille legten und sie herumwirbelten. »Tut mir leid, aber dafür ist es zu spät, denn ich werde dich niemals wieder gehen lassen.« Es war ein Versprechen, mitten im Schneegestöber auf der Ringstraße, das sie mit einem Kuss besiegelten. Und obwohl Carmen wusste, dass es physikalisch unmöglich war, glaubte sie, dass in diesem Moment die Welt für einen kurzen Augenblick stillstand.

Prolog

Der Winter war überstanden. Mit dem April hielt in Wien endlich der Frühling Einzug. Die Luft roch frisch, und in den Parks sprießte das erste Grün.

Carmen war mit Eva und Marina verabredet. Sie blickte an sich hinab: Sie trug einen violetten Hosenanzug, dazu bequeme Adidas-Sneakers. Zwar besaß sie die perfekten Pumps für dieses Outfit, aber die waren im Weinviertel – Annika hatte sie ausgeliehen und nie zurückgegeben.

Carmen zog einen kleinen Spiegel aus ihrer Handtasche. Sie zupfte ein paar blonde Haarsträhnen zurecht. »Du siehst bombastisch aus«, murmelte sie ihrem Spiegelbild zu. »Nicht blutjung, dafür superheiß und ausdrucksstark!« Das Ganze nannte sich Re-Framing. Dr. Singer hatte ihr dazu geraten, um ihren Selbstwert zu steigern. Im Juli wurde Carmen 45, und sie hatte sich noch niemals zuvor besser gefühlt.

Carmen verließ die Mariahilfer Straße und bog in den Durchgang, der sie direkt zum Museumsquartier führte. Sie trafen sich im Café Leopold. Eva war bereits da. Weil es angenehm warm war, saß sie im Gastgarten und winkte Carmen entgegen.

Kurze Zeit später standen eine Melange und ein Cappuccino vor ihnen.

»Hast du gehört? Lisbeth und Romy wollen nach der Matura gemeinsam in eine Studenten-WG ziehen«, sagte Eva, während sie ihren Keks in den Milchschaum tunkte. Sie blickte Carmen bedeutungsschwer an.

Carmen prustete vor Lachen. »Das erinnert mich daran, wie du und Marina in meine WG gezogen seid. Weißt du noch? Chaos pur, ein Umzugskarton als Couchtisch, billiger

Wein und der feste Vorsatz, es jetzt allen zu zeigen.«

»Du hast es allen gezeigt«, sagte Eva und griff nach ihrer Hand. Carmen drückte sie leicht und schickte ihr ein Luftküsschen.

»Wir alle haben das«, sagte Carmen. »Ich meine, schau uns an – wir sind fucking großartig, und die Dritte im Bunde plant gerade das Event der Saison. Ich hab das Gefühl, ihre Hochzeit wird größer als der Opernball.«

Eva lehnte sich vor. »Apropos Marina. Sollte sie nicht schon längst hier sein?« »Sie verspätet sich ein wenig. Aber das gibt mir die Möglichkeit, dich bei der Organisation ihres Junggesellinnenabschieds auf den neuesten Stand zu bringen.« Carmen flüsterte Eva die Details zu.

Eva riss die Augen auf und kicherte. »Nein? Das hast du geplant…«

»Pssst!« Carmen schnitt ihr das Wort ab. Genau in diesem Moment bog Marina um die Ecke.

»Ciao Bellezza, ciao Amica«, sagte sie, verteilte reihum Küsschen und ließ sich mit einem Seufzen in einen der Sessel sinken. Sie winkte dem Kellner. »Ein Glas Prosecco, bitte!«

Carmen musterte sie überrascht.

»Was?«, fragte Marina. »Ich lasse heute das Auto stehen und schlafe in der alten Wohnung meiner Mutter. Das hab ich schon viel zu lange nicht mehr getan, findet ihr nicht?«

Ein Grinsen breitete sich auf Carmens Gesicht aus. »Machen Sie bitte zwei Prosecco daraus«, sagte Carmen zum Kellner.

Eva erhöhte auf drei.

Nachdem sie einander zugeprostet hatten, sagte Marina: »Ach, und Carmen: Stell dir vor, es ist mir gelungen, für dich und Berti noch ein Zimmer im gleichen Hotel wie Eva und

Valentín zu reservieren. Das ist gleich neben unserer Hochzeitslocation. Ist das nicht fantastisch?«

Carmen nickte zustimmend. »Das ist fantastisch!«

Dafür, dass Carmen all die Jahre ein bekennender Single gewesen war und feste Bindungen gehasst hatte, genoss sie diesen Pärchenscheiß plötzlich viel zu sehr. Erstaunlich, wie viel sich in einem Jahr verändern konnte. Wie sehr sie sich verändert hatte.

Dem Prosecco folgten noch zwei weitere und ein gemeinsames Abendessen mit Bao-Brötchen und Poké Bowls. Mittlerweile war die Sonne untergegangen. Mit ihr war auch die Wärme verschwunden.

»In der Nähe gibt es eine neue Cocktailbar. Was haltet ihr davon?«, fragte Eva.

Carmen nickte. »Aber nur einen Drink, okay? Ich muss …«

»… heim zu deinem heißen Künstler?«, fragte Marina neckisch.

»… morgen früh raus. Wir fahren übers Wochenende ins Weinviertel«, vervollständigte Carmen ihren Satz. Das, und weil sie heim wollte, zu ihrem heißen Künstler.

»Schaut mal«, sagte Eva und nickte hinüber, wo gerade drei junge Frauen über den Platz des Museumsquartiers schlenderten. Sie hielten sich an den Händen und lachten ausgelassen. Ihre Absätze klackerten auf dem Pflaster.

Carmen, Eva und Marina betrachteten sie stumm. Sie teilten wohl denselben Gedanken, die gleiche, bittersüße Erinnerung. Es fühlte sich an, als wären sie gestern an ihrer Stelle gewesen. Aber wo waren sie nur geblieben all die Jahre?

Eva lächelte weich. »Das erinnert mich stark an uns früher.«

Marina seufzte, aber es war ein zufriedenes Seufzen. »Ich erinnere mich an diesen Hunger. Diesen total unvernünftigen

Hunger nach Leben.«

Carmen nahm einen Schluck Prosecco. Der Hunger war vielleicht weg, aber an seiner Stelle war etwas viel Besseres getreten: Gelassenheit. Und das Gefühl, angekommen zu sein.

»Wisst ihr, was ich mir wünsche? Dass wir in zwanzig Jahren immer noch hier sitzen«, sagte Carmen feierlich. »Und in vierzig. Dann mit grauen Haaren, Falten und falschen Zähnen, aber immer noch fucking großartig!«

»Das ist doch mal eine Ansage, findet ihr nicht?«, sagte Marina und hob ihr Glas.

»Auf die nächsten vierzig Jahre!«, fügte Eva lachend hinzu. Auch wenn es keine von ihnen aussprach, teilten sie eine tiefe Gewissheit: Egal, was kam, diese Freundschaft hielt alles aus.

Liebe Leserin, lieber Leser!

Ich bedanke mich von Herzen, dass ihr Eva, Marina und Carmen auf dieser Reise begleitet habt. Es ist ein großes Geschenk, Geschichten schreiben zu dürfen, die unterhalten und berühren.
Jetzt warten unzählige neue Projekte, die mir unter den Fingernägeln brennen. Natürlich bekommt ihr auch dort den typischen Laura Roth-Stil: ein Mix aus Humor, Tiefgang und Herz.
Begleitet ihr mich?

Alles Liebe!

Eure Laura Roth

PS: Noch eine Bitte zum Schluss: Schreiben ist ein einsamer Job, doch eure Unterstützung ist mein größter Antrieb.
Wenn euch gefällt, was ich mache, helft mir dabei, sichtbar zu werden! Über eine ehrliche Rezension auf der Verkaufsplattform, einen Kommentar oder eine direkte Nachricht freue ich mich riesig Jede Rückmeldung ist wertvoll und hilft mir, meine Geschichten weiterzuentwickeln.

Möchtest du noch mehr von Carmen, Eva und Marina lesen?

Melde dich auf meiner Homepage für den Newsletter an und erhalte eine **gratis Kurzgeschichte zum Download.**

www.lauraroth.at

Die Geschichte spielt zeitlich nach Band 1 und vor den Bänden 2 und 3. Sie enthält keine Spoiler.

Glamping für Anfänger

Eine Kurzgeschichte von Laura Roth

Eva stand am Treffpunkt, bei der U1-Station »Donauinsel«. Über ihr: strahlend blauer Himmel. Es war Samstag, kurz vor 9 Uhr. In Kürze würde sie hier auf Carmen und Marina treffen. Sie kannten einander schon seit ewigen Zeiten, trotzdem war das, was sie für heute geplant hatten, Neuland in ihrer Freundschaft.

Eva stützte sich auf den Lenker ihres Fahrrads und blickte sich um. Die Donauinsel war ein weitläufiges Erholungsgebiet mitten in Wien. Eine grüne Oase vor den Toren der Stadt.

Sie wartete unter dem Brückenpfeiler der Reichsbrücke, wo Graffiti die Betonwände verunzierten. Evas Blick wanderte zu den Hochhäusern der Donaustadt, die vor ihr aufragten. Die gläsernen Fassaden schimmerten golden im Licht der aufgehenden Sonne. Obwohl es Anfang August war, strich ein kühler Wind über die Wasseroberfläche. Das würde sich bald ändern. Die letzten Tage war das Thermometer immer über 30 Grad gestiegen.

Eva zog den Knoten ihres neongelben Windbreakers auf, den sie sich um die Hüften gebunden hatte, und streifte ihn über. Auf ihrem Kopf saß ein schwarzes Cap, die brünetten Haare hatte sie mit einer Klammer fixiert. Sie trug ein Tanktop und eine alte schwarze Radlerhose, die im Schritt gepolstert war, und fühlte sich unwohl. Es war ein seltsames Gefühl, mit diesem Wulst zwischen den Beinen dazustehen. Ihr Outfit hatte gut und gerne zwanzig Jahre auf dem Buckel. Sie und Ben – das war ihr Exmann – hatten sich in den Anfangstagen ihrer Ehe zu einem Sporturlaub hinreißen lassen. Damals waren sie um den Neusiedlersee geradelt. Drei Tage später hatten sie gewusst, dass Sporturlaube nicht ihr Ding waren. Für die Erkenntnis, dass sie auch nicht zueinander passten, hatten sie deutlich länger gebraucht. Dafür war ihr Stern mit Bausch und Bogen untergegangen. Eva zuckte die Achseln. Die Trennung war schwer gewesen, aber Schmerz spürte sie beim Gedanken daran schon lange nicht mehr. Sie war mittlerweile frisch verliebt und Ben konnte ihr getrost den Buckel hinunterrutschen.

Erste Menschen sammelten sich um die Anlegestellen der Reedereien. Es war ein herrlicher Tag, um über das Wasser zu schippern.

Aber auch auf der Donauinsel selbst war einiges los. Radfahrer, Jogger und Spaziergänger bevölkerten die Ufer. Auf den weitläufigen Grünflächen faulenzten Familien auf Picknickdecken und badeten in der Morgensonne. Es war der perfekte Ausgangspunkt für ihre Radtour nach Krems.

Eigentlich hätte es ein Mutter-Töchter-Wochenende werden sollen, doch wie immer hatten ihre Kinder andere Pläne gehabt. Lisbeth war ein Teenager und verspürte generell wenig Lust, Zeit mit ihrer Familie zu verbringen. Längst waren ihre Freunde an die erste Stelle gerückt. Als Eva ihr von dieser Idee erzählt hatte, hatte sie nur die Augen gerollt und geantwortet: »Kannst du knicken! Ich bleib das Wochenende über bei Papa.« Sophies Reaktion war ähnlich ausgefallen. Sie war stattdessen mit ihrem Team ins Fußballcamp gefahren, anstatt mit ihrer Mutter in die Wachau zu radeln. Weil Eva aber unbedingt aus der Stadt rausmusste, um den Kopf frei zu bekommen, hatte sie ihre besten Freundinnen Carmen und Marina zu diesem Ausflug überredet. Böse Zungen würden sogar behaupten, genötigt.

Eine Fahrradklingel schepperte hinter Eva und jemand rief: »Ciao, Bellezza!« Es war Marina, die mit vollem Karacho auf sie zuschoss. Sie hielt in letzter Sekunde mit quietschenden Reifen neben ihr.

Überrascht riss Eva die Augen auf. »Kommst du nicht mit der

U-Bahn? Obwohl ich dir durchaus zutrauen würde, dass du vom Burgenland hierher geradelt bist.«

Marina tat Evas Witz mit einer wegwerfenden Handbewegung ab. »Natürlich nicht. Ich hab mir von Oli den T7 geborgt. Der steht drüben, beim Park & Ride im Vienna International Center. Von dort sind es nur knapp zwei Kilometer hierher.«

Eva betrachtete Marina. Sie fuhr ein Carbon-Trekkingrad von Specialized, das mit einer Gepäckträgertasche ausgestattet war. Eva hatte zwar auch eine, aber die war längst nicht so chic. Auch der Rest von Marinas Erscheinung war nicht zu verachten. Sie trug ein eng anliegendes Trikot in Silber und Eisblau und dazu passende Shorts. Ebenfalls mit Polster im Schritt, wie Eva erleichtert bemerkte. Sogar der aerodynamische Helm und die Radhandschuhe passten optisch ins Gesamtkonzept.

»Du siehst spitze aus«, bemerkte Eva beeindruckt. »Als würdest du den Tour-de-France-Etappensieg und ein Fotoshooting für Intersport in einem Aufwasch erledigen wollen.«

Marina lachte geschmeichelt. »Wie lieb von dir. Aber das Gleiche kann ich über dich sagen. Sei fantastica.« Sie küsste ihre Fingerspitzen.

Eva prustete. »Ja, klar.«

Beide blickten sich suchend um. Es war bereits zehn Minuten nach neun, aber von Carmen fehlte immer noch jede Spur.

»Ob sie in letzter Minute kneift? Ehrlich gesagt, warte ich seit Tagen darauf, dass sie doch noch absagt. Carmen ist nicht unbedingt der Typ fürs Campen.« Das war Marina zwar auch nicht, aber diesen Gedanken behielt Eva für sich.

Marina tat, als würde sie sich ein imaginäres Handy ans Ohr halten. »Servus Schatzi«, flötete sie und imitierte Carmen perfekt. »Du, ich kann nicht mitkommen. Die Côte d'Azur hat angerufen. Ich kann den Privatjet leider nicht stornieren. Sorry! Bye!«

Eva seufzte. »Vermutlich hast du recht.«

»Nein! Ich mache nur Spaß. Carmen kommt ganz sicher.«

Vor ein paar Tagen hatte Eva Marina angerufen und ihr von dem geplanten Trip erzählt. Erstaunlicherweise war Marina sofort Feuer und Flamme gewesen. Vermutlich, weil sie in letzter Zeit jede Gelegenheit ergriff, um nicht in Olivers Nähe zu sein. Das Ehepaar Haas navigierte momentan durch stürmische Gewässer. Nein, korrigierte sich Eva. Es war das fade Fahrwasser, durch das Marinas Ehe dümpelte, das ihr zu schaffen machte. Es war ein offenes Geheimnis, dass Marina sich mehr Pepp in ihrer Beziehung wünschte.

»Erinnerst du dich an unsere Zeit bei den Pfadfindern?«, hatte Marina gefragt und war in Erinnerungen geschwelgt. »Damals war das Leben noch herrlich unkompliziert. Ich weiß noch genau, wie viel Spaß wir immer auf den Sommerzeltlagern hatten.«

»Tja«, hatte Eva geantwortet und sie reden lassen. In den 90ern war es »in« gewesen, Teenager in den Sommerferien in stickige Busse zu stecken und aus der Stadt rauszukarren. Eva hatte es gehasst, Marina hatte es geliebt. Dort hatte sie ihre ersten Erfahrungen mit Burschen gemacht und Eva Bekanntschaft mit Bodyshaming. Immerhin war sie nur der moppelige Anhang vom beliebtesten Mädchen gewesen.

Weil es aber in Evas Interesse gewesen war, dass Marina die Camping-Vergangenheit aufleben ließ, hatte sie geschwiegen.

»Ein Girls Trip ist längst überfällig«, hatte Marina gesagt. »Ich rufe gleich Carmen an und überzeuge sie von der Idee.« Der Rest war Geschichte. Wie Marina es angestellt hatte, wusste Eva nicht. Nur, dass Carmen erstaunlicherweise eingewilligt hatte.

Und jetzt standen sie hier, im Begriff aufzubrechen, sobald sie vollzählig waren.

»Wie hast du Carmen eigentlich überredet? Ich hätte mein Leben darauf gewettet, dass sie nicht freiwillig einen

Campingplatz betritt«, fragte Eva.

Marina grinste diabolisch. »Ich hab ihr gesagt, dass es dir verdammt wichtig ist und du die Unterstützung deiner Freundinnen brauchst. Und, na ja … vielleicht hab ich vielleicht ein wenig dick aufgetragen und behauptet, dass es ein Glamping-Wochenende wird.«

Eva riss die Augen auf. Glamping war ein Wortspiel und bedeutete glamouröses Camping. Ein Trend, auf den die Frauenzeitschriften seit einigen Jahren aufsprangen. Dann sah man Fotostrecken mit großräumigen, cremefarbenen Zelten, Wandteppichen, Kissen im Boho-Stil, Lichterketten und arabischen Laternen. Hochgradig romantisiert und fernab der Realität.

»Spinnst du? Auf uns wartet ein stinknormaler Campingplatz, mit eher mittelprächtigen Bewertungen und …«

»Aber das muss doch Carmen nicht wissen, oder?«

»Was soll ich nicht wissen?« Wie aus dem Nichts stand Carmen hinter ihnen. Eva und Marina schnellten herum.

»Ach nichts. Wir haben nur darüber geredet, wie grandios unser Wochenende wird.« Marina lächelte wie die Unschuld vom Lande. Dann schloss sie die Augen und sog die frische Morgenluft ein. »Ihr werdet sehen, das wird ein ganz fantastischer Ausflug.«

Carmen wirkte nicht überzeugt. »Ich weiß jetzt schon, dass ich euch dafür hassen werde«, sagte sie und schob ihr Fahrrad auf gleiche Höhe mit Eva. »Und alles nur, weil du nicht auf eine Hochzeit eingeladen wurdest.«

Evas Augen verengten sich zu Schlitzen. Carmen hatte den Finger auf ihren wunden Punkt gelegt. …

Willst du wissen, wie es weitergeht?
www.lauraroth.at

Irgendwann sind wir alle tot. Die Frage ist, wie viele Jahre vorher haben wir aufgehört zu leben? Marie Blum hat alles. Einen guten Job, eine fantastische Tochter, einen verlässlichen Ehemann. Sie hat die Sicherheit geheiratet und die Langeweile zu ihrer besten Freundin gemacht. Ihr Leben ist wie lauwarmer Kamillentee.

Aber das war nicht immer so. Das kleine Tattoo auf ihrem Handgelenk erzählt von einer Liebe, die wild und leidenschaftlich war. Die es nicht mehr gibt, und die doch für die Ewigkeit bestimmt zu sein scheint.

Meist sind es nur Sekunden, die das Leben verändern. Was solide war, liegt in Scherben und lässt Marie todunglücklich zurück. Doch was, wenn die Vergangenheit plötzlich wieder an die Tür klopft und der Pfeil immer noch ins Schwarze trifft?

Laura Roth erzählt mit viel schwarzem Humor und noch mehr Gefühl eine unglaubliche Lovestory. Denn wenn es nicht gut ist, dann ist es auch nicht das Ende. Versprochen!

Band 1:

ISBN: 9783989425521
Überall erhältlich, wo es Bücher gibt.

Band 2:

ISBN: 9783690283687
Überall erhältlich, wo es Bücher gibt.